Conspiración Octopus

Conspiración Octopus

Daniel Estulin

Traducción de Joan Soler Chic

Ediciones B
Grupo Zeta

Barcelona • Bogotá • Buenos Aires • Caracas • Madrid • México D.F. • Montevideo • Quito • Santiago de Chile

Traducción: Joan Soler

1.ª edición: mayo 2010

Consell de Cent 425-427 - 08009 Barcelona (España)
www.edicionesb.com

Printed in Spain
ISBN: 978-84-666-4294-1
Depósito legal: B. 9.412-2010

Impreso por LIBERDÚPLEX, S.L.U.
Ctra. BV 2249 Km 7,4 Polígono Torrentfondo
08791 - Sant Llorenç d'Hortons (Barcelona)

La mayor parte de lo que están a punto de leer existe y es real en un universo paralelo de humo y espejos. Este mundo, desconocido para la mayoría, es un lugar donde los gobiernos, los servicios de inteligencia y las sociedades secretas luchan por hacerse con el control.

En este libro leerán sobre operaciones trascendentales e inconcebibles. A la mayoría de la gente le gustaría atribuirlas a la mente imaginativa de un escritor de ficción. Nada más lejos de la verdad. PROMIS es real. Y no menos real e igual de aterrador es el mundo de Lila Dorada. Las descripciones que aparecen en esta novela sobre operaciones secretas extraoficiales son precisas y están bien documentadas, gracias al acceso a decenas de miles de fuentes originales y documentos nunca vistos hasta ahora, guardados bajo llave y enterrados en archivos, tanto gubernamentales como particulares.

Prefacio

Izvestia Russian Daily
Domingo, 24 de enero de 2010
PORTADA

Unidad secreta japonesa vinculada a crímenes contra la humanidad durante la Segunda Guerra Mundial

Moscú, 24 de enero

Por uno de esos caprichos del destino, están saliendo a la luz atrocidades incalificables cometidas durante la Segunda Guerra Mundial por una unidad médica secreta de experimentación, conocida como Unidad 731, del Ejército Imperial japonés en el tristemente famoso campo de exterminio de Pingfan, Manchuria. Desde 1936 hasta 1943, en la Unidad 731 fueron asesinados entre 300.000 y 500.000 hombres, mujeres y niños. Las atrocidades allí cometidas fueron peores que las de los campos nazis. El sufrimiento duró mucho más..., y no sobrevivió ni un solo prisionero.

Durante más de sesenta y cinco años, las macabras actividades de guerra biológica de la Unidad 731 de Japón fueron el secreto más horrible y duradero de la Segunda Guerra Mundial. Durante más de sesenta y cinco años los gobiernos estadounidense, británico y japonés negaron una y otra vez que esos hechos se hubieran producido. Hasta que, de pronto, intervino el destino y la historia empezó a reescribirse a sí misma palabra por palabra. Y un ser humano sufriente tras otro fueron abriéndole paso a la verdad.

El distrito de Kanda, en la periferia de Tokio, es la meca de las librerías de segunda mano. Comparables con las de Charing Cross Road en Londres, son frecuentadas por universitarios en busca de ocasiones. En 1984, un estudiante que miraba en una caja de viejos documentos desechados pertenecientes a un antiguo oficial del ejército, descubrió el asombroso secreto de la Unidad 731. Los documentos revelaban detallados informes médicos sobre individuos que padecían tétanos, desde el inicio de la enfermedad hasta el espantoso final. Sólo había una explicación, pensó el estudiante: experimentos con seres humanos. Por casualidad se había descubierto el secreto mejor guardado de la Segunda Guerra Mundial.

Pasarían otros doce años hasta que los primeros implicados, hombres de cabello blanco y modales suaves, empezaran a ponerse en fila para contar sus historias antes de morir. No obstante, el destino hizo acto de presencia en su forma más cruel. Uno a uno, los testigos vivos de los experimentos de la Unidad 731 fueron muriendo, llevándose sus secretos a la tumba. Al parecer, unos fallecieron por causas naturales y otros debido a accidentes inexplicados. A principios de 2008 todos habían muerto menos uno, Akira Shimada, un anciano frágil y viudo que vivía cerca de Osaka, y que desde 1939 hasta 1943 estuvo destinado en el Grupo Minato (investigaciones sobre disentería) de la Unidad 731.

Los oficiales estadounidenses encargados de interrogar a Akira Shimada después de la guerra le preguntaron por qué lo hizo. «Era una orden del emperador, y el emperador era Dios. No tuve elección. Si hubiese desobedecido, me habrían matado.» Tras tomar debida nota de la respuesta, los interrogadores militares bajo el mando directo de la Junta de Jefes del Estado Mayor clasificaron el informe como Doble Secreto. Los fiscales de los juicios por crímenes de guerra en Tokio fueron advertidos. A partir de entonces empezó el mayor encubrimiento de la guerra; se hizo correr una cortina de secretos no muy distinta del Telón de Acero, y sin duda más duradera. Pasarían sesenta y tres años antes de que la historia de Akira Shimada viera la luz.

China Evening Post
Miércoles, 10 de febrero de 2010
PORTADA

Descubiertos secretos enterrados
de la Segunda Guerra Mundial

Pekín, 10 de febrero

La guerra en el Pacífico está plagada de historias sobre la crueldad de los japoneses contra ciudadanos chinos, así como contra soldados británicos y estadounidenses, entre otros. Las fuerzas imperiales japonesas no sólo utilizaron prisioneros de guerra como esclavos para construir su ferrocarril en Birmania, sino que realizaron con ellos terribles experimentos médicos en el cuartel general de la hermética Unidad 731, centro para armas de guerra biológicas y químicas de Japón. No obstante, mientras eso se producía, otra fuerza japonesa aún más furtiva se dedicaba a una labor tan secreta que pasaría a los anales de la historia como uno de los relatos más explosivos de la Segunda Guerra Mundial.

El proyecto llevaba el nombre de Lila Dorada y su cometido era saquear metódicamente el sudeste asiático. ¿De cuántos tesoros estamos hablando? Nadie lo sabe con exactitud, pero al parecer de China y el sudeste de Asia se rapiñaron cantidades tan enormes que, una vez terminada la guerra, Occidente decidió mantener dichas actividades en secreto.

Ahora, en su último libro, *Lila Dorada*, seguro que las revelaciones de la señora Lie D'an Luniset causarán un gran revuelo en Londres, Washington y Tokio, y con toda probabilidad contribuirán a que se interpongan demandas colectivas contra los gobiernos japonés y estadounidense. Según el editor de la señora

Luniset, el fantasmagórico tesoro está escondido en depósitos situados en la espesa jungla de Irian Joya, en Indonesia, y alrededor de Rizal, en las laderas de Sierra Madre, la cadena montañosa más larga de Filipinas. Debido al intenso acoso de los medios, el paradero de la señora Luniset será un secreto celosamente guardado hasta la publicación de su obra, a principios de esta primavera.

Introducción

—Hoy el Banco Mundial ha dejado caer una bomba en los mercados de inversiones de todo el mundo, al avisar de que, pese al bombo publicitario de la recuperación en la que Washington y Wall Street intentan hacernos creer, esta gran crisis económica sólo está agravándose.

»Las palabras del Banco Mundial son sencillas y claras: "La recesión global se ha agravado hasta alcanzar niveles inimaginables sólo seis meses atrás." Según el Banco Mundial, este año el Producto Interior Bruto de los países desarrollados con mayores ingresos disminuirá un 14,2 %, y el comercio global sufrirá un apabullante descenso del 39,7 %.

»En palabras del propio Banco Mundial, "el desempleo se halla en su peor nivel de la historia, y el número total de personas que viven por debajo del umbral de la pobreza se incrementará hasta alcanzar la cifra de casi tres mil millones".

»Entretanto, destacadas voces del Congreso están pidiendo con insistencia al recientemente elegido presidente de Estados Unidos que suspenda temporalmente la Constitución por la creciente inquietud que reina en el país debido a la gravedad de la situación económica.

»Están escuchando WIBT 99.6 en su dial de FM.

1

La noche se resistía a ceder terreno. Desde las doce, como si llegaran puntualmente a una cita, los copos de nieve tapaban el campo circundante. El lento amanecer del invierno se abría camino por un cielo cobrizo, mientras, en el asfalto, la primera luz del día acariciaba una cinta azul que alguien había perdido. Las sombras de los árboles escarchados caían sobre la blancura como penachos azules.

Shawnsee, Oklahoma, era la típica ciudad del Medio Oeste, un lugar abstracto que quizá no habría existido a no ser por una tímida mención, unos cincuenta años antes, en una de las revistas de viajes más populares de Estados Unidos.

Lo que entonces llevó a Shawnsee a algunos papamoscas fue su arteria comercial de moteles recién construidos, con su neón y su imaginería figurativa, y los *drive-in* de moda de la zona sur, a lo largo de la vieja Carretera 90, denominada la Vieja Ruta Española. Era cariñosamente atractiva, con un estilo un tanto *kitsch*.

Pasó el tiempo, y la ciudad se fue haciendo más y más insustancial. La arteria comercial carecía ahora de vida, pues las modernas autopistas habían crecido en detrimento de las viejas carreteras. Con el tiempo, Shawnsee se había convertido en una especie en vías de extinción rápida: una destartalada gasolinera a la que sólo se accedía por el extremo occidental; un puesto de refrescos cuyo propietario se sentaba en una silla de plástico plegable, esperando a algún cliente y dando caladas a un cigarrillo. Y por fin el motel Merry Kone, un mamotreto de dos plantas y veintiocho habitaciones, con sus columnas de neón de los años cincuenta sobresaliendo de un edificio central, un vestíbulo con paneles de madera y un anticuado letrero de helados. Eso era todo lo que quedaba de la otrora orgullosa pero poco conocida Shawnsee.

La transformación antropomórfica de un cucurucho de helado recubierto de neón es lo único que se recuerda del artículo de la revista, de una época pasada y olvidada. Los «buenos tiempos» sin el «buenos». Las habitaciones eran más o menos iguales que las de cualquier otro motel del Medio Oeste americano. Hacía varias décadas que la pintura negra se había desconchado siguiendo patrones simétricos. Los raídos visillos tapaban las ventanas empañadas; la inadvertida puerta principal nunca cerraba. Las habitaciones eran de un marrón apagado, desgastado. De las alfombras emanaba un ligero olor a moho. Ni siquiera los productos de limpieza industriales podían borrar el tufo a deterioro.

Esa noche, un vigilante paticorto y regordete estaba sentado en un taburete, apoyado en la pared. Tenía las manos ásperas, y los dedos gruesos y sudorosos. A raíz de un forúnculo extirpado unos años antes, presentaba una cicatriz en la mejilla izquierda. La cicatriz, así como su recortado bigote color miel, provocaba una especie de incomodidad moral a quien lo mirara. La otra persona despierta era una asistenta que unos minutos antes de las seis había fichado debidamente.

Para ella, eso significaba levantarse cada mañana a las cinco. Una peineta se erguía como un ala en su ondulada cabellera gris. Había envejecido con poca salud y ojeras. Tenía una frente ancha y despejada, los ojos de color aguamarina y una boca grande y roja con una pelusa negra sobre el labio.

Aquella noche nevosa y fatídica del 7 de febrero, en el motel Merry Kone de Shawnsee, Oklahoma, había seis huéspedes. Una pareja de edad avanzada camino de un entierro, un ruso nacionalizado estadounidense que decía continuamente «*nein*» en vez de «no», un camionero de piernas largas y flacas, y un hombre grandote y huesudo con papada y mucha grasa en el centro. Y en la habitación 206 un periodista desempleado de treinta y tantos años: metro ochenta, el cuello esbelto, el pelo recortado, los ojos de un azul translúcido, las orejas algo prominentes. Lo que la mayoría de la gente recordaba de ese hombre era su mirada turbadora y penetrante. El resto de sus datos biográficos se hallarían en el bolsillo interior con cremallera de su elegante pero gastado abrigo.

Dormir... dormir profundamente. En la habitación 206 un hombre dormía agitado. La intensidad y el colorido de sus sueños aumentaban incluso cuando ya se acercaba la vigilia. «Un poco más», pensó. Se volvió y metió la mano debajo de la sábana, escuchando los relajantes sonidos del agua a lo lejos. «Excelente», se dijo a sí mismo. En la penumbra, una hermosa luz color mandarina había llenado las esferas de vidrio de un enorme reloj de arena. Se abrió una fachada naranja aterciopelada con una pequeña puerta y una señal blanca, invitándolo a entrar. Entornó los ojos para ver la placa de latón. Nada. De repente notó que su cuerpo era invadido por una creciente ligereza. Otra imagen: 1974. Saltó un charco, un escarabajo coprófago se había pegado a una rama..., y él corría por el campo, solo, bajo las espléndidas nubes. ¡Ay! Se pinchó el dedo gordo del pie. «Esto duele. Solo no... Con Simone.» Ella le coge la mano, el viento desbaratando sus trenzas. «No, no, ya me despierto.» Dormir, al fin, con un sueño profundo y desinhibido. «Todo va bien. Duerme, Danny, duerme.»

Estaba tan adormilado que no respondió enseguida cuando una aguja hipodérmica se insertó bajo una uña de su pie izquierdo. Aún nevaba un poco, pero, con la escurridiza imprevisibilidad de un ángel, la nieve cambiaba una y otra vez de dirección. «Bueno, bueno, se ha acabado», dijo Simone en voz baja mientras los dos salían de una glorieta y saltaban sobre un pozo y el arco iris. «¡Danny, Danny!» Él dio otro paso..., y todo terminó. Estaba muerto.

El teléfono sonó una sola vez. El director adjunto de la CIA miró la pantallita y levantó el auricular con su manaza, pero permaneció en silencio.

—Ya está —susurró el hombre, apoyado contra la pared y repitiendo las palabras que había pronunciado docenas de veces a lo largo de los últimos años.

—Bien —susurró el hombre de la CIA. Se hallaba en el centro de la estancia, donde la única fuente de luz eran los fríos rayos que proyectaba la luna desde el cielo nocturno.

—¿Tiene...?

—Lo tengo. —El asesino apretó el asa de una gastada maleta, que colocó delante de él.

—Llamaré al jefe enseguida. El resto del dinero le será transferido por la mañana.

—*Merci.*

2

No cabía duda al respecto. El hombre sentado en una roca, acurrucado en un estrecho agujero, observaba un convoy de tres vehículos avanzar lentamente por un terreno árido. Tenía ganas de pelea. Control. Lo percibía, lo sentía, lo saboreaba. Lo tenía en las puntas de los dedos. Poder absoluto. Resultaba extraño que algo que él buscaba desde hacía tanto tiempo estuviera tan a menudo conectado con la rutina. Sí, había trabajado por ello, con diligencia. Soberanía. Soltó un gruñido. Vaya estupidez...

Prefería ir despacio, desmenuzar los trozos poco a poco, evitando cambios repentinos del poder nacional al federal. Y ¿por qué no regresar al período anterior a Hobbes? La Edad Media tenía mucha más humanidad, y una diversidad de identidades que en la actualidad podría constituir un modelo. La Edad Media es hermosa. Poderes sin territorios, sin soberanía. El totalitarismo no existirá. La democracia no necesita ninguna clase de soberanía. Necesita un mundo de regiones y ciudades, sin estados-nación soberanos que defiendan el bienestar general. Más bien una estructura imperial, una nueva Edad Media con una esperanza de vida, una pobreza y una población acordes.

Los vehículos eran tres camiones con matrícula de California, indistinguibles de cualquier otro que pasara un día cualquiera por la zona. Poco a poco, el Hombre Poderoso se concentró en el camión que iba delante. Intrincadas interdependencias humanas. Poder y riqueza. Un antídoto perfecto para seleccionar los montones de mentes inexpertas influenciadas por necesidades elementales. El colapso financiero mundial destruirá la riqueza, acabará con el nivel de vida de todos y deshumanizará a la población, convirtiéndola en un rebaño de ovejas todavía más asustadas que ahora.

El hombre se puso de pie en la roca.

Permaneció un instante inmóvil bajo los silenciosos tilos. La integración del mundo debe ser el objetivo primordial de cualquier cultura progresista, y donde los gobiernos han fallado, los industriales triunfarán. Debemos tener una aristocracia selectiva, no de privilegios, sino de entendimiento y propósito. De lo contrario, la humanidad fracasará. «La codicia es buena», dijo en voz alta mientras entraba en el campo visual de los faros y se dirigía al convoy.

—Esta noche va a reunirse con uno de nuestros hombres en Shawnsee.

—Estará contento, Jefe.

—Un día este joven morirá. Cáncer, un ataque cardíaco, leucemia, Parkinson, vete a saber. —El hombre al que llamaban Jefe hizo una pausa—. Sólo queremos realizar un pedido urgente ante esa deseable eventualidad.

El timbrazo de un teléfono interrumpió la conversación.

El Jefe buscó en el bolsillo y sacó un móvil.

—¿Sí? —Su voz sonaba brusca y áspera.

—Ya está —contestó, todavía oculto, el hombre de la CIA. Se llamaba Henry Stilton, director adjunto de la Agencia Central de Inteligencia. Era alto, desgarbado, e iba impecablemente vestido. En su rostro anodino destacaban una barbilla hendida y unas cejas pobladas.

—Bien —dijo el Jefe, mirando de soslayo a su izquierda. Entornó los ojos mientras rememoraba recuerdos invisibles.

—Esto significa, literalmente, que se ha llevado los códigos a la tumba. —Echó whisky en un vaso.

El hombre al que llamaban Jefe se volvió.

—Sin ese dinero el gobierno no tendrá más remedio que devaluar el dólar para evitar el desastre inmediato. —Entornó los ojos, irritados por el humo del tubo de escape—. Un colapso del valor del dólar causaría, en el planeta entero, una implosión simultánea de las economías nacionales.

—Estamos un paso más cerca. Un nuevo sistema monetario mundial. —El hombre de la CIA eructó ligeramente mientras sacudía la cabeza—. Los que dirigen los mercados monetarios controlan el mundo.

—Un nuevo orden mundial. Nos hallamos al borde de una nueva edad de las tinieblas global, que durará generaciones. Al final, sólo sobrevivirá una minoría relativamente pequeña de la población del planeta.

—Quizá lo estemos celebrando demasiado pronto. ¿No es posible que el gobierno tenga otras opciones? —preguntó el director adjunto de la CIA, que hacía girar el vaso en la mano como si fuese algo que él mismo había fabricado y de lo que se estuviera despidiendo.

—Lo que se ha propuesto casi equivale a tomar cianuro como remedio para el mal aliento —contestó el Jefe—. El género humano es la influencia más poderosa para las formas deliberadas de cambio progresista a estados superiores. Por eso se debe asfixiar a los primates superiores.

—Hundiendo los mercados mundiales —señaló el hombre de la CIA, que sonrió tranquilamente aunque estaba inquieto.

—El dinero no tiene valor económico intrínseco. Es un medio para alcanzar un fin deseado.

—Ya sabe lo que dicen, ignorancia no es lo mismo que inocencia —comentó Stilton, y soltó un suspiro.

—Hummm, llame a Lovett y manténgame informado. —El Jefe colgó el teléfono—. Vamos.

—Sí, Jefe.

Se abrió la portezuela del conductor; el hombre subió y encendió las luces. Menos de diez segundos después, los vehículos habían desaparecido.

Reed introdujo en su boca el último y suculento bocado de pan negro con una montaña de salsa de arándanos, tomó una última copita de champán y ocupó su sitio tras una mesa ovalada de caoba hecha a mano. Era el guardián de la cripta. Un número de cuenta. No, *el* número de cuenta. Era responsabilidad suya. Más que el dinero en sí, lo que lo excitaba era el impropio número de ceros que había detrás de la primera cifra. Concentraba la atención en ellos. Ah, la emoción del descubrimiento, la exaltación de la riqueza, el conocimiento del poder...

Reed sentía que el dolor le abrasaba los ojos y las sienes y se desbocaba hacia abajo, hasta clavársele en el pecho. Tenía la mirada fija en la pantalla. El estruendo procedía de su interior, pero al principio había sonado más bien apagado. Cerró los párpados con fuerza, contó hasta cinco, hasta diez, y luego los abrió, plenamente consciente del súbito temblor que lo inmovilizaba por momentos. 0.000000000. Cero. Cero dividido por cero, más cero, multiplicado por cero. De repente, Reed fue presa de convulsiones borborígmicas. Un segundo destello confirmó que algo desafinaba.

Y ahora, mientras miraba boquiabierto la enorme pantalla de su ordenador y trataba de comprender, intentó procesar el hecho de que una suma de dinero muy elevada... no, muy, muy elevada... no, fantasmagórica, había desaparecido de su ordenador. Clavó de nuevo la mirada en la pantalla, empotró la silla contra la mesa de caoba, se frotó los ojos, sacudió la cabeza, pulsó varias veces la tecla de retorno, hizo una pausa, la pulsó unas cuantas veces más. Por fin, decidió apagar el ordenador y volver a encenderlo. «No puede ser», murmuraba a través de los dientes apretados. El vértigo que sentía junto a aquel abismo lo empujó hacia delante. Como en estado de trance, tecleó la jota mayúscula, luego la i griega minúscula y los números 5, 7 y 2, asterisco, 4, el símbolo del dólar y finalmente el signo de interrogación. Contraseña aceptada. Su cuenta bancaria estaba a cero. Tiene usted cero dólares en su cuenta. Reed se limpió el sudor de la frente, se secó las manos en los pantalones, cogió el teclado con ambas manos. Tenía que recuperar la cordura concentrándose en cosas pequeñas. Verificar la cuenta. «Quizás el número de cuenta esté equivocado. Eres presidente de Citibank. Conoces miles de números de cuentas.»

Reed buscó en el cajón superior y sacó una gruesa libreta con tapas de cuero negras. La abrió por la página 47, dolorosamente consciente de las gotas de sudor que corrían... no, que manaban por la parte posterior de su cuello. «Empieza otra vez. Cero. Tienes cero dólares en tu cuenta corriente.»

Era una noche fría y lluviosa de febrero y el viento se colaba por la ventana entreabierta. «Tranquilízate. Esto tiene una explicación lógica. Tranquilízate, he dicho. Sí, sí, me tranquilizo. Debo tranquilizarme.» Se lavó la cara, se cambió de ropa, se sirvió otra copa y volvió a empezar.

«Cero. Tienes cero dólares en tu cuenta corriente.» Temblando de arriba abajo, se apartó de la mesa, se puso de pie y echó a andar por el pasillo hasta la puerta principal. Cero. Cero. Cero. Cero. Cero. Cero. Cero. Cada cero proyectaba una sombra fatal sobre sus sentidos.

«Cero», murmuró Reed cuando llegó al final del pasillo. «Cero», repitió mientras salía al exterior. Era consciente de que le temblaban las manos. Se detuvo un momento y respiró hondo, sujetándose la manga derecha con la mano izquierda.

«Ordenador averiado. Vete a la cama. Mira, es imposible. Se trata de un sistema blindado. Quién iba a atreverse... Soy John Reed... en caso de que ya no sea lo bastante lúcido para recordar quién es John Reed, era... no, es y será. Vaya estupidez.»

Con un gesto muy suyo, Reed sacudió la cabeza con vehemencia. De pronto, una leve sonrisa brilló en su boca.

«Ordenador averiado. Ordenador averiado. Ordenador averiado...», mientras llegaba al pie de las escaleras.

Entonces sonó el teléfono. Reed levantó el auricular con desgana.

—¿Sí? —Su voz sonaba como si flotase en medio de un sueño angustioso.

Tras un breve silencio, alguien dijo:

—Perdone, señor. Ciertos caballeros desean que acuda en persona, y cuanto antes, al lugar habitual.

Se oyó un clic y se cortó la comunicación.

Teresa, un valle rodeado por montañas ricas en mármol, es una de las zonas menos interesantes de Rizal, en las laderas de Sierra Madre, la cordillera más larga de Filipinas. De hecho, podría no haber existido si no fuera por el arroz que se cultiva en terrazas desde hace siglos, en medio de los llanos del oeste y las onduladas colinas y escarpadas crestas del este.

John Reed, presidente de Citibank, conocía bien el terreno. Estuvo ahí, sesenta años atrás, a las órdenes del general MacArthur. Lo vio de primera mano. Área de operaciones: el Pacífico. Poco después de la guerra formó parte de una expedición secreta encargada de encontrar el tesoro y traerlo a casa. Los condujeron con los ojos vendados hasta una zona próxima al lago Caliraya, en Lumban, Filipinas. Les ordenaron cavar sin preguntar por qué ni para qué. Trabajaban de noche. Se avanzaba a duras penas. Todos los túneles estaban llenos de trampas y callejones sin salida que dificultaban y retrasaban la excavación. Su equipo de búsqueda había tardado ocho meses en encontrar la primera cámara del tesoro, situada a sesenta metros bajo tierra. Los japoneses lo habían enterrado y habían dejado señales extrañas en las rocas, a fin de ocultar la verdadera ubicación del botín.

«Sesenta años atrás.»

Abrió la puerta, salió a la galería y se quedó mirando el colorido *collage* que veía desde el magnífico ático que daba al río Hudson, en pleno centro de Nueva York. Y lo que contempló ese día le pareció una estampa de colores exquisitos, una benévola definición de realismo enjaulado, como metáfora de la forma artística y, al mismo tiempo, del destino humano. Su destino.

«Ojalá supieran...»

Sólo unos cuantos privilegiados sabían que Teresa formaba parte de la mayor conspiración de la historia de la humanidad, una leyenda susurrada entre quienes conocían el alucinante tesoro que fue robado y escondido por el Ejército Imperial japonés en retirada durante los días más duros de la Segunda Guerra Mundial.

«Un millón trescientas mil toneladas métricas de oro.»

Se sirvió una copa.

«El equivalente a seis coma cuatro trillones de dólares. ¿Hay alguien capaz de concebir una cifra tan extravagante?»

La cantidad de oro era diez veces superior a las cifras de las reservas oficiales de todo el mundo proporcionadas por el Banco Mundial. El hecho de que existiese tal cantidad de oro fuera de los circuitos oficiales resultaba increíble, pensó John Reed. Que un puñado de gobiernos lo bastante afortunados para saber la verdad hubiera guardado el secreto, era algo extraordinario.

«Seis coma cuatro trillones de dólares escondidos en los agujeros más profundos de las junglas de Sierra Madre», murmuró para sí, convirtiendo en palabras sus pensamientos.

Reflexionó sobre el hecho de que el oro, al igual que ocurre con los diamantes, es mucho más común en la naturaleza de lo que la gente cree. Si alguna vez llegaba a conocerse la verdad, ésta destruiría la economía mundial, porque la mayoría de los países todavía utilizaban el patrón oro como respaldo de su moneda.

Se le ocurrió pensar que la naturaleza es bella pero no tiene nada de coherente. Ojalá pudiera hacer retroceder el tiempo. ¿Por qué es tan escurridizo? El futuro no viene después del presente en línea recta desde el pasado, ni tampoco el presente es una línea recta. El futuro es imaginario y siempre puede ser anulado.

«Sobre todo si deciden matarme.»

Una parte del oro de Filipinas, el equivalente a unos cuantos billones de dólares, fue embarcado a Génova a bordo del portaaviones *President Eisenhower*, y después trasladado a diversos bancos de Suiza en un convoy fuertemente protegido.

El resto... un secreto envuelto en misterio, guardado tras mil cerraduras de criptonita desde principios de la década de 1960, custodiado por cincuenta y cuatro fideicomisarios, en depósitos de Teresa y en las montañas selváticas de Irian Joya, Indonesia. Los fideicomisarios trabajaban de manera independiente, sin conocerse unos a otros. Pero estaban coordinados por una serie de directores del complejo industrial-militar, quienes a su vez eran controlados por su superior jerárquico. Y por encima de ellos, en el vértice de la pirámide, Octopus: menos de una docena de miembros, estrechamente unidos y financieramente entrelazados. Los controladores de la riqueza del planeta, hombres cuyo poder hacía girar el mundo.

Reed tragó saliva y puso mala cara. Durante varios segundos siguió mirando al frente. El gobierno utilizaba el oro oculto en Suiza como garantía monetaria de un programa comercial extraoficial con derecho ilimitado de giro sobre los depósitos. El dinero, poco más de doscientos veinte billones de dólares, estaba depositado en treinta cuentas de Citibank. Su banco. Otra pausa. Se le crispó el rostro. De todos modos, el gobierno no era la única entidad con acceso a ese dinero.

Mediante cuentas espejo al margen de los libros, Octopus también sabía sacar provecho del dinero del gobierno, utilizándolo para acaparar los mercados mundiales mediante fusiones y adquisiciones, con tapaderas y manipulando precios. Los pensamientos de Reed eran como piedras que caían en agua estancada. El gobierno... y... Octopus. Intereses entrelazados, objetivos diametralmente opuestos. Bien, alguien había robado el dinero, y el mundo podía sufrir una desintegración financiera. Reed estaba citado a declarar, y Octopus quería respuestas... que él no tenía. El mensajero había sido muy correcto, pero en su voz había algo inexplicablemente violento. Algo que hizo a Reed desear que fuese otro quien tuviera que enfrentarse a ellos.

—Personalmente, me sorprende que pase algo así estando JR de guardia —soltó con un bufido un individuo situado justo a la izquierda del hombre al que llamaban JR. Henry Stilton era director adjunto de la CIA. JR era, en efecto, John Reed, presidente de Citibank—. A estas alturas, ni siquiera podemos empezar a calibrar las consecuencias.

Stilton contaba sesenta y pocos años y había sobrevivido a tres administraciones presidenciales. Sacudió la ceniza de su puro cubano y miró desafiante a los presentes, como si esperase que al menos uno lo contradijera.

Además de Stilton y JR, había otras dos personas sentadas a una mesa de reuniones de caoba en forma de U, en una estancia especialmente insonorizada cuya intimidad estaba garantizada por un blindaje de Faraday e interceptores de radiofrecuencia de banda ancha.

—Henry, no insinuarás que en nuestras medidas de seguridad hay deficiencias o falta de supervisión. ¿Verdad? —John Reed tenía una voz de barítono profunda y melosa, acentuada por años de tabaco y bebida.

«Bud», para sus amigos, era un conservador reaganiano de setenta y cinco años, con lo que superaba en edad a todos los presentes. En los pasillos del poder se decía que, si antes era más fácil ver a un presidente de Estados Unidos que a Bud Reed, ahora era claramente distinto.

—Bueno, no sé, Bud. ¿Cómo lo llamarías tú? Tienes más agujeros que un colador. No lo tomes como algo personal. Me ciño a los hechos.

—Caballeros, melodramas aparte, estamos en un aprieto de esos que pasan una vez en la vida y en el que, lamento decirlo, ojalá yo nunca me hubiera visto implicado.

El hombre se quitó el abrigo cruzado de pelo de camello y lo colgó pulcramente en el respaldo de su asiento. Hablaba con suavidad, como si escuchase el sonido de su voz, acariciando cada sílaba al deslizarse de su boca. Con cincuenta y tres años, era el más joven del grupo, vicepresidente de Goldman Sachs y presidente honorario del poderoso Grupo Bilderberger. No era sobrino de nadie. Tampoco había estudiado en Yale. De hecho, no había completado los estudios universitarios, pero tenía un gran talento para las finanzas. Su nombre era James F. Taylor. La «F» correspondía a Francis, el apellido de soltera de su madre. Sabía de qué hablaba. Nadie en la mesa podía dudarlo.

Reed arrugó la nariz y parpadeó unas cuantas veces.

—El sistema es hermético —insistió.

—¿Ah, sí? —intervino un hombre calvo y fornido de Tejas—. Entonces, ¿dónde está el dinero?

Oficialmente, era un analista de alto rango del Departamento de Estado. Extraoficialmente, ocupaba un puesto de responsabilidad en la Unidad de Estabilización Política, una rama de los servicios de inteligencia de Estados Unidos conocida como Operaciones Consulares. Su nombre era Robert Lovett. Lo describían como «arquitecto de la Guerra Fría» y había sido ejecutivo de un viejo banco de Wall Street llamado Brown Brothers Harriman.

—Es hermético, ¡creedme! —Dio un puñetazo sobre la mesa.

—Puedes repetirlo *ad nauseam*, Bud. Sólo falta que te quites la ropa como en el sesenta y ocho para demostrar tu sinceridad...

—Dadme un tiempo y lo recuperaré. Lo juro.

—Mejor que así sea —replicó Taylor—. De lo contrario, la desaparición del dinero provocará el hundimiento de la economía mundial.

—Yo haré...

—Bud, ese dinero es el mecanismo de control de los intereses financieros de Octopus —lo interrumpió Stilton—. Es decir, nuestros intereses privados, en caso de que no lo hayas entendido.

—O sea, un instrumento de peso y una salvaguarda contra las políticas económicas de los gobiernos soberanos —apuntó Taylor.

—Bud, ¿cómo demonios se supone que vamos a construir un imperio si no tenemos ni un centavo a nuestro nombre? —dijo Lovett. Hizo una pausa y añadió—: En este momento somos un imperio de víctimas. Señor, vaya mierda... —Se dio una palmada en la rodilla—. A mí, por lo pronto, no me gusta ser víctima, Bud. Así que sé bueno con nosotros y encuentra ese dinero.

—¿De cuánto estaríamos hablando? —inquirió Stilton, para a continuación levantar una reluciente bota sobre el brazo del sillón y apretar la boca.

—¿Una cifra aproximada? En torno a doscientos billones —contestó Taylor.

Stilton se rascó las axilas, pensativo.

—No se preocupen, caballeros —dijo Reed—. En cuanto averigüemos cómo lograron los autores anular los múltiples sistemas de seguridad y apoderarse de nuestros fondos, tendremos una idea clara de dónde se encuentran. —Tragó saliva—. Apostaron fuerte y les dio resultado. En cualquier caso, el dinero no es el factor determinante de la riqueza. Pero sí nuestro poder.

—Bud, tu argumentación hueca es propia del positivismo lógico, con una huella característica no de un pensador original sino de un sicofante bizantino. —Taylor le apretó el brazo contra su cuerpo—. Tienes una semana para encontrar el dinero.

Reed se liberó impulsivamente.

—Una semana.

3

En el motel Merry Kone, había que abandonar la habitación a las once. La mayoría de los huéspedes eran camioneros y viajantes que se iban al despuntar el día. El ingreso se hacía al mediodía, pero pocas personas se registraban en el Merry Kone antes de ponerse el sol. Shawnsee, Oklahoma, no era exactamente una atracción turística.

«Qué extraño...», pensó la mujer de la limpieza. Miró su reloj de plástico. Las doce treinta y cuatro. Hinchó con sorna los orificios nasales. Dudó un instante, acercó la oreja a la puerta y escuchó durante unos segundos. De pronto, llamó al contrachapado.

Nada.

Volvió a llamar, esta vez con insistencia e irritación. El sonido era hueco, como si lo causara el bulto robusto de un puño cerrado. Entonces, la mujer abrió con una tarjeta.

—¿Hola?

Se detuvo un momento antes de entrar con decisión. Los pesados visillos permanecían corridos. La cama estaba sin hacer, pero la habitación no parecía ocupada. La mujer entró en el cuarto de baño.

Se quedó boquiabierta. Al salir, estaba pálida. Era como si dentro del pecho tuviera un globo que le impidiera respirar. De repente, llenó el aire un grito desgarrador:

—¡Dios santo...! Por favor, que alguien me ayude. ¡Hay un hombre muerto en la bañera!

Entró enseguida otra mujer de la limpieza, seguida del recepcionista. Se quedaron los tres clavados en el suelo.

—Lucía... —le dijo el recepcionista a la mujer de la limpieza, empujándola fuera—. Por favor, cierra la puerta y espera abajo. Yo llamaré a la policía.

4

La parte más profunda de la naturaleza humana cubre el planeta con una nauseabunda capa viscosa de rechazo.

Un hombre con gafas oscuras de diseño y manos como hojas de hacha paseaba tranquilamente por la Piazza del Popolo, frente a un viejo y calvo vendedor de salchichas de rostro arrugado y unos niños gritones que iban de excursión. En el otro lado de la Piazza, en un hueco entre los edificios, se levantaba Santa Maria del Popolo, una de las primeras iglesias renacentistas de Roma, famosa por albergar el *Martirio de san Pedro* y la *Conversión de san Pablo* de Caravaggio, y la Capilla Chigi de Rafael.

Se llamaba Curtis Fitzgerald, tenía cuarenta y un años y era ranger del ejército y miembro de la Décima Unidad de Fuerzas Especiales de Estados Unidos. Lo apodaban el Guerrero Celta, y era evidente que para ese alto filadelfiano su imponente tamaño suponía una gran ventaja. Era un hombre de muchos proyectos, y a todas luces su cuerpo era uno de ellos. Curtis había sido durante años especialista de «gama alta». En la jerga de los servicios de inteligencia, la expresión «gama alta» se refería a alguien acreditado para acceder a niveles de alto secreto. Y tras casi dos décadas de servicio, a Curtis aún le gustaba su trabajo.

Tal vez para concentrarse mientras dudaba entre varias direcciones, o quizá porque observaba ahí cierta oculta relación con su apuro actual, Curtis volvió a pensar en su última misión.

El último trabajo lo había llevado a Bagram, una antigua

base aérea soviética situada a unos quinientos kilómetros al norte de Kabul, capital de Afganistán. Una causa «de cinco estrellas», concebida para mejorar el estilo de vida de esos «nauseabundos pastores de cabras», como los habían definido sus superiores. Durante la invasión soviética de los años ochenta, fue siempre el reducto más seguro del país, nunca en peligro real de ser atacado. Ahora era el principal centro de detención de los más duros y aguerridos prisioneros y simpatizantes de Al Qaeda. Bagram está situada en una llanura rodeada de cumbres nevadas, un escenario espectacular, la clase de propiedad inmobiliaria que en Estados Unidos estaría bien regada y llena de campos de golf.

Curtis era «senior E», contraseña de investigador principal en un equipo especial de tres hombres. Los aliados habían capturado un HVT, un objetivo de alto valor, alguien que al parecer tenía contactos directos con Osama bin Laden. Cuando llegó Curtis, el Prisionero n.º 178 ya estaba esperando en una tienda militar junto con personal de alto rango, analistas del ejército y agentes de contraespionaje. La zona que albergaba los prisioneros era un enorme campo con límites de adobe que, en otro tiempo, antes de la sequía, había sido un exuberante huerto de manzanos. Dentro había ocho tiendas de gran tamaño, cada una con sus faldones permanentemente subidos y rodeadas por tres rollos de alambre. El cometido de Curtis consistía en evaluar la importancia de cierto prisionero para los servicios de inteligencia, un arte impreciso para cuya ejecución se apoyaba, en buena medida, en su perseverancia y sus instintos.

—¿Por dónde entraste en Pakistán? —preguntó con su voz retumbante.

—Por Lahore —contestó el prisionero. Era mayor, quizá cincuenta y tantos, estaba ligeramente herido en el costado y en una mano, y temblaba de frío.

—¿Por qué entraste en Pakistán por Lahore?

—Allí me llevó el billete.

—¿Quién le dijo al representante de la compañía aérea que tu ciudad de destino sería Lahore?

—Yo.

—¿Por qué querías ir allí?

—Seguía instrucciones.

Curtis frunció el ceño. El interrogatorio estaba siguiendo una pauta desalentadoramente improductiva. Siguió adelante.

—¿Quién te pidió que fueras a Lahore?

—El imán de mi mezquita.

—¿Y él por qué te dijo que entraras en Pakistán por Lahore?

—Allí hay un hotel para inmigrantes.

—¿Cómo se llama?

—No me acuerdo.

—Describe el aspecto del hotel.

—Era grande.

—¿Cómo de grande exactamente?

—Muy, muy grande.

—Cuando digo exactamente, quiero que lo describas con detalle.

—De acuerdo.

—¿Cómo de grande era exactamente el hotel en el que te alojaste siguiendo instrucciones del imán?

Esperó a que el prisionero hablara. Y siguió esperando, pues Curtis, como interrogador, disponía de todo el tiempo del mundo.

—Muy, muy, muy grande —fue la respuesta.

Este absurdo prosiguió durante horas. El Prisionero n.º 178 decía no recordar el nombre del hotel, los nombres de sus amigos en su Argelia natal, el nombre de su patrona, ni siquiera el nombre del imán de la mezquita. Para Curtis, aquello era increíble. En los recovecos de la mente donde regía la lógica, Curtis sabía que era imposible que tantos presos hubieran olvidado tantas cosas. Lo que desconcertaba a otros interrogadores era la mecánica refutación de lo evidente. Y al estar prohibido castigar a nadie por no cooperar, no podían hacer nada al respecto. Curtis siguió adelante.

—¿Con quién tenías que reunirte en el hotel?

—Con un hombre.

—¿Quién te dijo que te reunieras con él en el hotel?

—El imán.

—¿Cómo se llamaba el hombre?

—No me acuerdo.
—¿Cómo ibas a reconocerlo?
—No lo sé.
—Descríbelo.
—Era un hombre con barba.

Curtis había pasado más de seis horas con el Prisionero n.º 178. Ambos estaban fatigados y muertos de frío. La noche había sido una pérdida de tiempo. Curtis dio por terminada la sesión, le dijo al guardia que devolviera el preso a las jaulas y se levantó para irse. Mientras recogía sus cosas, advirtió en la mesa un papel con la palabra «dueño» garabateada. La había escrito para sí mismo mientras el Prisionero n.º 178 farfullaba algo. Era un recordatorio para preguntarle quién era el propietario de la casa en que se había alojado en Jalalabad.

El prisionero se había levantado de la silla metálica, y el policía militar ya le había puesto el saco de arpillera sobre los ojos y lo acompañaba a la salida. Curtis, todavía con el papel en la mano, rodeó la mesa, alzó el borde de la capucha y, mucho más alto que él, preguntó:

—¿De quién es la casa de Jalalabad?
—De Al-Jezari —respondió el Prisionero n.º 178 sin vacilar.

Entonces irguió la cabeza con una sacudida que podría haber sido provocada por una descarga eléctrica. Había pronunciado un nombre. Se le había escapado. Había sido un pequeño error, pero para Curtis aquello probaba que en Afganistán era posible romper el código de silencio.

Al otro lado de la calle, las tiendas de *souvenirs* exhibían grandes pósteres de esa famosa escena de la Capilla Sixtina, aquella en la que Dios se inclina y casi toca el dedo de Adán. «A lo mejor Adán y Dios están señalándose mutuamente —pensó Curtis por un instante—, desafiándose uno a otro a asumir la responsabilidad de lo que sólo puede ser una Creación bastante caótica.» Curtis sentía respeto hacia Dios igual que lo sentía hacia un arma cargada, o hacia la mano que la sostenía. «Dios es la única cosa segura que hay», pensaba el ranger del ejército.

De pronto notó una ligera vibración en el bolsillo interior de la chaqueta. Una BlackBerry en versión militar. El sistema de mensajes de texto era un algoritmo flotante conectado al teclado. Imposible para los *hackers*. Pulsó la tecla de mensajes entrantes y luego un código de paso. «Por favor, teclea protocolo de e-mail», se leía en la pantalla. Curtis escribió SERIAL ECO 99. Al cabo de unos instantes, apareció un mensaje: «Akira Shimada, alto comisionado de la ONU, Roma, via Giustiniani, 11h 15m, mañana.»

5

Simone Casalaro entró en el aula con ímpetu y tapada hasta las orejas. Se sacudió la nieve de las botas y se quitó el abrigo, que al instante dejó doblado sobre el respaldo de una silla. Abrió el maletín con un fuerte clic, sacó sus notas y lo cerró con otro clic. Noventa y cinco pares de ojos observaban todos sus movimientos. La clase de literatura del Renacimiento de la señora Casalaro en la Universidad Cornell de Ithaca, Nueva York, era la preferida del campus, sólo eclipsada por la clase de música folk que daba un intérprete de Nashville, famoso en otro tiempo pero ya retirado. El primer día de clase de la señora Casalaro, los alumnos eran recibidos con una brusquedad fingidamente imperiosa:

—Hoy compraréis el libro de Dante y empezaréis a leerlo enseguida. Leed cada palabra. No os saltéis párrafos. En Dante no hay fragmentos aburridos. Apagad la televisión, guardad el iPod, quitaos de encima el reproductor de CD y cualquier otro artefacto estúpido. A Dante hay que paladearlo, saborearlo, masticarlo, diseccionarlo y olerlo. Quiero que lo acariciéis y que sea temporalmente vuestro compañero de juegos.

La sala estalló en aplausos y algunas risitas. Simone era una actriz excepcional, con un estilo extravagante, único, que ninguno de los profesores del campus era capaz de imitar. Sentía pasión por su materia y tenía una habilidad especial para la provocación. Pero, más importante, lograba animar la imaginación de sus estudiantes, un regalo que ellos conservarían durante el resto de su vida.

—Hace cien años —empezó—, Flaubert, en una carta a su amante, hizo la siguiente observación: «¿Qué erudito lo sería si sólo conociera media docena de libros?» —Hizo una pausa y recorrió la sala con la mirada—. Este trimestre estudiaremos la *Divina Comedia*, que podemos describir simplemente como una alegoría.

»La alegoría de Dante, sin embargo, es más compleja, y analizaremos otros niveles de significado, como el histórico, el moral, el literal y el analógico. De todos modos, no buscaremos el alma de la Italia de la época en la obra de Dante, sino que indagaremos el genio individual. El desarrollo del arte de la descripción a lo largo de los siglos debe ser abordado en función del prodigioso ojo de un genio.

»Dante es este genio, y su ojo, como veremos en la *Divina Comedia* —ralentizó el ritmo—, es un órgano complejo que produce gradualmente las combinaciones de colores para nuestro disfrute, pues al leer, pensar y soñar debéis advertir y acariciar los detalles. Dejemos para otros los trillados clichés, las tendencias populares y los comentarios sociales. —Cruzó la sala a toda prisa hacia la pizarra, donde dibujó frenéticamente el perfil del rostro de Dante—. Cualquier obra de arte es una creación del mundo nuevo. Un gran escritor es siempre un gran hechicero, un creador de fantasías y mundos mágicos. Y, en nuestro caso, Dante es un creador supremo de ficción.

Una chica alta y flacucha de la primera fila levantó la mano.

—Profesora Casalaro, el año pasado me dijeron que se aprende mucho sobre la gente y su cultura leyendo novelas históricas. Si leemos a Dante, ¿conoceremos la Italia de su tiempo?

Simone sintió vergüenza ajena. El profesor Botkin, que había impartido los clásicos del siglo XIX durante los últimos cinco años en la misma aula, tenía fama de dedicar bastante más tiempo a la vida sexual de los autores que a su obra. Los alumnos llamaban a su asignatura «SexLit».

Simone miró a la estudiante y sonrió.

—¿Alguien cree de veras que se puede aprender algo del pasado a partir de *bestsellers* encuadrados en la categoría de novelas históricas? —Desechó la idea con un ademán—. ¿Podemos confiar realmente en el retrato que hace Jane Austen de la Inglaterra de los terratenientes cuando ella sólo conocía el recibidor de un clérigo? Los que busquen hechos sobre la Rusia provinciana no los encontrarán en Gogol, quien, por cierto, pasó la mayor parte de su vida en el extranjero. La verdad es que las grandes obras de arte son grandes cuentos de hadas, y este trimestre nos centraremos en uno de los más extraordinarios de todos los tiempos.

—¿Señora Casalaro? —un hombre llamó a Simone, dejando la puerta del aula ligeramente entreabierta—. Lamento molestarla. ¿Podríamos hablar un momento, por favor?

Había algo embarazoso en su conducta. Simone le echó un vistazo rápido, miró el reloj del extremo opuesto del aula y levantó el índice.

—Estaré con usted en dos minutos.

El hombre hizo un breve gesto de asentimiento.

—Esperaré fuera.

—De acuerdo. —Simone sonrió y se estremeció por un instante; sintió que la envolvía un escalofrío. Miró el reloj. Faltaban dos minutos para las dos.

»Aunque los dos grandes acontecimientos por los que el siglo XV supuso un viraje decisivo en la historia, la invención de la imprenta y el descubrimiento del Nuevo Mundo, aún quedaban lejos, aquélla fue una época de grandes hombres, de libertad de pensamiento y de expresión, de acciones brillantes y osadas. —Advirtió un movimiento general en el aula—. Antes de iros... —dijo Simone, alzando la voz mientras se acercaba al dibujo de Dante—, recordad que en el estudio de Dante lo que más nos interesa no es el activista político sino el gran artista del Renacimiento, su poderosa imaginación y peculiar visión del mundo.

La chica de la primera fila pareció vacilar mientras volvía a leer el folleto del curso que Simone le había dado al principio de la clase. Un chico pecoso preguntó desde la última fila:

—Profesora Casalaro, ¿cómo puede ser a la vez poema y comedia?

—Me alegra que lo preguntes —dijo Simone—. Dante llamó al poema *Comedia* porque los poemas del mundo antiguo se clasificaban como Altos (*Tragedia*) y Bajos (*Comedia*). Los poemas bajos tenían finales felices y trataban sobre temas cotidianos o vulgares, mientras que los altos se dedicaban a cuestiones más serias. De hecho, el adjetivo «Divina» se añadió mucho después, en 1555, en la edición de Ludovico.

Sonó el timbre y el aire se impregnó del familiar murmullo. Mientras los alumnos iban saliendo en fila, Simone sintió una calidez conocida. «¿Por qué enseñas literatura?», le preguntó una vez su hermano Danny. «Porque me encantan las historias, cariño.»

—Señora Casalaro —la voz del hombre era firme y nasal, pero tranquila—, soy el detective Lyndon Torekull.

Simone tragó saliva. Le entró el pánico. Se estrecharon la mano. La de ella estaba pegajosa y flácida.

—¿Qué ocurre, detective? —preguntó—. ¿Ha pasado algo?

Las manos se le agarrotaron instintivamente mientras miraba al hombre a los ojos, y acto seguido apartó los suyos. El rostro que tenía delante era delgado y arrugado. Se trataba de un hombre recio, que lucía tejanos y un abrigo sobre un grueso jersey rojo de cuello vuelto, y mostraba una sonrisa autoprotectora de disculpa.

Él dudó un instante, se aclaró la garganta y dijo, con voz sombría:

—Señora Casalaro... —Torekull buscaba las palabras adecuadas.

Algo se removió dentro de Simone.

—¿Qué ocurre? —dijo con voz apenas audible.

—Señora Casalaro..., Danny..., quiero decir, hemos encontrado...

Simone se quedó helada. Sin abrir la boca, se sentó en el borde de la mesa.

—Señora Casalaro —continuó el hombre—, esta mañana hemos encontrado el cadáver de su hermano en un motel de Shawnsee, Oklahoma. Parece haberse suicidado.

Simone notó una asfixiante tensión en la garganta. Le pareció que iba a ser aplastada por el peso del mundo. Apartó la mirada de Torekull. Durante unos instantes, sus ojos quedaron fijos en un resplandor extraño que se deslizaba por la mejilla de Dante, pintada en la pizarra.

—Señora Casalaro, nos consta que usted es el único pariente vivo de Danny. —El detective Torekull metió la mano en el bolsillo y le dio a Simone varias fotos escaneadas de un hombre muerto. Simone se obligó a mirar. Se le vino el mundo encima. El hombre de las fotos era su hermano Danny.

Unos días antes, Danny le había dicho que iría a Shawnsee a traer en bandeja la cabeza de Octopus.

Las últimas palabras de ella fueron:

—Ten cuidado, por favor, Danny. Todo esto me da mala espina.

Él sonrió.

—Estaré de vuelta en un par de días y comeremos helado, hermanita.

Ella fingió no haberle oído. «Ten cuidado, por favor.» Esas palabras se dicen a menudo, pero en boca de Simone no eran mecánicas. Reflejaban sus sentimientos, su admiración por lo que él hacía, por su resolución: hacer el bien en nombre de aquellos que habían padecido la codicia y la avaricia.

Danny era periodista de investigación, diez años más joven que ella, políticamente incorrecto, idealista e incorruptible. En el transcurso de más de cinco años de investigación sobre lo que Danny llamaba «un conciliábulo de algo más de veinte personas que controlan la mayor parte de la riqueza del mundo», se había granjeado enemigos para más de una vida. Había sido amenazado, obligado a salirse de la carretera y tiroteado varias veces. El año anterior, su coche fue registrado por oficiales del Departamento del Sheriff de Tennessee, supuestamente en busca de drogas. Ese mismo verano pasó tres semanas en el hospital tras ser golpeado con una palanca por un presunto ladrón. Nunca encontraron al agresor. Sólo quedaron las secuelas de su trabajo: una cicatriz de diez centímetros en la parte posterior del cuello. Pero Danny seguía imperturbable.

Simone sostenía con ambas manos una fotografía, por miedo a

que se le cayera, como si fuera algo frágil y muy valioso. Hizo un esfuerzo por concentrarse y mirar. ¿Era posible que se tratase de un error cruel? Ese hombre desnudo ¿podía parecerse a Danny? Por un momento creyó que iba a vomitar. Tragó saliva con dificultad. Luego miró fijamente la foto. Danny tenía las venas cortadas, se veía una botella de alcohol sobre una gastada alfombrilla de baño. Miró al detective, suplicándole respuestas con los ojos.

—Esta fotografía ha sido tomada hace menos de dos horas —dijo él—. En la habitación del motel.

Mientras Simone miraba el cuerpo sin vida, su conmoción y repugnancia iniciales dieron paso a un súbito ataque de ira.

—¿Quién le ha hecho esto?

—Señora Casalaro —dijo el detective Torekull—, nuestros informes preliminares sugieren que él mismo se infligió las heridas. Lo siento mucho.

Ella devolvió las fotografías al detective, que permaneció de pie.

—Dios mío... —murmuró Simone—. ¿Por qué?

«Ten cuidado», gritó Simone a su espalda. Aquélla fue la última imagen que tuvo de Danny: con zapatillas y sin calcetines, saliendo por la puerta a toda prisa. Su «estaré de vuelta en un par de días» se perdió en el fuerte silbido del viento. Se cerró la puerta. Simone oía a Danny bajar las escaleras saltando los peldaños de tres en tres. «Nos vemos en un par de días.» Simone lo observó cruzar la calle, por el asfalto negro, sobre los neumáticos de camión apoyados en la baranda junto a la tienda de accesorios para bicicletas, el color verde de un pub irlandés..., todo aquello desfiló ante ella por centésima vez.

«No te preocupes, todo le irá bien, como siempre», intentó decirse a sí misma. Pero esta vez no fue así. Había algo que fallaba. Acaso fuera intuición femenina. Se volvió y corrió a la puerta. «No, Simone, te estás volviendo paranoica.» Fue al cuarto de baño y se echó agua en la cara. De repente notó que se le doblaban las rodillas. Se agarró al lavabo. Luego se miró al espejo. El vértigo se apoderó de ella. Lo que veía en esa mujer que la miraba eran las mismas emociones que llenaban su subconsciente: el miedo. No, esta vez era algo que iba más allá del miedo. Era terror. Dio una bocanada y respiró unos momentos de forma entrecortada. «Danny, ten cuidado, por favor», susurró entonces.

Torekull seguía de pie, y al estar erguido parecía más bajo. Los asustados ojos de Simone lo veían suspendido entre el mundo de ella y el de Danny. La voz de Torekull continuaba llenándole la cabeza y embotándole los sentidos.

Había dicho: «Señora Casalaro, esta mañana hemos encontrado el cadáver de su hermano en un motel de Shawnsee, Oklahoma... En un motel de Shawnsee, Oklahoma... Shawnsee, Oklahoma.» Simone intentó cambiar de posición, sin saber si quedarse de pie o sentarse. La voz de Torekull estaba en todas partes. Se llevó las manos a la espalda, y las mantuvo apretadas.

—Él es todo lo que tengo... He estado esperando que viniera a casa con un helado —dijo con un hilo de voz.

Torekull se aclaró la garganta con escasa elegancia.

—Señora Casalaro, ¿le dijo Danny por qué iba a Shawnsee?

—No sé. Vamos, no me acuerdo. —Se le crispó la cara. Torekull frunció el ceño. Ella intentó contener las lágrimas—. No es verdad. Era un caso de corrupción a alto nivel. —Se apartó las manos de la cara y las deslizó hasta las rodillas, que agarró con firmeza.

Rebobinó la mente hasta tres semanas antes. Nunca había visto a Danny tan serio: «Simone, la mitad del Departamento de Policía de Nueva York está podrida. Aceptan sobornos. Si me pasa algo, no confíes en ellos, a menos que estés totalmente segura, claro.»

La asustó el temblor en la voz de Danny, que advirtió la expresión de miedo en la cara de su hermana. Una arruga alrededor de la boca.

Él comprendió. «No te preocupes. Sólo son unos corruptos. Cuento allí con un par de contactos, pero no tienen modo de desenmascarar la corrupción sin comprometer docenas de bazas en operaciones paralelas.»

Torekull esperó y luego consultó la hora.

—En la habitación de su hermano encontramos una nota manuscrita. —Introdujo de nuevo la mano en el bolsillo del abrigo y sacó un duplicado de lo que la policía había hallado en Shawnsee. Simone fijó la mirada en las tres líneas impresas.

SIMONE, LO SIENTO, PERO YA NO PUEDO SEGUIR. SIEMPRE HE INTENTADO HACER LO CORRECTO. POR FAVOR, INTENTA PERDONARME. DANNY.

—¿Quién le hizo esto? —preguntó, mirándolo con expresión de dolor—. Danny no se mató. —Su voz era fría como el hielo. Torekull vaciló—. Ésta no es su letra.

Torekull la observó. Simone estaba tensa y tenía los ojos muy abiertos. Él desplazó el peso del cuerpo y luego habló, escogiendo las palabras con cuidado:

—Señora Casalaro, una de las últimas llamadas telefónicas que hemos podido localizar la hizo a Langley. —Hizo una pausa—. El cuartel general de la CIA.

—Se ve que usted tiene todas las respuestas, detective. ¿Por qué no llama y pregunta a esas personas? Sería automático. —Miró desafiante a Torekull.

—Señora Casalaro, teniendo en cuenta el complejo de plataformas del gobierno de Estados Unidos, nada es automático. —Torekull se sentó en un taburete de acero pulido y volvió a estudiar la cara de Simone. Lo intentó de otro modo—: Si, como usted dice, su hermano fue asesinado, necesitaremos su ayuda. —Hizo una pausa—. Porque si es así, estamos hablando de asesinos profesionales, lo que significa que su vida también corre peligro.

Simone apenas le oyó.

—Gracias, detective. Lo tendré presente.

—Señora Casalaro, necesitamos de usted una declaración firmada. ¿Le importaría acompañarme?

Los ojos de Simone seguían clavados en la última imagen de Danny: con zapatillas y sin calcetines, saliendo por la puerta a toda prisa. Asintió, con un escalofrío, mientras alzaba la vista hacia Torekull.

6

Tres hombres (un europeo con acento australiano, un jordano y su guardaespaldas palestino) estaban de pie alrededor de una mesa situada en el centro de una pequeña habitación privada con ventanas de vidrio esmerilado, charlando con desgana. De pronto, se abrió la puerta y entró un diminuto director de banco, seguido de dos fornidos guardias de seguridad que dejaron dos baúles de madera frente a los cuatro hombres. Los baúles estaban cerrados con candado. Cuando introdujeron el segundo, el director dijo, como para que constara en acta:

—No sabemos lo que hay en estos baúles, ni queremos saberlo.

El hombrecillo asintió con la cabeza y se fue. La puerta se cerró tras ellos con un ruido sordo. Por un momento, los tres hombres se quedaron en silencio, escuchando los pasos que se alejaban.

—Según parece, han conseguido el permiso, ¿no, Hassan? —dijo el europeo.

El hombre era alto, con una cabeza poblada de pelo canoso largo y suelto, peinado estratégicamente de izquierda a derecha, a través de la alta frente, para disimular las entradas. Las orejas planas pegadas a una cabeza grande y un mentón muy pronunciado estaban en agudo contraste con una prominente nariz ligeramente ganchuda, aunque muy inglesa, que daba a su aspecto un aire picassiano. El jordano sacó en silencio un juego de llaves y abrió los baúles. Estaban llenos de láminas de cartón perfectamente encajadas. Y en cada lámina, observó horrorizado el europeo, había centenares de papiros pegados al cartón mediante pequeñas tiras de cinta adhesiva transparente. Los textos estaban escritos en arameo y hebreo. Los acompañaban envolturas de momia egipcia con inscripciones en demótico, la forma escrita de los jeroglíficos.

El europeo sabía que estas envolturas solían contener textos sagrados. Dedujo que los dueños de ese tesoro habían desenvuelto, como mínimo, una o dos momias.

—El precio es tres millones de libras esterlinas, Michael —dijo el jordano con voz ronca, delatando su acento—. Si puedes encontrar un comprador, mi jefe te dará una comisión del diez por ciento.

De pronto, Michael oyó un leve ruido, seguido de dos breves pitidos, lo que indicaba la recepción de un mensaje de texto. Llevó la mano al bolsillo, pero luego cambió de idea.

—¿Puedo? —Sin tocar el cartón, Michael examinó uno de los textos—. Esta colección es un verdadero hallazgo. Los textos hablan del misterioso árbol sagrado atendido por sacerdotes extrañamente ataviados, todos ellos portadores de un cubo de agua en una mano y una piña en la otra. —El jordano miró al experto y se encogió de hombros. El otro continuó—: Hassan, estas imágenes nunca aparecieron reflejadas en las tablillas de arcilla en las que se inscribían los escritos antiguos. Por eso han sido un enigma durante tanto tiempo. Ahora hemos encontrado el eslabón histórico que faltaba. —Los ojos de Michael brillaban de excitación.

—No sé de qué estás hablando —dijo el corpulento jordano.

—Del Árbol de la Vida —señaló Michael Asbury, claramente entusiasmado—, la espina dorsal de la misteriosa práctica judía conocida como Cábala. En beneficio de la ciencia, creo que deberíamos informar a algunos especialistas. Temo que, sin un comprador, estos documentos desaparezcan en los recovecos más ocultos del banco, uniéndose a otros muchos documentos históricos valiosísimos, guardados bajo llave en cámaras acorazadas y cajas de seguridad.

El jordano no respondió. Absorto en sus pensamientos, se acarició el grueso bigote, gesto común a todos los hombres árabes.

—Haré una llamada en tu nombre, Michael. —El jordano sacó un pesado móvil, modelo antiguo, y pulsó varios botones. El hombre a quien el jordano llamaba Michael pegó los ojos a la pantallita: «+962 4.»

«Está llamando a Jerash», pensó Michael. Jerash, una antigua ciudad situada a menos de una hora al norte de Amman, capital de Jordania, era una de las ciudades romanas mejor conservadas del mundo. De la breve conversación en árabe que siguió a continuación, Michael dedujo que Hassan estaba transmitiendo la petición al otro extremo de la línea. De repente, éste pasó al inglés.

—Michael Asbury es uno de los historiadores de la religión más importantes de la actualidad, y un destacado experto en códices y textos coptos. —Hassan escuchó atentamente las instrucciones del hombre—. Entiendo —dijo finalmente en inglés antes de colgar—. Michael, mi jefe, que representa a un cliente influyente, quiere que tomes una buena selección de fotografías que pueda enseñar a posibles compradores.

—¡No faltaba más! —dijo Michael, salivando ante la idea de que uno de los mayores enigmas de la historia estuviera a su disposición—. ¿Qué tal si...?

El jordano sacudió la cabeza y miró a Michael.

—Pero con una condición. No puedes hablar de esta colección con nadie más, ¿de acuerdo?

Se oyó otro ruido, seguido de dos pitidos cortos. Michael arrugó la frente.

—Lo siento, está claro que alguien quiere hablar conmigo. —Llevó la mano al bolsillo superior y encendió el móvil.

«Tienes dos mensajes», decía el texto. Michael abrió la bandeja de entrada y pulsó el botón. En la pantalla apareció un nombre conocido. «¿Simone?, qué raro...» Abrió el mensaje y leyó.

La perplejidad y la tristeza en la cara de Michael avisaron al jordano de que algo andaba mal.

—¿Michael? Pareces trastornado.

Movió la cabeza mansamente.

—Disculpadme, por favor —balbuceó—. Debo hacer una llamada. Tendré que ir a Nueva York a primera hora de la mañana. —Miró al jordano—. Volveré enseguida. —Consultó el reloj. Las nueve veintitrés. El jordano pulsó un botón de la pared para llamar al director.

Al cabo de unos minutos, Michael marcó el número de la operadora, que le pasó con British Airways. Cinco minutos más tarde, tenía una reserva para el vuelo de las siete y media de la mañana con destino Nueva York.

Michael Asbury miró a lo lejos. Frente a él se alzaba la silueta de Londres, respirando en la oscuridad. Caía la noche. Dentro de poco cubriría la ciudad con una negrura limpiadora. Simone Casalaro... Algo se tensó en su interior, y notó una emoción fundida y peligrosa, que se desbordaba, borboteaba, engatusaba, intentaba salir. Ahora la vio tan nítidamente como la última vez que habían estado juntos. Su cuello blanco, brillante, a través del largo pelo oscuro. Temeroso de que las imágenes se disolvieran en la nada, la evocó embelesado una y otra vez, hasta dibujarse en su rostro la mueca de un espasmo prematuro. Ladeó la cabeza. ¿Se trataba de amor, lealtad, admiración o devoción? Simone era única en su círculo de amigos. Mujer de muchas vocaciones poco definidas, había escogido una de ellas al azar, cuando pudo haber sido pintora, una maravillosa actriz de teatro o malabarista. Él siempre la consideró una belleza natural, con esos ojos muy separados y esa singular línea de los labios en que parecía estar ya inscrita la geometría de la sonrisa.

Ahora había muerto su hermano y necesitaba ayuda. Aunque yendo en su ayuda no cambiaría nada, sí podía reducir las posibilidades en su contra. «Y entonces...», pensó. Tuvo otro recuerdo fugaz e inoportuno. La idea rondó por su cabeza como la niebla matutina. Ahora no podía considerarla. Debería esperar. Notó el asfixiante vacío que siempre acompañó a su separación. De todos modos, era imposible negarlo. En ese vacío algo estaba creciendo.

7

Ya era tarde cuando Simone salió de la comisaría y se dirigió a pie hacia la estación de tren más cercana. A su derecha oyó el estruendo de un tren que surgía de un túnel, aproximándose. En el andén, el viento obligó a los pasajeros a juntarse.

«¿Te imaginas que el infierno fuera un invento de la teología católica?»

El recuerdo sobresaltó a Simone. Miró a la derecha. A unos cinco metros había una atractiva pareja, con idénticas levitas retorciéndose en el viento. El tren había reducido la marcha, frenando al tiempo que serpenteaba por una empinada pendiente antes de detenerse y soltar un belicoso suspiro de alivio. Simone subió como si estuviera en trance.

—¿Te acuerdas? —dijo Danny.

—Me acuerdo —respondió ella.

—¿Éste es el final del mapa? —preguntó él.

—Los mapas no tienen finales. Tienen niveles de ampliación.

Él lo pensó un momento.

—Simone... —Danny le tiró de la manga—. ¿Cómo dibujarías el infierno? —Movió los lápices de un lado a otro, cada vez más deprisa.

—Así. —Ella señaló la forma imaginaria que el lápiz de Danny dibujaba en el aire—. El infierno es un abismo cónico que va desde la superficie de la tierra hasta el mismo centro, donde Satán y los traidores están aplastados en un estancamiento helado.

La primera espiral terminaba en un punto. Danny la miró detenidamente. Por fin, sacó un portaminas de plata.

—Limbo... —susurró, y un suspiro plateado perfiló todo el abismo.

Simone, perpleja, apartó el rostro y se encaminó hacia el pasillo. Tropezó con la puerta del vagón siguiente cuando el tren frenó en lo que sería un tramo de vía muy empinado.

—¿Me permite? —le dijo a una anciana con un vestido blanco a cuadros, señalando un libro que, con el lomo para arriba, yacía en un asiento vacío.

—Sí, claro —contestó la mujer con complacencia involuntaria, parpadeando y colocándose el libro en el regazo. Simone se sentó y le lanzó una mirada tímida y distraída.

¿Quién le haría eso? Shawnsee... El cuerpo sin vida de Danny repantigado en una bañera y con las venas cortadas. «Fue un suicidio, señora Casalaro. ¿Tiene alguna idea de por qué Danny quería ir a Shawnsee? ¿Sabe qué estaba investigando?» La voz uniforme de Torekull sonaba hueca, desvaneciéndose como una bocanada de humo, su almidonada pechera hinchándose como una joroba blancuzca. Simone volvió su pálido rostro a la ventana. Ahora podía oír las voces. No, no se hablaba mucho. Fragmentos de frases rompían el silencio en breves estallidos, como si vinieran de lejos y luego estuvieran cerca.

—Simone, si alguna vez me ocurre algo, quiero que hagas algo por mí.

La voz de Danny la sobresaltó.

—¿De qué hablas?

—¿Lo harás por mí?

—¿Hacer qué? ¿Por qué te pones tan misterioso? Me estás asustando.

—He guardado algunos documentos privados. —Hizo una

pausa—. Ya sabes, para que estén en lugar seguro. Por si... —Volvió a interrumpirse, mordiéndose el labio inferior.

—¿Por si qué?

—Por si me sucede algo. —Le dirigió una sonrisa amable pero cautelosa.

—¿Qué estás diciendo?

—Escucha, Simone, es sólo una medida preventiva, nada más.

—Bueno, pues dime de qué se trata.

—Lo sabrás cuando llegue el momento.

Nunca había visto a Danny asustado, pero aquel día lo estaba. Simone le había suplicado que se lo contara para así poder ayudarlo, o al menos convencerlo de que se alejara del peligro.

Ahora se inclinó hacia delante. Los vagones rechinaban contra la vía con más fuerza, como si empujaran plomo. El tren se detuvo. Simone no sabía cuánto rato llevaban parados cuando sonó su móvil. Se habría quedado adormilada. Lo sacó del bolso y lo pegó a la oreja. Era un mensaje de Michael. Se hallaba en el área de embarque de Heathrow y aterrizaría en el JFK al mediodía. ¿Podía pasar a recogerlo?

Era ya última hora de la tarde de un largo día en Nueva York, pero en Londres iban cinco horas adelantados. Simone miró el reloj. Pasaban treinta y cuatro minutos de la medianoche. Mientras subía la escalera de su bloque, un hombre enclenque con un caniche, de piel aceitunada y canas en las sienes, sentado en un banco cercano, se levantó y, con discreción y sorprendente soltura, metió la mano en el bolsillo y llevó el dedo al botón de una cámara oculta. Se alejó tranquilamente y ocupó un puesto de observación al otro lado de la calle. Llevaba auriculares y movía la cabeza como si siguiera el ritmo de la música. Pocas personas se habrían dado cuenta de que la emisión que estaba escuchando era todo menos música.

Tras pulsar el botón del transmisor, dijo:

—Eureka Uno. —El tono de su voz era pausado.

—¿Cuál es tu informe? —La voz metálica chisporroteó a través de los auriculares.

—Sujeto a la vista y a solas —dijo el hombre.

Mientras forcejeaba para contener las lágrimas, Simone buscó las llaves y abrió la puerta del edificio. El apartamento de Danny tenía el acceso prohibido, al menos hasta que la policía concluyera las pesquisas. Y ella tenía demasiadas cosas en la cabeza para advertir que otras tres personas estaban observando sus movimientos. Una era un joven con grandes patillas, vaqueros y el pelo largo. Las otras dos parecían una pareja de viejos vagabundos. Tampoco se fijó en una mujer anodina de mediana edad, con una gran melena rubia y sucia debajo de un sombrero de borde ancho y un impermeable, que salía del ascensor cuando ella subía. La mujer abrió el bolso, sacó la polvera y revisó su maquillaje, inclinando el espejito primero a la izquierda y luego a la derecha. Satisfecha, guardó la polvera, cerró el bolso y salió del edificio; giró a la izquierda en la primera esquina, cruzó la calle y subió a una limusina que la esperaba.

—Sí. —El hombre sentado en el asiento de atrás respondió a su sonrisa.

—*Merci*, Mylene.

8

El Comité Contra la Tortura (CAT) es el conjunto de expertos independientes que controlan la puesta en práctica de la Convención contra la tortura y otros tratos o castigos crueles, inhumanos o degradantes. Todo esto se explica con detalle en un Protocolo opcional de la Convención, que fue aprobado el 18 de diciembre de 2002, en la 57.ª sesión de la Asamblea General de Naciones Unidas.

Un Subcomité de diez miembros sobre Prevención de la tortura (SPT) es el encargado de redactar los informes para el alto comisionado. Las observaciones del SPT son confidenciales. Uno de esos informes, calificado como «Secreto» y «Sólo para tus ojos», fue entregado en mano en la Oficina del alto comisionado de Naciones Unidas para los Derechos Humanos (OHCHR) a principios de enero de este año. El alto comisionado para los Derechos Humanos es el principal funcionario de la ONU en la materia.

Su oficina está en Ginebra, Suiza, y tiene su sede en el histórico Palais Wilson, junto al lago Léman. Cuando Suiza se incorporó a la recién creada Liga de las Naciones en 1920, el edificio se convirtió en el cuartel general del organismo. En 1924, el lugar adoptó el nombre de Palais Wilson tras la muerte del presidente de Estados Unidos Woodrow Wilson, que había desempeñado un papel decisivo para sentar las bases del futuro gobierno mundial, creando la Liga de las Naciones durante la Conferencia de Paz de París de 1919.

El alto comisionado de la ONU para los Derechos Humanos era Louise Arbour, antigua magistrada del Tribunal Supremo de Canadá, que en los medios de comunicación era más conocida por haber sido fiscal principal en los juicios por el genocidio de Ruanda y por abusos de los derechos humanos en Yugoslavia en la década de 1990.

—Perdón por la interrupción. —La voz llegó antes de que la puerta estuviera abierta del todo—. ¿Puedo?

—Buenos días. Sí, por favor, entre. Me encanta la vista del lago por la mañana. —La alta comisionada se reclinó en la silla, sonriendo para sus adentros.

Frej Fenniche era funcionario superior de Derechos Humanos, y el responsable del HCM, material muy confidencial. Tenía en las manos un sobre azul oscuro.

—Louise, creo que debería ver esto. —Hizo una pausa, sin saber muy bien cómo seguir.

Louise Arbour se incorporó frente a él. La sonrisa desapareció de su cara al instante. Rompió el sello de seguridad, se puso las gafas y leyó rápidamente el informe. «Potencial peligro para la seguridad del último testigo de los experimentos en los campos de exterminio japoneses.» — «Activadas medidas de seguridad.» — «Testigo trasladado a Roma.» — «La Interpol se encarga de la protección del testigo.»

Era como mínimo preocupante que dieciséis de diecisiete testigos japoneses dispuestos a declarar, ante el alto comisionado, sobre los experimentos atroces con prisioneros en campos de concentración japoneses durante la Segunda Guerra Mundial, hubieran muerto recientemente uno tras otro (aunque, como es lógico, eran de edad avanzada). Volvió a leer el informe. El último párrafo le crispó los nervios.

«XD Prioridad Máxima Etiqueta Roja», pensó. Importantísimo. La Interpol tenía archivos especiales con etiquetas de diferentes colores. Las rojas tenían prioridad absoluta. Significaban que se estaban llevando a cabo investigaciones sobre «Objetivos de alto valor», individuos que la Interpol quería detener de inmediato. En este informe, sin embargo, no se nombraba el Objetivo, el HVT.

La alta comisionada reflexionó, no por primera vez, sobre la naturaleza de la Interpol, la mayor organización policial del mundo, cuya misión, al menos en teoría, es combatir el crimen internacional. Poca gente sabe que la Interpol, creada por la Casa de Rothschild en Viena en 1923, surgió pensando en la Primera Guerra Mundial. Esa familia creyó necesaria una organización especial de inteligencia que velara por los intereses de los banqueros, que habían financiado a ambos bandos. Para no levantar sospechas, pidieron al príncipe Alberto de Mónaco que invitara a abogados, jueces y oficiales de policía de varios países para que analizaran la cooperación internacional contra la delincuencia.

En la actualidad, se recordaba Louise a sí misma, la Interpol está provista de agentes del MI6, el MI5, la CIA, el Mossad, el FSB ruso y la Agencia de Policía Nacional de Japón, por nombrar sólo algunas de las organizaciones más conocidas. En teoría, todas trabajan juntas con un objetivo común: garantizar la paz y luchar contra el crimen internacional. En la práctica, cada país tiene sus propios intereses y, a veces, tienen prioridad sobre los demás.

Louise Arbour leyó el último párrafo por tercera vez.

SEGÚN SEÑALES VAGAS Y CONTRADICTORIAS, HAY UN PELIGRO GRAVE PARA LA SEGURIDAD. SE REQUIEREN MEDIDAS ADICIONALES.

—Frej, a este hombre no debe pasarle nada. ¿Entendido? —Se reclinó en la silla, pensando—. ¿Quién más sabe que el testigo ha sido trasladado a Roma?

—Sólo nosotros, el gobierno de Estados Unidos y la Interpol. —Frej Fenniche era un hombre alto y delgado, con rasgos aquilinos, y un pelo rubio meticulosamente arreglado y cortado a la moda. Su inglés, con entonación suiza, era refinado.

Como antigua magistrada del Tribunal Supremo y fiscal principal en los juicios por el genocidio de Ruanda y los abusos contra los derechos humanos en Yugoslavia, Arbour estaba muy familiarizada con el *establishment* internacional de los servicios de inteligencia. En sus investigaciones era muy minuciosa, y la a menudo incomprensible sopa de letras de relaciones entrelazadas en los organismos estadounidenses, canadienses e internacionales, siempre la frustraba. Le recordaba hasta qué punto las organizaciones de inteligencia carecían de supervisión. Era un problema eterno. Cada división militar (el ejército, la marina, la fuerza aérea y el cuerpo de marines) tenía sus propias unidades internas de inteligencia, «los caciques secretos del poder norteamericano», como dijo un periodista. Esto iba desde lo inocuamente disparatado hasta lo insufriblemente absurdo, desde lo insensatamente peligroso hasta lo ridículamente inútil. El Ministerio de Justicia de Estados Unidos no escatimaba recursos para la Oficina Central Nacional de Interpol-Estados Unidos, que a su vez competía por fondos con el FBI, también bajo la atenta mirada de la DEA, la Organización de lucha contra el contrabando y consumo de drogas. El Ministerio de Hacienda poseía su propia e inmensa infraestructura con la Oficina de Alcohol, Tabaco y Armas de Fuego, mientras que el Ministerio de Defensa gastaba sus recursos en la Agencia de Inteligencia Militar. El Consejo de Seguridad Nacional de la Casa Blanca conservaba un conjunto aparte de analistas clave. Ubicada en Fort Meady, era la mayor organización de inteligencia de Estados Unidos, dedicada sobre todo a la información sobre señales. Además, la Oficina de Inteligencia Naval trabajaba estrechamente con el FBI y el CSIC de Canadá, integrado por casi trescientos ochenta organismos repartidos entre Canadá y Estados Unidos, cuyo objetivo principal era facilitar la producción y el intercambio de información sobre asuntos criminales. Las discrepancias y la no rendición de cuentas lo dejaban a uno atónito: cualquier desacuerdo podía suponer un peligro para la seguridad y un fallo catastrófico. Una cosa era saber quién le estaba haciendo qué a quién en los rincones más oscuros de Iraq o África. Otra muy distinta, el peligro para la seguridad que amenazaba con socavar la operación más importante de la Comisión en el área de los Crímenes contra la Humanidad.

—Frej, el hecho de que dieciséis de diecisiete testigos dispuestos a presentarse tras más de sesenta años de silencio hayan muerto recientemente es una improbabilidad estadística. —Le brillaban los ojos de cólera. Tras unos instantes, extendió la mano y pulsó un botón del teléfono—. Jocelyn, por favor, consígueme un billete para el próximo vuelo a Roma.

Su expresión se endureció. Esto no formaba parte del mundo ordenado y razonable de Louise Arbour; su mente precisa y analítica estaba siendo provocada. Su razonamiento se volvió implacable.

—Cada uno de los testigos clave venía con un código de seguridad de doce dígitos. Sus identidades nunca fueron reveladas, ¿es así? —Frej asintió con ademán grave y en silencio—. Por precaución, la información sobre los testigos está compartimentada y separada de los archivos de seguridad, ¿verdad? —No estaba tanto preguntando como afirmando. Frej inclinó la cabeza—. O los chicos de la Interpol son incompetentes o tenemos un topo, aquí o en el nivel superior del gobierno de Estados Unidos, en cuyo caso está en peligro la operación en curso.

—Louise, si nuestra organización está en peligro, le aseguro que debe de ser a un nivel muy alto.

La alta comisionada miró con expectación a su funcionario superior de Derechos Humanos. No conocía a nadie tan familiarizado con la lenta y pesada burocracia de Naciones Unidas.

—En la Interpol, los sistemas principales no están bien coordinados debido a incompatibilidades de plataforma con los sistemas colaboradores. —Frej repasó dos docenas de categorías de seguridad y sus sistemas afines como un camarero que recita los platos del día—. La CIA y el CSIC utilizan software Management Information del fiscal, que viene con el código OCLC numerado 5882076.

»Los ministerios de Justicia y Hacienda usan tecnología Omtool. —Frej vio que el rostro de Louise se partía en una sonrisa burlona.

A ella le encantaba la eficiencia, y, de las personas que había conocido, Frej Fenniche era quien estaba más cerca de la perfección burocrática. Frej siguió hablando.

—Los sistemas heterogéneos basados en la ejecución sufren diversas limitaciones: están sometidos a un espacio de estado insolublemente grande para escenarios más complejos, y no pueden tener en cuenta algunos parámetros, como el aumento de fiabilidad de componentes individuales, las dependencias entre componentes, etcétera.

—Y eso significa...

—Significa que, por alguna razón, el propio sistema se ve en peligro a causa de un sistema inhabilitante que anula todos los aspectos de su seguridad.

—Entonces, Frej, ¿qué le dice su instinto?

—La Interpol está captando señales no específicas, aunque persistentes, sobre algún tipo de actividad extraoficial en la que está implicada una entidad desconocida.

Louise Arbour asintió fríamente.

—¿Cuándo anunció el Comité Contra la Tortura los avances en sus investigaciones sobre crímenes contra la humanidad, en los campos de concentración japoneses durante la Segunda Guerra Mundial?

—Hace menos de cuatro meses.

Ella encendió un cigarrillo.

—¿Me está diciendo que las dieciséis personas citadas y dispuestas a testificar sobre abusos, torturas y crímenes contra la humanidad, que implicarían a gobiernos occidentales en connivencia con el Ejército Imperial japonés, han muerto por causas naturales?

Frej sabía que su jefa no quería una respuesta. Louise Arbour detestaba las anomalías, y esto, aparte de ser una anomalía exasperante, era algo peor: una traición.

El sol había ascendido hasta el punto medio de los árboles circundantes y entraba a chorros por las ventanas. Louise Arbour no necesitaba ningún estímulo para hacer su trabajo. Se puso en pie. El humo del cigarrillo subió y describió una espiral por encima de la mesa. La alta comisionada de la ONU parecía haberle echado el anzuelo a algo.

—Ahí fuera alguien está acelerando todo esto hacia su premeditada e insondable conclusión. Este alguien puede ser uno de los nuestros. —Le dio un escalofrío—. Me voy a Roma, Frej.

9

Novodevichy, tres años antes

El cementerio secular también conocido como «Convento de las nuevas doncellas» es el más venerado de Moscú. Fue fundado por Basilio III en 1524 para conmemorar la reconquista de Smolensk a los lituanos en 1514.

Ahora es la última morada de algunos de los más célebres escritores y poetas de Rusia. Chéjov fue uno de los primeros en ser enterrado aquí, en 1904, y no mucho después fueron inhumados los restos de Gogol, tras ser trasladados desde el monasterio Danilov. La tumba de Gogol está vinculada simbólicamente a la de otro famoso escritor, Bulgákov, autor de *El maestro y Margarita*.

Una de las ironías del cementerio es que las víctimas del régimen soviético (perseguidas, encarceladas, exiliadas o enviadas a campos de internamiento a trabajar para investigadores y científicos) están enterradas al lado de los verdugos del Estado. Así, el cementerio alberga a Grigori Nikulin y Mikhail Medvedev, miembros del NKVD que participaron en el asesinato del último zar ruso Nicolás II y su familia en Ekaterimburgo. En el Novodevichy también yacen los restos de otros muchos rusos destacados: los decembristas Matvei Muravyov y Sergei Trubetskoi, los compositores Sergei Prokofiev y Dmitri Shostakovich, o el cantante y actor Fyodor Chaliapin, uno de los más grandes bajos rusos que actuara en los teatros de ópera occidentales.

Como todo lo ruso, el cementerio es inmenso (más de sesenta hectáreas) y está mal organizado. Las tumbas de rusos famosos indicadas en el mapa con un número rojo no corresponden a los lugares reales.

Michael Asbury soltó un suspiro mientras se acercaba a una mujer de mármol blanco encerrada en cristal. Miró el mapa con desaliento. «Dejad toda esperanza vosotros que entráis», murmuró para sí. A unos metros, una mujer de constitución delgada, con pestañas largas y negras y una sonrisa forzada, se volvió.

—Dante —dijo ella, esbozando la sonrisa más radiante que Michael había visto en su vida.

—Encantado de conocerla, Dante. —Él extendió la mano—. Yo soy Michael.

—No, Dios, qué gracia... —Ella sofocó una risita—. Me llamo Simone, no Dante. Me refería a lo que ha dicho usted cuando se ha acercado al monumento. —Había en ella un aire exuberante, infantil. Se quedaron en silencio un momento.

—Es bastante confuso, ¿no?

—¿El qué? —dijo Michael.

—El mapa. Es poco claro. —Ella lo miró burlona, estudiando sus rasgos.

Michael percibió en el comportamiento de ella una curiosidad natural por la vida, y le devolvió la sonrisa.

—¿Es usted norteamericana?

—Sí. Y usted, ¿es británico?

—No, de hecho soy australiano, pero vivo en Londres. —Hizo una pausa—. Bueno, en realidad no es que viva en Londres, a menos que se considere vivir en un sitio estar allí tres días al mes. —Ella volvió a reprimir una risita. Y sonrió de nuevo. Él dijo—: Tengo una idea. ¿Por qué no volvemos a empezar?

—Vaya, qué divertido... —dijo Simone—. Dos adultos, ambos cohibidos, de pie frente a la tumba de la ex esposa de Stalin. ¿Puede haber algo más divertido? Mire. —Señaló un busto de mármol blanco italiano que tenía delante—. Éste es uno de los monumentos más evocadores del cementerio. Nadezhda Alliluyeva fue la segunda esposa de Stalin. —Se quedó en silencio uno o dos segundos, contemplando algo—. En ruso Nadezhda significa «esperanza».

Michael acarició la base del monumento finamente labrado.

—Me sorprende lo bien conservada que está.

—Es una copia —dijo Simone.

—¿Qué?

—El original está en la galería Tretyakov.

—Claro —dijo él—. El mármol resiste mal los efectos de la intemperie. De lo contrario, no habría durado tanto.

—La muerte de Nadezhda Alliluyeva sigue siendo un misterio. Unos dicen que se suicidó. Otros, que fue asesinada por orden de su marido. Según la leyenda, Stalin venía de noche y se sentaba aquí a llorar por su amada Nadezhda. —Sonrió otra vez—. Supongo que nuestra vida está determinada tanto por los que nos dejan como por los que se quedan. Mi ex novio solía decir que la esperanza y la desesperanza persisten pese a los hechos. —Pensó en ello por un instante—. De acuerdo, en aquel momento estaba colocado. —Se le acercó y se situó frente a él—. Soy Simone Casalaro. Doy clases de literatura italiana del Renacimiento.

—Es un placer conocerla, Simone. Me llamo Michael Asbury y soy historiador de la religión.

Ella le tendió su pequeña mano. Él la tomó. La notó cálida y suave.

Durante las tres horas siguientes vagaron por los senderos y rincones de Novodevichy, subiendo y bajando por el césped empapado, los caminos adoquinados, el asfalto perfectamente pavimentado, las veredas. Ella le habló de su amor por la literatura italiana y la cultura rusa, de su hermano Danny, sus padres, sus viajes más exóticos. Él le habló de su búsqueda del Evangelio de Judas Iscariote, perdido hacía mucho tiempo, de los descubrimientos que había hecho acerca de Jesucristo y María Magdalena.

En algunos silencios hubo intentos vacilantes de afecto, pero también algo más. Para Michael era impensable, pues se acababan de conocer. Y, sin embargo, ahí estaba, acariciando y suplicando que lo soltaran. Siguieron charlando y paseando, las miradas cada vez más largas. Era impensable, pero ahí estaba.

Llegaron a una arcada semicerrada, una cúpula redonda sobre un enorme pórtico. Era un columbario en miniatura, erigido para albergar urnas cinerarias. Simone consultó el mapa.

—Aquí está enterrada Anna Pavlova, sin duda una de las grandes bailarinas del siglo XX. Sus cenizas llegaron casi setenta años después de su muerte. —Miró a Michael—. En 1931 contrajo pleuresía. Los médicos podrían haberle salvado la vida con una intervención que le habría dañado las costillas y dejado incapaz de actuar. Pavlova prefirió morir a dejar la danza.

»Antes de morir, se dice que abrió los ojos, alzó la mano y pronunció estas últimas palabras: "Tened a punto mi vestido de cisne." Unos días más tarde, en el teatro donde habría bailado *El cisne*, se atenuaron las luces, se levantó el telón, y mientras la orquesta tocaba la conocida partitura de Saint-Saëns, un foco se desplazó por el escenario vacío como si buscara a Pavlova.

Se quedaron inmóviles, saboreando el momento. Anochecía. Simone tembló de frío. Estaba al lado de él, mirando hacia abajo, y de pronto alzó ambas manos y le acarició el rostro. Michael se quedó paralizado. Ella se inclinó hacia delante y rozó los labios de él con los suyos. La mirada de Simone era serena, sin miedo, fija en Michael. Éste la agarró por la cintura y la atrajo hacia sí, los labios de ella en los suyos, sus pechos contra su cuerpo. El aire se llenó de su calidez, de la emoción del descubrimiento. Se besaron y se abrazaron con la intensidad de dos personas que, de algún modo, sabían que todo aquello era temporal.

«Damas y caballeros, estamos llegando al aeropuerto internacional John F. Kennedy...» Una voz metálica sacudió a Michael, trasladándolo al presente. Los flecos de su memoria se dispersaron. Estaba a miles de kilómetros. Recogió cuidadosamente los fragmentos de sus recuerdos. Novodevichy..., y tres años se desmenuzaron entre sus dedos.

Miró por la ventanilla. Allí estaba la Gran Manzana. Nunca pensaba en Nueva York como una ciudad, sino más bien como una entidad aparte, un país por sí mismo, un organismo vivo que respiraba, diferente de cualquier otro. Volvió a pensar en Simone. ¿Cuánto tiempo había pasado? Su mente corrió a la última noche que habían estado juntos. Junio pasado. En Londres. Ella iba camino de un simposio en Florencia. Él tenía que estar en El Cairo al día siguiente. «Dios mío, hace ocho meses.» Sintió una punzada. ¿Cómo podía haber pasado tanto tiempo? Michael parpadeó con fuerza.

Cuando estaban juntos, hablaban y hacían el amor. Eran dos desconocidos a los que el cruel transcurso del tiempo y el deterioro habían juntado temporalmente. Para ellos, eso también era una forma de conocimiento, el nacimiento de una consciencia que se sabía provisional. Intentaron poner normalidad donde no la había, recrear una vida real donde no existía.

Pasaron otros tres días y otras tres noches, llenos de estímulos físicos e intelectuales. El Cairo se volvió un recuerdo lejano; Florencia, un sueño irrealizable.

«¿Simone?», lo recordó como una pregunta y a la vez un intento inútil de posponer lo inevitable. «¿Y si nosotros...» Pero calló sin saber cómo seguir.

Ella yacía en la cama.

—Michael... —dijo, mirándolo con ojos suplicantes. En esos ojos había dolor y algo parecido al amor. Se incorporó y apoyó suavemente la cabeza en el hombro de él—. Si creamos una relación normal, destruiremos el más bello de los romances. —Lo miró fijamente—. No somos personas normales. Lo que tenemos es un sueño hecho realidad.

—Simone... —repitió él con voz pastosa.

—Michael —ella dudó durante una fracción de segundo—, no puede ser mejor que esto.

—Puede ser distinto.

—Distinto no es necesariamente mejor, es sólo eso, distinto.

—Simone, te estás desviando del tema.

—Desviarse de un tema es un oxímoron, cariño.

—Sólo estoy intentando entender dónde estamos.

—Michael, en nuestras circunstancias, es más fácil ser solteros. Tú eres un historiador de arcanos que no ha ido a su casa desde hace más de cinco meses. Yo soy una experta en el Renacimiento que pasa más tiempo en la Biblioteca Nacional de Florencia que en su carísimo *loft* de Nueva York. Somos mundos aparte.

—Simone...

—Escúchame bien, por favor. Los fines de semana que pasamos juntos logramos ser lo que realmente somos. Dos personas enamoradas, con un amor imposible. No tenemos ni idea de cómo hacer nuestro trabajo y conservar la relación sin destruirla. —Hizo una pausa—. Además, tengo miedo de cómo este intento serio podría afectar a lo que somos cuando estamos juntos. Y si fracasara, las repercusiones que esto podría tener, cómo sentiríamos dolor en sitios que ni siquiera sabíamos que existían.

—Exacto. —Michael se levantó y se acercó a la chimenea—. Entonces soy sólo alguien con quien tienes sexo trimestral.

—Michael, creía que eras tú quien tenías sexo trimestral conmigo.

—Esto se ha complicado demasiado.

Todo se fue al traste en una décima de segundo. Michael sonrió y se esforzó por contener las lágrimas. Había voces encima, a lo lejos, y también recuerdos. La vida real... Ella tenía razón, desde luego. Eso nunca podría ser tan real como la vida. Los dos necesitaban espacio. Él se soltaría. La vida real... ¿Qué era ese concepto escurridizo? Quizás una vida real no era una existencia, por sólida e innegable que fuera, sino sus mejores momentos, cuando el yo es más sí mismo: la vida real más que una simple existencia.

El avión aterrizó en la pista y se acercó a la terminal.

Simone... El pensamiento le engatusó para que regresara al aquí y ahora. La vería pronto. Su nombre salió de su subconsciente. Mientras se apresuraba hacia la salida, Simone fue apareciendo ante sus ojos. Notaba la boca seca. La mirada de ella era para Michael un grito que resonaba en los recovecos más oscuros de su mente. Un instante después, la estaba abrazando, la cara de ella tocándole el hombro, los labios temblorosos, el miedo y el desconcierto inscritos en sus ojos. La mejilla que él pretendía besar fue sustituida por la pasión de la boca. Lo invadieron la culpa y la ternura mezcladas con un deseo doloroso. Luego llegaron las lágrimas de ambos. Se sentían el uno al otro mientras permanecían abrazados. «Estamos juntos.» Entonces Michael recordó, y por un momento el mundo se detuvo. «Michael, te necesito. Han matado a mi hermano.»

10

En Roma, las oficinas regionales del alto comisionado de la ONU para los Derechos Humanos están en la Via Giustiniani, justo frente a la Piazza Navona y el Palazzo Madama, sede del Senado italiano. El edificio fue construido a finales del siglo XIV sobre las ruinas de los antiguos baños por los monjes de la abadía de Farfa, quienes en 1505 lo cedieron a la familia de los Médicis. En cierta época albergó a dos Médicis, cardenales a la par que primos, Giovanni y Giuliano, que más adelante fueron los papas León X y Clemente VII, respectivamente. Aunque la Comisión se dedica a proteger los derechos humanos, en ese frío y lluvioso día de invierno, el 11 de febrero, fue un campamento fuertemente vigilado, rodeado por una docena de policías militares con perros guardianes.

Curtis estaba sentado a una mesa, estudiando el mapa de Roma. El camino más rápido para llegar a la sede del alto comisionado de la ONU para los Derechos Humanos sería tomar la via delle Quattro Fontane, girar a la izquierda en la Via di Tritone, dejar atrás la Via del Corso, sortear la Piazza Colonna y zigzaguear por la Via dei Coronari. Frunció el ceño. Aunque era sábado y el tráfico sería esporádico, Coronari era una calle estrecha, de sentido único y con muchos edificios, ideal para una emboscada. No, ese trazado no serviría. Una ruta más larga, pero también más segura, pasaría por la Via del Corso, de cuatro carriles, y luego lo obligaría a girar a la derecha en la Via Plebiscito para tomar el Corso del Rinascimento. Miró el reloj. Las once menos cuarto. Dentro de otros veinte minutos estaría listo.

Se abrió la puerta corredera y entró un hombre musculoso con dos cafés en sendos vasos de plástico. Era casi tan alto como Curtis y tenía las mejillas convexas, la barbilla hendida y la cabeza afeitada.

—Eh, Josh... —Curtis asintió al ver el café.

—¿Alguna novedad? —preguntó Josh con un acento inconfundible del sur de Estados Unidos.

—Todavía no, pero ya falta poco.

Josh lanzó una mirada recelosa al hombre mustio de rasgos orientales sentado en el rincón.

—En todo caso, ¿cuál es la historia de este viejo? —preguntó a Curtis.

—XD Prioridad Máxima Etiqueta Roja —respondió—. Algo relativo a experimentos con prisioneros en la Segunda Guerra Mundial. Unos cuantos decidieron contar su historia antes de morir.

—Un poco tarde, ¿no? —dijo Josh, ajustándose su Heckler & Koch G36 en el costado.

—Más vale tarde que nunca —replicó Curtis.

—Entonces, ¿por qué Etiqueta Roja?

—Al parecer, alguien no quiere que esta historia se conozca. De diecisiete testigos, han muerto dieciséis.

—Por causas naturales, sin duda. —Josh esbozó una sonrisita de complicidad. Luego, con su voz más bien desdeñosa, añadió—: Japón y su jodida gilipollez último modelo. No saben nada sobre la seguridad de hoy en día, maldita sea. Una panda de mezquinos.

—No —dijo Curtis—. Por eso les gusta seguir nuestro ejemplo.

—Un poco tarde, ¿no? —repitió Josh.

—Más vale tarde que nunca.

—¿Qué me estás diciendo? ¿Que esperaron a que murieran dieciséis de diecisiete testigos para pedir ayuda? —preguntó Josh, incrédulo.

—Lo que oyes.

—Vaya lío de mierda —resopló. Josh notaba que la cólera crecía en su interior—. Y nosotros, ¿qué pintamos en esto?

—El «graznido» salió hace varios días —le informó Curtis con toda naturalidad.

En la jerga de los servicios de inteligencia, «graznido» significa estado de máxima alerta. Por norma general, es transmitido a todas las organizaciones de seguridad enchufadas al sistema. El canal se utiliza cuando la urgencia supera al secreto.

—La Interpol fue informada de un peligro para la seguridad. La alta comisionada de la ONU para los Derechos Humanos quería que este hombre estuviera escondido antes de que salpicara la mierda. Por lo visto, no se fía de las fuerzas de seguridad italianas. Así que, por eliminación, nos ha tocado a nosotros.

—¿Sabes qué decía Napoleón de los italianos? —intervino Josh.

—No, ¿qué?

—Si al final de la guerra resulta que luchan a tu lado, es sólo porque durante el conflicto se cambiaron de bando dos veces. —Rio con ganas. Curtis sonrió—. ¿Desde cuándo lo sabía el gobierno? —preguntó Josh, señalando con la cabeza en dirección al viejo.

El siguiente silencio lo rompió la retumbante voz de Curtis.

—Probablemente, desde el final de la guerra.

—¿Cuál?

—La Segunda Guerra Mundial —aclaró Curtis.

Josh enarcó las cejas.

—Mira, Josh, tienes razón. Esto huele a mierda. Es evidente que alguien está entrometiéndose desde dentro.

Un sedán negro camuflado pasó a toda velocidad por una calle resbaladiza, justo cuando la llovizna se convertía en chaparrón. Rodeó el bloque, salió por la via dei Giardini, luego giró a la izquierda y poco a poco se metió dando marcha atrás en una plaza de aparcamiento reservada para los guardias de seguridad. Enfrente había un teatro restaurado de dos plantas que, desde hacía más de una década, estaba ocupado por la división administrativa del Ministerio del Interior. Por las matrículas de seguridad (STP 8903), quienes estuvieran en el ajo sabrían que el sedán era utilizado por ramas clandestinas del gobierno federal en operaciones delicadas y extraoficiales. STP, Servicios Especiales. Código 89, subcódigo 03, operaciones de emergencia. Esta clase de operaciones jamás se realizaban para ninguna delegación del sistema judicial oficial.

Se apearon tres hombres vestidos de civiles. Dos de ellos llevaban impermeable negro, las solapas subidas, los amplios bolsillos deformados por las poderosas armas que contenían. El tercero, más bajo y fornido, lucía un traje a rayas de tres piezas, bien cortado. En su atractivo rostro destacaban unas patillas largas y finas, con forma de ele.

Los tres hombres cruzaron las puertas giratorias y entraron en el vestíbulo, con su oscura y sólida madera encerada y los ventanales que daban a un patio interior. Era un sábado por la mañana, y el edificio estaba vacío salvo por un par de aburridos guardias jurados apostados en la entrada.

—Díganme. —Uno de los guardias se levantó de su silla. El hombre trajeado sacó del bolsillo una placa azul con una estrella de cinco puntas: SISDE, servicios de inteligencia nacionales italianos, dependientes del Ministerio del Interior. El vigilante se aclaró la garganta—. Buenos días, señor. ¿En qué puedo ayudarlo?

—Venimos a recoger al testigo —dijo el hombre—. Hemos llegado lo antes posible. —Los dos guardias jurados se miraron uno a otro.

—Por supuesto —terció el primero tras una pausa—. ¿Puedo ver otra vez su placa, señor? Tengo que anotar el número.

—¿Hay algún problema?

—En absoluto. Seguro que es un malentendido. —El guardia lo miró fijamente, y luego a sus dos compañeros—. Desde luego que no. —Vaciló un momento—. Sólo que hace un rato han venido dos estadounidenses y nos han dicho lo mismo.

—¿Se han llevado al testigo? —preguntó con voz tranquila el más alto de los hombres con impermeable.

—Todavía no, señor. Están esperando la luz verde del cuartel general.

Los tres hombres se miraron con complicidad.

—Somos una unidad de apoyo. El Ministerio del Interior

recibió la noticia de que la vida del testigo podía correr peligro. Ha habido un cambio de órdenes. ¿No se lo han dicho? Ya saben cómo funciona esto. No quieren riesgos. —El hombre fornido sonrió. Los dos guardias jurados volvieron a mirarse.

—Señor, nos han ordenado que verifiquemos dos veces con el Ministerio del Interior la identidad de todo aquel que se acerque a esta mesa a preguntar. La única excepción la constituyen los dos estadounidenses.

—Claro, entiendo —dijo el hombre bajo y robusto, encogiéndose de hombros. El guardia jurado cogió el teléfono y empezó a marcar—. Pero no hará falta.

—¿Perdón? —se sorprendió el guardia.

El más alto de los hombres de impermeable sacó una 45 táctica, con doce balas en la recámara, y apuntó a la cabeza del vigilante. Éste soltó el auricular, a punto de dejarse llevar por el pánico. El otro guardia permaneció sentado, inmóvil, con los ojos clavados en el arma.

—Supongo que no han recibido el cambio de órdenes —dijo el hombre de corta estatura, sonriendo al guardia—. Es matar, no transferir.

El hombre alto apretó el gatillo. Cuatro ruidos sordos. La cabeza de uno de los guardias, y luego la del otro, dieron una brusca sacudida hacia atrás, y de las gargantas manó la sangre.

El asesino examinó las estrías del enorme silenciador. Tiró de él haciéndolo girar, apretó el disparador de la recámara y comprobó el cargador.

—Dos estorbos menos. Ahora falta uno —dijo el hombre fornido a sus dos compañeros. Miró el reloj—. Nos quedan doce minutos.

Josh sacó una foto de su cartera y la acarició.

—El mes que viene, Jessica empezará en la escuela de enfermería. Estoy muy orgulloso de ella. Le pediré que se case conmigo. Espero que no me rechace.

—Ella te quiere, Josh.

—¿Lo crees de veras?

—Sólo hay que ver cómo te mira cada vez que le cuentas una de tus historias de guerra —comentó Curtis.

—Así que estamos en misión de paz de Naciones Unidas, protegiendo a un criminal de guerra. Dios es misericordioso. Si un sistema se rom... —Calló de repente y ladeó la cabeza.

—¿Qué pasa, Josh?

Curtis confiaba en el increíble sexto sentido de Josh. En Afganistán, era el hombre punta de la avanzadilla del pelotón, una posición peligrosa que requería actitud alerta y capacidad para reaccionar ante ataques inesperados. Josh miraba en la dirección del sonido, tras las dos puertas y el vestíbulo. Sacó la pistola. Curtis hizo lo propio.

—No sé... Sonaba como una tos reumática. Uno de los guardias habrá tenido un ataque. —Hizo una pausa, y luego, en silencio, saltó de la mesa y se dirigió a la puerta, desde donde observó el pasillo a través de la rendija entre el borde de la hoja y el marco—. O esto o tenemos visita.

Curtis empezó a notar sarpullidos por el exceso de calor, luego frío y dolor muscular. Conocía los síntomas. En la instrucción lo llamaban «estado de preparación para el combate». Se acercó al japonés sin hacer ruido. El viejo dio una boqueada involuntaria. Curtis alargó el brazo y con la mano le tapó la boca. Se llevó el dedo índice a los labios y le ordenó que permaneciera callado.

Curtis y Josh se miraron sin decir nada. No había tiempo para pensar. La puerta corredera del otro extremo del pasillo se abrió y se cerró con un sonido apenas perceptible. Los pasos eran apagados pero nítidos, pausados y cautos. Ya no había duda. Tenían visita. El vestíbulo torcía ligeramente a la izquierda a lo largo de unos treinta metros, antes de llegar a un arco transversal que daba a un espacioso interior y a un largo pasillo lleno de despachos.

—¿Muy lejos?

—A diez del arco, y luego la longitud del pasillo. Treinta y pico metros —contestó Josh.

—No podemos quedarnos aquí —apremió Curtis, y miró a Josh.

—Yo te cubro —dijo con gravedad el sureño.

En cuestión de segundos apareció el primer hombre en el extremo del pasillo. Con las solapas hacia arriba, dobló la esquina y se detuvo. En la mano izquierda sujetaba un arma de cañón largo rematada con un silenciador.

—El japonés y yo intentaremos llegar a la columna del otro extremo. Así, podemos retenerlos en el rincón hasta que lleguen refuerzos. —Josh asintió.

—Hijos de puta...

Curtis no estaba seguro de a quién se refería Josh, pero era capaz de confeccionar una lista de los que encajarían en la definición. Cogió al anciano con su musculoso brazo izquierdo y lo levantó ligeramente del suelo. Con la mano derecha empuñaba el arma. El cuerpo del testigo se volvió flácido.

—¿Preparado? —dijo Josh—. A la de tres. —Hizo una pausa. Se le hincharon las venas del cuello.

»Uno, dos, tres.

La puerta se abrió de par en par y un cegador escupitajo de luz acompañó a la explosión de disparos. Josh apretó el gatillo, apuntando al asesino alto en el otro extremo del corredor. Tras él, Curtis, manteniendo la cabeza baja, cruzó el vestíbulo como una flecha protegiendo al viejo con su cuerpo y disparando a la carrera.

¡Objetivo cumplido! Curtis sintió que algo se agitaba en su interior, y se dio cuenta de que había esperanza. Era la más peligrosa de todas las emociones, y sin duda la más necesaria.

Josh miró. ¡Objetivo cumplido! De pronto, un dolor abrasador se extendió por su costado derecho, la sangre apelmazaba lo que quedaba de su camisa. Volvió a disparar, incapaz de ver adónde. Otra bala le perforó el cuello. Brotó más sangre. Josh sabía que no podía quedarse donde estaba. «Muévete, muévete», se repetía a sí mismo.

—¡Túmbate! —gritaba una voz lejana.

Una parte de su mente se tambaleó. «Me estoy muriendo.»

—¿Curtis? ¿Eres tú?

A Josh se le doblaron las rodillas; el cuerpo pareció vaciarse de energía y fluidos vitales. Miró al otro lado del pasillo y vio a

Curtis. Josh cerró los ojos un instante y volvió a abrirlos, y esta acción le supuso más esfuerzo que cualquier ejercicio físico. Se desplomó al suelo. Le salía un hilillo de sangre por la boca, agotado su sentido de la supervivencia. «Me estoy muriendo.» Ya no quedaba nada... Simplemente, ya no le importaba nada.

Curtis se arrastró tras la columna, estirando el cuello para ver alrededor. La supervivencia no vendría de mantener el miedo a raya, sino de abrazarlo. «Piensa en el trazado. ¿Dónde está la salida?» El edificio era de estilo dórico, con columnas acanaladas sin base y un triglifo en lo alto. El suelo era un mosaico florentino, con finas piedras de colores incrustadas en una superficie de mármol blanco. Oyó de nuevo un silbido apagado, el ruido de un proyectil atravesando el aire. Por suerte, dio en el pedestal. El testigo soltó un prolongado gemido y trató de incorporarse.

—¡No se levante! —gritó Curtis.

El japonés cayó de rodillas. Curtis notó unas manos viejas que se le agarraban, apretándole la carne con los decrépitos dedos. Sentía correr la adrenalina por sus venas. Se le secó la boca, su corazón se puso a latir desaforado, se le hizo un nudo en el estómago. «Alguien quiere a este testigo muerto», pensó. Lo cual significaba que alguien sabía que hoy iba a ser trasladado a un lugar seguro. Esto sólo quería decir una cosa: todo el sistema estaba en una situación comprometida. Se evaporó la conciencia de la propia identidad, cediendo paso al instinto. El desafío estaba en llegar a tientas hasta la salida, improvisando cuando fuera necesario.

Otra ráfaga de tres disparos secos dio en la caña de mármol, a menos de un metro. Las balas venían de la misma dirección, pero el sonido era más fuerte. Estallidos de un arma ensordecida..., armas; otro pistolero. ¿Muy lejos? ¿Cuántos? Curtis sabía que el tiempo corría a su favor. Los asesinos tenían que trabajar deprisa. Aun así, se movían metódicamente, tomándose su tiempo y cortándole las salidas. Comprobó la recámara. Le quedaban seis balas.

La única huida posible consistía en correr al descubierto a través de una galería que daba a la entrada lateral. Era una invitación y una trampa. Tentador y suicida. El testigo era un hombre frágil, de noventa años. Lo matarían al instante. Oyó unos pasos débiles, gatunos. Alguien bajaba las escaleras, así que alguien lo estaba apuntando desde un punto elevado. Configuración estándar en Operaciones Especiales. Cada agente tenía conexión visual con al menos otros dos. «Así que deben de ser tres», concluyó. Curtis reparó en que el hombre que bajaba la escalera era un señuelo. Si intentaba sacarlo de ahí, lo matarían en el fuego cruzado. ¡Fuego cruzado! Eso es. La bala decisiva provendría del ala. Cualquier profesional se aprovecharía de ello.

Curtis trató de visualizar todos los detalles de la planta superior. La escalera principal se fundía con unas escaleras de doble vuelta, que tenían un tramo ancho que iba desde la planta baja a un descansillo intermedio, y dos tramos laterales que iban desde este descansillo hasta la planta superior, ambos sostenidos por una sólida balaustrada de mármol. En la planta de arriba, el pasillo, largo y ancho, conducía a una galería. Curtis estaba seguro de que el tercer tirador estaba allí. ¿Cuánto tiempo llevaba esperando a que él saliera? Otra serie de disparos rebotó en la base de la columna. Las balas no pretendían darle, sino obligarlo a salir. «Instrucción de Operaciones Especiales, clarísimo.» El testigo estaba paralizado y gemía en japonés. El sonido de pasos era cada vez más fuerte, como si le hicieran señas para que se dejara ver. Un señuelo.

«Piensa rápido. ¿Quién demonios es esa gente?» Las incertidumbres comenzaban a cansarlo.

A juzgar por el sonido de los pasos que se acercaban, el primer pistolero estaba a menos de quince metros del hueco de la escalera. Para tenerlo bien a tiro, Curtis debía salir de detrás de la columna, quedando al descubierto. Descartado... Lo mataría el tercer hombre que cubría al señuelo. «No pienses, actúa.» De pronto, siguiendo su instinto, se levantó, manteniendo su posición tras la columna, y apuntó a un espacio vacío de la galería. Se movió alguien. El tirador reaccionó y apuntó al lugar donde debería haber estado Curtis, sólo que él hizo lo único que ningún profesional haría. La ráfaga de fuego golpeó el aire y los mosaicos florentinos, de donde saltaron esquirlas. Curtis apuntó y disparó. Al instante, oyó un breve grito gutural. Del cuerpo de un asesino manaba sangre a borbotones..., la velocidad y la presión indicaban que una bala había destrozado una arteria carótida.

Un tiro, un muerto. Cinco balas, dos pistoleros. Curtis avanzó lentamente hacia el espacio abierto y se inclinó sobre el tambor de la columna. Ahora el segundo pistolero tendría que cambiar de posición si quería tener ángulo de tiro sobre Curtis. Eso significaba que el señuelo debería pararse. Un nuevo chasquido cuando el señuelo se aprestaba a disparar otra bala confirmó su sospecha. «Están ganando tiempo.» ¿Qué tipo de arma tenía el segundo asesino? A primera vista, parecía de pequeño calibre, quizás una AMT Lightning modificada, uno de esos modelos de culata plegable diseñados para tirar desde una posición emboscada. A su derecha, Curtis oyó unos gemidos.

La coordinación lo era todo. Pasarían varios minutos antes de que llegara ayuda. ¿Podía Curtis acercarse a la entrada lateral? Y si lo conseguía, ¿cómo podía saber que no era una trampa? De todos modos, no había tiempo para planificar. Tenía que vivir en el momento, o él y el viejo morirían. No tenía elección. Puso su enorme mano en el hombro del viejo y lo empujó al suelo.

—No se mueva. —Curtis no tenía ni idea de si el japonés lo había entendido, pero, con la boca estirada y los ojos cerrados de terror, el anciano no iría a ninguna parte.

De pronto, oyó que alguien se le aproximaba con rapidez. ¡Ahora! Curtis se lanzó hacia delante, rodó sobre sí mismo al descubierto y disparó bajo, dándole al señuelo en la rodilla. Se oyó un grito. El asesino cayó de bruces y resbaló unos pasos hacia su verdugo. Sin perder el ritmo, Curtis rodó de nuevo sobre sí mismo y apuntó a la cabeza del señuelo. Apretó el gatillo y se la reventó: una masa horrible de sangre y tejido blanco, el resto del cerebro en fragmentos, la mitad del cráneo destrozada. Le rozaron una serie rápida de disparos desde la planta superior. Las balas se empotraron en la pared de la derecha. «¡Dos armas! Entonces no es una AMT Lightning», pensó mientras se arrastraba de nuevo hasta debajo de la galería de la segunda planta.

Curtis sabía que quedaban suficientes proyectiles para matarlos a él y al anciano. Con todo, al menos la situación no era tan desalentadora como antes. Tres tiros, y quedaba un pistolero. Curtis permaneció inmóvil, conteniendo la respiración. Al escuchar, le invadió una especie de parálisis. Sentía en su mano el peso del arma (Ruger 44, una Redhawk), más poderosa de lo que el cometido exigía, pero ideal de cerca. Por fin, el tiempo estaba de su parte. Podía esperar indefinidamente. Los refuerzos llegarían de un momento a otro, siempre y cuando el viejo no se moviera. Entonces, con su visión periférica, ¡lo vio! El anciano, con la boca estirada por el miedo, avanzaba lentamente. Susurraba algo ininteligible, mirando alrededor con ojos desorbitados. «¡Dios mío, no!» Aquello era lo único que no podía permitir, lo único que lo ponía en desventaja. Para cubrir al japonés, Curtis debería retroceder hacia el espacio abierto de la galería, y exponerse así al pistolero de la planta superior.

Algo se agitó en su interior. Había estado así antes. Fue en 2001, en las afueras de Jalalabad. Su patrulla fue sorprendida en un fuego cruzado del enemigo, con los talibanes teniendo la ventaja de la altura. Dos de sus compañeros murieron, y él mismo resultó herido. Sintió náuseas. Era una sensación estremecedora. «¡No pienses, actúa!» Curtis debía alcanzar al anciano y cubrirlo. De lo contrario, acabaría muerto. Le quedaban tres balas... Tendría que usarlas con precisión.

De pronto, oyó un leve arañazo. Un metal que rozaba la balaustrada de mármol. Otro segundo, y el tirador apretaría el gatillo. Estaba apuntando a la cabeza del anciano, sin duda. Un tiro limpio. Procedimiento estándar. Instrucción de las Fuerzas Especiales.

Curtis osciló a su derecha, se agachó y cubrió el espacio despejado entre él y el viejo en lo que pareció un milisegundo. Después se abalanzó sobre el japonés, su hombro se estrelló contra el pecho del otro, y lo mandó de vuelta a la columna dando tumbos. Llegaron las amortiguadas detonaciones. ¡El asesino había fallado! ¿Cómo era posible? ¡Qué suerte más increíble! A su alrededor estallaron todos los mosaicos florentinos.

Se lanzó otra vez a la derecha, lejos de la columna y el anciano. Actuaba por instinto, confiando en sus circuitos de la instrucción de Operaciones Especiales, instalados en lo más hondo.

Por fuerza, el asesino tenía que estar delante de él. Apuntar y disparar. «Hagas lo que hagas, no dejes que dispare él primero.» Curtis se puso en pie de golpe, la mano izquierda sujetando la muñeca derecha, el arma centrada, apuntando adonde creía que estaba el pistolero. Disparó tres veces. Se quedó sin munición.

¿Y si había fallado?

Luego lo supo. Un alarido, un grito y un jadeo procedentes de la galería de arriba. Después nada. Curtis se quedó inmóvil, esperando. Silencio. Cubrir al testigo. Sin dejar de mirar hacia la galería, dio un paso atrás. De repente, sintió que se le propagaba un dolor por el pecho. Los latidos llegaron a ser tan violentos que se agachó y cayó de rodillas. Se le soltó el arma de la mano. Una parte de su mente se tambaleó, confundida. «Me han dado. ¿Será grave? El testigo... Proteger al testigo.» Curtis intentó levantarse. Le explotó en el estómago un dolor punzante, se le doblaron las rodillas y cayó de cabeza al suelo.

Le manaba sangre a chorros. Sosteniéndose con ambas manos, Curtis trató de enfocar los ojos, rechazando el dolor. Oía los gritos y los pasos que se acercaban, las voces cada vez más fuertes, corriendo hacia él. «El testigo... Proteger al testigo.» Curtis alzó la cabeza haciendo muecas de dolor y miró a su derecha, al anciano japonés. Se puso de pie poco a poco, apoyándose en la columna. Para Curtis, la habitación oscilaba en círculos. Había desaparecido el equilibrio y volvió a caerse, aunque logró detener torpemente la caída con los antebrazos. Los pasos enseguida llegarían a ellos. En lo más hondo de su conciencia notó una extraña sensación de alivio. «El testigo está seguro. Los asesinos están muertos. ¿Quiénes diablos eran? Oh, Dios mío... Estoy herido.» Y ya no sintió nada.

11

La cuenca del Pinto está en el Parque Nacional Joshua Tree de California, rodeada por las cordilleras de Hexie, Pinto, Eagle y Cottonwood. Extendida de noroeste a sudeste por el centro del parque, los límites septentrional y occidental de la cuenca comprenden los desiertos de Mojave y Sonora. Esta región árida del sudeste de California ocupa más de cuarenta mil kilómetros cuadrados y es famosa en todo el mundo por sus notorios afloramientos cortados a pico, conocidos con el nombre de monzogranito y que, según los geólogos, tienen más de cien millones de años.

Old Dale Road comienza en el Parque Nacional Joshua Tree, cruza la cuenca del Pinto y sale del parque para llegar a las montañas de Pinto, donde se convierte en Gold Crown Road. Se puede acceder a ella desde Pinto Basin Road, a once kilómetros al norte de Cottonwood Springs (en el mismo lugar donde empieza Black Eagle Mine Road), y desde Pinkham Canyon Road, a veintiocho kilómetros al noroeste de Lost Palms Oasis. Esta área se conoce como «zona de transición» y forma parte de una reserva federal de indios chemehuevi, del condado de San Bernardino. La superficie total es de doscientos noventa mil kilómetros cuadrados. La población asciende a trescientas cuarenta y cinco personas.

Todas estas carreteras aparecen marcadas en el mapa del Parque Nacional Joshua Tree, que se distribuye gratis en todas las áreas de servicio. Bueno, en todas menos una.

Un visitante no se detendría a pensar en esta carretera sin nombre y sin marcar, enclavada en lo más profundo del parque, y aunque lo hiciera, se sentiría disuadido por un sombrío letrero del Ministerio de Defensa de Estados Unidos que advierte a los curiosos que se alejen. Si alguien, a través de los canales oficiales, quisiera preguntar sobre el carácter exacto de las operaciones, se le diría educadamente que la zona forma parte del RDTAE, el programa del gobierno sobre Caracterización del Desierto, encargado de hacer pruebas militares en condiciones operativas ambientales desérticas.

La carretera pertenece oficialmente a la reserva federal de los indios chemehuevi. Extraoficialmente, el gobierno estadounidense se la alquila a los indios y la utiliza para experimentos clandestinos. La carretera no marcada que conduce a las puertas del complejo, fuertemente protegidas, que se adentra unos doce kilómetros en la «zona de transición», se denomina Chiriaco Summit. Pero esto sólo se sabe si se tiene acceso a las imágenes del satélite Landsat de detección a distancia.

Todo el personal que trabaja en el complejo del gobierno, con acreditaciones de máximo nivel, son examinados de arriba abajo, y diversos sistemas de vigilancia visuales y de audio ofrecen, durante las veinticuatro horas, protección contra peligros para la seguridad. Para entrar o salir de las instalaciones de tres alas en forma de U, el empleado pasa su tarjeta por un lector electrónico y aprieta el pulgar contra un escáner biométrico del teclado, que comprueba los sesenta índices de parecido. Una vez que el sistema confirma que es, en efecto, la misma persona, le da acceso al siguiente nivel de control.

En el segundo control no hay ojos de cerradura ni lectores de tarjetas, sino algo mucho más sofisticado y prácticamente infalible: un escáner retiniano. Es muy difícil engañarlo, pues no hay tecnología que permita falsificar una retina humana, y la retina de una persona fallecida se deteriora demasiado rápido para eludir fraudulentamente el escáner. Requiere el uso de una máquina especial del tamaño de una caja de zapatos, que consta de una fuente de luz infrarroja de baja intensidad en una especie de rectángulo horizontal de vidrio y un botón. Cuando una persona mira por el ocular, un rayo invisible de infrarrojos recorre un camino circular en la retina. Los capilares llenos de sangre absorben luz infrarroja en una medida superior al tejido circundante. El escáner mide este reflejo en trescientos veinte puntos. A continuación, asigna un grado de intensidad entre cero y 4,095. Los números resultantes se comprimen en un código informático de ochenta bytes. De resultas, los escáneres retinianos presentan un índice de error prácticamente igual a cero.

Tan pronto está en el edificio, el empleado sólo puede acceder a su oficina tecleando una serie de contraseñas criptográficas de alta calidad, hechas a medida y generadas por servidor, consistentes en una combinación de sesenta y cuatro números y letras que, por seguridad adicional, cambian cada semana.

Cada una de las contraseñas garantiza que no volverá a producirse ninguna serie similar. Asimismo, dado que el número sólo puede ser visualizado en una conexión SSL de alta seguridad, a prueba de curiosos y sustitutos, está protegido contra los *hackers*.

Los protocolos de seguridad establecen incluso que, como salvaguarda adicional, los empleados nunca han de ser identificados por el nombre, sino por un número de seis dígitos.

Uno de estos empleados, el n.º 178917, ocupó durante once años un rincón de la segunda planta, exterior y muy iluminado. Contaba cuarenta y siete años, medía 1,76 de estatura, pesaba 98 kilos, cara pálida, barrigudo, cargado de espaldas, el rizado cabello castaño cada vez más escaso y con la raya en medio. Tenía un tic nervioso, se mordía las uñas y llevaba un anodino traje gris, fabricado y vendido en Estados Unidos, sobre una camisa blanca y almidonada y una corbata de poliéster con el nudo mal hecho. Durante más de once años, acudió a trabajar entre las ocho treinta y ocho y las ocho cuarenta y tres de la mañana. Durante más de once años, dedicó los primeros cinco minutos a organizar su mesa: instrumentos de escritura a la derecha, papel a la izquierda, papelera oculta bajo la mesa, la grapadora en una bandeja de plata sobre un tapete de piel color vino junto a unas tijeras de oficina y un abridor de cartas. Guardaba sus efectos personales en una taquilla situada bajo la ventana que daba al patio principal. Durante más de once años, entre las ocho cuarenta y nueve y las ocho cincuenta y siete estuvo enfrascado en el crucigrama del *New York Times*, que siempre resolvía, rara vez haciendo pausas de más de uno o dos segundos. Durante más de once años, enrolló el *New York Times* formando un tubo, que dejó en la papelera de debajo de la mesa exactamente a las ocho cincuenta y ocho. A esa hora, durante más de once años, el empleado n.º 178917 se levantaba, iba al cuarto de baño y se lavaba las manos.

Durante más de once años, a las nueve en punto encendió el ordenador, se puso las gafas de lectura y activó su segura lista de mensajes de correo electrónico.

Un día, hace siete meses, el empleado n.º 178917 no se presentó a trabajar a su hora habitual, entre las ocho treinta y ocho y las ocho cuarenta y tres. Tampoco estaba allí a las nueve. A las once y veintidós, entraron en su despacho tres guardias jurados, retiraron la bandeja de plata, metieron los lápices y bolígrafos, el papel y la papelera en una caja, vaciaron los cajones y la taquilla, cerraron la oficina y se fueron.

Su ausencia no afectó a los demás empleados, pero sí conmocionó a los máximos responsables. En la cuenca del Pinto sonó una señal.

Era una señal de aviso.

12

Sintió una punzada de dolor. Oía voces encima de él, lejanas y a la izquierda. «¿Dónde estoy?» Unos pasos. Zapatos con suela de goma. Una figura blanca cruzó ante sus ojos como un espíritu. Algo de plástico cayó al suelo. Luego, una conversación apagada. Una voz masculina y otra femenina.

—Está moviéndose. —Alguien se acercó a su cama con cautela. Una pausa. Respiración regular. Ese alguien se inclinó hacia él.

—¿Puede oírme? —preguntó un hombre en voz baja, casi susurrando.

Curtis asintió.

—Está herido, pero se recuperará.

—¿Dónde estoy?

Un silencio.

—Está seguro y fuera de peligro.

Una voz gravitaba en el aire. Curtis obligó a sus párpados a abrirse. Poco a poco se fue perfilando una silueta, una forma borrosa con una bata blanca iluminada por la luz natural que atravesaba las persianas venecianas.

—¿Quién es usted? —preguntó Curtis con tono tenso.

—Un amigo —contestó una voz suave.

—¿Amigo? ¿Quién? —insistió Curtis, hablando en un tono apenas audible, consciente de que cada sonido que emitía le provocaba malestar físico.

Otro silencio.

—Soy su médico. —El hombre de la bata blanca hizo especial hincapié en el «su».

Se abrió la puerta, y luego se cerró silenciosamente. Pasos nuevos. Alguien había entrado en la habitación.

—Está despierto, *madame*.

—Gracias a Dios...

«Dos voces femeninas y una masculina.»

—¿Cómo está? —La voz era dulce y resuelta a la vez—. ¿Qué puede decirme sobre su estado?

—Cuatro disparos, uno en el estómago, otro en el cuello y dos en el muslo. La herida del estómago era profunda y habría sido mortal, si la bala no se hubiera quedado allí. Lo del cuello ha sido un milagro. La bala pasó a dos centímetros de la arteria carótida. El estómago ha requerido dos operaciones, pero está cicatrizando muy bien.

¡La herida no hacía peligrar su vida!

Curtis trató de incorporarse, pero no tenía fuerza. El hombre de la bata blanca le tocó el hombro.

—Creo que debe descansar. —Era más una orden que una sugerencia.

Alguien tomó la mano de Curtis entre las suyas.

Él obligó a sus párpados a abrirse. Dios mío..., le dolía. Se encontraba en una habitación grande, blanca, con dos grandes ventanas de corredera. Curtis entornó los ojos y, con gran esfuerzo, logró mover la cabeza ligeramente a la derecha. Una mujer le sostenía la mano y le decía algo, despacio, de forma metódica. Tenía el cabello liso, castaño rojizo y con la raya en medio, y las cejas arqueadas. Era de mediana edad pero aún bonita, con un aire sensual y maternal, pómulos altos, ojos color avellana. La nariz era grande, redondeada y levemente carnosa en la punta. Curtis sentía sus manos cálidas.

—¿Dónde estoy? —volvió a preguntar.

—Está seguro y entre amigos. Es todo lo que importa. —Observó a Curtis y sonrió. Vestía una blusa blanca y unos pantalones negros.

Curtis miró al frente, intentando recordar algo. La mujer calló sin soltar la mano.

—¿Qué ocurre? —dijo ella con voz suave.

—¿Cuánto tiempo llevo aquí? —Curtis parpadeó, orientándose. La irregularidad del sonido de su voz le causó una sensación desagradable. Miró a la mujer y al médico. El hombre de la bata blanca consultó el reloj, dudó por un instante y luego le sonrió.

—Diez días, una hora y veintiséis minutos. ¿Cómo se llama?

—¿Qué?

—Le pregunto cuál es su nombre.

Curtis cerró los ojos un instante.

—Curtis Fitzgerald.

El médico y la mujer se miraron uno a otro. Acto seguido, el hombre de la bata blanca se dirigió a alguien que estaba en el otro extremo de la habitación.

—Enfermera, déjenos un momento solos, por favor.

—Sí, doctor. —La enfermera salió y cerró la puerta tras ella.

—Curtis, ¿recuerda qué pasó? —La voz sonaba firme pero impasible. El médico sabía que esos instantes serían tan delicados como la intervención quirúrgica sufrida por su paciente.

—Japonés... —El médico y la mujer intercambiaron miradas.

—Sí, el hombre japonés —dijo aliviado el médico, permitiéndose una sonrisa vacilante—. ¿Qué nos puede decir sobre él?

—Protege al testigo. —La mujer sostuvo la mano de Curtis en las suyas y la acarició dulcemente. Estaba sentada a su lado y le miraba.

—Usted participaba en una operación del gobierno muy delicada. El hombre cuya protección le estaba encomendada está a salvo. Esto es lo primordial —dijo ella.

—¿Quién es usted?

—Me llamo Louise Arbour. Soy la alta comisionada de la ONU para los Derechos Humanos.

Durante los siguientes diez minutos, Louise Arbour repasó los acontecimientos en la via dei Giardini. La respiración de Curtis era regular, aunque tenía los ojos cerrados. Escuchaba todas las palabras que decía la mujer, pero en su monólogo faltaba algo. ¿Qué era?

Intentó recordar. Se caía... y luego resbalaba. Dolor agudo. Gritos. «¡Levántate! ¡Muévete! ¡Quítate de en medio!» La orden había sido dada a gritos. ¿Quién había gritado? ¿Él? ¿Estaba gritándole al japonés? ¿A alguien más? «¿Por qué no soy capaz de recordar?» Se oían voces lejanas. «El japonés es un farol.» Intentó concentrarse en el presente. La voz de la mujer se volvió más nítida. Curtis abrió los ojos y la miró fijamente.

—El mundo está en deuda con usted, Curtis. Estuvo dispuesto a sacrificar su vida por la de otro hombre. Si alguna vez necesita algo, quiero que me llame. —Le sonrió y siguió acariciándole la mano.

Curtis cerró los ojos de nuevo. Ahora oía pasos. ¿Dónde? ¿Cuándo? El pánico se apoderó de él por momentos. Tensó el cuerpo.

—¡Doctor! —Alarmada, Louise Arbour indicó al médico que se acercara.

—Curtis, está usted a salvo. Intente relajarse. —La voz tranquila del médico produjo el efecto deseado. El cuerpo de Curtis perdió su rigidez. Hizo una pausa y añadió—: Ha estado sometido a un estrés físico extremo. Debe descansar.

—Por supuesto, doctor —dijo la mujer.

—Curtis —siguió el médico—, se halla usted entre amigos. Aquí no corre ningún peligro. Está seguro. Louise se quedará con usted y yo volveré enseguida. Si me oye, haga una señal con la cabeza, por favor.

Curtis asintió. Oyó los pasos. La puerta se abrió y se cerró en silencio.

La Via dei Giardini, el tiroteo, los gritos, los asesinos. Él estaba cayendo. De pronto, todo se detuvo.

Curtis se quedó en blanco por un momento. Alguien entró y cruzó la habitación discretamente. Oyó deslizarse algo. El choque del plástico contra un armazón metálico. Se inmiscuía un ruido grosero e inoportuno, perturbador y agitado. El ruido se entrometía en sus intentos de recordar. Perdió la concentración por un instante... ¿Recordar qué? ¿Qué era?

«¿Puedes levantarte?» Una explosión de fuego en el otro extremo del pasillo. Curtis concentró toda su energía en ese pasillo. «Allí hay una sombra. Mantenlo en la oscuridad.» En la menguante luz de la luna, la voz subió de tono. Frases cortas, apretadas. «Es un montaje. Hay algo más, pero él no debe averiguarlo nunca.»

Un hombre fuera de combate. «¿Uno de los nuestros? Cuarenta y cinco segundos, soldado.»

«Alguien sabe la verdad. Él no debe averiguarla.» ¡Una sombra se movía! Curtis, con el corazón latiendo a un millón de pulsaciones por segundo, intentó desesperadamente abrir las puertas de acero de su inconsciente, tratando de hallar una apariencia de lógica en la locura. Sondeó y se esforzó por comprender.

Otro ruido saboteó sus pensamientos. «¡Maldita sea! Alfa Uno, Galgo. Hombre fuera de combate.» Curtis se puso rígido, enojado por su incapacidad para encontrar las respuestas. «¡Sigue buscando!»

Era consciente del dolor agudo en el pecho. No tenía nada que ver con las heridas. Era el miedo. Pero ¿a qué?

«Hay una puerta a la verdad, y ésta te hará libre», dijo una voz benévola, mientras él daba un sorbo de whisky y comía un trozo de pizza.

«¿Qué verdad?» La mente de Curtis estalló. «¿Quién eres?»

«Está usted entre amigos. Aquí no corre ningún peligro. Está seguro.»

Peligro para la seguridad. Ellos lo sabían. «¿Quiénes son ellos? ¿Qué sabían? ¿Por qué querían matar al viejo?»

El graznido salió hace varios días. La Interpol estaba informada. Peligro para la seguridad. Proteger al testigo a toda costa. «¿Quiénes son ellos? ¿Por qué matar al viejo?»

«Suena a traición, viejo. Alfa Uno, Galgo. Hombre fuera de combate. Oh, Dios mío. ¡Basta ya! Es una trampa, no un laberinto. ¡No puedo salir! ¡Basta ya, soldado, es una orden! Treinta segundos.

»No soporto que nuestro gobierno haga el papel de Dios en nombre de la libertad, pues durante demasiado tiempo otros muchos lo han hecho sobre cuestiones de importancia para la humanidad, y con resultados desastrosos.»

Curtis se quedó paralizado y contuvo la respiración. Tenía el rostro contraído y los ojos cerrados. En los más profundos recovecos de su memoria, algo estaba adquiriendo forma, acercándose al primer plano, deslizándose hasta el aquí y ahora.

«El pasillo —masculló para sí mismo—. ¿Quién hay ahí? ¿Quién dijo eso?» De pronto, sintió miedo. Rabia y miedo. Conocía la voz. La cara se perfilaría con nitidez de un momento a otro. La cara del hombre que había pronunciado esas frases. «¿Lo dijo él? No, él no, otro. Alfa Uno, Galgo. Hombre fuera de combate.»

—Muy bien, chicos, ahora está ahí al descubierto. Llamamos a la caballería y nos olvidamos de todo.

—¡Ahí, lo veo! ¡Eh, tú, el que ha dicho eso! Vuélvete. ¿Quién eres?

—¿Listos? —Llegó la voz a la de tres. Las venas del cuello de Curtis se hincharon de antemano, los músculos de la mandíbula palpitaron—. ¡Uno, dos, tres!

—¡Lo conseguí!

—Josh, ¿estás ahí? ¿Te encuentras bien?

—Lo conseguí, Curtis, lo conseguí. ¡Hemos ganado!

—¡No, Josh, quítate de en medio! ¡Agáchate!

Veinte segundos.

Sopló una fortísima ráfaga de viento. Luego hubo una explosión enorme. ¡Josh!

—¡Eh, Curtis! ¿Qué estás haciendo aquí?

Curtis llegó como pudo a la seguridad de la columna.

—Alfa Uno, Galgo. ¡Hombre fuera de combate!

—Curtis, ¿está muy lejos la seguridad?

—Diez hasta el arco, diez la longitud del pasillo. Treinta y pico metros.

—No, dijiste esto. ¡Maldita sea, lo dijiste! ¡Sube!

—Ya está, amigo, hemos ganado. —Josh lo miró. Una sonrisa triste. De repente, un temblor le recorrió la cara—. Me estoy muriendo, Curtis. Lleva a este hombre a lugar seguro. Es una orden. Diez segundos.

Curtis sentía que se desplomaba en el abismo. El dolor del pecho lo martirizaba. Estaba temblando.

—Josh, no, iré por ti. No te levantes. ¡No te muevas! ¡Estás herido! ¡Ya voy!

—Lleva a este hombre a lugar seguro. ¡Es una orden directa!

—¡Yo soy tu superior, maldita sea, Josh! Ahora voy. ¡Te repondrás!

Curtis intentó cruzar el pasillo, pero una potente arma disparó sobre su hombro, tirándolo al suelo, inmovilizándolo contra la columna. Una nueva ráfaga desde el otro extremo.

—¿Dónde está el testigo?

Curtis se tambaleó hacia delante, intentando soltarse del asimiento mortal. «¿Quién me está sujetando? Se ha acabado el tiempo.»

Demasiado tarde. Otra tanda de disparos. De su izquierda llegó una intensa luz que le quemaba los ojos, cegándolo. Buscó su arma. No estaba. «¿Dónde está mi pistola? El graznido salió hace varios días, Curtis. La Interpol estaba informada. Peligro para la seguridad. Proteger al testigo a toda costa. ¿Quiénes son ellos? ¿Por qué matar al viejo? ¿Dónde está mi pistola? Suena a traición. Es una trampa, no un laberinto. Alfa Uno, Galgo. ¡Basta ya! Oh, Dios mío... Un hombre fuera de combate. ¡No puedo salir! ¡Se ha acabado!»

Pasó menos de un minuto. El dolor y la angustia seguían su curso, y los contornos de la realidad volvieron a hacerse visibles. Al darse cuenta de eso, se quedó paralizado. Cerró los ojos. «Todo ha terminado.» Alguien estaba inyectándole algo en el brazo. Antes de perder el conocimiento, vio a Josh y pensó que oía su acento sureño. «Eh, amigo, ahora todo irá bien.» Luego, otra vez la oscuridad y el sonido del viento.

13

La limusina, un Rolls-Royce Corniche insonorizado de color burdeos, se detuvo frente al hotel Roosevelt de la calle Cuarenta y cinco, justo delante de Park Avenue. El Roosevelt era una decadente reliquia del viejo Nueva York. Situado en Madison Avenue, recibió su nombre en honor al presidente Theodore Roosevelt. Con sus cornisas revestidas de cobre y sus galerías y *boutiques* de lujo, el Roosevelt era un regreso a épocas pasadas, un espléndido viejo hotel en el epicentro de la Gran Manzana.

Un hombre alto, fornido, elegantemente vestido y bronceado, cruzó sin prisa las alfombras rojas extendidas en el vestíbulo, una inmensa estancia de doscientos metros con incrustaciones de hojas doradas y escaleras de mármol. El aspecto del establecimiento no había cambiado desde que fuera inaugurado el 22 de septiembre de 1924. En el centro, colgada de una larga cadena, iluminaba el espacio una lámpara de araña de doscientas bombillas.

Se abrió la puerta del pasajero, y el hombre subió y se acomodó en el asiento de cuero marrón oscuro. No estaba solo. Ya había otro hombre sentado detrás. Tendría unos sesenta y cinco años, pero mostraba un porte aún erguido y tenía la mente más perspicaz que nunca. Su edad la delataba una cara arrugada debido a las tensiones de una vida que él no desvelaría. Llevaba el cabello ceniciento cuidadosamente peinado y con la raya en un lado, lo que acentuaba los pómulos altos y los rasgos marcados. El hombre se inclinó hacia delante y pulsó un botón. Una mampara opaca se levantó en silencio frente a él, cerrando la parte trasera.

—Jean-Pierre, gracias por venir en tan poco tiempo. —El hombre más mayor hablaba con acento del Medio Oeste. El francés asintió en silencio—. Para haber llegado de París hace nada, parece estar muy descansado. ¿Le apetece beber algo?

—Coñac, por favor —contestó en un impecable inglés, volviendo ligeramente la cabeza en la dirección del caballero de pelo ceniciento, que pulsó un botón. De la mampara se deslizó un compartimiento de bebidas. Eligió una botella, sirvió dos vasos y aguardó a que Jean-Pierre cogiera uno antes de servirse.

—Creo que éste le gustará —le dijo al francés—. Huele como el Richard Hennessy.

Jean-Pierre asintió con la cabeza. Su anfitrión sonrió.

—Sencillamente, el mejor.

El francés se mojó los labios con la bebida. Acto seguido, sin dar la sensación de tener prisa, observó a su anfitrión. Éste se aclaró la garganta y, tras una pausa, dijo:

—Necesitamos sus excepcionales habilidades. —El francés asintió. Los dos hombres sonrieron e intercambiaron miradas. El anfitrión entregó a su invitado una carpeta en papel manila—. Nuestras fuentes policiales nos informan de que los detectives registraron minuciosamente el apartamento del hombre muerto, pero no hallaron nada importante. Me gustaría que usted echara otro vistazo. —Le dio a Jean-Pierre una dirección—. No se imagina lo esencial que es esta información para nuestros planes.

—Para que caiga la fruta, a veces hay que agitar el árbol —dijo el francés.

El cielo estaba encapotado. El denso gris de primera hora de la tarde brillaba en la brisa cuando la pálida luz se filtraba por las ventanas. El hombre mayor dijo:

—De todos modos, tengo que reconocerle a este joven su perseverancia. Conectó los puntos de tal modo, que habría resultado de lo más incómodo para nuestra gente. —Miró al francés—. No obstante, la iluminación es en efecto una cuestión de vida o muerte. Viene a pasitos y tiene un precio. Pensándolo bien, no sé si es una suerte o una maldición.

—O un poco de todo —terció el francés, que encendió un cigarrillo Gitanes.

—Sí, sí, tiene razón —afirmó el hombre mayor, ladeando la cabeza y mirando fijamente a Jean-Pierre—. En la vida hay cosas peores, desde luego. —Hizo una pausa muy expresiva, y a continuación se inclinó hacia delante y le dio unas palmaditas en el brazo—. Como digo, la explicación viene a pasitos. La condición pertinente de saber demasiado y el precio que uno debe pagar por ese conocimiento.

—Bien —dijo el francés, mirando expectante a su anfitrión. El otro asintió.

Al abrir la puerta de la limusina, los chirridos y los cláxones irrumpieron en el suntuoso interior. La puerta se cerró, y el vehículo arrancó suavemente para perderse en el tráfico de la hora punta. El francés bajó el bordillo, cruzó la calle y entró en Tudor City Park, un retirado refugio de exuberante vegetación, acurrucado entre los rascacielos de Nueva York.

14

Siete kilómetros al noroeste, en otro parque, esta vez en el Bronx, una pareja atractiva, aunque algo extraña, cruzaba la verja de otro bello jardín, raramente visitado pero magnífico. El Pearly Gates, situado entre Tratman Street y St. Peter's Avenue, es uno de los más pequeños y menos conocidos de Nueva York. Con una superficie de menos de una manzana y rodeado de robles palustres, el Pearly Gates fue diseñado para subrayar la integración de espacios verdes en áreas urbanas habitadas. El nombre de Pearly Gates (Puertas del Paraíso) deriva de la tradición cristiana que habla del camino de entrada por el que han de pasar las almas para llegar a su dios después de la muerte.

—Simone... —La voz de Michael era dulce, y la mirada, lánguida. Llevaba una chaqueta a cuadros verdes y grises a la que le faltaba el segundo botón contando desde abajo. Sostenía las manos de ella en las suyas. Era curioso sentir tan cerca a alguien que le importaba tanto—. En las semanas anteriores a su muerte, ¿recuerdas que Danny te dijera algo que nos dé una pista sobre quién pudo...? —Hizo una pausa. No era capaz de decirlo. Caminaron en silencio durante unos minutos.

—Estaba investigando la corrupción al máximo nivel en el gobierno de Estados Unidos —dijo ella con voz débil pero firme.

—Muy bien, o sea que no era un rollo de poca monta. Implicaba a gente importante. Personas de alto nivel cuya existencia se vería amenazada si el tema saliera a la luz. —Hizo una pausa para resolver algo mentalmente—. Cuando registró la casa, la policía no halló ninguna prueba. Ni cuadernos, ni cintas, ni documentos. No tiene sentido, porque evidentemente lo que Danny descubrió hizo que alguien se sintiera muy incómodo.

Michael imaginó a Danny desplomado en la bañera y con las venas cortadas. Sintió un escalofrío. Miró a Simone con el rabillo del ojo. Tuvo la impresión de que ella había pensado lo mismo. Durante un instante, ella le apretó la mano y luego recobró el equilibrio apoyándose en el brazo de Michael.

—A menos, naturalmente, que quienquiera que matara a Danny ya estuviera allí, robara las pruebas y se fuera antes de que llegara la policía —añadió él.

—No lo creo, Michael. Danny estaba muy obsesionado con esta investigación. Siempre llevaba encima documentos y transcripciones telefónicas.

—Decías que las numerosas pruebas que tu hermano había reunido en estos cinco años no cabrían en una maleta. ¿Se llevó algo de esto a Shawnsee?

Ella sacudió la cabeza.

—No lo sé.

—Entonces, ¿dónde están? —soltó Michael alzando la voz—. Aunque él no quisiera implicarte, tendría una póliza de seguros para que alguien recogiera los restos y se los llevara. —Simone se apretó la frente con la mano izquierda y cerró los ojos—. Cariño, ¿hay alguna posibilidad de que Danny...? —Michael hizo una pausa, sin saber cómo proseguir.

—¿Se hubiera suicidado? —A Simone se le llenaron los ojos de lágrimas.

Michael se acercó y la abrazó.

—¿Es posible? ¿Alguna vez...?

—No. Estaba en la recta final, Michael. Fueron cinco años de duro trabajo. La última pieza del rompecabezas estaba en Shawnsee. El suicidio habría sido lo último que se le hubiera pasado por la cabeza.

No hacía falta decir nada, pues nada trascendente quitaría el dolor. Él la abrazó y ella le puso las manos en el pecho, con el rostro manchado de lágrimas.

—¿Por qué, Michael? ¿Por qué?

—No lo sé, Simone. Pero me quedaré contigo hasta que lo averigüemos. —Y después... Se indignó consigo mismo. «Cómo te atreves. Ella está sufriendo. Te necesita. Pero yo la necesito a ella...»

—¿Por qué lo hicieron, Michael? —Pidió un pañuelo, y él sacó del bolsillo uno azul arrugado, pero las lágrimas ya habían empezado a correr por las mejillas. Ella se tapó los ojos mientras él permanecía delante con las manos extendidas.

—La respuesta es sencilla: porque quienes mataron a Danny pensaron que debían hacerlo. Sólo tenemos que descubrir por qué.

»Alguien sabía que Danny iba a reunirse con su informador en Shawnsee. Lo que no sabemos es qué pruebas descubiertas por tu hermano encendieron las alarmas entre esos hombres poderosos. —Michael posó la mano en el antebrazo de Simone—. Aparte de ti, ¿a quién más confiaría Danny su investigación?

—No tenía muchos amigos. Por mucho que yo le presionara, no me decía nada.

—¿Usaba códigos para ponerse en contacto con la gente? ¿Otros los utilizaban cuando necesitaban localizarlo a él?

—¿Qué clase de códigos?

—No lo sé. Por ejemplo, «éste es un mensaje para Zorro Rojo de Perro de Caza».

—¿Zorro Rojo? ¿Perro de Caza? —Simone rio—. ¿Has aprendido esta jerga en una de tus excavaciones en Judea? —Los dos se rieron. Ambos agradecían poder relajarse un momento. El instante pasó en silencio mientras se miraban.

—Volvamos sobre ello, ¿de acuerdo? —dijo él—. Danny recibe una llamada de alguien a quien conoce, alguien que promete entregarle pruebas de la existencia de una gigantesca conspiración en la que están involucradas algunas de las personas más poderosas del mundo, así como revelarle la fuente de su riqueza. Luego, muere en algún momento de la noche. —Calló un instante—. Simone, ¿y si el asesino era... el propio contacto? ¿Te dijo con quién iba a reunirse en Shawnsee?

Simone sacudió la cabeza como si la hubiera alcanzado un rayo.

—¡Espera! Se me había olvidado algo. Hace unos tres meses, un sedán camuflado echó a Danny de la carretera. Mi hermano tuvo la sensación de que era un aviso para que abandonara las investigaciones. —Se inclinó hacia delante y cruzó los delgados brazos—. Unas noches después dijo cosas en sueños. No tenían ningún sentido. Aún no lo tienen.

—¿Como qué?

—Repetía una y otra vez la palabra *promise*, promesa. Al día siguiente, le pregunté qué quería decir. Se quedó lívido. «Oh, no es nada, hermanita. Nada», repitió muy deprisa. «Háblame de este "nada", Danny», dije. Me miró con recelo, de una manera rara. «Sólo..., oh, en realidad no es nada, Simone», repitió. Pero era algo, Michael. Estaba pálido. Sentí que me invadía el frío. Le dije que necesitaba saber algo, cualquier cosa, porque de lo contrario no podría aguantarlo.

Simone se sentó en silencio en un banco, ordenando sus ideas.

—Danny intentó actuar con aire desenfadado, como si aquello no tuviera ninguna importancia. Le dije que estaba equivocado. «¿Sobre qué?», fue su respuesta. «Lo que estás pensando.» «No sabes qué estoy pensando», dijo. «Sí lo sé, Danny. Soy tu hermana. He visto antes esta mirada en tus ojos.» «No sé a qué te refieres», insistió. «Danny», le dije finalmente, perdiendo ya la calma, «vi esta expresión en tu cara cuando te pregunté por *promise*. No se me olvida tu cara y no pararé hasta que me lo digas. Hablo en serio.»

Simone se levantó del banco.

Una pareja de ancianos, andando despacio, con torpeza, pasó por su lado y se sentó en el banco. El encorvado viejo, con un traje raído y un bastón de madera remendado con cinta adhesiva, colocó una silla de ruedas de modo que le diera el sol de la tarde. «¿Estás cómoda, cariño?», dijo, apartando de los ojos de la mujer un mechón de cabello.

—Al final me explicó que había una especie de programa informático que relacionaba a las personas más poderosas del mundo desde la Segunda Guerra Mundial. Lo llamaba «Octopus». También dijo que con Octopus controlando *promise*, no se podía confiar en ningún dato, por seguro que fuera, en su formato electrónico.

—Magnífico —gruñó Michael entre dientes—. Esto simplifica las cosas. Es como buscar una aguja en un pajar. —Se quedó en silencio unos instantes, sin querer hablar hasta haberlo considerado todo a fondo.

»Dime exactamente qué contó sobre este sistema informático. Todo lo que dijo él, lo que dijiste tú, todo lo dicho por él o por cualquier otro en cualquier momento a partir de entonces.

Ahora le tocaba a Simone mostrarse sorprendida. No habló inmediatamente, sino al cabo de un rato. Le brillaba la mirada.

—¿Qué insinúas? —se sobresaltó ella. Michael se rascó la cabeza—. Lo siento, Michael, pero yo no... —La voz se fue apagando—. Le he dado muchas vueltas. Pero no hay nada más. Es todo lo que dijo. Intenté buscar el término en el ordenador, pero no salió nada. Como la pronunciación afecta a la ortografía y la ortografía afecta a la pronunciación, incluso traté de deletrearlo fonéticamente, cambiando la raíz de la palabra y sustituyéndola por equivalentes fonéticos.

—¿Y?

—Y nada. No existe. Se me olvidaría por eso.

—Pero sí que existe, Simone. Por eso Danny estaba tan asustado cuando le preguntaste. No temía por su vida, sino por la tuya. Él sabía qué era lo que estaba investigando, pero al dar tú con ello pusiste tu vida en grave peligro.

Simone posó la mano sobre la de Michael; la calidez del contacto parecía desplazarse por su brazo. Michael le dirigió una mirada larga y penetrante. Era como si mirase a través de ella, a alguna bondad o sensatez esenciales que estuvieran más allá. Dios mío..., qué daría él por saber si en ese más allá estaba incluida Simone.

—Simone, supongamos que Octopus es una organización muy poderosa y no un grupo desorganizado de criminales que trabajan juntos. Llamemos «planificadores» a esta gente del gobierno de alto nivel. No podrían hacer las cosas ellos solos. Necesitan a otros, menos poderosos, que ejecuten sus órdenes, investiguen, entreguen mercancías, intimiden..., maten. Los llamaremos los «verdugos».

—¿Cómo lo sabes? —Ella lo miró.

—Es el prototipo de poder absoluto. Así lo llamaba un amigo mío —dijo Michael, pensativo.

—¿Qué? ¿Dónde? —Simone saltó del banco.

—Hace unos años, en Abu Simbel, Egipto. Lugar adecuado, momento inoportuno. Una combinación de mala suerte y parecido físico. Me confundieron con un agente corrupto en posesión de secretos que podían haberle costado caro a esta organización de múltiples niveles.

—¿Era Octopus? —Simone estaba paralizada. Abrió los ojos como platos.

—Mi amigo la llamaba «debilidad humana».

—¿Qué más decía tu amigo? —susurró ella.

—Que era imposible matarla con un arma.

Simone bajó la cabeza.

—¿Cómo es...?

—La organización a la que nos enfrentamos debe de ser grande, muy profesional y bien definida.

—O sea una especie de criminales que trabajan para el gobierno de Estados Unidos —dijo Simone.

—O que colaboran con personas poderosas en busca de un beneficio personal. Gente que puede dar órdenes y que cuenta con otros para que las ejecuten a la perfección.

—Y si Danny había descubierto su *modus operandi*, entonces él suponía un grave peligro para el conjunto de la operación —añadió ella, airada.

—O aún peor —apuntó el historiador de arcanos.

—¿Qué puede ser peor, Michael?

—Ahora que Danny está muerto, ellos vendrán por ti porque no están seguros de cuánto sabes. Mientras estés viva, eres una amenaza para su supervivencia.

—Pero yo no sé nada...

—Eso ellos no lo saben. Y si creen que sabes algo, estamos en peligro.

Simone miraba en silencio a su amante y amigo. Estaba procesando algo ajeno a su gama de experiencias.

—Tenemos que hablar con Torekull, Simone. Quizá tu vida corra peligro.

—¡No! —La resolución de su respuesta les sorprendió a ambos.

—¿Por qué, Simone?

«Simone, la mitad del Departamento de Policía de Nueva York está podrida. Aceptan sobornos. Si me pasa algo, no confíes en ellos, a menos que estés totalmente segura, claro.»

—Danny me dijo que los miembros de la policía están infectados. No todos, pero sí muchos. Yo creía que era una obsesión suya, pero ahora sé que es verdad. —Pasó un buen rato sin que se dijeran una palabra—. Michael, me alegra mucho que hayas venido —susurró al fin, moviendo con insistencia las separadas y negras pestañas.

—Yo también me alegro. Pero no pienses que he olvidado nuestra última conversación; cuando te dije que estaba locamente enamorado de ti. —La miró, incapaz de apartar sus ojos de ella. Simone salió de un trance. Con los índices y los pulgares se abrió los párpados—. Tienes los ojos grandes como los de Kant, famoso por su iris verde. Pero sólo se podía ver con una lámpara de luz de estrellas.

Un silencio.

—Cuando todo haya terminado, ¿vendrás unos días? —Él le acarició el brazo.

—¿Y si voy para siempre? —dijo ella. Luego añadió—: No te vayas nunca, Michael. ¿Lo prometes? —Sonrió, extendió los brazos y se puso en pie, estirándose de puntillas como para vislumbrar algo que pasara delante de ella—. Mírame. Voy hacia ti como esa efusiva dama de Chéjov. —Se sentó a su lado—. Estoy agotada. Me preguntaba si me ayudarías a dormir. No he descansado desde... —Se masajeó enérgicamente las sienes y, de pronto, alrededor todo comenzó a temblar.

Michael la sostuvo, en silencio.

—Pues claro —dijo cuando las emociones decayeron y la mente volvió a tomar el control.

—Gracias. No puedo concentrarme. Esta mañana me he limpiado los dientes con relajante muscular.

—¡Qué bien!

—Pues sí. —Tras una pausa, añadió—: Gracias por venir. No estaba segura de si, ya sabes... Al fin y al cabo, eres...

—Alguien que está perdidamente enamorado de ti.

Simone sonrió, se entretuvo arreglándose la manga y habló sin mirarlo.

—Me encanta el modo en que se te estrechan los ojos cuando sientes algo profundo.

Michael murmuró algo.

—Cuéntame cosas sobre Danny.

—¿De veras quieres saber? —Ella dio un paso hacia él—. La bebida favorita de Danny era la leche con cacao. Y su pasta dentífrica, Osito Gominola Flinstone.

—¿Y su personaje cinematográfico?

—R2D2.

—¿Qué? ¿En serio? ¿El robot con acento pijo de Kent? Nunca soporté esa cosa estirada.

—Tras la muerte de mis padres, vivimos un tiempo en Egipto. Yo lo crié.

—Lo sé, cariño.

—Un día hubo un incendio, y lo perdimos todo. Los álbumes de fotos, las cosas de papá, el anillo de boda de mamá...

—¿Él quedó afectado?

—En realidad, no. ¿Y sabes qué dijo? «Son sólo cosas. Nos tenemos el uno al otro.» Y yo dije: «Además del *loft* de Nueva York.» «Tu *loft*», dijo él. «Papá te lo dejó a ti.»

La débil sonrisa de Simone se convirtió de pronto en un extraño temblor. Lo miró de reojo, como si Michael fuera un reflejo en la superficie de un estanque.

—Se ha muerto, Michael.

Él permaneció inmóvil un rato largo, pensando algo. Las marcadas arrugas de su rostro eran muy elocuentes. Él y Simone estaban entregados a lo que hacían. En sus campos, eran personas de un talento excepcional que se habían visto metidas en un juego mortal de humo y espejos. La verdad estaba ahí, pero Michael tenía la seguridad de que no contaban con capacidad suficiente para descubrirla por ellos mismos. Cuanto más hurgaran en ese laberinto, y cuanto más estuvieran al corriente de Octopus, mayores serían las posibilidades de acabar muertos. Michael pensaba que Simone jamás abandonaría la búsqueda de los asesinos de su hermano, aunque al final también le costara a ella la vida.

—Escucha —dijo Michael por fin, consciente de la decisión que había tomado—. Es sólo cuestión de tiempo que ellos entiendan la situación, que se den cuenta de que existes, de que existimos —corrigió—. Mataron a tu hermano en cuanto éste supuso una amenaza, y no dudarán en matarnos a nosotros.

—¿Me estás proponiendo que abandone? —La cara de Simone estaba crispada de furia.

—No, estoy sugiriendo buscar ayuda. La única posibilidad que tenemos de desentrañar esto es con otro profesional, uno como ellos que nos eche una mano.

—¿Y dónde piensas encontrar una persona así?

Michael hizo una pausa y luego sonrió.

—Da la casualidad de que soy amigo de uno de los mejores del ramo. —Se rio. Era una risa sincera.

—¿De qué conoces a ese hombre?

Michael se puso serio en el acto.

—Te he hablado de Egipto, pero hay mucho más. Hace cinco años formé parte de una expedición científica de la UNESCO a la región de Ghazni. Era el último intento de la organización por salvar las dos estatuas de Buda del siglo II a.C. que quedaban en Afganistán. Se trataba de monumentos valiosísimos, de la época preislámica, cuando el país era un tramo clave de la antigua Ruta de la Seda. Esas estatuas eran lo único que quedaba de la rica historia de Afganistán. —Le apretó la mano—. La guerra había destruido todo lo demás.

»Nos encontrábamos a menos de veinte kilómetros, pero estaba oscuro como boca de lobo y tuvimos que pararnos a pasar la noche. En un radio de sesenta kilómetros, todos los edificios estaban destruidos. Unos cuantos decidimos instalarnos en un almacén de tres plantas abandonado, situado en las afueras de Khushali Torikhel, que en otro tiempo había sido la oficina regional de una de las agencias alimentarias locales de la ONU. Lo que no sabíamos era que los talibanes habían desalojado el lugar en su avance al norte, hacia Pakistán.

»Al parecer, las tropas estadounidenses tenían a este grupo concreto de talibanes en el punto de mira por haber matado a dos soldados de Estados Unidos en un control de carreteras rutinario. Para reducir al mínimo las bajas, se dejaron de tácticas sutiles y lanzaron un ataque de artillería. Se produjo sobre las dos de la mañana. Un avión teledirigido arrasó una manzana. Un arqueólogo italiano acabó con las dos piernas rotas. Yo quedé atrapado bajo una gran losa de cemento. Otros no tuvieron tanta suerte.

—¿Cuántos erais? —preguntó ella, conteniendo la respiración.

—Once. Tres científicos, cinco arqueólogos, yo y dos expertos en culturas antiguas.

—¿Y ese hombre?

—Curtis Fitzgerald. Tan pronto vieron su error, los norteamericanos enviaron a unos cuantos comandos para sacarnos de allí.

—Menos mal.

—No exactamente. Éramos supervivientes, y por tanto testigos presenciales de un incidente potencialmente embarazoso. Era preferible que estuviéramos muertos y fuéramos enterrados con todos los honores a que nos hicieran desfilar frente a una audiencia internacional. El grupo de búsqueda cerró la zona, examinó los escombros y nos abandonaron a nuestra suerte.

—¿Cómo lo sabes?

—Porque oía sus voces a lo lejos. Estaban a quinientos metros.

—Puede que no encontraran el montón de escombros correcto.

—Si hubieran buscado bien, lo habrían encontrado.

—¿Y ese hombre, Curtis?

—Se quedó atrás, arriesgando su vida. La orden era evacuar —dijo Michael, irritado—. Si no llega a ser por él, yo estaría muerto. —Sacó su viejo móvil, marcó un número, pulsó un dial extragrande y esperó.

15

Curtis se levantó con las piernas entumecidas. Estaba recuperando la movilidad. El dolor había remitido y las heridas sanaban. Ya le habían quitado los puntos. Aún llevaba el abdomen cubierto de vendajes, pero tras dos operaciones estaba cicatrizando. Lo notaba, como notaba que empezaba a regresar la fuerza. El sol rojizo de media tarde atravesaba como agujas las persianas venecianas, refulgiendo en la pared de la esterilizada habitación de hospital. Y aunque todavía no había llegado la primavera, el tiempo era agradable. Miró por la ventana sin propósito fijo, a la ciudad a sus pies, ensimismado. En las calles de Roma, la gente paseaba, hablaba y reía, se abrazaba y amaba. Nadie sospechaba nada. Habían pasado dos semanas y media, tiempo suficiente para curar las heridas; pero no para ahuyentar a los torturantes demonios que aún lo arañaban por dentro.

Echó la cabeza hacia atrás y respiró hondo. En la pantalla de su imaginación vio el tiroteo de la Via dei Giardini, Josh desplomado en el suelo, acribillado a balazos, el testigo japonés... «¿Quiénes eran ellos?» Los pensamientos de Curtis comenzaron a inundar su cerebro en respuesta al ataque recibido por su organismo. Por momentos sintió como si estuviera sonámbulo. Ahora el tiroteo parecía pertenecer a otra vida. «Se halla usted entre amigos. Aquí no corre ningún peligro. Está seguro.»

Curtis se desconcentró al sonar el teléfono. ¿Quién querría

localizarlo? Lo cogió y miró la pantallita. Era un número conocido, pero no lo identificaba.

—Hola. —El tono sonaba más a reproche que a saludo.

Michael no reconoció inmediatamente la voz, pero igualmente lo invadió la calidez.

—¡A que no adivinas quién soy!

Hubo una larga pausa.

—Pues no, la verdad —soltó la voz en el otro extremo de la línea.

El tono distante, la voz tranquila y glacial de un extraño, hicieron pensar a Michael que quizá se había equivocado de número.

—Eh, amigo, ya sé que ha pasado mucho tiempo desde las últimas copas, pero en serio... ¡No quiero pedirte dinero! —Rio con ganas.

Un silencio.

—Lo siento. —Ahora la voz de Nueva York era seria y cauta, desprovista de humor y calidez—. Me gustaría hablar con Curtis Fitzgerald, por favor.

—Al habla. ¿Quién me llama, por el amor de Dios?

—¡Curtis! —dijo Michael—. Soy Michael. ¿No te acuerdas? —soltó medio en broma.

—¡Michael! Oh, lo siento. ¿Dónde demonios estás?

—Lo habría sentido mucho más si no hubieras cogido el teléfono. Estoy en Nueva York.

—Qué, ¿los nubios aún te persiguen? No me digas que quieren recuperar ese traje horroroso que compraste al descendiente directo de Moisés. —Rio a carcajadas.

—¡Vamos, Curtis, esto no tiene ninguna gracia! —replicó Michael con sorna.

—¿Que no tiene gracia? —protestó Curtis—. Llegamos a una gasolinera en medio de un oasis en este lado de la frontera egipcia, cerca de Abu Simbel, ¡y va y me entero de que tres hombres vestidos con sábanas te están sacando a rastras del armatoste en forma de cuarto de baño!

—¿Dónde estás?

—En Roma.

—¿Roma? La última vez que supe de ti estabas en Afganistán. ¿Qué haces en Roma?

—¿La verdad? Trabajo de niñera. Pero ya está bien de hablar de mí. ¿Qué haces tú en Nueva York? ¿Han encontrado restos del Antiguo Testamento bajo un edificio de la ONU?

Michael se quedó callado un momento. Luego le contó a Curtis todo lo sucedido en las últimas semanas, sobre Danny y Shawnsee, sobre alguien llamado Octopus y sobre *promise*.

En Roma, un hombre escuchaba con semblante adusto el relato de su amigo. Luego habló con seguridad y energía.

—Michael, quiero que vuelvas a llamarme desde un teléfono público. Ya te lo explicaré. —Y colgó al instante.

No habían pasado cinco minutos cuando, en algún lugar de Roma, un número recibió una llamada.

Se oyó un tono antes de que respondiera una voz inquisitiva.

—¿Sí?

—Curtis, ¿de qué va todo esto? —A través de la línea, alcanzaba a oír la respiración de Roma, así como los fuertes latidos en su pecho.

—Michael, ojalá me equivoque, pero creo que los dos corréis grave peligro. —En Nueva York hubo un silencio momentáneo—. Piensa bien antes de responder. ¿Alguno de vosotros ha buscado en Google los términos Octopus y *promise*?

—Simone. Como Danny no estaba muy dispuesto a hablar de su trabajo, ella buscó en Internet.

—¿Desde dónde? —La voz de Roma sonaba gélida, casi amenazadora.

Curtis oyó una voz haciendo preguntas, y una mujer respondiendo.

—Desde su casa —contestó Nueva York.

—Sus búsquedas pueden haber desencadenado algo. Van por vosotros —soltó Curtis.

Michael se puso en pie, agitado; en su frente palpitaba una vena.

—Mejor que te expliques.

—Varios organismos gubernamentales tienen programas de localización y seguimiento en Internet. El más conocido es Carnivore, del FBI. Estos sistemas utilizan técnicas de captura de tramas para controlar nodos específicos y ubicaciones de datos en la red. Cada ordenador tiene una dirección digital única. Si Simone tecleó *promise*, lo más probable es que tropezara con algún dispositivo de las agencias del gobierno.

—No te sigo, Curtis.

—Eso significa que la propia investigación de Simone habría activado una contrainvestigación por parte del asesino de Danny. Lo cual significa que... ellos... saben quién es ella y dónde está.

—El vaporoso uso de la tercera persona del plural: ellos.

Planificadores. Verdugos.

Simone seguía la conversación en silencio. Michael la miraba fijamente, mientras su cuerpo se tensaba.

—¿Cuándo hizo la búsqueda?

—Una semana antes de la muerte de Danny. —Silencio en Roma.

Un hombre alto y barbudo, sentado frente a ellos con los codos en las rodillas y las manos juntas, se levantó despacio, cruzó pausadamente el pequeño parque y se sentó al lado del viejo con el traje raído y el bastón de madera remendado. Los dos miraban al frente, sin que nada diera a entender que se conocían.

Pero hablaban.

—¿Hay alguien más de quien debamos preocuparnos? —En la voz del hombre se apreciaba un tono agrio. La pregunta revoloteó en el aire antes de ser arrastrada por el viento.

—Otro hombre, en otro sitio, parece saber mucho.

—¿Los matamos? —dijo el de la barba.

—No, esperemos. Dejemos que vengan a nosotros. Para matar siempre hay tiempo. —Una sonrisa rizó los bordes de la cara del hombre barbudo, que se puso en pie y siguió lentamente a la extraña pareja fuera del parque.

La conversación telefónica proseguía.

—Michael, escucha con atención. Tomaré el próximo vuelo a Nueva York. Pero, hasta que llegue, necesito que hagas algo por mí. Tenéis que marcharos ahora mismo.

»Lleva el coche de Simone a un taller de reparaciones para una puesta a punto, y salid con cualquier coche de alquiler que tengan allí disponible. Si os están siguiendo, es un modo fácil y barato de desaparecer por un tiempo sin dejar rastro. Buscad una pensión aislada en un radio de cincuenta kilómetros de Nueva York y esperad noticias mías. En cuanto aterrice, os llamo. No digáis a nadie dónde estáis.

—¿Dónde nos hemos metido, Curtis?

—Estáis entre la espada y la pared, amigo mío. Si no salís cagando leches, tenéis los días contados. Venga, en marcha. Te veo mañana.

—¿Qué es *promise*? ¿Qué significa? —gritó Michael en el auricular.

—Es un acrónimo de Sistema de Información sobre Gestión de los Fiscales. Se deletrea P-R-O-M-I-S. Salid de ahí. ¡Ahora! —Era una orden.

Se cortó la comunicación.

Justo cuando Curtis colgaba el teléfono, se abrió la puerta.

—¡Señor Fitzgerald!

—Ah, hola, enfermera. Me alegra que haya pasado a verme.

—¿Qué está haciendo?

—Por favor, dígale al médico que necesitaba estirar las piernas. Volveré pronto.

—¿Estirar las piernas?

—Sí.

—¿Dónde?

—En Estados Unidos. Dígale al médico que hoy no me espere levantado.

—Pero...

Se cerró la puerta. Momentos después, un hombre alto y fornido salía cojeando del hospital y paraba un taxi.

—Al aeropuerto, *presto*.

Marcó un número en el móvil. Al tercer tono, contestó una mujer.

—Dígame.

—Señora Arbour, soy Curtis Fitzgerald.

No mucho después, en las sombras de la tarde, una camioneta llegaba a una aislada cabaña de troncos, oculta por pinos y abedules. Una atractiva pareja ocupó una habitación con vistas a un estanque artificial y a unas onduladas colinas.

Al otro lado del océano, en Roma, otra camioneta se detenía en la terminal principal del aeropuerto Leonardo da Vinci. Curtis se apeó cojeando del taxi y se dirigió al mostrador de Swiss Air.

—Tengo una reserva en un vuelo. Mi nombre es Fitzgerald.

Como era de esperar, Curtis Fitzgerald viajó en primera clase.

16

Menos de veinticuatro horas después, en un céntrico hotel de Nueva York, Curtis estaba en su habitación de la vigésima tercera planta, estudiando el tráfico con los prismáticos. Había dado a Michael instrucciones precisas: tenían que llegar al hotel antes de la hora punta, conducir hasta allí desde la dirección opuesta, hacer una señal, girar y arrimarse al bordillo adyacente, esperar un minuto, luego reincorporarse al tráfico, conducir hasta la siguiente rotonda, a unos trescientos metros, girar y meterse en el aparcamiento subterráneo. Desde su posición estratégica, él podría seguir el patrón del tráfico alrededor de la camioneta. Si alguien los seguía, podría avisarles.

A las cinco menos cuarto, Curtis vio una camioneta plateada acercarse al hotel desde la dirección opuesta y realizar la maniobra requerida. Satisfecho al comprobar que no los seguían, Curtis telefoneó a Michael y le dijo que subieran.

Aguantar la tensión de la espera, una práctica en la que normalmente Curtis era excelente, le causaba dolor. No sabía si era el dolor físico o el nerviosismo de la espera.

Unos golpecitos en la puerta pusieron fin a los nervios. Cruzó con cautela la habitación, abrió e hizo pasar a sus invitados.

—Encantado de conocerte, Simone. —Curtis le tendió la mano—. Lamento lo de tu hermano.

—Gracias. Michael me ha hablado mucho de ti.

—¿Ah, sí? —Curtis enarcó una ceja—. Yo en tu lugar no creería una palabra.

—Casi todo era bueno. —Ella sonrió.

—¿Lo ves? —Se volvió—. Ha pasado mucho tiempo, Michael.

Simone contempló cómo Michael y Curtis se daban uno de esos abrazos reservados a los viejos amigos.

—Me alegro de verte. Y gracias por venir. —Michael le pegó, juguetón, en el estómago. Curtis hizo todo lo posible para no doblarse, agarrándose al respaldo de la silla con la mano izquierda y al sofá con la derecha.

—No pasa nada —gruñó Curtis. Se le había cortado la respiración y se sujetaba el vientre con la mano derecha.

Michael se angustió.

—Con nosotros puedes ser franco. —Su voz era tensa.

Escucharon en silencio mientras Curtis explicaba con todo detalle los hechos de la Via dei Giardini.

—¿Quiénes son ellos? —preguntó Simone, sentada en el sofá.

—Su nombre es un trabalenguas. A estas alturas, sólo podemos especular. Sé que hay gente a sueldo del gobierno que entra y sale, agentes, antiguos agentes y tipos de la mafia, personas con habilidades muy valoradas y muy bien remuneradas cuando sirven al bando equivocado. Agentes independientes que trabajan por su cuenta y no se conocen unos a otros, si bien están coordinados mediante una serie de controladores, quienes a su vez son controlados desde arriba —contestó Curtis hundiéndose en un sillón situado frente a la chimenea.

—¿Están en una operación norteamericana? —preguntó Simone.

—No estoy seguro. Tienden a meterse en asuntos internacionales, una especie de organización de múltiples capas con un círculo interno de intereses privados.

—¿Hablas de una especie de conciliábulo? —terció Michael.

—¿Con qué fin? —inquirió Simone—. ¡Debe de haber un móvil!

—¿Dinero?

—Lo dudo, Michael. Ya tienen casi todo el dinero del mundo.

—Entonces, ¿qué? ¿Riqueza, reconocimiento, notoriedad?

—Si es el mismo tipo de operación, te aseguro que no mataron a Danny por lo que son, sino más bien por lo que habría significado para ellos la revelación de su identidad.

—Quizá no querían ser descuartizados por cosas que hicieron en el pasado. Después de todo, Danny decía que esto se remontaba a la Segunda Guerra Mundial —señaló Simone.

—Si son personas situadas en altos niveles del gobierno, la investigación de Danny quizá puso al descubierto sus transgresiones de cincuenta años atrás —dijo Michael.

—Es posible borrar los viejos crímenes. Fíjate en lo de Roma —dijo Curtis pensativo—. Esto es distinto. Simone, ¿qué decías sobre la reacción de Danny cuando le preguntaste por PROMIS? Que se puso pálido. Pero ésa no es una reacción normal si estamos hablando de viejas infracciones. No, esto no tiene que ver con el pasado. Es sobre el presente. Lo que pasara en la Segunda Guerra Mundial está relacionado con el presente, y muy probablemente con el futuro. —Curtis dejó que su mente vagara libremente—. Danny tropezó con algo grande. Una conspiración de algunas de las personas más poderosas del mundo, que persiguen un objetivo común.

—¿Por qué lo dices? —Simone lo miró fijamente.

—En realidad, no lo sé. Por lo general es así como funciona.

—Una conspiración de algunas de las personas más poderosas del mundo persiguiendo un objetivo común —repitió Michael—. Pero, ¿con qué objetivo?

—Sólo lo sabremos cuando recuperemos los documentos de Danny —dijo Curtis.

—Lo que significa que volvemos a empezar desde cero —soltó Simone, desesperada—. Porque quienes los tengan no se atreverán a asomar la cabeza.

—Eso si aún están vivos —precisó Michael.

Curtis sacudió la cabeza, cerrando los ojos, y la oscuridad alivió por momentos el punzante dolor en el estómago.

—¿Y si el supuesto es erróneo? ¿Y si no vamos tras «él» sino tras «ello»?

—¿Qué quieres decir? —inquirió Michael.

—Los dos estáis desconcertados porque alguien tiene acceso

a los documentos de Danny, y habéis dado por sentado que fue Danny quien se los pasó. ¿Y si la suposición es equivocada? ¿Y si estamos buscando a «alguien» en vez de «algo»?

Simone y Michael escuchaban en silencio.

—Nos falta una pieza concluyente del rompecabezas. He estado dándole vueltas desde que subí al avión anoche. Pensemos. ¿Cuál es la explicación más sencilla? Si esta organización, Octopus, persigue a alguien, los grados de lealtad a tu hermano son totalmente irrelevantes; esta persona no tiene ninguna posibilidad. Primero le inyectarán Amital, y su vida será un libro abierto. Después lo matarán, obtendrán la información necesaria e irán por vosotros. Pero no lo han hecho. —Curtis hizo una pausa—. ¿Por qué?

—Porque no tienen lo que necesitan —señaló Simone.

—Exacto. Y eso significa que no debemos buscar «quién» sino el «qué» y el «dónde».

—¿Puedo beber algo?

—Claro. —Curtis se levantó y fue al mueble bar. Dos medidas de whisky para él; una para Simone y Michael—. ¿Hielo?

—No, gracias. —Simone se puso en pie y se acercó a la ventana—. ¡Voy a volverme loca! Encima de no saber dónde está el probable «quién»... ¡ahora nos cae encima el improbable «qué»!

Curtis les llevó los vasos.

—Simone —terció Michael—, tú lo dijiste. Danny no tenía muchos amigos, desde luego ninguno a quien pudiera confiar lo que estaba investigando. Pero tampoco iba a dejar que se desperdiciara su extraordinaria labor. Le había dedicado demasiado. Eso hace que quedes sólo tú, su hermana, como único pariente vivo, la persona a la que más quería y en la que más confiaba. Mientras estuviera vivo, Danny guardaría las distancias contigo. Sabía el peligro que corría. Por eso se puso lívido cuando le preguntaste por PROMIS.

—Pero tomaría precauciones por si le sucedía algo.

—Tú misma lo dijiste. Hizo copias de todos sus documentos. Éstos son ahora tu póliza de seguros. —Michael hizo una pausa—. Entonces, ¿por qué no han venido por nosotros?

—Porque saben que Simone no los tiene. Recuerda la contrainvestigación. Lo que no saben es quién los tiene. Así que están observando y esperando —explicó Curtis.

—... Porque están actuando en función del supuesto de que es «él» quien los tiene, y no el «qué» —añadió Michael.

—Exacto.

Simone dejó el vaso de whisky y cogió una bolsa de cacahuetes de la cesta de bienvenida.

—Pues si es el «qué», ¿dónde está?

—En el único lugar del mundo donde nadie lo buscaría —dijo Curtis.

—¿Y dónde está eso? —Michael se inclinó hacia delante.

—En el apartamento de Danny.

—Curtis —ahora le tocaba a Michael poner objeciones—, los detectives lo registraron de arriba abajo. Por si lo has olvidado, no encontraron nada.

—Michael, no encontraron nada porque no buscaron lo que debían.

Michael se quedó pensando, con su mente dando tumbos. Recorrió la habitación con los ojos.

—Lo que tenemos no es ninguna prueba, desde luego, pero tampoco hay que desecharlo —dijo al fin.

—Simone —intervino Curtis—, en esta ecuación hay dos elementos entrelazados: tú y Danny por un lado, y Octopus y PROMIS por otro. Y estos elementos tienen un denominador común.

—Teorías, suposiciones, ecuaciones. Estoy cansada de eso. —Dejó el vaso de un golpe en la mesa.

Por el rabillo del ojo, Michael dirigió a Simone una mirada larga y tierna. Ella estaba conteniendo las lágrimas; sus dedos dibujaban algo en la mesa; su mente intentaba recordar un detalle.

—Simone, ¿recuerdas qué te dijo Danny sobre PROMIS? —Como interrogador experto que era, Curtis la iba guiando en la dirección adecuada.

—Dijo que, con Octopus controlando PROMIS, no se podía confiar en ningún dato en su formato electrónico, por seguro que fuera.

—PROMIS puede hacer lo que ningún otro programa ha podido hacer nunca: leer e integrar cualquier cantidad de programas informáticos o bases de datos diferentes de manera simultánea, con independencia del lenguaje en el que estén escritos, del sistema operativo o de las plataformas en las que las bases de datos estén instaladas. —Asintió para sí mismo—. Hace poco, el Departamento de Seguridad Interior y la Agencia de Seguridad Nacional han dedicado más fondos a la ciberseguridad que a ningún otro proyecto, concretamente al programa Managed Trusted Internet Protocol Services, que utiliza PROMIS —aclaró Curtis mientras hacía un cálculo mental—. Por eso Danny te advirtió de que, con PROMIS, no se podía confiar en ningún dato, por seguro que fuera, en su formato electrónico. —Curtis se puso en pie. Nadie dijo nada. Era como si no lo hubieran oído, aunque él sabía que lo habían oído perfectamente.

»Si PROMIS puede ver y oír, también puede registrar patrones y perturbaciones estadísticas, pero sólo si lo que buscamos está escondido en un sistema correlacionado —añadió Curtis—. Ahora bien, ¿y si lo que estamos buscando no está realmente oculto en ningún sistema que PROMIS pueda reconocer? En el cielo y la tierra hay muchas cosas que no se revelarían en PROMIS.

—Un momento. —Michael Asbury ladeó la cabeza—. Danny sabía que esta información debía de estar tan bien escondida que, por mucho que los asesinos la buscaran, no la encontrarían. O al menos..., nunca sospecharían que debían mirar en cierto sitio.

Simone alzó la cabeza.

—Estás sugiriendo...

—¡Sí, claro! No sólo debe de estar bien oculta —dijo Michael—, sino que tú, Simone, tendrías que poder reconocerlo.

—Disculpa —dijo ella dirigiéndose a Curtis—, ¿has dicho Voltemand Hall, o te referías a un cortesano de *Hamlet*? ¿Y qué tiene que ver esto con Danny?

—¿Perdón? —Curtis creyó haber entendido mal y le dirigió una mirada perpleja.

—Has dicho que si PROMIS puede ver y oír, también puede registrar patrones y perturbaciones estadísticas, pero sólo si Voltemand Hall...

—No he dicho nada sobre Voltemand Hall. Ni siquiera sé qué es, Simone.

—Entonces, ¿por qué lo has dicho?

—¿El qué?

—Lo que has dicho. Quizás es simple curiosidad. Voy al baño, con permiso. Tal vez cuando vuelva ya lo tenemos resuelto.

—¿De qué habla? —susurró Curtis con una sonrisa asimétrica en la boca.

—Se me olvidó decírtelo. Siempre que come cacahuetes de mala calidad sufre una reacción alérgica que posteriormente le afecta al oído. No le hagas caso. Se le pasa rápido.

Unos momentos después, Simone entró en el salón y colocó, desafiante, la rodilla derecha en el brazo del sofá.

—¿Qué decías, Michael?

—Que sí, claro. No sólo debe de estar bien oculto, sino que tú tienes que poder acceder a ello. Entonces, ¿qué podría ser? Algo que él supiera que reconocerías y serías capaz de descifrar. Piensa, Simone —dijo Michael espoleándola con tacto.

—Es sobre el «qué» —agregó Curtis—. ¿Cómo lo disimularía Danny? ¿Qué intereses teníais en común? ¿Qué sería ese algo que te llamaría la atención al instante?

—¿Te acuerdas? —dijo Danny.

—Me acuerdo —respondió ella—. La primera espiral terminaba en un punto.

—¿Éste es el final del mapa? —preguntó él.

—Los mapas no tienen finales. Tienen niveles de ampliación.

Él lo pensó un momento.

—Simone... —Danny le tiró de la manga—, ¿el infierno tiene geometría?

—Eso pensaba Galileo.

—¿Cómo dibujarías el infierno? —Él movió los lápices de un lado a otro, cada vez más deprisa.

—Así.

—¿Perdón? —Curtis creyó que había vuelto a perderse algo.

—Dante —dijo ella—. La *Divina Comedia*.

17

Esa noche llovía en Roma. Furiosas cortinas de agua bramaban sobre transeúntes y conductores, como una bestia rabiosa que intentara escapar de una jaula. La luna irrumpió con sus fríos rayos.

Un hombre bajo y fornido, vestido con una cazadora arrugada y mal entallada, se resguardó bajo un pasadizo abovedado y miró el reloj. Se hallaba entre dos farolas, frente a las macizas puertas ornamentales de un edificio de apartamentos de piedra rojiza. Eran las cuatro y media de la mañana. La llamada llegaría de un momento a otro. Casi sumergido en la oscuridad, estiró el cuello, a la izquierda, a la derecha y otra vez a la izquierda. El hombre oyó el lento fragor de un vehículo que se acercaba. El haz de luz recorrió la negrura y lo atrapó por un instante en su guarida. Paralizado, se inclinó hacia atrás y cerró los ojos, sintiendo en las sienes un extraño calor húmedo. ¿Llegaría la llamada? El hombre se ajustó la cazadora con dedos torpes, se subió las mangas, se las bajó. Volvió a mirar la hora. Las cuatro treinta y tres, las cuatro cuarenta, las cuatro cuarenta y siete...

Llegó por fin cuando pasaba un minuto de la hora. Las cinco y un minuto de la mañana. En Roma, la silueta baja y robusta respondió al primer timbrazo.

—¿Sí, sí? —repitió, pegándose el auricular a la oreja. El susurro era discordante.

—¿Qué pasó en la Via dei Giardini? ¿Quién fue el responsable? ¿Tienes los detalles?

—El jefe está muerto, igual que los otros dos y los guardias.

El testigo ha desaparecido. Creemos que se encuentra en Roma.

—Un extraño giro de los acontecimientos. Es posible que él nunca pensara testificar, y sin embargo, ha usado como cebo una trampa.

—Esa mujer, Arbour, averiguó algo. Reforzó la seguridad.

—Sólo como precaución. No tenían nada. ¿Está en peligro alguna de nuestras fuentes?

—¡Dios mío, no, no sospechan nada!

—En la via dei Giardini sobrevivió uno de los dos hombres. ¿Qué sabemos de él?

—Está herido. Ayer salió para Nueva York.

—¿Nombre? ¿Aspecto?

—Nombre desconocido. Tenía una acreditación Cuatro Cero. Aspecto: incompleto.

—Pero ¿está en Nueva York?

—No conocemos su estado físico. Lo que sí sabemos es que recibió una llamada de alguien y poco después salió del hospital.

—¿Dirección?

—Al aeropuerto. Vuelo Roma-Nueva York.

—Una decisión de última hora, está claro. Comprobad las últimas incorporaciones en la lista de pasajeros. Mirad también si todo el mundo pasó por la aduana. Necesitamos una descripción física para mañana por la mañana.

—¿Los matamos?

—No hasta que averigüemos quiénes son. Los quiero vivos, sobre todo a la mujer —susurró una voz lejana. Hubo una breve pausa.

—Se me ocurre una explicación —dijo el hombre fornido de la cazadora mal entallada, imponiéndose poco a poco—. Póngase en su lugar. Su hermano ha muerto. Ella cree que lo han asesinado. Está consumida por el dolor, que es inmenso, como también lo es su ira. Busca a la única persona en quien puede confiar aparte de su hermano. Un hombre que conoció en otro tiempo, en quien confía..., quizás un amante o un viejo conocido. ¿Qué hace? —Silencio del otro—. Ella no puede acudir a la policía porque su hermano cree que la policía está en el ajo. Nos aseguramos de esto. Representa la traición.

—Déjame pensarlo. —Se produjo un largo silencio—. Esta reacción es racional. —La voz sonaba como un eco lejano con acento del Medio Oeste—. Lo cual significa que ella es previsible —añadió el eco.

—Sugiero eliminar al soldado. —El hombre de Roma aguantó la respiración y escuchó.

—No hasta que yo lo diga. Necesitamos sus sinergias. La mujer no sabe dónde se ha metido. El profesor tampoco. El soldado sí, pero necesita la ayuda de los otros dos para descubrir la verdad. Entre los tres lo resolverán.

—¿Por qué está tan seguro?

—Hemos interceptado una llamada desde Nueva York. Entretanto, nos ponemos cómodos, observamos y escuchamos.

—No podemos engañarlos con estratagemas.

—No tendremos por qué hacerlo. Recuerda, van a ciegas. No tienen pistas de los elementos involucrados ni de cómo pueden estar conectados. Si es preciso, se insinuarán promesas, intervendrán actores... Pero ya están sentenciados.

—De acuerdo. La información saldrá inmediatamente.

Justo cuando el hombre guardaba el móvil, se oyó un zumbido aéreo. Miró el reloj. En Nueva York aún faltaba un rato para la medianoche. Se produjo una llamada con instrucciones precisas a un especialista de la Gran Manzana, el tan cacareado hombre punta de la avanzadilla. Él sabría qué hacer, pues lo había hecho antes. Por eso le conocían como «el especialista». Su verdadero nombre no venía al caso. Había utilizado tantos que había perdido la cuenta. Simplemente, era un hombre de fiar que sabía entrar y salir de los recintos más fortificados e inexpugnables. El hombre invisible. Instrucciones enviadas y los equipos en sus puestos. El hombre de Roma salió de detrás del árbol y bajó el bordillo despacio. Aparecían las primeras luces en las ventanas, dos en el lado más próximo, una enfrente, derramando su contenido en la calle. Mejor no quedarse más tiempo de la cuenta. Podrían hacer preguntas. Lo suyo era el anonimato y la coordinación. Había demasiado en juego.

18

—¿Qué has dicho?

Ella dudó y lo repitió con firmeza.

—¡He dicho que creo saber dónde pudo guardar Danny los códigos! —Curtis alzó la cabeza lentamente. Se volvió y le devolvió la mirada, incrédulo—. Tú lo has dicho, tenía que ser algo que el asesino o los asesinos nunca pudieran sospechar, y nada electrónico. —Respiró hondo, vaciló y luego sonrió—. Dante.

—¿Dante? ¿Qué es esto? —Curtis frunció el ceño, perplejo.

—Un escritor del Renacimiento italiano.

—¿De qué estás hablando?

Ella se volvió y lo miró.

—Compartíamos nuestro amor por Dante.

—¿Y?

—Tiene que estar en la *Divina Comedia* de Dante.

—¿Dónde?

—Dentro del libro.

—¿Quieres decir que Dante y tu hermano estaban investigando a esa gente, y que ahora que Danny está muerto el otro ha decidido contarlo todo en un libro? —Curtis miró a Michael desconcertado—. Mejor que lo localicemos.

—No hay por qué preocuparse. Aún tardarán —señaló Michael.

—¡Vaya, ahora eres un experto! Simone, si tú y aquí el señor experto podéis encontrarlo, también podrán ellos.

—Ellos no saben que lo tiene —dijo ella con una amplia sonrisa.

—¿Es esto un dictamen de experta?

—De experta en el Renacimiento italiano —precisó Simone—. Las valoraciones a menudo contienen hechos relacionados.

—Esto es una patochada —murmuró Curtis arqueando la espalda y notando las heridas—. Una comediante italiana y un ratón de biblioteca jugando a soldaditos entre dos continentes. No entiendo nada. ¿Por qué no vamos a ver a Dante y cogemos lo que necesitamos antes de que lleguen los asesinos de tu hermano?

—Porque está muerto, Curtis.

—Dios santo, o sea que lo encontraron. ¿Cuándo? ¿Cómo?

—Murió por causas naturales.

—Mejor que hagamos una doble comprobación. ¿Cuándo murió?

—Oh..., hace unos setecientos años.

Curtis empezaba a dar señales de estar harto.

—¿Qué? ¿De qué estás hablando?

—Danny y yo compartíamos nuestro amor por la poesía clásica italiana. Bueno, en realidad era mi amor, y cuando murió nuestra madre, le compré a Danny un ejemplar de la *Divina Comedia* para consolarlo... Él entonces tenía dieciséis años.

Los recuerdos volvieron en un instante.

Fue en 1991. La última vez que la vieron viva, su cara pálida, tocada con un sombrero de tres picos, andando pesadamente hacia la cámara, miraba desde la pantalla, cruzaba la mirada con ellos, pero era incapaz de reconocerlos, de ayudarlos y consolarlos, pues era sólo una figura en una foto. Está viva porque se mueve y habla, porque estaba viva cuando se grabó la película; pero también muerta (la gente fotografiada siempre lo está, ya es un recuerdo).

—¿Está de veras ahí, Simone? —preguntó Danny, radiante a través de las lágrimas, hojeando el libro y mirando expectante a su hermana. Al principio, ella no contestó, y pasó la palma de su mano izquierda por los nudillos de la derecha de Danny.

—Mira, cariño, la muerte revela que no hay vida, sólo un sueño de vida —dijo despacio, haciendo pausas, escuchando el sonido de las palabras y su significado íntimo.

Él la observaba, ansioso.

—En Dante —a Simone se le llenaron los ojos de lágrimas—, ella nos ayudará a los dos a salvar el abismo entre expresión y pensamiento. Las palabras correctas te esperan en la orilla opuesta del río neblinoso. Ella nos guiará hasta esos pensamientos aún desnudos. —Los ojos de Danny estaban empañados por las lágrimas—. Nada la hará volver, cariño. —La débil voz de Simone vaciló—. Más allá de cualquier espiritualismo facilón, los muertos hablan. Nos aconsejan a través del recuerdo, mediante nuestro conocimiento tardío, aunque a menudo luminoso, de lo que nos habrían dicho.

Incluso ahora, estando su hermano muerto, la voz era apagada.

—Pasábamos horas leyendo a Dante e imaginando que los dos vagábamos por las profundidades del infierno y las vertiginosas alturas del paraíso. Para Danny fue una terapia. Se sabía todos los cantos de memoria, y a menudo creía que visitaba a nuestra madre en el Paraíso de la mano de Dante. Para él, la *Divina Comedia* fue una luz brillante en un universo oscuro.

—Simone... —interrumpió Curtis, muy consciente de lo delicado del momento—. ¿Por qué estás tan segura de que las pistas de Danny se esconden en Dante? ¿Te lo dijo personalmente? Quiero decir, si le sucedía algo, ¿dijo si había un plan B?

—Dijo que cuando llegara el momento, yo lo sabría.

Simone parpadeó, absorta en sus pensamientos.

19

El sol de última hora de la tarde estaba suspendido en el cielo. El día se escabullía lentamente cuando los tres llegaron al edificio de apartamentos de Danny. Las nubes buscaban el sol y el viento serpenteaba por las calles de la ciudad. Esa tarde invernal tocaba a su fin.

El edificio tenía una fachada poco inspirada, a excepción de las ventanas, talladas como ojos de buey entre las olas de ladrillo rojo, que pasaban del amarillo limón al plateado bajo el vuelo de las nubes de invierno teñidas de arena. El bloque se alzaba un tanto aislado en una zona de casas privadas con postigos tras las verjas de hierro. Los tres cruzaron el vestíbulo en silencio. Por las grietas de los pisos de la primera planta se colaban las culebras. En el 1B, un inquilino estaba dando afanosos martillazos en la pared. Sin decir palabra, los tres subieron hasta el descansillo de la segunda planta. Simone reprimía las lágrimas con estoicismo. Tras la muerte de Danny, se le vino el mundo encima.

—Simone...

—Estoy bien —soltó dando un respingo—. No, no lo estoy —susurró. En su voz se apreciaba angustia, pero también miedo y resolución.

Michael empezó a hablar, pero ella lo interrumpió.

—Bueno, sí... estoy...

Y ahora Michael se dio cuenta de que Simone estaba extrañamente ausente, como si no lo escuchara a él, sino a algo llegado de lejos.

—¿Hay luz en algún sitio? —preguntó Curtis buscando a tientas un interruptor en la pared.

—Está bien... Así es como debe ser —replicó Simone casi maquinalmente. Curtis encontró el interruptor y lo pulsó.

Michael tocó suavemente el fino codo de Simone, que sujetó entre el índice y el pulgar. Ella le dirigió una mirada intensa, sin parpadear. Con cuidado, para no alterar la expresión de angustia, le besó en la mejilla.

—Gracias. Es sólo que... —Se le quebró la voz. Guardó silencio. Michael esperó, pero Simone no volvió a hablar.

Danny Casalaro vivía en el piso de arriba de un complejo de cinco plantas de Greenwich Village. Por muy de postín que pareciera, durante todo el día y buena parte de la noche se oía el metro, dando la impresión de que todo el edificio se desplazaba lentamente.

Simone llevaba un impermeable, una bufanda blanca y negra alrededor del cuello y un vestido azul brillante cerrado en la garganta, lo que acentuaba su figura delgada y bien proporcionada. Las lágrimas en sus largas y negrísimas pestañas se habían comido el rímel. Los tres se pararon a la entrada del apartamento 2B. Simone sabía que llegaría ese momento. La invadió un abrasador calor helado, seguido de una oleada de vértigo y desorientación. Sintió como si la tierra desapareciera bajo sus pies; tenía la boca seca y un nudo en el estómago. Con aire distraído, se pasó un dedo tembloroso por el ondulado pelo oscuro, descubriendo en el antebrazo una mancha de nacimiento. ¿Qué estaba sintiendo? Era difícil contarlo.

De pronto, en algún lugar abajo, oyeron un cerrojo, un pestillo hizo un ruido resonante y una puerta se abrió de golpe. Un instante después, salió al pasillo un hombre maduro en zapatillas de pana. Tras él se derramaron sonidos de algún espectáculo deportivo, levitando una décima de segundo antes de disolverse en el aire enrarecido. Un chasquido, y el pasador volvió a su sitio. Se cerró la puerta. El hombre sacó la pipa y la llenó con cuidado. Con paso firme y tranquilo, bajó las escaleras hasta la calle.

Simone abrió el bolso y sacó una llave de un estuche metálico. La giró a la derecha, dudó un momento y volvió a girarla. Los fuertes latidos de su corazón neutralizaban los demás sonidos. El cerrojo de seguridad cedió, y los pasadores se deslizaron con suavidad. Empujó la puerta con la palma de la mano derecha. Curtis miró a Simone en la chillona luz de la entrada; ella tenía una mueca de dolor. No, no era una mueca, estaba mirando algo, conmocionada e incrédula.

De repente soltó un grito ahogado. «Dios mío...», el horror se apoderó de ella. Mientras tragaba aire, todo su cuerpo tembló por la angustia. Curtis la agarró y la apartó de la posible línea de fuego. Simone jadeaba. Él se volvió, intentando entender la causa de su histeria. Entonces lo vio.

El desbarajuste que se ofrecía a sus ojos era indescriptible.

—Dios santo...

Curtis sacó el arma, una Heckler & Koch P7, durante mucho tiempo la preferida de los rangers del ejército. La brusquedad del movimiento le provocó un flujo de dolor en el cuerpo. Puso mala cara y forzó la cabeza hacia el hombro derecho; el dolor punzante le subió hacia el pecho y le bajó por el brazo hasta la boca del estómago, donde se alojó con un ruido sordo. Michael se le acercó instintivamente.

—No, gracias. Tengo que hacerlo yo solito. —Curtis avanzó; los inhibidores vendajes en la caja torácica y el pecho le resultaban cada vez más incómodos. Era muy consciente de las limitaciones físicas de su estado actual. Las heridas estaban cicatrizando, pero aún les faltaba bastante. Su mente tenía que funcionar mejor y más deprisa que su cuerpo, lo cual aceptaba a regañadientes dadas las circunstancias. Apretó la semiautomática—. Quedaos junto a la puerta —susurró mientras echaba a andar lentamente por el pasillo—. Y si oís tiros, salid cagando leches.

Volvió al cabo de un momento.

—Se han ido —dijo mientras guardaba la H&K P7 en la funda. Se dirigió a la puerta, pasó los dedos por el borde del marco y examinó la cerradura—. Simone —dijo tras un silencio—, quien sea sabía qué estaba haciendo. Danny tomó grandes precauciones para protegerse contra posibles visitas no deseadas.

»Éste es el sistema más sofisticado del mundo. Se llama Threat Con Delta y funciona con una combinación de llave biométrica y cilindro. —Hizo una pausa y miró a ambos—. Esto significa que el rastro auditivo puede darnos el día y la hora en que fue utilizada la llave electrónica. —Señaló el código de barras lateral—. Salvo en el caso de que registre cero, quiere decir que alguien fue capaz de anular el sistema sin dejar señales.

—¿Cómo es que Simone ha podido entrar sin tener acceso a los códigos? —preguntó Michael.

—Porque su llave anula el sistema mediante un microchip que lleva insertado.

—¿Quién hizo esto? ¡No puedo respirar! —Simone se quitó el impermeable y lo dejó caer al suelo—. Matan a Danny, ¡y ahora ellos registran el apartamento de arriba abajo! —«Ellos» era una amenaza que lo decía todo y no decía nada.

—¿Dónde tienes tu impermeable? —le preguntó Curtis.

Ella estaba pálida y asustada.

—¿Qué?

—Cógelo —le dijo en voz baja.

—Sí, claro. —Simone estaba aturdida—. ¿Por qué han entrado a la fuerza? Ya ha venido la policía.

—No podemos quedarnos aquí. No es seguro —repitió Curtis con tono más enérgico, haciendo que ella se volviese. Simone lo miró con aire distraído—. Debemos irnos enseguida. ¿Me has oído, Simone? ¡Ahora!

—Tenemos que encontrar el libro —replicó maquinalmente.

—Si es una obra tan conocida, comprémosla en una librería.

—No. Necesitamos el ejemplar de Danny.

—Si nos quedamos aquí mucho rato, tendremos problemas. Los que estuvieron aquí podrían regresar.

—¿Quién eres tú para darme órdenes? ¡No me voy sin el libro de Dante! —gritó, apartando la mano de Curtis.

—¡Simone, si nos quedamos, nos buscaremos problemas! —Aguardó la respuesta; ésta llegó con un vigor que lo cogió por sorpresa.

—No volverán, ¿no te das cuenta? Por Dios, ¿en qué mundo vives?

—Uno en el que lamento que hayas entrado tú.

—¡Escúchate a ti mismo, Curtis! Repartes palabras como si fuera dinero que no tienes.

—¿Qué insinúas, Simone?

—¿Es que soy histérica, incompetente? ¿No soy lo bastante lista para investigar la muerte de mi hermano?

—Simone, escúchame. Sólo quería decir...

—Curtis... —Michael se le acercó y le puso la mano en el hombro—, danos unos minutos para encontrarlo. Por favor...

—El ranger clavó la mirada en su amigo mientras le palpitaba la mandíbula cuadrada.

—Cinco minutos, Michael. Yo vigilaré el rellano. No hay otra entrada.

El historiador de arcanos se bajó la cremallera de la cazadora. «¿Hace calor o soy yo?», se preguntó, pero decidió no decirlo en voz alta. Serían sus sensaciones.

—¿Simone?

Era una pregunta y una invitación, todo a la vez. Ella se quedó en su sitio, y acto seguido dio unos pasos al frente, como si hubiera cruzado un espejo. Todo y nada le resultaba familiar.

El vestíbulo se estrechaba formando un corredor exiguo y sin muebles. En cada lado había dos puertas, dos habitaciones tirando a pequeñas, un retrete y un cuarto de baño que daba a un patio interior. Al final del primer trecho, el comedor había sido transformado en estudio por falta de espacio, y de la pared, clavado con chinchetas, colgaba el amarillento cartel de un circo de Volgorod de gira. Estaba amueblado con bastante mal gusto, mal iluminado, con una sombra perenne en un rincón y un jarrón de cristal en un estante inalcanzable. El jarrón, en otro tiempo el objeto más hortera del apartamento, era ahora el único superviviente, con su cáscara vítrea envuelta en una capa de polvo vaporoso.

Tras llegar al comedor, el pasillo daba un giro brusco a la izquierda. Allí se escondía la cocina. El estudio-comedor estaba lleno de estanterías, pero también había libros en la mesa y en el suelo. Había una foto de Danny apoyada en varios volúmenes de clásicos rusos milagrosamente intactos. En la foto, se lo veía sentado en la misma pose que a veces adoptaba Chéjov, la cabeza ligeramente gacha, las piernas cruzadas, los brazos agarrados uno a otro, inscrita en su rostro una expresión extraña y distante incubada en los últimos meses de su vida.

Danny siempre había dormido mal. El padre sostenía con ambas manos la hucha con forma de cerdito y la agitaba suavemente.

—¿Qué le gustaría a Danny si pudiera elegir algo en el mundo? —La aterciopelada voz de su padre siempre fue muy musical.

—Estoy ahorrando todo el dinero, papá. —Una pausa, una mirada. El padre pasaba el dedo índice por la columna vertebral de un cochinillo de alabastro con una ranura en medio.

—¿Para qué?

—Quiero comprar un río.

Al día siguiente, el padre le dio a Danny una cinta azul. El padre: ojos castaños, mirada inteligente, cabello oscuro, facciones marcadas, cabezota de sabio. Tenía algo muy difícil de expresar con palabras, una bruma, un misterio, la enigmática cautela de un hombre poseído por el genio. Para Simone, su padre fue siempre aquel desconocido que examinaba su pasado de forma mucho más espontánea de lo que haría con su futuro.

—Es una cinta mágica —dijo al fin tras observar un buen rato la expresión confusa de Danny—. Si la extiendes, será larga como un río. ¿Qué harás con ella, Danny?

Que un río pueda medirse con cintas... Danny tenía miedo de abrir la cinta y desenrollarla.

—Es un regalo importante, y hay que tratarlo con mucha responsabilidad —dijo el padre.

Danny se acercó y abrazó a su padre, mientras éste contemplaba, divertido, el maravilloso impacto y la transformación del niño: el hechizo y el júbilo al experimentar el placer de un descubrimiento.

Desde aquel día, Danny durmió con la cinta bajo la almohada. Y soñaba toda la noche.

—Simone... —Michael se le acercó.

Ella se volvió y entró en el estudio de Danny.

—Ayúdame a encontrar a Dante —pidió en tono urgente.

Simone tiró del cajón izquierdo del escritorio y hurgó frenéticamente entre los papeles.

—¡No está aquí! —exclamó—. Siempre lo guardaba en este cajón. —Lo cerró de golpe—. Ese montón de libros del rincón... El Dante de Danny tenía el lomo de cuero negro... ¿Por qué lo trajiste? —En su voz había una tensión que él tardó en descifrar.

—¿A Curtis? —Michael se puso de rodillas, demoliendo el montón mientras sus ojos y sus dedos se movían como locos.

—Es un analfabeto. Pura mierda.

—Simone, estoy pasmado. Nunca pensé que la descendiente de una princesa italiana pudiera ser tan barriobajera —soltó Michael, buscando con afán en la pila de libros.

—Podemos resolverlo sin él, cariño. Por favor, dile que se vaya.

—No, no podemos, Simone. Esto es real. Por ahí andan tipos con armas de verdad que disparan balas de verdad y matan a personas de verdad.

—Es vulgar, cariño. No usa nuestro lenguaje.

—No seas tan dura con Curtis. ¿Lo has escuchado?

—Le he oído hablar con monosílabos. Con eso me basta.

—Simone...

—Michael, si yo estuviera escribiendo un libro, repintaría la escena, para que su obstinación pudiera ser desviada hacia su doble. Espectral o fantasmal, a menos que los fantasmas sean dobles..., uno andando, el otro intentando atraparlo.

—Vosotros dos tenéis mucho en común —dijo él.

—¡Lo he encontrado! —exclamó ella con agitación triunfal.

—Lo único que tenemos en común, aunque por razones distintas, es un gran interés por muchas plantas desérticas de aspecto militar, en especial varias especies de pita, que él probablemente llamará cactus sin más.

De repente, un ruido. Algo rozó ligeramente la pared. Curtis apretó la pistola y se apartó del hueco de la puerta. Los pasos eran sordos, pero ahí estaban. Nítidos y acompasados. Uno, dos. Uno, dos. Talón, dedos, tacón, puntera, subiendo la escalera de manera cautelosa pero fluida. Otro ruido. Clic, una puerta que se abría. Arriba. Dos plantas por encima. Puerta metálica maciza. Alguien la cerró con cuidado. Metal contra metal, arriba. Uno, dos, tacón, puntera, abajo. Dos individuos que no querían ser vistos. Asesinos. En cuestión de segundos aparecerían dos hombres, dos asesinos, en el apartamento de Danny. Les estaban esperando. Les habían tendido una trampa. Los cazadores estaban apostados. Empezaba la caza. Y ahora, ¿qué?

«¡Maldita sea, Simone, ya te lo decía, no era seguro!»

Una sombra. El asesino de abajo había llegado al primer rellano. En unos segundos estaría ante Curtis. También en unos segundos el hombre de arriba llegaría al descansillo entre la segunda y la tercera planta. Curtis estaría en el suyo. Con un rápido movimiento, abrió y cerró la puerta del apartamento de Danny a su espalda, y se desplazó hacia el pasillo, empuñando el arma.

—Curtis... —Michael apareció en el otro extremo de la habitación. Simone estaba a su lado.

—Hemos... —Simone jadeó involuntariamente. Curtis alargó el brazo y le tapó la boca con aspereza. No había tiempo para pensar. Revisar e improvisar.

—En la cocina hay una ventana. Utilizadla para llegar a la escalera de incendios —les susurró.

—¡Desde la ventana de la cocina no se llega a ninguna escalera de incendios!

—Sí se llega, Simone, si puedes caminar por la cornisa dos metros a tu derecha.

—¿Quieres que camine por la cornisa suspendida a veinte metros...? —Simone farfullaba palabras entrecortadas.

Un chirrido. Alguien intentaba abrir la cerradura en silencio. Desconcertada, Simone clavó la mirada en la puerta. Curtis se volvió, extendió los brazos y con la rapidez de una cobra empujó a Michael y a ella fuera del campo visual en el preciso momento en que se abría la puerta, con dos haces de luz acompañando dos toses rápidas y dos explosiones apagadas. Curtis empujó la puerta del pasillo, se agachó y la cerró al instante. Pasos, uno, dos, y luego varios disparos amortiguados seguidos de una luz blanca, cegadora. Él respondió abriendo fuego. La detonación de su arma era ensordecedora. El marco de la puerta se hizo añicos. Como si estuviera en trance, Simone dio un paso hacia el centro del pasillo.

—¡Pégate a la puta pared! ¡Vamos! Yo los mantendré a raya. —Curtis se volvió un poco a la derecha, apretó el gatillo y oyó que otros dos hacían lo mismo. Otra ráfaga de balas arrancó la parte superior de la puerta.

«Un fusil de asalto G36 con silenciador y visión infrarroja», pensó. Un arma propia de un grupo de Operaciones Especiales.

Se volvió y corrió hacia el salón, abriendo y cerrando de golpe las dos puertas de los dormitorios para causar efecto. Al fondo oía a Michael intentando abrir la ventana de la cocina haciendo palanca. Identificar y luego matar: ése era el estilo de las Operaciones Especiales extraoficiales. Uno de los asesinos se puso en cuclillas y movió lentamente la cabeza hacia el rincón del arco de entrada. Curtis apuntó y disparó. Falló por un pelo. Tres escupitajos, uno tras otro, dieron en la pared de su izquierda. El humo se mezclaba con el yeso pulverizado.

Entonces Curtis comprendió que las armas de Operaciones Especiales sólo podían significar una cosa. Esos tipos eran un equipo «de limpieza». Una respuesta rápida. Entrar y salir. De cuatro a seis hombres.

—De cuatro a seis —repitió en voz alta.

De pronto, recordó algo y se le heló la sangre. Al otro lado de la puerta del pasillo había dos hombres. ¿Y los otros? ¡Michael! ¡Simone! ¡Dios mío! Estarían esperándoles abajo. Al decirles que tomaran la salida de incendios había firmado su sentencia de muerte. Y ahora, ¿qué?

«No pierdas tiempo. No pienses, actúa.» Pasos al final del pasillo. Dedos, talón, uno, dos. Cruzaron una puerta. Fuego de armas automáticas. Primer dormitorio. La madera hecha pedazos alrededor de la cerradura. La puerta cedió. Un asesino se precipitó dentro, el otro cubrió el corredor. Campo libre. Curtis se agazapó. Otra tanda de disparos. Una explosión hizo temblar la pared. ¡Ahora! Curtis embistió hasta chocar con la pared más alejada del pasillo. Tiroteo. Notaba el calor abrasador de las balas rozando su sien. Giró a la derecha y disparó, y luego a la izquierda y volvió a disparar, con la pared como punto de referencia. Del asesino que cubría el pasillo llegó un aullido desgarrador. El arma abajo. Manchas de sangre. La bala le había dado en la muñeca. Los dedos retorciéndose espasmódicamente tras el impacto. «¡Michael, Simone! ¡Dios mío, lo lamento!» Curtis se alejó del dormitorio. «¡La cocina! Vete a la cocina. Páralos.» Parar, ¿a quiénes?

La figura del segundo sicario cruzó el marco de la puerta, salió al pasillo y apuntó a la cabeza del ranger con un H&K G36. El hombre apretó el gatillo. «Se acabó», pensó fugazmente Curtis... pero oyó la dulce irrevocabilidad de un agudo chasquido metálico. La recámara estaba vacía. Curtis giró sobre sí mismo, levantó el arma y disparó... pero oyó un escalofriante chasquido metálico. Su recámara también estaba vacía. El asesino y su colega herido retrocedieron por el pasillo y salieron corriendo por la puerta. Habían escapado. Cuando una operación acababa mal, había que evacuar.

«¿Dónde están?» Un escuadrón de Operaciones Especiales con un objetivo civil era un trabajo de dos minutos como máximo. Cuatro hombres contra unos desprevenidos Michael y Simone tardarían mucho menos. ¡Chirrido de neumáticos! ¿Cómo era posible? ¿Por qué no gritaban? Curtis se apresuró a la cocina. «¡La ventana! Está cerrada. ¿Que demo...?» Crujió una puerta a su espalda. Se volvió al instante.

Desde un armario de limpieza asomó la cara de Michael, y su brazo alrededor de Simone Casalaro. Ella estaba temblando y tenía la cabeza pegada al hombro de Michael. Sollozaba en silencio, sin dar crédito.

—Danny la había cerrado con candado —susurró Michael.

Durante unos momentos, los tres se quedaron inmóviles en un círculo, sintiendo el cansancio y la esperanza que se daban mutuamente.

Al final no había liberación ni clímax, sólo conclusión.

Curtis dejó pasar unos minutos, hasta que disminuyeron los temblores y empezaron los sollozos y gimoteos.

—Aquí tenéis la respuesta —dijo—. No podemos quedarnos en el apartamento. No es un lugar seguro. —Y luego añadió—: Volvamos al hotel.

Simone no podía alejar de su mente la mirada ni la voz de Curtis. Había en ellas demasiada verdad para rechazarlas insensatamente.

La ciudad se hallaba envuelta en una noche negra como la brea. A lo lejos, un reloj dio las doce. El inmenso cielo, bañado en un rosa apagado, se iba oscureciendo. Una luna escurridiza y lustrada apareció sin apenas rozar el firmamento. Fuera, el viento soplaba con un bramido furioso, pero dentro todo estaba quieto. La sequedad del aire producía un asombroso contraste entre la luz y las sombras. Fulgor y detalles por un lado, una oscuridad absorbente por el otro.

20

—Se llama Paulo Ignatius Scaroni —dijo un hombre de Tejas, fornido y con entradas.

Oficialmente, era un analista de alto rango del Departamento de Estado. Extraoficialmente, ocupaba un puesto de responsabilidad en la Unidad de Estabilización Política, una rama de los servicios de inteligencia de Estados Unidos conocida como Operaciones Consulares. Su nombre era Robert Lovett. Lo describían como el «arquitecto de la Guerra Fría» y había sido ejecutivo del viejo banco Brown Brothers Harriman, de Wall Street. Seis personas estaban sentadas a una mesa de reuniones, de caoba y en forma de U, en un espacio especialmente insonorizado, intimidad garantizada por blindaje de Faraday e interceptores de radiofrecuencia de banda ancha. En cada sitio, un bloc y un lápiz.

—Éste es el hombre que tiene el futuro del sistema financiero mundial pendiente de un hilo —siguió el hombre

—Toda una declaración —dijo Edward McCloy, representante del cártel bancario más importante del mundo, un hombre de cincuenta y pocos años, complexión e inteligencia normales. Vestía camisa blanca de manga larga y pantalones negros de algodón.

Debía el puesto a su tío, John J. McCloy, ya fallecido, antiguo presidente del Chase Manhattan Bank y de la Fundación Ford, controlada por Rockefeller, y antiguo miembro de la Comisión Warren. Edward McCloy se graduó en un pequeño *college* de

Yale y estuvo a punto de ser nombrado miembro de la prestigiosa sociedad secreta Skull & Bones.

—A mí, personalmente, me parece muy extraño —resopló un tercer individuo— que algo así pueda pasar estando JR de guardia. —Henry L. Stilton era director adjunto de la CIA. El hombre al que se refería como JR era John Reed, presidente de Citibank—. A estas alturas, no podemos siquiera empezar a entender las consecuencias de todo esto.

Stilton, alto y desgarbado, iba impecablemente vestido. En su anodino rostro se distinguía el mentón hendido y unas cejas pobladas. Con apenas sesenta años, había sobrevivido a tres administraciones. Sacudió la ceniza de su puro habano y paseó por la mesa una mirada desafiante, como si esperase que lo contradijera al menos uno de los presentes en la sala.

—Henry, espero que no insinúes que en nuestras medidas de seguridad hay deficiencias o falta de supervisión. —John Reed tenía una voz de barítono profunda y melosa, acentuada por años de tabaco y bebida.

—Bueno..., no sé, Bud. Pero ¿cómo lo llamarías tú? Tienes más agujeros que un colador. No lo tomes como algo personal. Me ciño estrictamente a los hechos.

En la sala había otro hombre, pero de momento su opinión no importaba. Estaba sentado discretamente, escuchándolo todo. Oficialmente, era un ex secretario del Tesoro. Extraoficialmente, consejero de un grupo de influyentes inversores, cuya identidad era un secreto celosamente guardado y cuyo dinero hacía girar el mundo.

Reed arrugó la nariz y parpadeó unas cuantas veces.

—El sistema es hermético. Nadie pudo preverlo. Fue chiripa. No podría volver a hacerlo —remachó.

—Lo repites hasta la saciedad, Bud. Pero aquí está el quid de la cuestión, ¿no? —replicó Lovett, cruzando y descruzando las piernas—. No tiene por qué volver a hacerlo porque ya lo ha hecho una vez... Los consultores con honorarios de escándalo y jerga estrambótica que te montaron el sistema están navegando en un río de mierda. Puedes llevar esto al banco, eso sí, a condición de que Scaroni esté bien lejos.

—Creo que con las drogas, las sustancias químicas y los sueros de la verdad de que dispone la Agencia podríamos despachar la cuestión. —Con su opinión, McCloy estaba siendo impreciso adrede. Pecaba de cauteloso.

—No, no podemos, Ed. Recuerda que es uno de los nuestros. Si fuera listo o trabajase para alguien, invertiría el funcionamiento de la secuencia. Lo cual significa que no sabemos si lo que hay programado en esa cabeza es una ganancia inesperada o una gilipollez.

—Gracias por venir, señor secretario. —Taylor se volvió y se dirigió al hombre sentado a su derecha—. El problema que tenemos entre manos es muy urgente. Si no fuera así, no lo habríamos molestado.

—Gracias por su deferencia.

—No hay de qué. Señor, ¿quiere formular alguna pregunta antes de que prosigamos?

Taylor se dirigía al antiguo secretario del Tesoro, David Alexander Harriman III, abogado, banquero de inversiones y filántropo. Varias arrugas en torno a los ojos y la boca delataban un rostro demacrado, que parecía una máscara, tras varias operaciones de cirugía plástica. Algunos creían que rondaba los ochenta años. Otros, que no pasaba de cincuenta y tantos. Pero su edad nunca estaba en el orden del día. Harriman era la avanzadilla de algunos individuos de identidad secreta que se contaban entre los más poderosos del mundo. Ésa era su tarjeta de presentación. La única que necesitaba.

—Bueno, sí, caballeros, creo que sí —dijo Harriman. Aunque su acento era indudablemente del Medio Oeste, hablaba con la elocuencia y el tono de quien se ha educado en los mejores internados del mundo—. Quizá sería buena idea empezar por el principio.

—Muy bien, señor. —Taylor asintió a todos los presentes.

—Señor secretario... —entonó el vicepresidente.

En las comisuras de la boca de Harriman se formaron unas arrugas condescendientes. Fue sólo un instante.

—Robert. —Hizo una seña a Taylor, invitándolo a hablar.

—Gracias, Jim.

—Hace diez días, un antiguo empleado del gobierno llamado Paulo Scaroni anuló los múltiples y sofisticados sistemas de seguridad y se hizo con los fondos de los programas comerciales extraoficiales dirigidos por el gobierno.

—Secretario, ¿está familiarizado con eso?

—Vagamente. Los nombres no tienen importancia para mis clientes. Sólo los hechos y el resultado final. Quizá, con el fin de ser más concretos, caballeros, podrían ponerme al corriente..., en términos muy generales, pues me he quedado al margen a propósito. Ya saben, toda precaución es poca.

—Es un nombre anodino de algo dificilísimo de definir y que es máximo secreto —dijo Lovett—. Consistía sobre todo en traer dinero procedente de toda clase de actividades. —Harriman torció el gesto.

—Rob, ¿cómo ha dicho?

—Señor secretario, el objetivo de este programa de instrucción era de carácter macroeconómico.

—Muy bien. ¿Y qué más?

—Significa que se estaban localizando dólares acumulados en las décadas de los cuarenta y los cincuenta. —Lovett estaba a todas luces buscando una salida. También él pecaba de cauteloso.

—Lo cual es una bonita forma de decir que todo tenía que ver con repatriar unos activos antes robados por alguien —terció Taylor.

—Gracias, Jim. Ahora lo entiendo..., igual que la bendita Virgen. Sólo que cuando los países roban bienes valiosos en tiempo de guerra se dice que saquean, pero cuando los vencedores cogen estos mismos bienes, lo llaman «recuperación».

—Muy agudo, señor secretario.

—¿Cómo fueron repatriados exactamente estos fondos?

—Mediante cuentas paralelas o cuentas espejo al margen de los libros de contabilidad.

—¡Vaya operación, caballeros! Han estado ustedes especulando con el dinero del gobierno. Los felicito —añadió Harriman en tono de burla—. Dos cuentas. Una para el examen público y otra sólo para ser vista en privado.

—Esto equivale a decir que tú y JR estabais llevando dos series de libros —añadió Stilton.

—Algo así.

—Dime, Bud. ¿Qué serie de libros nos estás enseñando?

—No recuerdo que te hayas quejado nunca, especialmente en vista de los espectaculares beneficios que estaba generando la Agencia con un riesgo minúsculo.

—El comercio paralelo consiste en eso —dijo Stilton.

—Por Dios, Henry. Pareces un párvulo. Nadie presta dinero, ni siquiera para un coche, sin el aval o la garantía subsidiaria, ya se trate de comprar y vender un vehículo o un país.

—Todo el mundo quiso estar en el ajo. Nadie estaba dispuesto a quedarse fuera —dijo Reed con tono categórico.

—Bud, cuando dices todo el mundo, ¿incluyes a la CIA? —preguntó McCloy.

—Tú lo has dicho.

—¿Al FBI?

—También.

—¿Al Tesoro de Estados Unidos?

—Por el amor de Dios, todo el mundo significa todo el mundo. Se apuntaron todas las entidades gubernamentales, entre ellas la Reserva Federal, instituciones financieras internacionales e inversores acaudalados —dijo el irritado presidente de Citibank.

—¿De cuánto dinero estaríamos hablando? —preguntó el secretario.

—¿Una cifra aproximada? Unos doscientos billones de dólares.

—¿De dólares? —intervino McCloy.

—Sí, de dólares estadounidenses. 223.104.000.008.003 es la cantidad exacta.

—Entiendo. Y éste es el dinero que ha sido robado por un antiguo empleado del gobierno de Estados Unidos.

—En esencia, sí —respondió Reed, con un gesto de desagrado.

—¿Por qué no decir «sí» sin más? —replicó Harriman.

—¿Y has tardado diez días en contárnoslo? —Stilton, atónito, miró alrededor en busca de apoyo moral.

—Henry, salvo en los beneficios, nunca antes habías mostrado verdadero interés en ello.

—Porque tú antes no la habías fastidiado. —Hubo una larga pausa—. Y éste es el dinero que has perdido tú, Bud.

—No lo hemos perdido. Está expropiado temporalmente. Descifraremos su clave y lo recuperaremos.

—¿Y cómo piensas hacerlo? —Stilton exhaló el humo por la nariz mientras clavaba la mirada en su compañero.

—Estamos trabajando las veinticuatro horas del día, volviendo sobre sus pasos y rastreando los códigos binarios a través de las copias de seguridad del sistema. En toda la operación tardó siete minutos. Evidentemente, tenía prisa. Quizá cometió algún error, en cuyo caso volveríamos a tener el dinero.

—Tu gente debe de creer que ese tipo es idiota, Bud. Pero si fue capaz de saltarse parte del sistema y anular cada uno de vuestros indicadores de seguridad de mierda, de un sistema supuestamente inexpugnable, ¿qué te hace pensar que te dejó una rendija para que puedas meterte a hurtadillas y morderle el culo? —Stilton descruzó las piernas para mayor comodidad de la bragadura.

—Mira, Stilton, si eres tan listo, ¿por qué no reservas una cámara de tortura? Quizás a base de hablarle consigas que se rinda.

—Ya basta, caballeros. Creía que aquí todos éramos adultos. Se supone que mantenemos conversaciones inteligentes y, en épocas de crisis, buscamos soluciones comunes. —El silencio duró una décima de segundo. Se aclararon gargantas, se intercambiaron miradas alrededor de la mesa. Quien tomara a David Alexander Harriman III a la ligera lo haría por su cuenta y riesgo.

—Caballeros —intervino Reed—, hay varios problemas que debemos abordar. Un porcentaje de los ingresos derivados de esta actividad secreta...

—O sea, fondos de reptiles —interrumpió Harriman.

—Sí, señor secretario..., fondos de reptiles utilizados para financiar un amplio abanico de actividades clandestinas.

—Y ahora este dinero no está, pero las obligaciones del gobierno siguen pendientes de pago —añadió Harriman.

—Al igual que la participación del Tío Sam en los beneficios comerciales que se abonan automáticamente en el Fondo de Estabilización Cambiaria —añadió Taylor con gravedad.

El secretario del Tesoro se incorporó.

—¿Cuánto tiempo creen que necesitará el gobierno de Estados Unidos para averiguar qué hay detrás de esto? —Miró a Taylor—. A ver si puedo rellenar los espacios en blanco, Jim. —Golpeteaba, impaciente, en la mesa con el extremo del lápiz—. Éste es el dinero que habría usado el gobierno para reforzar la economía americana mediante, entre otras maniobras, la manipulación del precio del oro... Cabría añadir que la economía estadounidense está a punto de incumplir todos los compromisos con sus acreedores internacionales, lo que hará que nuestro dólar no tenga ningún valor y condenará a nuestro país a una situación tercermundista.

El silencio en torno a la mesa era sepulcral.

—He estado sentado, escuchando a los cinco describir una operación que llevaba en marcha más de una década y en la que han estado implicados organismos del gobierno, redes de inteligencia, dinero público y privado y quién sabe cuánta gente más. ¿Estoy en lo cierto? —dijo el secretario.

—Adelante. ¿Cuál es su pregunta? —Bud Reed estaba pálido.

—Mi pregunta es elemental. ¿Qué han utilizado como garantía para dar un sablazo al gobierno y financiar toda esta operación valorada en billones de dólares? —Silencio, no habló nadie—. Bud, ¿por qué tengo la desagradable sensación de que están ustedes a punto de soltarme una trola enorme?

—Señor secretario —el hombre de Citi rompió por fin el silencio—, usted comprende que el nombre y la operación que voy a revelarle siguen siendo materia reservada, por recomendación de los jefes del Estado Mayor y de una orden ejecutiva ininterrumpida de cinco presidentes consecutivos.

—Todo un árbol genealógico, ¿verdad?

—Señor, creo que estará de acuerdo una vez que sepa lo que hay implicado, y que se entendió que las proporciones de la propia operación y su objetivo global respondían al interés nacional de Estados Unidos —explicó el hombre de la CIA.

—Esos activos son grandes cantidades de oro robadas por los

japoneses durante la Segunda Guerra Mundial. La posición oficial del gobierno ha sido negar categóricamente todo vínculo con esta base del activo —dijo Lovett.

—Lila Dorada —susurró teatralmente Reed.

—Dios mío... A ver si lo he entendido. —Harriman se puso en pie y dio unos pasos—. Han utilizado inmensas cantidades de lingotes de oro con el sello de una triple A como garantía en una operación extraoficial que tiene, como acreedores, a todos los organismos gubernamentales del país, por no mencionar a diversos inversores extranjeros. Y ahora que el dinero ha desaparecido, han perdido la garantía, pero todavía están obligados a pagar el capital y los intereses de doscientos veintitrés billones de dólares... —Su voz se fue apagando.

Todos asintieron en silencio.

21

Simone abrió con cuidado el libro. En la primera página, Danny había escrito algo. Leyó la frase.

«¿El infierno tiene geometría?»

En el margen había un garabato que representaba un infierno en forma de cono con un Satán diminuto en el centro. Tras él, crecía un árbol con la forma de sus alas.

Por un instante Simone pensó que veía el fantasma de Danny de pie frente a ella, con sus vaqueros de pata de elefante, haciendo girar el lápiz cada vez más deprisa.

—¿Qué estamos buscando? —preguntó Curtis.

Simone volvió en sí.

—La *Divina Comedia* sigue siendo uno de los pilares sobre los que se alza la tradición europea —dijo con voz trémula—. Es un poema narrativo perfectamente planificado, rigurosamente simétrico. Habla del descenso del poeta al Infierno y de cómo atraviesa el centro del mundo y asciende al monte Purgatorio. Desde el monte Purgatorio sigue hacia el Cielo hasta llegar ante Dios.

—Sin duda buscando los códigos de Danny —masculló Curtis para sí.

—Por favor, ¿podemos continuar? —pidió Simone, sentada en un brazo del sofá y con el libro en el regazo.

—Desde luego.

—El significado del poema se representa de manera simbólica y numérica, describiendo la unión final de la voluntad humana individual con la voluntad universal, que, según Dante, presidía toda la creación.

—Y aquí es donde aparece Octopus, ¿no? —dijo Curtis con obvia condescendencia.

Simone prosiguió con voz tranquila, pero mostrando su creciente irritación.

—El poeta cuenta en primera persona su viaje por los tres reinos de los muertos, que tiene lugar durante el Triduo de Semana Santa, desde el Viernes Santo hasta el Domingo de Resurrección, en la primavera de 1300. El poeta se pierde en un bosque. Trata de huir, pero cada vez que lo intenta se lo impide una fiera. Primero un leopardo, después un león y finalmente un lobo. Todo esto, como el resto del poema, es muy simbólico. Por fin, Dante es rescatado después de que su amada Beatriz interceda en su favor.

—No podía decir simplemente lo que le pasaba por la cabeza. Habría sido pedir demasiado —señaló Curtis con aspereza.

—¡Esto es literatura, Curtis, no un periódico que uno lee camino del trabajo y luego tira como un par de zapatos viejos!

—Muy bien, Simone —masculló Curtis, sacudiendo la cabeza.

—Su guía por el Infierno y el Purgatorio es el poeta latino Virgilio, y en el Paraíso es Beatriz, el ideal de mujer de Dante. Virgilio conduce a Dante por los nueve círculos del Infierno. Los círculos son concéntricos, y cada uno representa los distintos niveles de maldad. El final del Infierno de Dante es el centro de la Tierra, donde se mantiene atado a Satán.

—Como he señalado antes —dijo Curtis entre dientes—, Dios es lo único seguro.

Ella no lo oyó. Durante un buen rato observó el garabato como si estuviera en trance, intentando recordar algo.

—¿Qué te parece esto, Michael? —Simone le señaló el dibujo de Danny.

El silencio duró exactamente diez segundos.

—¡Dios mío! ¡Lo increíble está siempre enraizado en lo creíble! ¿No lo ves? Un Árbol de la Vida —exclamó Michael señalando el dibujo de las alas de Satán—. Los textos de Dante concuerdan con lo que podría denominarse Cábala cristiana. —Se quitó la chaqueta y la dejó distraídamente en el respaldo de la silla. Simone se desprendió de la cadena que llevaba al cuello y mostró un espléndido colgante.

—Fue un regalo de Danny. Se lo vendió un hombre que conoció en Palestina.

—Entonces, Danny sabría algo de misticismo y de la Cábala, ¿no, Simone? —preguntó Michael.

—¿Qué es esto? —inquirió Curtis.

—El Árbol de la Vida es un concepto místico de la Cábala judía que se utiliza para entender la naturaleza de Dios y el modo en que de la nada creó el mundo —explicó Simone.

»Las estructuras numéricas reunidas en la *Divina Comedia* son demasiadas para ser una simple coincidencia. Esto concuerda completamente con el esquema cabalístico de la Salvación en términos cristianos —añadió.

—Por favor... —soltó Curtis, visiblemente irritado. Michael entornó los ojos.

—Durante siglos, los números representaron tanto ideas matemáticas como símbolos metafísicos —prosiguió Simone—, y estaban íntimamente entrelazados. Para los egipcios, los romanos y los griegos, simbolizaban los principios del mundo natural y los misterios del reino divino. —Le brillaban los ojos.

—Sí, gracias. Ya basta. Ahora pensemos. Si eres Danny y sabes que corres peligro, ¿cómo pasas información codificada? No pudo ser codificada de manera tradicional, pues él sabía lo que estaba en juego. Así que la ocultó en la *Divina Comedia* de Dante, sabiendo que nosotros desentrañaríamos el misterio.

—Entonces, realmente crees... —terció Simone.

Curtis soltó un gruñido profundo.

—Digamos, sencillamente, que estoy en medio de una intensa experiencia religiosa. —Metió una mano en el bolsillo y extrajo un bolígrafo y una hoja de papel. La dobló por la mitad y dibujó algo—. Los bancos y las cámaras acorazadas funcionan con un sistema de claves. Estas claves pueden valerse de números, letras o una combinación de ambos. Descartando el hecho de que tu hermano quizás escondiera físicamente, entre las páginas de un libro, un trozo de papel con un código que hemos pasado por alto.

—Un libro no —le corrigió Michael—, este libro. —Tocó con el pulgar la gastada cubierta—. Aunque los expertos hayan intentado ocultar las pruebas, te garantizo que Dante era un filósofo cabalista.

—¿Y eso qué importa? —preguntó Curtis, impaciente.

—Para los cabalistas, el estudio de los números era un ejercicio religioso —contestó Michael.

—De hecho, Dante les rinde homenaje diseminando por el poema una verdadera plétora de delicias numéricas —señaló Simone—. Sin embargo, la Cábala no se menciona en la *Divina Comedia* —añadió con voz adormilada.

—Esto es porque Dante estaba obligado por un voto de silencio en la hermandad secreta de los cabalistas en Italia —replicó el historiador de arcanos—. Hacia el 195 después de Cristo, Clemente, obispo de Alejandría, escribió a Teodoro, uno de sus canónigos, sobre un asunto muy delicado. Tenía que ver con una hermandad secreta no identificada que, según explicaba Clemente, era un grupo herético que se había encontrado con los escritos secretos de los cabalistas. Además, el obispo confirmaba que el secreto de los cabalistas era leído y revelado sólo a aquellos que estaban siendo iniciados en los grandes misterios.

—¿Los grandes misterios?

—Clemente no era tonto. Sabía muy bien que los egipcios y los griegos ocultaban conocimiento secreto en sus escritos e imágenes. Conocía los textos herméticos, los significados místicos contenidos en los números y las proporciones.

—En los cómics o en las teorías cósmicas siempre llega ese momento en que de repente empiezan a aparecer fórmulas matemáticas, que enseguida lo dejan a uno ciego —soltó tranquilamente Curtis, poniendo los ojos en blanco mientras, fuera, caía la nieve con una elegancia monótona y estéril.

—La *Divina Comedia* se compone de tres Cantos: Infierno, Purgatorio y Paraíso, que constan a su vez de treinta y cuatro, treinta y tres y treinta y tres cantos, respectivamente —explicó

Simone—. El primer canto sirve como introducción a la *Divina Comedia*, de modo que cada *cantiche* tiene una longitud de treinta y tres *canti*.

»Treinta y tres *cantiche*, número 33, Árbol Cabalístico de la Vida. Hay treinta y dos caminos internos en el Árbol, y el camino exterior número treinta y tres es el que conduce a Dios. En el Infierno, Dante está espiritualmente dormido y perdido en un bosque oscuro. Se encuentra con Virgilio, el más grande de los poetas latinos. —Curtis se inclinó hacia delante, escuchando con atención—. Virgilio está interpretando la función que en las escuelas de la Cábala se conoce como «conductor de almas».

—Virgilio conduce a Dante a través del Infierno —aclaró Michael, que anotó rápidamente los diversos niveles del Infierno de Dante—: Hay nueve Círculos, más el Pozo de los Gigantes; 9 + 1 = 10. —Hizo una pausa—. Fíjate ahora en esta simetría. En el Árbol de la Vida existen diez *sefirot* o atributos. —Lo dibujó—. El Árbol también tiene una estructura de 9 + 1 = 10: Corona + Sabiduría + Conocimiento; Amor + Discernimiento + Compasión; Entereza Duradera + Majestad + Fundamento. El Reino está solo.

—Si Dante está haciendo una referencia críptica al Árbol de la Vida, entonces los treinta y dos caminos internos conducen inevitablemente al treinta y tres externo y a Lucifer, el Portador de Luz. Los treinta y tres cantos describen la experiencia de Dante en el lugar metafísico de la Tierra. —Simone hizo una pausa—. Por no mencionar el elemento alquímico de la Tierra de Aristóteles.

—Ahora Virgilio guía a Dante por el Agua alquímica y hasta los alrededores del Purgatorio —siguió Michael—. Al final, tras encontrarse con cuatro clases de Penitentes Tardíos, llegan a la Puerta de San Pedro. Los penitentes y la puerta están ubicados en el elemento alquímico del Aire. Dante se queda dormido y sueña por primera vez. Se encuentran con el guardián, un ángel que golpea a Dante tres veces en el pecho y le pinta siete letras P en la frente. Esto es a todas luces un ritual de iniciación. En términos de misterio religioso, ha entrado en el

Pronaos del Templo. Se ha trasladado al elemento alquímico del Fuego.

—Como Conductor de Almas, la tarea de Virgilio consiste en llevar a Dante al punto en que su Iniciador asuma el control —dijo Simone—. Se trata de Beatriz. Es muy significativo que el Iniciador de Dante sea una mujer. Aquí hay algo más que el masculino exterior compensado por el femenino interior, que un poeta entrando en contacto con sus sentimientos. Beatriz está ejerciendo el papel de Isis, la Reina del Cielo y la Sabiduría en los misterios helenísticos.

Michael se volvió hacia Curtis.

—Esto es lo que Clemente descubrió e intentó evitar desesperadamente: que el secreto cabalístico sólo fuera leído y revelado a quienes estuvieran siendo iniciados en los grandes misterios de los poderes mágicos y los símbolos metafísicos.

—¿No lo ves? —exclamó Simone—. Lo increíble está siempre enraizado en lo creíble. La estructura de la *Divina Comedia* concuerda perfectamente con la Cábala.

—Si Dante tenía en mente la Cábala, también conocería el número místico cabalístico 142857, que deriva de un antiguo dibujo de nueve líneas llamado eneagrama. En sentido figurado, el eneagrama es un mandala new age, una puerta mística de entrada a la tipificación de la personalidad. El dibujo se basa en la creencia en las propiedades místicas de los números siete y tres. Consta de un círculo con nueve puntos equidistantes en la circunferencia. Los puntos están conectados mediante dos figuras: una conecta el uno con el cuatro, con el dos, con el ocho, con el cinco, con el siete, y otra vez con el uno. La otra conecta el tres, el seis y el nueve. La secuencia 142857 se basa en el hecho de que dividir siete entre uno produce una repetición infinita de dicha secuencia.

—Danny mencionó que la cuenta secreta sólo podía abrirse mediante una combinación de cifra y palabras —explicó Simone—. La cifra podría ser 142857. Seguro que ya sabéis cuáles son las palabras.

—Árbol de la Vida —dijeron los tres al unísono.

Los primeros rayos de luz comenzaban a filtrarse, trazando curvas sinuosas. Unos pasos apresurados en la calle, el impermeable con hombreras de gotas. Una Nueva York siempre viva, incluso a esa hora temprana o tardía, llena de sonidos confusos, de cantos y silbidos, que se elevaban por encima de la luna. Se acercaba el alba, y todos los árboles se inclinaban hasta el suelo, doblando las rodillas en silenciosa adoración.

Michael dejó la ventana entreabierta y oyó la música de una banda tocando en algún sitio, no muy lejos.

22

—Fuera de estas cuatro paredes, ¿alguien sabe algo de esto? —preguntó Harriman, el antiguo secretario del Tesoro.

—Un antiguo periodista desempleado —repuso el hombre de la CIA.

—Esto es un oxímoron, Henry. ¿Estaba haciendo algo útil antes o después de desvelar los hechos?

—He dicho «un antiguo desempleado» porque está muerto —aclaró con gravedad el de la CIA—. Encontraron su cadáver en la habitación del hotel donde se hospedaba. El informe final está pendiente.

—¿Pendiente? —preguntó el secretario—. ¿Cuándo murió?

—Hace nueve días. Según la policía, fue un suicidio.

—¿Estuvimos implicados en la operación?

—¿Es una pregunta?

—Eso parece.

—Antes nunca querías saber nada.

—¿Hay eco o estoy oyendo voces? Quiero saber por qué antes no la habías cagado tanto como ahora.

—Se supone que era una operación «en mojado» llevada a cabo por la Sección Consular —replicó Lovett.

—Sólo que...

—Sólo que alguien se nos adelantó.

No hubo ninguna reacción. El hombre del Departamento de Estado sacó un sobre de papel manila del bolsillo superior de su chaqueta hecha a medida. Lo abrió y entregó el contenido al secretario del Tesoro. Harriman lo examinó entre suspiros. «Dios santo...» Era la fotografía de un cadáver desplomado en una bañera y con las muñecas ensangrentadas. Había una botella medio vacía de una bebida no identificada derramada por el suelo. Se la devolvió a Lovett sin decir palabra.

—¿Alguien nos la ha jugado? —La idea de una posibilidad tan burda persistió en el ambiente.

—Es muy poco probable. Las personas al corriente están en esta habitación —dijo Lovett acto seguido—. Y todos los presentes tendríamos mucho que perder si esto estallara.

—¿Qué hay de nuestros agentes sobre el terreno? —preguntó Harriman.

—Negativo —repuso Lovett—. Era una operación secuencial. Lo cual significa que estaban trabajando siguiendo órdenes ciegas. Compartimentación total de los datos.

—Con todo, el periodista está muerto.

—Y el contacto se ha perdido.

—¿Cuánto sabía?

—Bastante, o al menos eso pensaba alguien —señaló el banquero—. Supongamos que se asustaron. —Intentó sonreír pero no pudo.

—Exactamente, Ed. Se asustaron. Así que van y matan a un hombre por si acaso sabía algo. —Empujó la foto en dirección a Edward McCloy.

—¿Es tu valoración profesional, Ed? —Se mordió el labio y asintió en dirección a McCloy.

—Me aventuraré y les diré lo que imagino que pasó —terció el antiguo secretario del Tesoro, que hizo una breve pausa—. Seguro que nadie vio ni oyó nada. Y también que la puerta estaba cerrada por dentro, y que quien lo hizo no dejó huellas ni se encontraron trazas de veneno en el cadáver. ¿Qué tal voy, Henry?

—Rozando la perfección.

—Eso mismo creo yo —dijo el antiguo secretario. Su reputación era tan turbia como diáfana su mirada.

—Si presuponemos que ninguno de nosotros es responsable,

dejemos un rato a quien lo hizo. —Lovett se levantó y caminó hasta la pared más alejada—. ¿Cuánto sabíamos sobre las actividades del periodista?

—Le hicimos advertencias serias hace unos tres meses —dijo Stilton.

—¿Cómo?

—¿Debo explicarlo con detalle, JR?

—No, me lo imagino... —contestó Reed.

—Ha dicho que estaba investigando. ¿Toda la operación o ciertas partes de la misma? —inquirió el antiguo secretario.

—Empezó con los aspectos económicos de PROMIS y luego lo amplió a programas comerciales derivados, bancos y operaciones en el extranjero. Entonces es cuando tomamos medidas drásticas.

El secretario soltó un silbido suave, *in crescendo*, del tipo que emite un hombre al que han cogido por sorpresa.

—Operaciones en el extranjero es un concepto muy amplio. Conlleva demasiadas operaciones en demasiados países.

—¿Significa esto que habría necesitado dinero?

—Exacto.

—Pero ha dicho que estaba sin empleo. —Miró directamente a Stilton—. ¿De dónde venían sus fondos?

—No lo sabemos. Pero sí parece que llevaba una vida modesta. Tenemos todos sus extractos de cuentas, facturas de teléfono, impuestos, alquiler, todo.

—Un periodista que vive al día no hace operaciones en el extranjero. Es demasiado para su bolsillo. ¿Cuántas veces ha estado fuera del país en los dos últimos años?

—Cero. Ninguna. Nada de valor. Nada de nada. Por eso creemos que actuaba solo. Hace unos seis meses intentó pedir prestados veinte mil dólares al First National Bank.

—¿Y?

—Su solicitud fue rechazada. —Stilton cogió una carpeta amarilla y sacó de ella un folio—. Ningún empleo remunerado.

—No obstante, alguien consideró prudente quitarlo de en medio y hacer que pareciera un suicidio.

—¿Hay alguien de quien debamos preocuparnos? ¿Alguien

que esté metiéndose en nuestro territorio? —preguntó Henry Stilton.

—Es una teoría interesante. —Lovett miró a Harriman y a Taylor.

—En el transcurso de su investigación, ¿con cuántas personas habría establecido contacto el periodista? —preguntó Harriman.

El hombre de la CIA cogió otra carpeta, ésta de un amarillo brillante, y extrajo de ella otro folio.

—Ciento ocho —contestó. Harriman asintió en silencio.

—Supongamos que una de estas personas se enteró de algo, o sospechó algo —dijo Taylor—. Algo valioso, que pudiera proporcionarle..., proporcionarles, una riqueza incalculable... ¿Estamos de acuerdo?

—Se sabe que el chico siempre llevaba consigo una maleta llena de documentos, enfrentando a una parte interesada con otra —dijo Lovett.

—Un sistema ideal para que te maten —apuntó Reed.

—¡Hay que admitir que el muchacho tenía huevos! —exclamó Stilton—. Un gilipollas, pero con huevos.

—Veo que la virilidad es una cuestión importante para ti, Henry —dijo McCloy con una sonrisita de complicidad.

—Sin embargo, según el informe de la policía, la habitación de Shawnsee estaba vacía —lo interrumpió Lovett—. Ni maleta ni documentos —añadió con tono categórico—. Lo que sí sabemos es que realizó más de sesenta llamadas telefónicas a dos personas en sus últimas treinta y seis horas de vida. —Hizo una pausa significativa—. A alguien de Arlington.

—¿La CIA? —gritó McCloy.

—Ésta es la primicia que buscábamos —dijo Reed con tono burlón.

—Ya probamos por ahí, pero no hubo suerte. La pista se pierde en la puerta. Una ruta localizable sólo hasta un único complejo telefónico en Arlington, la autorización verificada mediante código, y una llamada realizada sobre la base de la seguridad interna. Ni diario, ni cinta, ni referencia de la transmisión —agregó Stilton con tono sombrío. Lovett se dejó caer en la silla.

—La autorización siempre puede localizarse a través del código. En este caso, el destinatario o director de Operaciones Consulares —dijo Harriman.

—Salvo que alguien se tomara la molestia de evitar las Operaciones Consulares desviando la llamada a otra entidad situada fuera de la Agencia. —Hizo una pausa y observó el bloc que tenía delante.

—¿Fuera de la Agencia? ¿Y dónde estaría esta entidad? —preguntó Lovett.

—En la cuenca del Pinto —respondió Stilton, reclinándose en la silla.

—¡La cuenca del Pinto! —exclamó Reed—. Qué demonios... —Se detuvo a media frase. Miró a Lovett—. Scaroni. Ese hijo de puta...

—Hay un detalle que aún no hemos examinado —terció Taylor, interrumpiendo el último arrebato—. Supongamos que le pagamos. Él devuelve el dinero a cambio de una recompensa económica ingresada en cuentas ciegas de Zurich, Berna, Bahamas o las islas del Canal, donde le resultarían accesibles. Le procuramos todos los códigos y contracódigos necesarios para que pueda verificar los depósitos cada vez que lo desee. Recuperamos el dinero. Él sale de la cárcel y al instante pasa a ser el hombre más rico del mundo. Sin resentimientos. Podríamos incluso ponerlo por escrito.

—Con una condición —señaló Reed—. Que lo mantenga en secreto.

—Scaroni no aceptará. La riqueza se mide con el tiempo que uno tiene para disfrutarla. Sabe que no dispondrá ni de cinco minutos —dijo Harriman—. ¿Confiaría Scaroni lo bastante en el periodista para dejarle tener la cuenta bancaria como respaldo? Por si le pasaba algo...

—Negativo —replicó el hombre del Departamento de Estado.

—Estoy de acuerdo —afirmó Stilton—. Es un juego de alto riesgo. Uno no comparte información con gorrones al acecho.

—Y desde luego mantiene el círculo de confianza en el mínimo común denominador. Es decir, en uno mismo. —Taylor se puso en pie.

—De modo que volvemos a estar en el punto de partida —terció Reed.

—La verdad, Bud, sin ese dinero estamos en un río de mierda —lo corrigió Harriman.

—Alguien más está intentando encontrar el dinero. La diferencia es que ellos llevan más tiempo buscando, y probablemente saben bastante más que nosotros —indicó Taylor.

—Como apunte final, caballeros, sólo decir que, a menos que encontremos el dinero perdido, el sistema financiero mundial se irá a pique. Esto provocará la mayor quiebra económica de la historia, superando en mucho a la desintegración de la Banca Lombard en 1345, que acabó con buena parte de la civilización europea —susurró Harriman con su acento del Medio Oeste.

La reunión había terminado, y los asistentes empezaron a despedirse. David Alexander Harriman III se acercó tranquilamente a James F. Taylor mientras los demás se estrechaban las manos con gravedad.

—He dado a mi chofer el día libre. ¿Le importaría llevarme a la oficina? —dijo en voz baja.

—Será un placer —contestó el vicepresidente de Goldman Sachs.

El sedán circuló por Way Street, una zona residencial de las afueras de Washington, aminoró la marcha en un cruce, dobló a la izquierda y enseguida se fundió en el tráfico de la autopista. Los dos hombres hablaron breve y superficialmente, echándose frecuentes miradas. De pronto se quedaron callados.

—Mantengamos informado a nuestro hombre en Roma. Nos vendrá bien.

—Es un idiota —replicó Taylor, mirando a Harriman.

—Y un fanático. En algún momento quizá necesitemos que nos cante *El himno de la batalla de la República* mientras se pone por nosotros en el punto de mira. —Volvieron a quedarse callados.

—¿Y qué hay de la hermana y los otros dos?

—Esperamos y miramos con paciencia y discreción. Podemos aprender mucho. Siempre hay tiempo para actuar.

—Estoy de acuerdo. Hasta ahora no han conseguido nada —susurró Taylor.

Harriman sacudió la cabeza.

—Creo que sí han conseguido algo. Lo que pasa es que aún no lo saben —precisó mirando al frente.

—¿Por qué tengo la sensación de que sabe usted más de lo que cuenta?

—Por ahora es sólo esto..., una sensación —fue la respuesta del anciano. Taylor entornó los ojos, examinando el semblante del otro en busca de pistas.

—¿Puede aclarármelo?

—El hombre invisible.

—¿Está aquí?

—Llegó hace unos días de París.

—¿Aquí?

—Allí.

—Pero ¿cómo hizo usted...?

—Informantes en Roma. ¿Cómo si no?

—Uno no interroga a los informantes tan a fondo.

—Ya lo creo que sí.

—Entiendo —dijo Taylor haciendo una mueca—. Pero ¿y Scaroni?

—Me sorprendería. Es un peón. Quien sea, vino de algún sitio..., y se esfumó.

Taylor le contestó con un silencio. Su rostro expresó preocupación y desdén.

—¿Para quién? —Taylor volvió a guardar silencio. Se recostó en el asiento, estiró las piernas y miró por la ventanilla.

Una ligera llovizna acariciaba suavemente el techo del sedán, salpicando el parabrisas. Echó un vistazo al hombre sentado a su lado. Harriman estaba absorto en sus pensamientos.

—Oigo a un hombre del pasado, un hombre que nunca fue. —Se puso a recitar una vieja nana—: «Mientras subía la escalera, me encontré con un hombre que no estaba allí. Hoy otra vez no estaba...»

—«Ojalá, ojalá él hubiera venido a jugar.» —Taylor sonrió, burlón, tras citar incorrectamente el último verso.

—Jim...

—¿Señor secretario?

—Por ahora no mencionemos Roma. Hasta que las cosas estén más claras.

James F. Taylor esbozó una leve sonrisa. Su madre, la de la «F» de la inicial, lo hubiera aprobado.

23

La Sala de Situación de la Casa Blanca es un espacio de dos mil metros ubicado en el sótano del ala oeste, utilizado por el gobierno como sala de reuniones y como centro de dirección de los servicios de inteligencia. Está gestionado conjuntamente por el Consejo de Seguridad Nacional y el Departamento de Seguridad Interior. Aquella mañana, las personas convocadas a una reunión de emergencia, y coordinadas por el jefe del Estado Mayor de la Casa Blanca, eran economistas gubernamentales de máximo nivel, en cuya experiencia y competencia se basaba la estructura económica del país. Esas personas estudiaban todas las variables imaginables y preveían las consecuencias financieras de una operación determinada. Todos los gobiernos del planeta les temían. Eran especialistas muy buscados, calculadoras humanas en cuyas recomendaciones y solvencia basaban los gobiernos su futuro económico. Sin embargo, no ejercían ningún poder militar, no comandaban ejércitos, no ordenaban actuar a submarinos nucleares ni a reactores supersónicos. Esas personas sabían que sólo entendiendo cómo funciona el dinero en tu favor puedes cambiar el mundo.

Larry Summers, brillante, con mucha experiencia y un ego descomunal, padecía un déficit de sensibilidad. Era director del Consejo Económico Nacional (NEC). Tradicionalmente, el director del NEC es el agente honesto del equipo económico. Dada su fama de fanfarrón, en la nueva administración muchos dudaban de que el señor Summers pudiera desempeñar esa función. Jim Nussle, director de Presupuesto de la Oficina de Gestión, era un republicano que gozaba del respeto de los dos partidos del Congreso por su capacidad para decir «no» a las cosas con las que no estaba de acuerdo. El jurado todavía estaba deliberando sobre si el señor Nussle era lo bastante duro con el lápiz rojo. La única mujer del equipo económico, Kirsten Rommer, era una estratega extraordinaria, destacada historiadora económica, presidenta del Consejo de Asesores Económicos y principal rival de Summers en su disputa por la atención del presidente.

Dicho esto, demasiada competencia de ideas puede generar el caos, y el presidente quizás incrementó el riesgo al crear aún otro organismo. Tras elaborar un programa en torno a la idea de «la economía primero», y ganar las elecciones por un amplio margen a su rival republicano, el presidente electo escogió a Paul *Aletas* Volcker, antiguo presidente de la Reserva Federal, como nuevo jefe de la Junta de Asesores para la Recuperación Económica, y a Austan Goolsbee, el consejero que más tiempo llevaba a su servicio, como director de personal. Volcker, partidario de Rockefeller, era un hombre de alianzas discutibles, famoso por fomentar el concepto de crecimiento cero y por justificar sus acciones con una expresión un tanto críptica: «Éste es el ámbito de los desconocidos conocidos.» Sabía cómo conseguir cosas en Washington. Eran tiempos delicados, y el presidente necesitaba de sus aptitudes.

Henry Kissinger dijo una vez que cada presidente debería tener un Larry Summers en su administración. Dijo lo mismo de Nussle, Rommer y Volcker. Al formar su equipo económico, el presidente electo había tenido en cuenta ese consejo.

Se apreciaba un marcado contraste con la anterior administración, en la que los economistas nunca tuvieron mucho peso, en la que los puestos clave estaban ocupados por confidentes familiares y mercenarios políticos. Uno era un ejecutivo de la industria farmacéutica, otro se encargaba de las relaciones de un banco de inversiones con el gobierno, y otros dos eran congresistas. Los cuatro habían estudiado Derecho.

Los miembros del equipo entraron discretamente en la sala y tomaron asiento en la mesa. Larry Summers se sentó a la izquierda del presidente. Jim Nussle, a la izquierda de Summers. Kirsten Rommer, en la segunda silla vacía a la derecha del presidente, en diagonal a Summers. Volcker se colocó en el lado opuesto de la mesa. Sufría fobia social aguda a causa de una misteriosa aflicción debido a la cual, con los años, sus pies habían crecido hasta alcanzar un tamaño desproporcionado. Por razones obvias, tomaba a mal su apodo de Aletas. Era una jerarquía arraigada en la lógica. De pronto se abrió una puerta y se unió a ellos un hombre alto y delgado que parecía salido de un anuncio del *Wall Street Journal.*

—Damas y caballeros, debido a la urgencia del asunto he pedido al secretario de Estado que nos acompañe en la reunión. —El secretario de Estado, Brad Sorenson, ocupó una silla vacía a la derecha del presidente. Saludó a todos los presentes con una inclinación de cabeza.

—Parece cansado, señor presidente —dijo Jim Nussle, una vez que todo el mundo estuvo sentado y se hubieron regulado las luces.

—Lo estoy —admitió el presidente—. Lamento haberles convocado con tan poca antelación. Estarán todos de acuerdo en que se trata de una emergencia nacional.

—Gracias por incluirnos, señor —dijo Kirsten Rommer.

El presidente asintió en silencio. Pulsó un botón incrustado en la mesa, frente a él.

—La primera diapositiva, por favor.

Se apagaron las luces, y en una pantalla de plasma extragrande apareció una imagen sobrecogedora. Las calles adoquinadas de Budapest..., una zona de guerra. Manifestantes provistos de bloques de hielo destrozando el Ministerio de Finanzas húngaro. Centenares de personas abriéndose paso a la fuerza hasta la asamblea legislativa.

—Damas y caballeros, esto es real. De momento, el colapso económico está afectando con más dureza a otros países industrializados. En todo el mundo, las bolsas emergentes están implosionando a un ritmo más rápido que el nuestro. Europa ha accionado el turbo debido a la falta de gas natural ruso de las últimas tres semanas. Al hundimiento económico se ha sumado el sufrimiento humano a causa del frío, con temperaturas en torno a los cero grados. Se han producido disturbios desde Letonia, en el norte, hasta Sofía, en el sur. En todo el mundo, desde China e India hasta Europa, los países industrializados se están preparando para el malestar social.

»No es una novela. No es *La rebelión de Atlas*. Tiene que ver con el momento actual. Nos afecta a todos. —Señaló las imágenes de la pantalla—. Ciudadanos enfurecidos por las estrecheces y la severa reducción de los salarios, luchando por su supervivencia. Ahora el descontento social pasa de estar en suspenso a arder en primera línea. Los líderes políticos y grupos de la oposición de lugares tan lejanos como Corea del Sur y Turquía, Hungría, Alemania, Austria, Francia, México y Canadá están pidiendo la disolución de los parlamentos nacionales.

—Esto es una locura —susurró alguien. Le siguió un silencio sepulcral.

—Comencemos por Europa. —El presidente hizo una pausa—. Kirsten, puede usted retomarlo desde aquí...

—Desde luego. —Kirsten Rommer se puso en pie—. Caballeros, la Unión Monetaria Europea ha dejado a la mitad de Europa atrapada en la depresión. Los últimos informes son catastróficos para los intereses estadounidenses y para la economía mundial en general. —Miró los ensombrecidos semblantes a su alrededor—. En Europa los acontecimientos se suceden con rapidez. En la región mediterránea, los mercados de bonos se hallan en alerta roja. Standard and Poor's ha reducido la deuda griega hasta dejarla casi en nada, y el tejido social del país está deshilachándose antes de que empiece el dolor, lo cual es mala señal. Los gobiernos español, portugués e irlandés se muestran reacios a pagar su deuda a corto plazo, poniendo en peligro la solvencia del sistema financiero. —Se aclaró la garganta—. Siguiente diapositiva, por favor. —Se oyó un clic, y apareció un gráfico de barras tridimensional—. Un gran anillo de países de la UE que se extiende desde Europa oriental al Mare Nostrum y las tierras celtas está en una depresión como la de la década de 1930, o lo estará pronto.

»Cada uno es víctima de las políticas económicas poco sensatas que le fueron endilgadas por élites esclavas del proyecto monetario europeo, en la UME o a punto de incorporarse a la misma. —Kirsten Rommer se desplazó por la estancia—. Los países bálticos y el sur de los Balcanes han sufrido los peores disturbios desde la caída del comunismo. El actual déficit por cuenta corriente de Letonia llega al veintiséis por ciento del PIB. En Lituania, los antidisturbios dispararon balas de goma contra una manifestación sindical. Los perros persiguieron a los rezagados hasta el río Vilnius. El miércoles, una concentración frente al parlamento de Estonia, en Tallin, terminó de forma violenta. Murieron varios manifestantes. El inevitable descalabro está resultando épico.

La presidenta del Consejo de Asesores Económicos miró al fondo de la sala.

—Siguiente diapositiva, por favor. —En la pantalla apareció un documento con el membrete CONFIDENCIAL en rojo—. Pese al vendaval de mentiras de los funcionarios letones y de la Unión Europea, ciertos documentos filtrados revelan que el Fondo Monetario Internacional pidió a Letonia la devaluación como parte de un rescate conjunto de setecientos cincuenta mil millones de euros. Para compensar, se están transfiriendo responsabilidades a los contribuyentes de Alemania, la economía europea más fuerte.

—¿Y qué pasará cuando los abnegados ciudadanos alemanes se enteren? —Era la primera vez que hablaba Sorenson. Rommer y el presidente miraron al secretario de Estado, pero no dijeron nada.

—De todos modos, esto sólo es la vertiente económica. Hay otras consecuencias —terció el presidente de Estados Unidos—. Damas y caballeros, aquí hay tanto de política como de geografía. Se está creando un nuevo orden basado en la geografía y el dinero, pues la geografía determina la toma de decisiones económicas.

Apareció otra diapositiva en la pantalla. Alguien se aclaró la garganta. Otro se removió, nervioso, en el asiento.

—Señor secretario, prosiga. —Un hombre alto y delgado se levantó, se arregló la corbata y se acercó a la pantalla.

—Buenos días a todos. No hay tiempo para cortesías, así

que, si no les importa, iré al grano. —Miró un papel que tenía delante—. Los países árabes han perdido cinco billones de dólares, el sesenta y cinco por ciento de sus inversiones, y han cancelado o aplazado el ochenta por ciento de sus nuevos proyectos de desarrollo. Ya saben, esos hoteles en los que se puede esquiar dentro cuando fuera el termómetro marca cuarenta grados. Esta paralización hará que en los países árabes productores de petróleo se genere malestar social y que de inmediato lleguen la pobreza, el hambre y las enfermedades. Los lujos de los príncipes se verán ahora en marcado contraste con la vida de sus súbditos. Así pues, la geografía nos proporciona nuestra primera falla tectónica política. —En la pantalla se dibujó un mapa del mundo—. Desde el sur del Báltico, pasando por Grecia y Turquía, y luego abriéndose en abanico por Oriente Próximo, hay una nueva frontera de inminente agitación.

—Esto es sumamente preocupante, señor presidente —terció Paul Volcker, incrédulo—. Supongo que es inevitable preguntar cuándo nos afectará a nosotros.

—Brad... —dijo el presidente en voz baja.

—Sí, señor presidente. Aquí habrá malestar, que se producirá de una manera convulsa en el plazo de seis meses como máximo. Los dos estados con más probabilidades de padecer descontento social son Michigan y Ohio, que han sido duramente golpeados por la destrucción de empleo. Ohio es el que más debería preocuparnos. Ya asolado por despidos masivos en el sector automovilístico y otras quiebras empresariales importantes, sus zonas industriales están muy cerca de Kentucky, Virginia Occidental, Indiana y Pensilvania, donde hay mucha leña que puede arder. Si esto se extiende, lo hará como un reguero de pólvora.

—La serpiente que se come su propia cola para alimentarse. Así funciona el dinero..., de momento —señaló Larry Summers con tono sarcástico.

—Pero hay más. La agitación social de Ohio podría contagiarse fácilmente a estados limítrofes y cruzar otra falla que corre de este a oeste, separando el norte y el sur: la línea Mason-Dixon. Podrían desencadenarse otros terremotos. Al este de Ohio están Pensilvania y Nueva Jersey.

La reunión estaba en su ecuador. El equipo económico exploraba las cuestiones más destacadas mientras el presidente tomaba notas bajo el resplandor de la lámpara Tensor.

—¿Cuánto dinero necesita el gobierno de Estados Unidos para mantener la economía a flote y una fe moderada en el dólar? —El presidente miró a su consejero económico de más rango—. ¿Larry?

—Un mínimo de dos mil ochocientos millones de dólares diarios en inversión extranjera directa, en buena parte mediante la compra de pagarés del Tesoro para atender a la economía y abonar intereses, aunque una cifra más realista se acercaría a los cuatro mil millones.

El presidente guardó silencio durante lo que pareció una eternidad.

—En estas circunstancias, ¿es posible que algún gobierno extranjero...? Quiero decir...

—No hay la menor posibilidad, señor presidente —lo interrumpió el hombre.

El presidente de Estados Unidos cruzó los brazos y se reclinó en la silla, absorto en sus pensamientos.

—Entiendo. —Hizo una pausa—. ¿Qué opciones tenemos?

—Hace un mes disponíamos de dos opciones: el Programa de Rescate de Activos con problemas y el Fondo de Estabilización —dijo Larry Summers con tono sombrío.

—¿Hace un mes? ¿Significa eso que estas opciones ya no están sobre la mesa?

Summers tragó saliva.

—Sí, señor. El Programa de Rescate ha sacado de apuros a las empresas. —Pasó la hoja del bloc—. El Fondo de Estabilización garantiza la inversión directa en la economía por parte del gobierno de Estados Unidos, en caso de que fallen las otras alternativas para asegurar los fondos necesarios. Garantiza que el gobierno no incumplirá sus obligaciones con sus ciudadanos.

—Eso era hace un mes, ¿no?

Summers asintió en silencio.

—¿Y ahora?

Al director del Consejo Económico Nacional se le endureció

la expresión. Miró a todos los presentes en la sala. Por fin habló:

—Ahora, señor, el dinero ha desaparecido.

—¿Qué insinúa? —preguntó el presidente con tono tétrico.

—Que ha desaparecido.

—¿Por qué no he sido informado?

—Porque nos enteramos hace poco.

—¿Cuándo?

—Ayer. Señor presidente, por eso insistí en celebrar esta reunión de urgencia.

24

BS Bank Schaffhausen. Cajas de seguridad anónimas. —Simone lo sabía. Les había dado el nombre del banco sin pararse a pensarlo. Se acercó al sofá y sacó del bolso una arrugada tarjeta comercial con dos rectángulos plateados sobre un nombre. El banco ofrecía servicios en depósito con código fuente informático y copia de seguridad digitalizada sin rostro—. Cualquiera puede entrar y, mediante la combinación correcta, sacar el contenido —explicó—. Fue idea de Danny. Siempre pensé que era una tontería, hasta que le vi la cara cuando le pregunté sobre PROMIS.

—Suponiendo que la combinación de número y palabra sea correcta, lo que es mucho suponer, debo entrar, abrir la caja, sacar lo que haya dentro y largarme sin ser visto —dijo Curtis.

—Querrás decir que entramos, abrimos la caja y sacamos lo que haya dentro —soltó ella.

—No, lo haré yo solo.

—¿Cómo? —En las palabras de Simone se apreciaban rastros de tirantez. Se dirigió deprisa a la ventana, que abrió de golpe. Notó el viento frío en la cara.

—Es demasiado arriesgado. No puedo hacerlo si además tengo que cubriros.

—Yo voy contigo, Curtis. —Simone lo miró con resolución y miedo.

—No puedo dejar que vengas conmigo. Ignoro qué peligros

puede haber, y no quiero que te expongas..., por mi propio bien.

—Suponemos que tendrán el banco vigilado. Pero en esta ciudad hay muchos bancos. ¿Cómo sabrán cuál es? —señaló Michael.

—Lo sabrán.

—¿Cómo?

—Es fácil. Sólo tienen que seguirnos.

—¿Crees que nos están siguiendo? —intervino Simone.

—Desde mucho antes de que supierais lo que estaba pasando.

—¿Por qué no dijiste nada? —preguntó ella.

—Estuvo clarísimo desde que registraron el apartamento de tu hermano.

—¿Crees que lo hicieron para inducirnos a actuar?

—Es lo que habría hecho yo —respondió Curtis.

—¿Cuánta gente habrá trabajando para ellos? —dijo Michael. Curtis sacudió la cabeza.

—Si se trata de una organización de múltiples niveles, suficientes para vigilar todas las esquinas del país.

—Exageras... No podían saber adónde iríamos. Piensa que hay muchas variables implicadas. Y si nos encuentran, ¿qué harán? ¿Nos matarán ante cientos de testigos?

—¿Matarte a ti? Ya veo que no lo entiendes, Simone. —Curtis buscó la forma de hacerle comprender—. Te matarán, sí, pero después. Cuando acaben contigo, habrás deseado estar muerta hace mucho tiempo. Primero os secuestrarán, a menos que tú y aquí el señor Indiana Jones dominéis habilidades de autodefensa que yo mismo desconozco. Después os ofrecerán algo a cambio de información, y entonces yo estaré contra un ejército entero de tipos malos intentando sacaros de ahí mientras me mantengo sano y salvo. Si me niego a hacerlo, te torturarán mientras Indiana mira. A continuación torturarán a Indiana Jones mientras miras tú. Al final, tras no sacar nada de vosotros y darse cuenta de que realmente no sabíais nada de importancia, os matarán.

—¿Mala planificación?

—Podrías llamarlo así.

Simone habló con firmeza.

—Es mi hermano, Curtis.

El ranger se acercó despacio y posó sus manos en los delicados hombros de Simone.

—Todo irá bien, te lo prometo. Hay un elemento sorpresa del que no hemos hablado. Recuerda, no tienen ninguna descripción física mía, es decir, que puedo entrar y salir sin ser reconocido..., y esto sólo es posible si lo hago solo.

Michael se desanudó la corbata antes de intervenir.

—Supongamos que obtienes la información. Necesitamos un lugar donde desaparecer.

—Un hotel —añadió Simone.

—No, no podemos correr riesgos. Todos los lugares públicos estarán vigilados. Hay demasiado en juego. Necesitamos un sitio donde estemos seguros.

—¿Y cómo vamos a encontrarlo?

—Tengo un viejo amigo —dijo Curtis secamente.

—¿De confianza?

—Respondería de él con mi vida.

—¿Incluso en estas circunstancias?

—Era mi oficial al mando cuando me alisté en el ejército. Acabé en las Fuerzas Especiales por recomendación suya.

—O sea que es militar —dijo Simone.

—Lo que significa gobierno —añadió Michael.

—Está fuera del gobierno. Fuera, pero en cierto modo dentro. En la esfera internacional.

—¿La OTAN?

—No.

—¿Carlyle? ¿Blackwater?

—¿Trabaja para Blackwater? —soltó, airada, Simone.

—¡Ya basta! No trabaja para Blackwater y no está en la OTAN.

—¿Quién es, entonces?

—No habéis oído hablar de él. Es banquero.

—¿Y tiene influencia?

—Mucha. Tiene un cargo de gran responsabilidad en el Banco Mundial.

Simone alargó la mano y le tocó el brazo.

—¿Qué le contaremos?

Curtis frunció el ceño y le cubrió la mano con la suya.

—Lo imprescindible. Debemos cubrir los flancos.

—¿Crees que...? —Simone preguntaba con los ojos como platos.

—Desde luego que no. Pero si algo falla, no quisiera perjudicarlo. Recuerda que el otro bando está jugando en serio.

—Con sus contactos también podría ayudarnos a llegar al fondo de todo esto —señaló Simone.

—Simone, la causa subyacente a todo mal es el dinero. El Banco Mundial y el Fondo Monetario Internacional son la encarnación del dinero. Hasta que averigüemos a qué nos enfrentamos, dejemos a mi amigo fuera de esto, por su propio bien.

Curtis sacó su BlackBerry militar, con seguridad VASP invulnerable a los *hackers*. Marcó un número no incluido en la agenda y esperó. Por fin, contestó una voz masculina.

—¿Hola?

—Hola, Cristian —dijo Curtis tras una pausa—. Incluso para contestar el teléfono tienes la virtud de la paciencia. —Otra pausa.

—Esto cierra el paso a los invitados no deseados. Me preguntaba si tendría noticias tuyas. Roma está en todos los noticiarios.

—¿Cómo supiste que era yo?

—No fue difícil. Pocos hombres que yo conozca lo habrían conseguido.

—¿Y qué hay de los que no conoces?

—A la larga habría acabado enterándome. Suele pasar cuando administras el dinero. Vaya, es estupendo saber de ti. Pero..., intuyo que es algo más que una llamada de cortesía.

—Siempre has sido muy perspicaz.

—Va con el cargo.

—Supongo que sí. El caso es que estoy con un par de amigos y tenemos un problema. Necesitamos un sitio donde escondernos.

—Problema resuelto. ¿Está relacionado con Roma?

—Tal vez.

—¿Cuándo te veré?

—Hoy mismo, después de que anochezca —dijo Curtis.

—Mandaré a mi chofer.

—No. Cuanta menos gente implicada, mejor.

—Tan prudente como siempre. Lo haremos a tu manera. —Cristian se rio—. Me fascina tu estilo.

—Por supuesto. De lo contrario, el sistema no funcionaría.

Los dos hombres se despidieron. Salvo por la agitación en su mente, Curtis estaba sereno. «Cubrir los flancos. Tener un lugar donde quedarse, ser invisible, pensar y planear. ¿Quién es esa gente?» No dejaba de repetirse a sí mismo que lo hacía por su amigo, y por Simone y su hermano, pero en el fondo Curtis Fitzgerald sabía que aquello se había convertido en algo personal. Pero ¿cómo? ¿Y por qué? ¿Era Josh? ¿La guerra? ¿La falsedad de todo? Siempre era difícil asumir que algunas cosas no podían ser explicadas. La lógica debería esperar.

—Un directivo del Banco Mundial llamado Cristian —dijo Michael sonriendo y levantando una ceja—. ¿Se trata de Cristian Belucci, vicepresidente ejecutivo del Banco? ¿El hombre que ha convertido la portada de *Time* en su territorio predilecto? —Estaba anonadado—. Impresionantes credenciales, oficial. ¡Nunca me hablaste de amigos de tan alto copete!

—Nunca preguntaste.

—¿Cómo es ese hombre? Ya sabemos algunas cosas, claro. Un fin de semana está jugando a polo en Sudáfrica, otro corriendo en los encierros de Pamplona y otro en Londres asistiendo a un baile con la reina.

—Me lo imagino más bien andando detrás de los toros. Jamás le he visto correr.

—¿Hablas en serio? —dijo Simone.

—Me temo que sí. Lo atestigua una cicatriz de veintidós centímetros que tiene en la parte interior del muslo derecho.

—Un chico travieso —soltó Simone sacudiendo la cabeza.

—¿Cómo dio el salto del ejército a la banca? —inquirió Michael.

—Pertenece a un linaje de banqueros. Su abuelo fundó un banco a mediados del siglo XIX, el único de la época en Georgia, y me parece que también fue presidente de una importante entidad financiera en Nueva York.

—Su padre subvencionó una de nuestras excavaciones —dijo Michael—. Creo que era presidente del Bank of America.

Curtis se metió las manos en los bolsillos y se acercó a la ventana con aire desenfadado.

—Cristian Belucci será amigo tuyo —siguió Michael—, pero para el resto del mundo es una celebridad.

—Curtis, ¿estás seguro de que no atarán cabos? —preguntó Simone.

—Imposible. Las conexiones son demasiado profundas. Y recuerda, ellos no saben quién soy.

25

Larry Summers pulsó un botón verde de debajo de la mesa.

—Damas y caballeros, permítanme que hable claro. Es la peor crisis de la historia de nuestro país. Con permiso del señor presidente, he pedido que nos acompañen tres de nuestros jefes militares de alto rango. El presidente y yo creemos que tienen mucho que aportar a esta discusión.

Se abrió la puerta y entraron tres hombres de uniforme. Uno era el vicealmirante Alexander Hewitt, director de la FEMA, Agencia Federal de Gestión de la Emergencia. Actuando al margen de la constitución, garantizaría la continuidad de la acción política en el caso de un ataque demoledor que dejara inoperante al gobierno federal. La FEMA seguía siendo uno de los secretos mejor guardados de la administración de Estados Unidos, y tenía su protegida sede en el monte Weather, Virginia. Bajo la presidencia de Bill Clinton, el director de la FEMA pasó a ocupar un puesto del gobierno, razón por la cual el vicealmirante Hewitt tomó asiento frente a Paul Volcker. El segundo hombre era William Staggs, coordinador de la Oficina de Estado de Preparación Nacional. Ésta se encargaba de poner en práctica las resoluciones políticas en épocas de emergencia. El actual colapso financiero sin duda podía encuadrarse en esta categoría. El tercer hombre que se incorporaba a la reunión era el general Joseph T. Jones II, el coordinador de mayor rango del Departamento de Seguridad Interior.

—Podemos reanudar la discusión, pues estos caballeros han estado siguiendo su desarrollo desde la sala contigua —dijo el presidente.

—¿De cuánto dinero estamos hablando? —preguntó el secretario de Estado, perplejo.

—De billones de dólares.

—Larry, esto es inadmisible. ¿Has perdido el juicio? ¿Qué demonios estás dirigiendo?

—Ni más ni menos que una organización muy eficiente que ha conseguido evitar una debacle de la economía en la primera semana de la llegada al poder de esta administración, hace menos de dos meses.

—Entonces ¿cómo diablos ha pasado esto?

—No lo sabemos. No tengo una explicación lógica de cómo han desaparecido billones de dólares.

—¿Cómo se lleva alguien billones de dólares sin que el gobierno esté sobre aviso? —preguntó el vicealmirante Hewitt.

—Son números en una pantalla. No es efectivo real. Alguien entró en un sistema inexpugnable y robó todo el dinero sin dejar rastro. Es más, ese alguien, con unos conocimientos técnicos obviamente extraordinarios, había cerrado el sistema de tal modo que no pudimos abrirlo hasta anoche.

—Entonces ¿por qué no se informó de ello ayer? —preguntó Hewitt.

—Si la prensa llega a saber algo, nos estalla la guerra civil en las manos. ¿Es esto lo que quiere? ¿Es esto lo que quiere la FEMA? De hecho, ustedes llevan más de tres décadas preparándose para esta eventualidad.

—¡Ya basta! —interrumpió el presidente de Estados Unidos.

Se hizo el silencio en la sala, una admisión de lo inimaginable. Lo rompió el general Joseph T. Jones II.

—Evidentemente, nadie cree que la crisis fuera imprevista. Pero ¿cómo hemos llegado a esta situación? —Cogió sus notas y miró al director del Consejo Económico Nacional.

—Protegiendo los préstamos predatorios y dejando que la

crisis creciera. Podemos agradecérselo a la administración anterior y sus ocho años de ineptitud —contestó Summers.

—¿Cómo lograron esta proeza sin la supervisión del Congreso?

—Mediante una desconocida Agencia Federal del Tesoro llamada Agencia de Control de Divisas, OCC —respondió Rommer.

—Jamás había oído hablar de ella —terció Nussle con tono glacial.

—La OCC existe desde la Guerra Civil —explicó Rommer—. Su misión es garantizar la solidez fiscal de los bancos nacionales. Durante ciento cuarenta años, examinó los libros de los bancos para asegurarse de que las cuentas cuadraban, una tarea importante pero no polémica. Sin embargo, en 2003, por primera vez en la historia, en el punto álgido de la crisis de los préstamos predatorios, la OCC se acogió a una cláusula de la ley del Banco Nacional de 1863 para emitir dictámenes formales que reemplazaron las leyes sobre préstamos predatorios, con lo que las volvieron inoperantes.

—De modo que se utilizó una agencia federal como instrumento contra los consumidores —dijo Nussle.

—Con la connivencia del anterior presidente —añadió Rommer.

—¿Y dónde está la autoridad del Estado en estos casos? ¿Miran a otro lado? —preguntó el hombre de Estado.

—Al contrario. Los cincuenta fiscales generales presentaron una moción en el Tribunal Supremo para que la decisión de la OCC fuera anulada. Al frente estaba el fiscal general del estado de Nueva York, quien emprendió una cruzada personal contra la administración.

—Eliot Spitzer —aclaró Sorenson.

—Así es. Spitzer mandó al *Washington Post* una opinión opuesta al editorial avisando de las prácticas del gobierno sobre los préstamos predatorios.

—¿Y tuvo algún impacto?

—Si lo tuvo, no fue el que esperaba Spitzer. A las tres semanas de haberse publicado el artículo, el *New York Times* aireó un encuentro de Spitzer con una prostituta. El día que apareció el artículo en la página web del *Washington Post*, su hotel estaba vigilado por agentes federales.

—¿Coincidencia?

—Sólo si uno cree en el ratoncito Pérez, la alfombra mágica, la lámpara de Aladino o Santa Claus.

—De todos modos, la insistente obstrucción del Tesoro a partir de entonces, pese a la oposición unánime de los cincuenta estados, da a entender que estaba en juego una intención política de más amplio alcance —dijo Nussle.

—En la misma línea —señaló Summers—, la interminable burbuja inmobiliaria permitió a la anterior administración compensar el coste añadido de un billón de dólares de su desgraciada aventura en Iraq al crear títulos espurios que se vendieron por cientos de miles de millones, no sólo en Estados Unidos sino en todo el mundo.

—Y entonces el sistema de crédito internacional se colapsó debido al exceso de préstamos hipotecarios contaminados —terminó Volcker.

—A largo plazo, era una decisión política incorrecta. Sin embargo, estás sugiriendo que el anterior presidente lo hizo todo a propósito.

—Porque a corto plazo la crisis financiera y el rescate les permitieron iniciar una guerra costosa sin sufrir la debilitante inflación que provocó en Estados Unidos la Guerra de Vietnam.

Hubo una pausa.

—Ahora quiero estudiar la posibilidad de una guerra, en casa o en el extranjero. —El presidente asintió hacia el secretario de Estado.

—Gracias otra vez, señor presidente. Norteamérica superó la depresión de la década de 1890 con la Guerra de Cuba. Sólo se salvó de la Gran Depresión de la década de 1930 con la Segunda Guerra Mundial. Y salió de la recesión de finales de la década de 1940 gracias a la Guerra de Corea. Ahora, dada la crisis actual, que nos afecta tanto a nosotros como al resto del mundo, debemos afrontar el peligro de otra guerra. —Hizo una pausa—. Tras los episodios de Letonia, Hungría, Lituania, Islandia, Alemania y Reino Unido, nos quedan pocas opciones.

El presidente miró el reloj.

—Es bastante tarde, damas y caballeros. Cancelen su agenda para mañana. Ésta es una prioridad A-1. Les veré aquí a las cuatro de la tarde. Buenas noches a todos.

26

Se pusieron en marcha pasada la medianoche. Pero la hora no importaba. Cristian lo entendería. No tardaron más de veinte minutos en detenerse frente a un edificio de piedra roja un tanto ruinoso, rodeado en un lado por un jardín descuidado y en el otro por un campo de juegos en miniatura. Simone y Michael se quedaron sorprendidos por la austeridad de la fachada, pues sin duda imaginaban que el famoso banquero viviría en uno de los edificios más emblemáticos de Nueva York. Llamaron por el interfono y entraron al instante. Una maciza doble puerta de hierro forjado, enmarcada sin pretensiones por un tubo de hierro, se cerró tras ellos con un lúgubre golpe. Atrás quedaba el murmullo del tráfico nocturno.

—¿Estás seguro de que es aquí? Ha pasado mucho tiempo —preguntó Michael.

—Las apariencias engañan —gruñó Curtis.

—Estaba bromeando, no lo tomes como algo personal —replicó Michael con tono agrio.

Pasaron frente a una ancha escalera de piedra en el centro del vestíbulo y subieron a un viejo y destartalado ascensor. Curtis pulsó la A del ático. El ascensor gimió cuando llegó a la primera planta, dio una sacudida vacilante cuando pasaron la segunda, desaceleró en la tercera, avanzó a trompicones al superar la cuarta, aceleró en la quinta y se paró a regañadientes en el ático, jadeando, mientras se desembarazaba de sus tres ocupantes. Simone suspiró de alivio.

Como fruto de una señal convenida, se abrió la pesada puerta y apareció la delgada y adusta figura de Cristian Belucci. La bata de seda le daba un porte regio. Rondaba la setentena y tenía el blanco pelo largo y suelto hasta los hombros, con la raya a la derecha para disimular las entradas.

—Mi querido Curtis, ¿cómo estás? ¡Han pasado tres años..., no, cuatro! —gritó el banquero con su voz aguda mientras se le acercaba con las manos extendidas. Lo miró de arriba abajo—. Pero bueno, ¡si pareces recién salido de Auschwitz! ¿Qué te ha pasado?

—Es una larga historia.

—Tengo mucho tiempo. —Se volvió hacia sus amigos—. Pido disculpas. Hacía tiempo que no nos veíamos. Me llamo Cristian Belucci. Y vosotros seréis...

—Yo soy Simone Casalaro y él es mi amigo Michael Asbury.

—¿El arqueólogo?

—En realidad, historiador de arcanos —le corrigió Michael.

—Sí, claro, ya me acuerdo. Coincidimos en...

—En Washington, en una recaudación de fondos.

—El Smithsonian.

—Exacto.

—Bueno, vaya sorpresa... —Cristian miró a Curtis—. No sabía que tenías amigos tan exquisitos.

—Él tampoco mencionó su nombre —señaló Michael.

—No me gusta alardear. —Curtis se encogió de hombros.

Todavía en el rellano, charlaron animadamente. Curtis miró, ansioso, hacia el interior iluminado.

—Oh, claro. Perdonad, por favor. Qué descortés por mi parte... —dijo el banquero—. Bienvenidos a mi humilde morada.

Simone fue la primera en cruzar la puerta y quedarse boquiabierta. El estudio de Cristian no se parecía a ningún otro espacio que hubiera visto antes. En todo caso, no era precisamente lo que uno llamaría humilde morada. Tenía más de opulencia exagerada: dos alas, conectadas por una tercera que corría paralela al río, altísimas ventanas con vidrieras de colores, suelo de mármol, frescos dedicados a las glorias de Venecia del siglo XVI y piedra de color gris cremoso. El espacioso salón rectangular, contenido en las tres alas, estaba flanqueado por hornacinas que albergaban estatuas de artistas ilustres del Renacimiento. Un imponente patio cuadrangular daba paso a otra terraza con vistas magníficas sobre la ciudad.

Simone miró alrededor mientras se dirigía al centro de la estancia.

—Iban a tirar el edificio abajo —dijo Cristian como disculpándose—. Así que compré los cuatro pisos y construí esto en el ático. Voy a encender la luz. Es mejor si está iluminado. —De pronto, centenares de bombillas resaltaron el esplendor del lugar. Simone soltó un breve grito.

—¡Es exactamente igual que la sala Tribuna de la Galería de los Uffizi en Florencia! —exclamó, incrédula.

—Es más bien una buena copia —indicó Cristian—. Encargué a un arquitecto de la familia, Francesco Buontalenti, que me hiciera una réplica de los Uffizi. Claro, viviendo en Nueva York la echo mucho de menos.

Construida sobre un plano octogonal, la Tribuna se inspiraba en la Torre de los Vientos de Atenas, descrita por Vitrubio en su primer libro de Arquitectura. La estructura contenida en ella era un tema cósmico que aludía a los cuatro elementos del universo.

Largos manuscritos extraídos de libros, notas indescifrables escritas con mano firme en innumerables hojas de papel, hileras y más hileras de estantes con libros... Simone estaba asombrada por la magnificencia que la rodeaba.

—¿Vive usted aquí?

—Aquí es donde existo, Simone. Éste es mi mundo, provisto de todas las comodidades necesarias. La verdad es que no me prodigo mucho en sociedad. De hecho, Curtis puede confirmártelo, nunca me he sentido cómodo entre la multitud. Aquí puedo estar solo —dijo en voz baja, mirando a lo lejos.

—¿Y de dónde saca el tiempo? Siempre está asistiendo a fiestas, actos benéficos, o hablando en reuniones internacionales —comentó Simone.

—Es parte de una actuación cara, Simone. Pero va con el cargo.

Llovía ligeramente. El cielo anaranjado daba paso a un gris

sombrío. A lo lejos se oyó un estruendo, y las sobresaltadas palomas alzaron el vuelo.

Cristian se acercó a un armario de pared y tiró de una palanca. Tras él apareció un bar bien surtido. Abrió una botella de Single Malt Scotch Whisky y se sirvió un trago.

—¿Alguien quiere beber algo? Tengo una excelente selección de cosechas.

Simone miró a Curtis.

—Me apetece una taza de té, gracias.

—¿Y tú, Michael?

—Tomaré un scotch, si no le importa.

—Curtis, querido —dijo Cristian, andando con el garbo de un bailarín—, ya conoces las normas de la casa. Dejémonos de ceremonias. Sírvete tú mismo lo que quieras. Y a partir de ahora —se volvió y miró a los otros dos—, esta regla es aplicable también a vosotros. —Meneó el dedo en broma ante Michael y Simone—. Y bien...

Cristian se sentó en una butaca de su biblioteca repleta de libros y cruzó las piernas. Observó a su amigo en silencio, absorbiendo todos los detalles como un banquero de inversiones que asimilara un balance. Curtis se sirvió una copa y se volvió para mirarlo.

—Sé que te mueres de ganas por preguntar. Pues venga, adelante.

—De acuerdo —dijo el banquero, bajando el vaso—. ¿Qué pasó en Roma?

—Mi compañero y yo debíamos custodiar a un viejo testigo japonés. Tenía que ver con los crímenes contra la humanidad. De hecho, no conozco toda la historia. El conjunto de la operación estaba muy compartimentado. Era una acreditación Cuatro Cero, un asunto de prevención máxima, del presidente de Estados Unidos a través de Naciones Unidas. Aquella misma mañana iban a ponerlo bajo custodia de la ONU. Alguien se enteró e introdujo a su propio equipo en la ecuación. Su plan era llevarse al viejo, matarlo y borrar la pizarra. Al parecer, se trataba del último testigo vivo. Eran criminales de guerra, de la peor calaña, pero él quería contar una historia que alguien deseaba oír.

—¿Una historia de hace sesenta años? —señaló Cristian—. Interesante. Ya sabes, el desconcierto es el arma más poderosa. No, es la segunda, detrás del miedo. El secreto será de gran importancia si han llegado al extremo de intentar eliminar todo rastro del mismo. Pero ¿por qué ahora?

—Eso quisiera saber yo...

—Una invitación a una decapitación —añadió despacio Cristian—. Pero ¿de quién? ¿Qué le pasó a tu amigo?

—Murió en el fuego cruzado.

—Daño colateral, como habrías podido caer tú. Evidentemente, alguien pensó que eras prescindible.

—Pues se equivocó.

—En efecto. ¿Quién se chivó? ¿Alguien del gobierno?

—No lo creo. Cuatro Cero es algo estrictamente reservado. El círculo es reducidísimo.

—¿Y la Interpol?

—Tal vez. Era una XD Prioridad Máxima Etiqueta Roja.

—¿Naciones Unidas? —preguntó Cristian sin dar crédito, alzando la voz.

—No lo sé. Era HCM, material muy confidencial.

—Cierto. Muy compartimentado. ¿Quién lo sabía en la ONU?

—La comisionada para los Derechos Humanos y sus dos colaboradores de más confianza.

—Eso será territorio de Arbour. —Cristian hizo una pausa y descruzó los brazos—. Hemos coincidido algunas veces en actos internacionales. Es tranquila, rigurosa, brusca y sobre todo exigente. Para algunos una arpía, pero yo no sería tan duro. Al fin y al cabo, es una mujer inteligente que destaca en un mundo de hombres. Una buena chica francocanadiense de Shefferville que, por instinto, supo cómo abrirse paso a empujones. Si quisieran sobornarla, no tendrían ninguna posibilidad.

—Parece una contradicción.

—¿Cuál?

—Tranquila, rigurosa, brusca...

—Sólo los ideólogos se permiten el lujo de gritar. En general, las personas inteligentes tienen otras cosas en la cabeza.

—No me pareció una ideóloga.

—O sea que la conoces.

—Fue a verme al hospital en Roma.

Cristian asintió.

—Ajá. Propio de Louise. Es muy leal a la gente como tú, tranquila y eficiente. —Se incorporó—. Las historias que tú y ella podéis contar son distintas, pero están atravesadas por temas comunes. Violencia, muerte, dolor, pérdida o apariencia de pérdida, y finalmente memoria. En las guerras las personas cambian. —Alzó la mano, como previendo la siguiente pregunta de Curtis.

—¿Y tú? No salgo de mi asombro. Fama, gloria, aventuras... —comentó Curtis.

Cristian torció el gesto.

—Te has olvidado de la fortuna. Un idiota de *Money Magazine* me ha incluido en la lista de las doscientas personas más ricas del mundo.

—¿Y?

—Chismorreos aburridísimos. Ya conoces la historia. Vietnam, servicio civil, Harvard, negocio familiar, matrimonio feliz..., cáncer, luego la muerte de ella, alcohol para ahogar las penas, y después nada.

—¿Cómo lo llevas?

—Me temo que mal. No negaré que intento desesperadamente llenar el vacío cruzando el globo en busca de causas justas en las que colgar mi sombrero filantrópico y distraerme. —Hizo una pausa—. Al menos de forma temporal.

Allí estaban las imágenes, los indescriptibles momentos recordados, expulsados provisionalmente de su vida sólo para levantarse y atacarlo cada vez que se negaban a permanecer enterrados. Cuánto deseaba el olvido, un indulto temporal, aunque lo bastante largo para ahogar su tristeza y hacer que se desvaneciera la pesadilla, sólo una vez más. Tenía la mirada perdida, nublada. Cristian tomó un sorbo de su copa antes de continuar:

—Ah, me olvidaba... —Metió la mano en el bolsillo y sacó una tarjeta—. Si hay alguna urgencia, por favor, llama a este número. Aquí está tu equipo telefónico, Curtis. Es un teléfono especial. Utiliza tecnología digital de espectro difuso.

—¿Digital qué? —preguntó Simone.

—El espectro difuso se usó por primera vez en la Segunda Guerra Mundial como método para evitar que los torpedos fueran interceptados en su trayecto hacia el objetivo. Estas señales son difíciles de detectar y desmodular, además de resistentes a los bloqueos o interferencias, porque se difunden en diversas frecuencias —explicó Curtis.

—¿Cómo?

—Simone, imagínalo como un Dante tecnológico. —El ranger sonrió—. Lo importante es que los tipos malos no puedan escucharnos.

—Exacto —dijo Cristian, que se volvió hacia Simone—. ¿Puedo hacerte una pregunta, señorita?

—Desde luego.

—¿Cómo has acabado liada con Curtis? Por lo que veo, él y tú no sois del mismo barrio.

—Soy experta en el Renacimiento.

—¿Ah, sí? Interesante... —Cristian arqueó las cejas y miró burlonamente a Curtis. Simone advirtió en el rostro del banquero una sonrisa pícara.

—No, no es eso. Lo conocí a través de Michael.

—Claro, mil perdones. Qué impertinente he sido. —Calló un momento—. ¿Y qué tienen en común un cualificado experto en Operaciones Especiales, una especialista en el Renacimiento y un historiador de arcanos?

Simone dejó de sonreír mientras miraba al banquero y a sus amigos.

—Mi hermano fue asesinado, y yo no podía resolverlo sola.

Cristian pareció consternado.

—Lo siento. ¿Cuándo ocurrió?

—Hace poco, en Shawnsee, Oklahoma.

Con la ayuda de Michael, Simone repasó la historia, omitiendo, tal como había remarcado Curtis, la parte relativa a PROMIS y pasando por alto Octopus. Aquello la estaba desgarrando, pero también actuó como un antídoto, curando su angustia. El tiempo es un verdadero narcótico. O bien el dolor va desapareciendo al seguir su curso, o bien se aprende a convivir con él. En su caso, el dolor no había desaparecido, pero Simone se dio cuenta de que su insistencia en la búsqueda de la verdad aligeraba su peso.

—Pero... ¿por qué él? —inquirió el banquero.

—Ojalá lo supiera —contestó Simone.

—Sin embargo, ahí está la clave, ¿verdad, Curtis? Algo que Danny sabía. Y algunos llegaron al extremo de asegurarse de que ese algo jamás llegaría a saberse. —Descruzó las piernas y se puso en pie—. De modo que estamos en un callejón sin salida.

—Tenemos los papeles de mi hermano.

Curtis la miró, contrariado.

—No —la corrigió—. Lo que tenemos es un par de palabras y un número que pertenecen a una caja de seguridad anónima. Si tenemos suerte y damos con la combinación, quizá podamos ver qué hay dentro. Simone cree que Danny escondió pruebas de lo que estaba investigando.

—¿Y tú no?

—No estoy autorizado a hacer conjeturas.

—Entiendo que lo haréis mañana —dijo el banquero—. Así que buenas noches, amigos. —Los acompañó a las habitaciones—. Descansa, Curtis, es la mejor arma. Que duermas bien.

El teléfono cuyo número no estaba incluido en la agenda siguió sonando durante una eternidad. Un hombre intentaba hablar con un importante político de Washington, una figura destacada en la toma de decisiones. La casa a la que llamaba estaba al final de la calle Veinticuatro Norte, en Arlington, Virginia, y se elevaba sobre el río Potomac. Se trataba de una mansión blanca retirada de la carretera, rodeada de cedros rojos y robles imponentes. El político importante era, de hecho, el antiguo secretario del Tesoro, colaborador en muchas causas de interés en todo el mundo. «El secretario tiene corazón para los pobres», le gustaba decir a su gente. Cabría pasar por alto la irregularidad geométrica y la aparente hilaridad de la frase, ya que por «pobres» no se referían a los cientos de millones de personas hambrientas y desnutridas, sino a «los pobres de espíritu», pues de ellos es el reino: los senadores, generales y primeros ministros que se acercaban al final de la calle Veinticuatro de Arlington en limusinas negras y descomunales todoterrenos para rendir homenaje al dios del dinero.

—¿Sí? —El señor secretario cogió su teléfono privado y buscó a tientas las gafas en la oscuridad. El reloj marcaba las tres y diecisiete de la mañana.

—¿Señor secretario?

—Supongo que es importante. O eso, o está usted en el huso horario equivocado.

—Lo es, confíe en mí. Los han seguido hasta un edificio de Lower Manhattan.

—¿Ah, sí?

—Espere, falta lo mejor. El hombre que han ido a ver se llama Cristian Belucci.

—¿El del Banco Mundial? Caramba, vaya notición. Esto se pone interesante. Un hombre famoso que guarda secretos. ¿Cuál es la conexión? —Se aclaró la garganta.

—No lo sé. Nuestra gente está en ello.

—Lo necesito para ayer. ¿Está claro?

—Como el agua.

—Seguimos el enlace. ¿A cuántos tenemos sobre el terreno?

—¿Listos? Seis. Tres equipos.

—Pon dos sobre él.

—Entonces nos quedan cuatro para cubrir a los tres.

—Sospecho que esto tiene una explicación.

Hubo una pausa.

—El que sobrevivió en Roma está en el apartamento de Belucci con el Enterrador y el Hada, como usted los llama.

—Bien. Hoy puede ser nuestro día de suerte.

—Ojalá pudiera compartir su entusiasmo, señor. El soldado Joe nos da mucho trabajo. Es una complicación innecesaria.

—Lo imprevisto funciona. Él nos guiará hasta nuestro objetivo. Dedica todo lo que puedas a Belucci. Tengo la impresión de que va a entrar en escena.

—¿Cuál es su papel?

—No lo sé. A mí lo que me interesa es la secuencia de los hechos.

—¿Y eso qué significa, señor secretario?

—Significa que deberemos aplicar las matemáticas. Un niño puede mirar un dibujo y no verlo, pero está ahí. Tenemos que averiguar cómo están conectados los hechos. Las secuencias verdaderas no cambian. Los patrones del pensamiento humano tampoco. Saca todo lo que puedas del muerto y haz un gráfico con todos sus contactos. Que los equipos estén en sus puestos a partir de las seis.

—Buenas noches, señor secretario. Quizás hayamos descubierto al benefactor financiero del periodista muerto.

27

Aquella mañana, el cielo amenazaba tormenta. Curtis miró alrededor, en estado de alerta, listo para reconocer cualquier desviación en la conducta de la gente. Era un día corriente en una ciudad corriente para quienes ya no advertían la ecléctica magnificencia de la Gran Manzana. Escudriñó la calle. Ningún perseguidor, de momento. Cogió un taxi en la 16.ª Avenida, recorrió quince manzanas, y luego cambió de taxi y recorrió ocho manzanas en dirección opuesta antes de entrar en el metro. Salió a cuatro travesías del banco y caminó con paso seguro hacia el oeste, fingiendo falta de rumbo y mirando en los escaparates por si alguien lo seguía. Nada. Dobló la esquina, subió por una calle contigua y pasó dos veces por delante del banco antes de acercarse. El primer paso consistía en averiguar el nivel de seguridad del BS Bank Schaffhausen. «Hazte invisible.» Para ello, Curtis necesitaba encontrar el porte adecuado y la expresión facial a juego.

Las piedras estaban desgastadas por los efectos de la intemperie, el mármol blanco hacía resaltar los colores oscurecidos por los hongos. Y encumbrándose, la construcción de acero y pizarra del BS Bank Schaffhausen. El interior tenía un atrio de varias plantas de vidrio ingleteado sobre baldosas hexagonales de granito. Montado en el marco de una puerta había un cuadrado de cristal con la mirada oscura y vidriosa de una pantalla de televisión. Curtis sabía que eso formaba parte de un sistema audiovisual de nueva generación: incrustadas en el plano de silicato había centenares de lentes microscópicas que captaban luz fraccionada en un ángulo de ciento ochenta grados. El resultado era una especie de ojo compuesto, como el de un insecto, todo integrado mediante un ordenador en una única imagen móvil.

Se quedó de pie al final de la cola con cara de aburrimiento. En sus ojos tenía la mirada de alguien que recibía órdenes y hacía lo que otros, mejores y más listos, le decían que debía hacer con miedo y desdén. Desdén porque, para sus superiores, él formaba parte del populacho; miedo porque era un animal temido por su fuerza bruta. Un hombre fuerte, corto de entendederas, que al final de la semana ahogaba sus penas con cerveza.

Curtis no destacaba; era invisible para los demás. Echó un vistazo al espacio abierto sin fijarse en nadie. Había seis cajeros, separados entre sí por mamparas de caoba de apenas cinco centímetros. Dos mesas de atención al público. Vacías. Las otras cuatro las ocupaban una mujer rechoncha con el pelo oxigenado y grandes pendientes chapados en oro, una becaria, un hombre alto y flaco con gafas, y una atractiva rubia de grandes pechos con falda y blusa blanca. Curtis se fijó en la falda. No era tan corta como para atraer miradas indiscretas pero sí como para moverse con rapidez. En la cola había once personas. Cuatro hombres y siete mujeres. En el pasillo, con el hastío grabado en el rostro, otras tres esperaban sus respectivas citas.

Los observó a todos en busca de anomalías, aislando a cada uno, mirando sus ojos, captando el lenguaje corporal. Una reacción inoportuna; una mirada brusca; un movimiento involuntario. El desafío consistía en ver a través de la rutina. Era posible prever y ensayar cualquier cosa rutinizada para no desentonar, y se podía identificar y contrarrestar algo demasiado ensayado. Alguien que pareciera demasiado aburrido, demasiado ansioso, demasiado atento a algo, que apartara la mirada como siguiendo una señal convenida. Después venían los cuerpos y las caras, la ropa, los zapatos y los complementos. Si algo destacaba o se salía de lo común, ¿no debería estar allí en circunstancias normales? Una postura corporal que denotase cierta tensión o alguna destreza oculta. Un bolígrafo muy grueso y muy largo, o una cartera que abultaba demasiado.

Cada persona podía cumplir un papel concreto. Un padre de familia apoyado contra la pared, un joven empresario esperando su primer préstamo, una mujer regordeta..., todos llenaban el espacio con su presencia, y, una vez ubicados, podían ser reemplazados por otros parecidos. Nada. Curtis estaba satisfecho porque no se le había adelantado ningún equipo de vigilancia. ¿Estaba siendo demasiado cauteloso cuando nada lo justificaba? «Alcanza el objetivo», se dijo.

El ranger sabía que se accedía a las cajas de seguridad a través de unas puertas correderas de cristal, que dentro se transformaban en una pantalla metálica de malla fina. Parecía decorativo, pero en realidad era algo funcional. Pulsó un botón que sobresalía de un octógono, a su izquierda. Los paneles se abrieron en silencio con una especie de soplido. La sala era un espacio rectangular rodeado por una malla ferromagnética conectada a tierra. El escudo protector bloqueaba la transmisión de cualquier señal de radiofrecuencia.

—Por aquí, señor —dijo el empleado de mediana edad y cabello muy corto que evidentemente estaba esperándolo. Curtis se sobresaltó un poco.

—¿Cómo sabía que venía?

Una expresión burlona apareció en los ojos del hombre.

—Sí, claro —masculló Curtis—. El cuadrado de cristal.

El empleado del banco sacó un impreso de Schaffhausen con dos líneas en blanco. Curtis escribió «142857» en la línea superior y «Árbol de la Vida» en la de abajo. Entregó el papel al empleado, que lo observó un instante.

—Espéreme en la habitación verde de la derecha. Vendré enseguida con su caja, señor. —Al ver que Curtis titubeaba, añadió—: Señor, si quiere privacidad tendrá que entrar. —Sonrió amablemente.

Curtis estudió las inflexiones de su voz. ¿Era anormalmente agradable? ¿Sonaba extrañamente suave y dura? De todos modos, estaba en un banco, un sitio donde la gente guarda el dinero. Cuanto más dinero, más agradable el comportamiento.

Entró en la habitación verde. Era pequeña, de unos tres metros por cinco, revestida con paneles y amueblada con dos sillones de cuero colocados el uno junto al otro y una mesa de caoba arrimada a la pared. Oyó unos pasos que se acercaban, resueltos, y se volvió al instante. Al abrirse la puerta, apareció el mismo empleado del banco con una caja metálica. El hombre sacó un manojo de llaves y lo sostuvo frente a Curtis.

—Cuando haya terminado, pulse el botón de encima de la mesa. Vendrá alguien a buscarlo.

—Gracias.

—¿Puedo ayudarlo en algo más?

—No, gracias —dijo, y repitió—: Gracias.

Tras una levísima inclinación de la cabeza, el empleado se marchó. Curtis aguardó a que se cerrara la puerta y se sentó en silencio frente a la caja con forma de cúpula, atento a posibles pasos. Nada. Miró el reloj. Las diez y cuarto. Cogió una llave, la introdujo en la cerradura y la giró a la derecha. Oyó un chasquido. ¡Increíble! Simone tenía razón. Danny había escondido los códigos en un poema del siglo XIV. Abrió la dura tapa de la caja y examinó el contenido.

Sacó un fajo de notas. Debajo había un montón de resúmenes contables sujetos con un clip enorme. Lo colocó todo con cuidado sobre la mesa arrimada a la pared. Los siguientes documentos estaban unidos mediante una goma elástica, como las que antes usaban las niñas para sujetarse la coleta. Quitó la goma y desenrolló el contenido. Le bastó echar un vistazo para comprobar que eran copias de certificados de oro. Los hojeó y sacó una al azar. Sus ojos fueron instintivamente al centro del papel. De pronto, le llamó la atención un número. «750 toneladas métricas.» Se inclinó hacia delante y leyó toda la línea: «Fue emitido como garantía de una parte del depósito de Metal Oro..., de hasta 750 toneladas métricas.» Se le estiró el labio inferior mientras su cara adquiría una expresión de incredulidad. «¿Cuánto será esto en dólares? Cristian lo sabrá.» Sacó al azar otros certificados sólo para comprobar que, de hecho, en el primero se consignaba la cantidad de oro más pequeña de todas.

Entre otros objetos, Curtis encontró tres DVD, fotografías de personas que no conocía, cablegramas y diarios de llamadas guardados en carpetas, numerosos diagramas así como notas y cuadernos llenos de letra pequeña, descuidada y apresurada. Aquello lo vería más tarde. Así que colocó el contenido de la caja en dos bolsas de cuero que se ciñó al cuerpo con correas, una a la espalda y otra al pecho, echando el jersey por encima y ajustándose bien la cazadora. Palpó el frío acero de su arma. Estaba en el bolsillo interior, fácil de coger si era preciso. «Ojalá no lo sea, por Dios.» Cerró la caja. Lo revisó todo y pulsó el botón.

Al cabo de un minuto oyó un chasquido y se abrió la puerta.

—¿Está todo a gusto del señor? —dijo el empleado con una sonrisa que quería ser tranquilizadora.

—Sí, gracias. —Curtis se hizo a un lado para que pasara.

—Después de usted, por favor —dijo el empleado inclinando la cabeza.

—No, insisto, por favor. Además, sin su ayuda no encontraré la salida. —Curtis esbozó la típica sonrisa ingenua de alumno torpe.

—Siga recto por el pasillo, señor, a la derecha, por la puerta corredera, y enseguida estará de nuevo en el vestíbulo. —Miró con expectación a Curtis.

—Gracias otra vez. No habrá problema. —Curtis se despidió con otra sonrisa.

En cuestión de segundos estuvo en el vestíbulo. Curtis echó un vistazo a su alrededor. Las mismas expresiones aburridas, el mismo malhumor, las mismas posturas. Nadie parecía alterar el orden natural de las cosas. Otros diez metros y estaría fuera del edificio. Asió un picaporte grande y pesado y tiró de él. Por fin era libre. Se volvió hacia la derecha.

Entonces lo vio. Un hombre con un impermeable oscuro y con la mano derecha en el enorme bolsillo, sin duda empuñando un arma, dobló la esquina en el preciso instante en que él salía del banco. Curtis lo estudió. Caminaba de manera muy despreocupada, pero con la mirada atenta. Sus actos eran reflejos. Tenía el cuello corto y muy musculoso. «Ningún rasgo físico identificatorio —pensó fugazmente Curtis—. Órdenes demasiado precipitadas.» El equipo no había tenido tiempo de tenderle la trampa. El hombre que tenía delante no sabía cómo era su aspecto. El control lo asumieron los circuitos de instrucción instalados en lo más profundo. Sin mover la cabeza, Curtis miró a izquierda y derecha. El movimiento fue apenas perceptible. No había nadie más, por ahora. ¿El ejecutor lo había sorprendido mirando? Imposible, demasiado lejos. ¿O no?

Ahora el hombre caminaba más deprisa, pero la aceleración casi no se notó. Se trataba de un profesional magníficamente preparado que conocía la importancia del autocontrol. Curtis aminoró el paso, mirando al frente al pasar por su lado. De repente, el hombre le agarró la muñeca con su mano grande y fuerte. Curtis intentó coger el arma, pero el hombre era muy hábil y reaccionó a la velocidad del rayo. Aplastó el pulpejo de la mano contra la pistola, con lo que ésta salió volando. «¡Actúa! ¡No pienses!» El otro le retorció la muñeca, haciéndolo caer de rodillas mientras le propinaba un puñetazo que no le alcanzó la cabeza por centímetros. Curtis, con la mano derecha alzada, dio un fuerte golpe al hombre en la caja torácica, justo por debajo de la axila. El tipo lanzó un grito, echó bruscamente la cabeza hacia atrás, con sorpresa en la cara, pero no lo soltó, sino que le hincó a Curtis la rodilla en la garganta y lo golpeó en la mejilla izquierda. El ranger no vio venir el golpe. Sólo supo que el lado izquierdo de su cráneo pareció partirse. La fuerza del impacto impulsó a Curtis hacia atrás, pero el hombre seguía sacudiéndolo. De repente lanzó el dorso de la mano contra la boca de Curtis, que sintió algo caliente bajando hacia el mentón. No había tiempo para pensar. De un momento a otro llegarían otros, y todo estaría perdido. Tenía que liberarse. Con el rabillo del ojo vislumbró una sombra, una mancha negra. ¡Un arma! Ladeó el cuerpo a la derecha, logró levantarse y luego, súbitamente, sin avisar, arrastró el pie del suelo de modo que el talón dio en el brazo del hombre haciéndole saltar el arma de las manos, una pistola del calibre 38 con un cilindro perforado en el cañón. El asesino se apartó tambaleándose. Entonces Curtis le hundió la mano derecha en el pecho, y con la izquierda le arponeó la laringe con un golpe cuidadosamente dirigido. El hombre reprimió un gemido ronco, tosió con espasmos y, tras alejarse cojeando, cayó a tierra arañándose el cuello con ambas manos. Forcejeaba por respirar, rodando por el suelo, mientras el destruido cartílago impedía la circulación de aire.

Curtis logró tenerse en pie. Su rostro era un revoltijo sangriento, y un dolor sordo le subía por el cuello hasta la cabeza, que sentía hinchada y entumecida. Estaba lleno de cardenales, pero no tenía nada roto. Aún había esperanza.

Podría moverse, pero antes de nada debía salir de allí. La pelea había durado quince segundos, tiempo suficiente para congregar a una pequeña multitud de mirones. Sin embargo, los sicarios eran más. Pero ¿quiénes? ¿Dónde estaban? Sin duda, se trataba de profesionales. Un bloqueo de tres puntos habría sido un procedimiento corriente: en uno y otro extremo de la manzana se habría colocado una unidad antes de que los agentes bajaran al banco. No tendrían identificación física, pero el dispositivo era hermético. Sólo podía pasar cruzando por la fuerza. Se puso en pie tambaleándose, caminó inseguro, deteniéndose para afirmar las piernas cuando perdía el equilibrio.

«No te pares. Dios mío, estoy herido.»

Al verlos, se le heló la sangre. Dos vehículos, un sedán azul oscuro y una camioneta blanca, convergían en Curtis desde direcciones opuestas. Los flancos estaban cubiertos; la trampa, tendida. Lo habían pillado, pero nadie hizo nada. El copiloto del sedán hablaba sin parar por un radioteléfono. Los hombres tenían conexión visual, auditiva y electrónica con otros dos... Pero ¿dónde estaba el otro? «¡Operaciones Especiales!», cruzó fugazmente por su cabeza. «¿Cómo es posible? ¿Quién es esa gente?» Estaba herido, y ellos lo sabían. ¡La multitud! No podían matarlo con tanta gente alrededor. Demasiados testigos. Alguien anotaría la matrícula y llamaría a la policía. La policía, seguridad. Ulular de sirenas y chirrido de neumáticos. Vaya suerte, la suya... Sano y salvo. El sonido se acercaba, inyectándose desafiante en el aire del final de la mañana.

¿Llegarían a tiempo? La pregunta nunca obtuvo respuesta. Curtis oyó un ruido ensordecedor, metal contra metal, explotando en miles de pedazos. El lado del conductor del coche patrulla se levantó del suelo, tras el impacto de un camión de dos toneladas, que lanzó a los ocupantes contra el parabrisas. Por la postura de los cuerpos, Curtis supo que ambos policías estaban muertos. Dos hombres se apearon lenta y metódicamente.

Las voces y los gritos de la gente asustada saturaban el ambiente. No habría indulto. El sedán azul puso la primera, cruzó la línea central y se paró a menos de treinta metros. «¡Dios mío! ¿Y ahora qué?» Curtis no podía dejar que se le aproximaran. Con la gente atendiendo a los cuerpos despedazados, nada impedía a los asesinos acercársele y meterle un balazo. La muchedumbre y el ruido eran su amparo. Nunca lo verían muerto. ¿Qué les hacía pensar que no podía huir? Porque sabían que estaba herido. Porque había al menos otros dos, y él se encontraba solo. Sin necesidad de mirar, Curtis supo que otro equipo se dirigía hacia él desde el lado opuesto, abriéndose paso entre la gente, con las manos en el mortífero acero oculto en los abrigos. Él no podía perder tiempo. Se concentró en los hombres que tenía delante. Los dos se aproximaban, uno desde el lado izquierdo de la calle, la segunda arma directamente desde delante, como los dos flancos en un ataque de pinza. En silencio. Izquierda, derecha. Uno, dos. Mucha potencia de fuego para capturar a un hombre. Eso si la orden era capturar. No, la orden era matar, lo veía en sus ojos. La sonrisa mortal de los asesinos profesionales. No habría conmutación de pena. Curtis lo entendió entonces. La trampa había sido tendida con una precisión extraordinaria. Los dos equipos estaban en su sitio, cubriendo los flancos desde el lado derecho, y los edificios oficiando como protección natural en la izquierda. Dos asesinos expertos se ocupaban de las interferencias: habían matado a los agentes de policía sin dudarlo un momento. A menos que hiciera algo, él sería el siguiente. Y todo habría sido inútil. Lo matarían y luego irían por Simone y Michael..., de manera silenciosa e infalible.

El asesino de enfrente alzó la cabeza un par de centímetros y miró más allá de Curtis. ¿Qué buscaba? «¡Observa sus ojos!» El asesino atendía a alguien que había detrás, fuera de su alcance. El equipo de refuerzo estaba en su posición.

«Alfa Uno, Galgo. Hombre fuera de combate. Muy bien, chicos, ahora está ahí al descubierto. Llamamos a la caballería y nos olvidamos de todo. ¡Alejaos de mí! No moriré, ¡no dejaré que me maten! ¡Invierte el sentido de la trampa, maldita sea! Tienes sólo diez segundos antes de que lleguen por detrás.» Curtis tenía la muerte delante. Se hallaban a menos de veinte metros. Quedarse ahí significaba fenecer. Palpó la culata de su arma. La multitud se hallaba en mitad de la calle, presa de un ataque de histeria. Bien, el flanco izquierdo estaba cubierto. Pero debía actuar. «Cárgate al asesino de la derecha. ¿Por qué? No lo sé. Hazlo y ya está.» ¡Ahora! Curtis se tiró a la izquierda con la automática extendida, y le dio al hombre en el pecho, que por el impacto se elevó del suelo impulsado hacia arriba, para desplomarse a continuación con un ruido sordo, como si le hubieran sacado la alfombra de debajo. Uno menos. Curtis notó junto al hombro derecho dos disparos, que se incrustaron en un panel de adorno de una fachada. Rodó sobre sí mismo con el cuerpo dolorido. Otras dos balas rebotaron en una piedra, mandando al aire humo y partículas diminutas. El asesino se agachó como un profesional acorralando a su presa. Pero Curtis también era un experto. Eliminaría al asesino. «Alfa Uno, Galgo. Hombre fuera de combate. No es uno de los nuestros», se oyó decir mientras rodaba, y de pronto se levantó, la mano izquierda sujetando la muñeca derecha, y disparó dos tiros certeros.

Dos menos, pero faltan muchos. «¿Dónde están? El sedán. A por él.» Curtis se puso en pie y corrió hacia el vehículo, ahora a escasos metros. Los otros dos asesinos se habrían dado cuenta de lo que estaba haciendo. Uno de ellos se apoyó en una rodilla, sostuvo firmemente el arma, apuntó con mano segura y disparó repetidamente. Las balas destrozaron uno de los faros y rebotaron en el parachoques. Milagrosamente, el parabrisas y los neumáticos no recibieron impactos. Pero no estaban apuntando al coche. Disparaban a matar. Las órdenes eran ésas. Tras rodar de nuevo y dar una voltereta, Curtis quedó a unos centímetros del sedán. Sin volverse, disparó a su espalda, esperando que, contra todo pronóstico, las balas alcanzaran su objetivo. No fue así. De todos modos, pudo ganar unos segundos mientras los dos asesinos corrían para protegerse. Se levantó y dio un paso lateral, tiró de la puerta y, en un solo movimiento, se lanzó al interior del vehículo. Las llaves estaban puestas. Los asesinos tenían el control, sin dudar nunca del resultado. Control significaba tener los medios para huir, y deprisa. Sus dedos actuaron frenéticamente.

Puso el motor en marcha, dio marcha atrás y aceleró. El coche saltó hacia atrás y giró a lo loco. Pudo oír los gritos de confusión de la segunda unidad. Pagarían un precio. Lo sabía. Seguro que quien hubiera contratado a esos hombres no se tomaba los fracasos a la ligera.

28

Edward McCloy puso sus pies sobre la mesa, cogió el *Herald Tribune*, pasó las páginas hasta la sección de Deportes y lo abrió de golpe. La llovizna de primera hora de la mañana dejó paso a una tormenta. Él pensó que la lluvia siempre lo ponía melancólico. La humedad y la monotonía del exterior reflejaban su alma. Como la mayoría de las personas con aptitudes corrientes y de inteligencia inferior a la media, McCloy movía los labios al leer. Sus ojos saltaron a la placa de latón que, apoyada de lado en la mesa, anunciaba sus impresionantes credenciales: representante principal. Sí, él, Edward McCloy, era el representante principal del cártel bancario más poderoso del mundo. Sobre el papel era el máximo responsable de las decisiones que afectaban a la élite del dinero. En la práctica, era un simple chapero de gente poderosa que lo utilizaba como tapadera para encubrir sus delitos financieros.

—Si no hubiera sido por mi hermano, tú, maldito idiota, estarías limpiando las calles de estiércol —bramó su padre, resentido.

—Nunca se me dieron bien las finanzas, papá.

—¿Qué diablos estudiaste en el colegio de mariquitas al que te mandó tu madre?

—Historia del arte y radiodifusión.

—¿Y qué piensas hacer con eso?

—Me encanta el baloncesto, papá.

—Eres un enano de metro sesenta y ocho. ¿En qué posición piensas jugar?

—Quiero ser locutor.

—¿En una ciudad sin equipo de baloncesto? ¿Y cómo vas a ganarte la vida?

—Brian Gumble lo hizo.

—¿Quién coño es ése? —se agitó el padre.

—El chico de mi dormitorio. Es locutor de la NBA.

—¿El negro? Ése tiene la cabeza en su sitio, hijo. Tú tienes demasiada mierda.

—Jack, no seas tan duro con él —intervino la madre—. Lo estás presionando demasiado.

—Tiene pájaros en la cabeza, Mary, y no es bueno en nada. Radiodifusión y arte... ¡Manda cojones!

—Papá, hay personas muy respetables que son mecenas artísticos.

—Todos tienen currículum empresarial, idiota. Son mecenas de las artes para poder envolver su dinero sucio en un manto de respetabilidad.

—¿Y el tío John?

—¿Qué pasa con él? —rugió el padre.

—Es presidente de la Fundación Ford. Están muy implicados en el mundo de las artes. Esto es respetable.

—Antes de que tu tío dirigiera Ford, se había graduado en Yale, imbécil, y había sido miembro de Skull & Bones. Por no hablar de su papel en la Comisión Warren.

—Estudió arte como asignatura complementaria.

—Fue el encargado de la limpieza en el asesinato de Kennedy. ¿Recuerdas los tres vagabundos en el Grassy Knoll?

—Sí —contestó el hijo, indeciso.

—Un día después de la muerte de Kennedy, los tres vagabundos estaban muertos y enterrados. Tu tío aún conserva la pala. Ése es su certificado de respetabilidad. El guardián de los secretos. —El padre hizo una pausa para recobrar el aliento—. Ahora que lo hemos aclarado, comenzarás a trabajar como ayudante de tu tío en el Chase Manhattan Bank. No la cagues. Mantén la boca cerrada, haz lo que te digan, lame el culo adecuado y llegarás lejos. ¿Me oyes, muchacho?

—Sí, papá.

De eso hacía más de veinte años. Y por eso Edward McCloy, principal representante del cártel bancario más importante del mundo, estaba tan deprimido esa mañana. Se había pasado los últimos veinte años con la boca cerrada y lamiendo los culos adecuados, casi siempre contra su criterio. Miró la hora. Las doce menos diez. Aunque el sueño de ser locutor se había esfumado, nunca se perdía el programa de su compañero de dormitorio, sobre todo ahora que se había convertido en el locutor de televisión más popular de Norteamérica. McCloy puso el canal en que daban deportes todo el día.

De pronto, sonó el teléfono.

—¿Sí?

—Mejor que enciendas el televisor, Ed.

—Está encendido. ¿Quién habla?

—No me refiero al canal de deportes. ¿Quién crees que soy? ¿Tu hada madrina?

—¿Henry?

—Doy por sentado que no nos pueden oír.

—¡Un momento, por Dios! ¿Qué canal?

—Da igual. Cualquiera menos el deportivo. Está en todos los noticiarios.

—¿De qué se trata? —interrumpió McCloy, echándose hacia delante en la silla. Era una pregunta retórica, pues ya lo sabía. Moviendo frenéticamente los dedos, logró poner la CNN. Se le heló la sangre al leer las noticias sobreimpresas en la parte inferior de la pantalla.

—¿Qué ha ocurrido? —preguntó McCloy, presa del pánico.

—Es lo que estamos intentando averiguar.

—¿Son nuestros?

—Lo curioso es que no.

—Entonces, ¿quiénes son?

—¿Quién? —corrigió el hombre de la CIA.

—¿Qué? —dijo McCloy—. ¿Qué dices?

—Alguien invirtió el sentido de la trampa e introdujo su propio equipo.

—Todo es tan desconcertante... —soltó McCloy—. ¿Qué quieres que haga?

—Quiero que hables con tu gente del Schaffhausen y obtengas una descripción detallada de todo aquel que estaba dentro. Luego quedamos en el sitio de siempre. Este tipo, sea quien sea, al final del día estará más muerto que el pomo de una puerta. Ah, Ed...

—¿Sí?

—Rapidito, ¿eh? —Y se cortó la comunicación.

A las tres, los guardianes de secretos de Octopus estaban sentados a una mesa de reuniones, de caoba y en forma de U, en un espacio especialmente insonorizado (intimidad garantizada por blindaje de Faraday e interceptores de radiofrecuencia de banda ancha). Los saludos fueron superficiales y distraídos; los apretones de manos, fríos y flácidos; las recriminaciones, breves. No tenía sentido volver sobre errores pasados.

—Una descripción, por favor —pidió el ex secretario del Tesoro.

—Es alto, entre metro noventa y metro noventa y cinco. Cuarenta y pocos años —contestó el hombre del Departamento de Estado.

—El pelo. ¿Color, longitud?

—Muy corto, estilo militar. Castaño claro.

—Ajá, todo cuadra. Se llama Curtis Fitzgerald. Fuerzas Especiales. Al menos éste es el nombre que utilizó para hacer la reserva de su vuelo a Nueva York —dijo el hombre de la CIA—. Viajó en primera clase.

—Eso cuesta siete mil dólares. ¿De dónde sacó el dinero? —terció en voz baja el hombre de Goldman Sachs.

—Buena pregunta. Quizá trabajó como un condenado para su país, pero dudo que éste lo haya correspondido —soltó el hombre del Departamento de Estado.

—¿Estamos seguros del nombre? —insistió Harriman, el tan cacareado ex secretario del Tesoro.

—Enseguida lo comprobaremos. Cualquier empleado federal, incluso los que trabajan para el gobierno sin atribución, tendrá al menos un listado en su base de datos —señaló Stilton.

—Bien. Hagamos una referencia cruzada con otros organismos por si en Inteligencia hay algo.

—Eso está hecho.

—¿Cómo lo vas a hacer sin levantar sospechas?

—Mediante una lista de vigilancia, una base de datos colectiva coordinada por el Departamento de Justicia para su uso por múltiples agencias federales.

—Lovett, mire en el Departamento de Estado por si tuviera algún empleo civil como tapadera —añadió Harriman con tono concluyente.

—Ed, ¿tienes la contraseña que usó para abrir la cuenta?

—Sí, al empleado del banco le pareció graciosa.

—¿Qué te dijo?

—Nombre: «Árbol de la Vida.» Número: 142857.

—No me jodas. ¿Qué significa esto?

El antiguo secretario del Tesoro le tocó el brazo, con la pipa en una mano y el encendedor en la otra.

—Rob, ponga a nuestros informáticos a trabajar en eso. A ver si pueden descifrar la contraseña en cristiano.

—Según el empleado del banco, la combinación tenía al menos seis meses de existencia —señaló McCloy.

—Lo cual significa que vino a Nueva York porque alguien lo necesitaba —terció Reed.

—De ahí la llamada telefónica y la salida del hospital de Roma —añadió Stilton—. Ahora tiene sentido.

—¿Sabes lo que me gusta de ti, Henry? —dijo el ex secretario del Tesoro.

—¿Que soy alto y guapo y que las mujeres no pueden quitar las manos de mis enormes huevos de acero?

—Que tu olfato no está del todo ajustado. Has desarrollado una especie de sensibilidad por lo podrido.

—El que esta mañana ha organizado la inversión de la trampa, nos llevaba la delantera, sabía qué piezas del rompecabezas estarían en su sitio y cuándo. Ahí fuera hay alguien que nos vigila y se entera de todo lo que hacemos y decimos —apuntó Taylor, pensativo.

—O sea, que tenemos más agujeros que un colador —afirmó Stilton con gravedad.

—Te gusta esta frase, ¿verdad, Henry? —inquirió Lovett.

—¿Quién habrá sido? —terció Taylor.

—Un enigma personificado con muchos secretos que contar —señaló Harriman.

—No importa. La casa del país del sol naciente se desmoronó —dijo McCloy de modo categórico.

—Todos menos uno —observó Lovett.

—Un viejo decrépito aferrándose a los últimos restos de cordura —dijo McCloy.

—Y los documentos —les recordó Stilton.

—Y el dinero, no lo olvidemos —añadió el antiguo secretario del Tesoro con tono cortante.

—Varios billones de dólares que ya no controlamos.

—Al menos hasta que consigamos el número de cuenta bancaria de Scaroni —puntualizó Lovett.

—Al margen de quiénes sean, busquen en Pingfan y Tokio. Quiero saber dónde encontraron lo que estaban buscando —dijo Harriman.

—Y también en los archivos secretos de Langley, enterrados en las mazmorras.

—Negativo. Cada visita a los archivos secretos queda automáticamente registrada con la hora y la fecha —precisó Stilton—. Hasta esta mañana, estos archivos llevaban en el agujero negro algo más de sesenta años.

David Alexander Harriman III rompió el silencio que siguió.

—Sea quien sea, tiene línea directa con nuestro campamento y está esperando nuestra reacción. Quiere obligarnos a actuar. Es una secuencia de hechos que nos incumbe. Un patrón. El periodista muerto fue su presa.

—Y Roma es nuestra cagada —añadió JR.

—De repente, alguien entra en nuestra secuencia y el patrón

no se altera. Se produce un tiroteo, pero la presa se convierte en depredador. Los acontecimientos de esta mañana son la prueba definitiva —apostilló el antiguo secretario del Tesoro.

—¿Y Scaroni?

—Eso tenemos que averiguarlo.

—Una falta de patrón no excluye el patrón propiamente dicho, aunque todavía no lo vemos. Es más, es alguien con quien probablemente estamos familiarizados, alguien que podría andar por ahí con un letrero en el pecho y no lo veríamos.

—¿Es Fitzgerald parte de esto?

—¿Y qué hay de los demás?

—Olvidemos a los otros dos. Según nuestros informes, se trata de un asunto afectivo.

—Si Shimada habla, perderemos la ventaja que aún tenemos. Hay que encontrarlo y matarlo. —Hizo una pausa—. Pero volvemos a estar con el periodista muerto... Muchas preguntas y poco tiempo para responderlas.

29

—Pero bueno, vaya aspecto tienes. Pensábamos que habías muerto. En las noticias no se habla de otra cosa. —Michael lo miró con impotencia—. Estás herido, Curtis.

A Curtis le dolía la cabeza y el antebrazo, y tenía la mejilla izquierda magullada.

—Pues deberías ver al otro tío —replicó, aún en trance.

—Llamaré a un médico. Es amigo mío.

Curtis alzó la cabeza.

—No, no te molestes. —Y luego añadió—: ¿Qué haces aquí, Cristian?

—Por televisión he visto lo que has hecho y he decidido venir y pedirte un autógrafo.

—Estate quieto, por favor —dijo Curtis, a punto de reírse, llevando instintivamente la mano al estómago mientras respiraba despacio.

—Curtis, ¿has conseguido...? —Simone lo miraba con ojos suplicantes.

—Sí.

Cogió la automática del cinturón y la dejó sobre la mesita. Luego se bajó la cremallera de la cazadora y se quitó el jersey, descubriendo dos bolsas negras de cuero atadas al pecho y la espalda. Curtis se las dio a Simone, a quien se le aceleró el corazón. En sus ojos había dolor, pero también algo más, algo que ella no sabía muy bien cómo describir. Por unos instantes, notó la presencia de Danny mientras abrazaba las bolsas contra el pecho.

Las abrió y colocó su contenido sobre la mesa. Entre esas hojas habría un nombre que vinculaba a alguien con el asesinato de Danny. Esos documentos trazaban todas las líneas de sus cinco años de investigación. Sin duda, lo mató lo que había averiguado. Cristian cogió los DVD.

—Los imprimiré en un momento. —Y desapareció en su estudio.

—Tiene que estar aquí —dijo Simone, con miedo en la cara y la voz.

Curtis hojeó las páginas de la libreta encuadernada en cuero, que entregó a Simone. Ésta se sentó en la silla junto a la ventana e inhaló su olor antes de pasar las hojas lenta y amorosamente. Cristian tardó casi dos horas en imprimir el contenido de los tres DVD. Tuvo que mandar a alguien por más papel y cartuchos de tinta. Hacia las cuatro estaban todos en el estudio examinando los documentos y las fotografías.

Dividieron el material en tres montones. Cada uno perfilaba una línea de investigación distinta: Octopus, PROMIS y el oro. Luego se acomodaron en el salón y empezaron a leer. Utilizaron el método habitual tanto en el mundo académico como en los análisis de información secreta. Lo leyeron todo deprisa, intentando captar la idea y el razonamiento generales. Ya habría tiempo para diseccionar lo concreto, para estudiar cada dato al mínimo detalle. Al llegar ese momento, colocaron los detalles en un montón más pequeño y también los clasificaron. De vez en cuando, un comentario rompía el silencio.

—Hay una copia de un certificado de oro de setecientas cincuenta toneladas métricas a nombre de... —Simone les dio el nombre.

—¿Cuánto dinero sería eso? —preguntó Curtis.

Cristian encendió un cigarrillo.

—En una tonelada métrica hay treinta y dos mil ciento cincuenta onzas, unos novecientos once kilos —dijo Cristian, que sacó una calculadora de juguete de gran tamaño con enormes botones de colores. Todos miraban al banquero—. A mil dólares la onza... —Hizo una pausa mientras repasaba el cálculo—. Esto da unos veinticuatro mil millones de dólares.

Simone se quedó helada. Michael y Curtis se miraron.

—¿Cómo podría alguien apoderarse de tanto dinero? —inquirió Michael.

—No se trata de una persona real. Cada certificado va acompañado de diversos documentos adicionales, los cuales deben ser verificados jurídicamente en el momento de la venta. Sólo con que faltara un papel, los demás documentos quedarían invalidados. —Calló un momento—. Este procedimiento está diseñado para proteger la identidad del verdadero titular. El nombre que figura en el certificado es una cortina de humo. No lo olvidéis, es oro negro. —Sacudió la ceniza.

—¿Petróleo? —preguntó Simone, molesta.

—No, quiero decir ilegal, oro robado. —El banquero meneó la cabeza, adelantándose a la siguiente pregunta de Simone—. Según una leyenda, el oro pertenecía a los faraones egipcios. Otros dicen que tiene su origen en la Cuarta Cruzada. Existe también una versión moderna que lo sitúa en torno a la Segunda Guerra Mundial. —Hizo una pausa y añadió—: No sé qué versión creerme.

—Entonces, si alguien quisiera canjear este certificado por efectivo...

—Tendría que ser oro, Michael —interrumpió Cristian—. Ésas son las reglas.

—¿Dónde se podrían encontrar setecientas cincuenta toneladas métricas de oro? —preguntó Curtis.

Simone hojeaba la libreta de Danny, buscando algo que había visto.

—Aquí. —Señaló algo—. En un círculo y muy subrayado, «750 toneladas métricas», y a continuación la palabra «fuente» con un enorme signo de interrogación.

—¿Sería eso lo que Danny iba a averiguar a Shawnsee? —sugirió el banquero con aire pensativo.

No habían pasado cinco minutos cuando Simone volvió a hablar.

—Estas iniciales... Las he visto..., pero ¿dónde?

—Un momento...

Había algo en el cuaderno de Danny sobre Citibank. ¿Qué era? Simone lo leyó rápidamente, y al ver la descuidada letra de su hermano asomaron lágrimas en sus ojos. «Danny, te quiero. Cuánto te echo de menos...» Entonces lo vio: «Citi-CTP/gov.», y a continuación un enorme signo de interrogación. La combinación de palabras tenía varios círculos alrededor y ponía un énfasis particular en las misteriosas iniciales «CTP».

—Cristian, ¿tiene alguna idea de a qué podría referirse Danny...? —Miró a Cristian, y le recorrió un espasmo de temor.

Él tenía los ojos clavados en Simone, reflejando a partes iguales el miedo y la incredulidad. Era evidente que Cristian sabía de qué se trataba. Se llevó los dedos a la cara, se limpió el sudor de la frente y acto seguido observó a sus tres compañeros. Hizo una pausa y se agarró al borde de la mesa, pensativo. Luego dijo:

—No estoy preparado para hablar, es decir, no debería, lo cual, dadas las circunstancias, desde luego estaría totalmente justificado. —Cristian hizo una pausa, y cuando volvió a hablar, su voz infundía miedo. Curtis observaba a su amigo. Algo de lo que acababa de decir Simone lo había perturbado en lo más hondo. ¿Era eso posible? Con el vaso en la mano, Cristian se sentó en una silla y se quedó mirando al frente—. Será mejor que hablemos.

Una limusina color burdeos estaba aparcada frente a un inmaculado y altísimo edificio de oficinas del sur de Manhattan. El chofer de uniforme miró el reloj del salpicadero y se acomodó las gafas. Las cinco y tres minutos. Buscó un cigarrillo en el bolsillo, encendió la radio y llevó el dial a la única emisora que le era permitido escuchar, 97.5 FM, Marketwatch. Desvió la mirada hacia la entrada. El hombre al que esperaba saldría de un momento a otro y se acercaría deprisa al coche. La voz del locutor radiofónico era aguda y jocosa.

—Esto podría ser importante y podría hacerles daño de veras. No se hablaba nada de ellos cuando comenzó la crisis

hace tres semanas. Eso me hizo pensar que Citi estaba jugando fuerte entre bastidores y bajo la alfombra. Es el único que puede evitarlo. Seguro que la gente que ha presentado esta demanda tendrá pruebas irrefutables. La partida está amañada desde hace tiempo. Y los que ganan una partida amañada se vuelven estúpidos. Ojalá hubiese inventado yo este estilo, porque es muy bueno.

—Jonathan, ¿puedes explicarnos las novedades del día?

—¿Qué hemos visto hoy? Exactamente lo que yo preveía. Los mercados globales están fundiéndose y no tendremos que esperar mucho para ver cómo el tsunami viaja por todo el mundo. Si analizamos la Gran Depresión, vemos que la historia se repite. No quedan muchos de los que la vivieron de primera mano, en persona y de cerca. Bueno, considerémonos afortunados o desafortunados, porque estamos a punto de vivirla otra vez, sólo que ahora va a golpearnos más rápido y con sobresaltos más contundentes. ¿No es maravilloso el progreso?

Se abrieron las enormes puertas dobles de cristal, y un hombre alto se dirigió apresuradamente hasta el coche. Tenía unos setenta años, era ancho de espaldas y con el porte erguido, el cabello ceniciento peinado con la raya a un lado, y las facciones marcadas. El hombre asintió distraídamente cuando el chofer le abrió la puerta de atrás. En ese momento sólo se pronunció una frase.

—Llévame a casa. —Tenía una voz profunda y melosa de barítono acentuada por años de bebida y tabaco.

—Sí, señor Reed. —El chofer puso el vehículo en marcha y se fundió en el tráfico de la hora punta.

—Una carrera contrarreloj favorece totalmente a Wells Fargo. El valor de Wachovia se evapora cada día a medida que los titulares de cuentas las cancelan llevados por el pánico. CitiGroup espera evitar su muerte cayendo sobre estos depósitos. Los minutos importan, y ambos bandos han acordado suspender el litigio hasta el miércoles, litigio que durante

el fin de semana tuvo a los abogados de Citi aporreando la puerta del juez de Connecticut.

—Veamos, Mark: Wells Fargo es una empresa de California, CitiGroup es de Nueva York y Wachovia tiene su sede en Carolina del Norte. Esto suena a caso del Tribunal Supremo, ¿no te parece?

—Jonathan, si se pleitea sobre esto, Wachovia y CitiGroup están sentenciadas. Wachovia acaba sin valor alguno y CitiGroup implosiona.

El hombre del pelo ceniciento, ensimismado, puso el codo en el alféizar de la ventanilla y apoyó el mentón en el pulgar. Alcanzó una cajita entre los dos asientos traseros, abrió de golpe uno de los compartimentos y pulsó un botón. Una mampara de cristal se alzó en silencio, separándolo del chofer. El anochecer envolvía la ciudad, absorbiéndola en el silencio. Los faros estaban encendidos. Por el parabrisas entraba una luz débil, un haz reflectante que de vez en cuando iluminaba al ocupante, bañándolo con colores suaves y fluorescentes en la avalancha del tráfico.

El hombre del pelo ceniciento sacó el móvil.

—¿Sí? —En el otro extremo de la línea, un hombre habló con voz suave y tranquila.

—Tengo que verle.

Hubo una pausa.

—Dadas las circunstancias, quizá no sea buena idea.

—Necesito verle —insistió el hombre del pelo ceniciento.

—La situación se les está yendo de las manos.

—Por eso he de verle.

—Cuando accedí a trabajar con ustedes, pedí una sola cosa. ¿Recuerda?

Silencio.

—Sí, lo recuerdo.

—Accedí a trabajar con ustedes sólo si se me permitía establecer los términos del compromiso cuando lo juzgara conveniente. Ahora no es un buen momento.

—Escúcheme... —La voz del hombre del pelo ceniciento era dura y desesperada—. Le he pagado un montón de dinero durante años. Lo he convertido en un hombre rico. Así que está en deuda conmigo. Me lo debe.

—No le debo nada. Los dos nos hicimos ricos porque yo soy muy bueno en lo mío. Bueno y discreto. Adiós y buena suerte. —Y se cortó la comunicación.

El hombre del pelo ceniciento golpeó repetidamente el sistema intercomunicador, provocando que la radio invadiera la aislada área trasera de la limusina.

—Los accionistas están deshaciéndose de valores como si se tratara de un lince rojo en llamas. Me estremezco al contemplar lo que podría quedar de Citi al final del año. Como decía antes, esto eliminará toda esperanza.

—Mark, entonces ¿de qué estás hablando? ¿De una capitulación real, global?

—La desaparición de CitiGroup tal vez no se produzca mañana, pero he aquí una pista. Intenté acceder a esta historia en la página web de Reuters un minuto después de que apareciera publicada en el Eastern Daylight Time *de las cuatro y cincuenta y seis de la tarde. Había tantas consultas que tardé dos minutos en descargarla y otros dos en guardar la información. Las pantallas estarían abarrotadas de órdenes, inversiones al descubierto y opciones de venta. Un aviso para los no iniciados. Éste es territorio de tiburones importantes: para ganar dinero en la subida y en la bajada. El resto, que haga el puñetero favor de quedarse fuera, por su propio bien.*

—¡Apaga esto! —gritó el hombre del pelo ceniciento, clavando los ojos en el chofer a través del retrovisor. Apagó el intercomunicador y volvió a marcar el número. El hombre oyó un chasquido, pero esta vez fue recibido por un silencio.

—Jean-Pierre, quiero que me escuche con atención. —Su voz era áspera y amenazadora—. Tal como están las cosas, tengo poco que perder. Le recuerdo que obra en mi poder el expediente completo. La Agencia colaboró muchísimo más que usted ahora. Si me hundo, usted se hunde conmigo. —Respiraba con dificultad—. Recoja los apuntes y las cartas y nos libramos del problema. Mate a Scaroni y limpie la pizarra. Nadie puede seguir el rastro hasta nosotros. ¿Comprende?

—De acuerdo —dijo una voz al otro lado de la línea—. ¿Dónde?

Recibió la dirección.

—Sé que podemos...

—Ésta será nuestra última reunión —interrumpió la voz. Se produjo un chasquido y se cortó la comunicación.

—Tiene que ver con dinero a punta pala. Tanto, que pondría en tela de juicio el mundo de los bancos, las finanzas y la economía —explicó Cristian sin rodeos, levantándose, como si previera que los presentes lo refutaran. Expulsó el humo por la nariz y clavó en Simone sus ojos duros y brillantes—. Se dice que este mundo en realidad no existe. Pero vaya si existe... El mundo en sombras donde el CTP vive y fabrica dinero del aire es el pequeño y sucio secreto de la economía occidental. —Se sentó de nuevo, frente a ellos.

—¿Qué es el CTP? —preguntó Simone con voz tensa.

—Es el Programa Comercial Paralelo, una operación extraoficial muy especulativa controlada por el gobierno.

—¿Quién está detrás? —preguntó Curtis.

—Diversos organismos del gobierno de Estados Unidos.

—¡Dios! —gruñó el ranger—. ¿Por qué no me sorprende?

—¿Se refiere a la CIA y el FBI? —inquirió Simone, perpleja.

—Ellos son la punta del iceberg. Toda esta sopa de letras de agencias participa en la actividad de generar beneficios espectaculares corriendo muy poco riesgo, y los que son invitados de manera exclusiva a participar como aportadores de fondos acumulan capital a un ritmo escandalosamente alto. Es un método de creación de dinero que ningún sistema de supervisión o rendición de cuentas es capaz de poner en evidencia.

—¿Es legal? Quiero decir, ellos... —preguntó Simone.

Cristian negó con la cabeza.

—¿El comercio interior realizado por personas que controlan los mercados? No: es absoluta y decididamente ilegal. —Dirigió una mirada furtiva a Simone y luego a Michael.

—¿Está diciendo que los bancos actúan en connivencia con nuestro gobierno en la dirección de estos programas?

—Y también muchos inversores ricos. Los bancos y los bancos centrales que participan en el CTP llevan dos libros, uno para el examen público y otro para verlo en privado.

—¿Desde cuándo? —inquirió Simone con inocencia.

—Desde tiempo inmemorial.

Ella suspiró, indignada.

—¿Sabe quién creó el programa? —preguntó Michael.

—No. Y la verdad es que no quiero saberlo. Así duermo mejor, ¿entiendes? De todos modos, quien lo puso en marcha tenía que estar situado en un nivel alto.

—¿Se refiere al presidente de Estados Unidos? —preguntó Simone, cuya ingenuidad hizo sonreír a Michael.

—No, no me refiero al gobierno. Hay entidades mucho más poderosas que los gobiernos. Puedo deciros que el Banco Mundial está involucrado en la parte extraoficial de todo esto. Este programa comercial extraoficial paralelo dirigido por el gobierno tiene que ver con dinero, Simone, igual que el Banco Mundial. No es mi área de competencia, pero si lo fuera dudo mucho que hubiera podido hacer algo para impedirlo —contestó Cristian con un tono de gravedad ofendida.

Ella lo miró burlona, pero no dijo nada.

—Al final —dijo Cristian con tristeza—, la codicia sólo es bonita en Navidad.

—¿Qué hacen con el dinero? —preguntó un Michael desconcertado.

—Una parte del dinero ilegal se está usando para rescatar los principales bancos del mundo que se enfrentan a crisis de insolvencia, como consecuencia de unas insensatas políticas de préstamo y de la debacle de las infames hipotecas *subprime*. Os revelaré un pequeño secreto. Bancos como Citi, HSBC, Chase Manhattan, Bank of New York, Lehman Brothers, Wachovia o Goldman Sachs están en quiebra y se hallan al borde de la desintegración financiera.

—¿Y la otra parte? —insistió Michael.

—La otra justificación de estos programas es la creación de

inmensas reservas de dinero en efectivo destinado a ser utilizado en operaciones sancionadas.

—¿Son operaciones ilegales? —dijo Michael.

—Sería una forma de llamarlas.

—¿De cuánto dinero estamos hablando?

Cristian sacudió la cabeza.

—La reserva de fondos que ahora se mantiene en cuentas aletargadas y huérfanas asciende a billones de dólares, suficiente para cancelar la deuda nacional de Estados Unidos y todas las demás deudas del planeta.

Simone creyó no haberlo entendido.

—¿Cuánto?

—Nadie conoce la cantidad exacta. Pero podemos decir sin temor a equivocarnos que se trata de billones, entre las decenas y las centenas.

—¿Existe tal cantidad de dinero?

—Sobre todo en el ciberespacio, Simone. No sería posible transferirla físicamente a ninguna parte. Pero en todo caso no hay por qué hacerlo, pues se puede mover cualquier cantidad de fondos en una millonésima de segundo tan sólo pulsando una tecla.

—Si el dinero apareció por arte de magia como consecuencia de cierto malabarismo exótico de humo y espejos financieros, la pregunta es adónde fue a parar —señaló Curtis.

—A treinta cuentas sueltas del CitiGroup —susurró Cristian.

—¿Quién controla esas cuentas? —preguntó Curtis.

—No lo sé. Es un sistema muy opaco, que funciona de arriba abajo en distintos países y con diferentes participantes, quienes responden ante el Consejo de Directores. La cabeza visible de este Consejo es John Reed, presidente de Citibank, aunque dudo que sea él quien mande realmente. Lo más probable es que sea un testaferro.

—Evidentemente, Danny estableció una conexión CTP-Citi —afirmó Simone—. ¿Tiene alguna idea de adónde llegó con eso? —Miró los diversos montones cuidadosamente colocados en un lado de la mesa.

—Sabía que lo preguntarías —replicó el banquero, cabeceando—. Ojalá pudiera ser de más ayuda.

—¿Y cómo encaja en esto Citibank? —terció Michael.

—Citi es el principal vehículo de esta operación en Estados Unidos. Lo hace a través de John Reed, que está muy bien conectado con el gobierno. Este hombre es responsable de infinitas intrigas e ilegalidades. —Cristian tomó un sorbo, invadido por el miedo.

—Así es que Danny descubrió un vínculo entre Citibank y las operaciones extraoficiales gubernamentales de creación de dinero —dijo Curtis levantándose despacio de la silla.

—Lo que no sabemos es lo lejos que llegó en su investigación antes de ser asesinado —precisó Cristian.

Michael anotó algo en el reverso de un sobre que había sacado de uno de los bolsillos de su anticuada chaqueta a cuadros.

—¿No crees que deberíamos acudir a la policía? A ver, Curtis, ¿a cuánta gente piensas cargarte antes de que todo haya acabado?

—¡No! —gritó Simone—. No podemos implicar a la policía. Danny me advirtió de que la mitad del Departamento de Policía de Nueva York es corrupto. Me dijo explícitamente que no confiara en nadie, en el caso... —respiró hondo—, en el caso de que le sucediera algo.

—¿Y el FBI?

—No, hasta que sepamos a qué nos enfrentamos —señaló Curtis—. Shawnsee fue algo organizado. Lo que no sabemos es quién lo hizo y por qué.

—Pero empezamos a tener una idea —puntualizó Michael.

—Y eso me pone los pelos de punta —indicó el banquero—. En todo caso, sabemos mucho más que hace veinticuatro horas. También sabemos que Citi se halla en una situación desesperada debido a los infames préstamos de la última década. Sin una rápida inyección de capital, el banco podría implosionar y arrastrar con ello al resto de la economía norteamericana y mundial.

—¿Cuál es el común denominador de todo esto? —inquirió Curtis.

—El hombre que estaba allí..., el presidente de Citi, John Reed. Da la casualidad de que está ligado al aparato gubernamental —explicó Cristian, con la mirada fija en su viejo amigo, en otro tiempo subordinado a su oficial al mando—. ¿Por eso prefieres no implicar al FBI?

—Antes de hacerlo público, debemos estar seguros —contestó Curtis.

—¿Crees que Reed está involucrado? —preguntó Simone.

Curtis soltó un suspiro.

—No lo sé. Puede que Reed ejerza cierto control o que responda ante otro, quien a su vez tenga un superior. Puede que todo esté conectado con un hilo invisible..., y tapado con una cortina negra. —Se quedó ensimismado—. Eso los hace muy peligrosos.

—¿El qué? —preguntó Simone.

—El hecho de no responder ante nadie. —Curtis hizo un gesto en dirección al banquero.

—La creación de dinero no sujeta a ninguna forma de supervisión —aclaró el banquero.

—Si investigamos bien, podemos llegar a ellos —dijo Curtis, con la mirada clavada en Cristian.

—Deberíamos contar con un interrogador experto. —Cristian miró a su amigo con complicidad—. ¿Tal vez Reed?

—Para empezar —matizó Curtis—. Pero habrá otros, pues él forma parte de una red. En cuanto sepamos quiénes son, presionaremos, iremos tras ellos de distintas maneras, pero lanzando básicamente el mismo mensaje: un periodista ya fallecido reunió pruebas condenatorias que pueden hacer volar la cabeza de Octopus con nombres, crímenes, certificados de oro, diarios telefónicos, cuentas bancarias secretas... el arsenal completo. Él lo tenía. Ahora lo tenemos nosotros.

—Nos vieron cogerlo.

—Correrá la voz de que alguien más poderoso que Octopus quiere comprar este material. Nosotros necesitamos dinero y estamos dispuestos a venderlo al mejor postor.

—Paso a paso —señaló Cristian.

Un timbrazo rompió la concentración de todos. Simone dio un brinco, buscó el móvil en el bolso y contestó.

—¿Hola?

En el otro extremo de la línea, la voz era una seductora mezcla de lija frotando granito con una pizca de miel.

—¿Simone?

—¿Sí? —Ella no reconoció la voz.

—¿Simone Casalaro?

—Sí.

—¿Simone Casalaro Walker?

—¿Quién me llama? —grito al auricular, claramente turbada—. ¿Cómo sabe mi nombre completo?

Curtis se acercó en silencio y pulsó un botón. Puso el teléfono en manos libres.

—Soy un amigo.

—Mis amigos no susurran al teléfono. Hablan alto —dijo con la voz algo más controlada que el tembleque de su cuerpo.

El hombre respondió con un silencio gélido. Luego habló.

—Permítame decirle que está usted luchando contra un mal laberíntico tan incomprensible que ni siquiera sabe de qué ni de quién se trata.

Ahora le tocaba a Simone guardar silencio. Por fin le salió la voz.

—¿Quién es usted? ¿Por qué me llama? —preguntó, alarmada. Miró a Curtis y añadió—: Llamaré a la policía.

—Oh, vamos... —fue la seca y lenta respuesta.

Curtis estaba inmóvil frente a Simone, observando todos sus movimientos. Le tocó el codo ligeramente. Ella alzó la vista.

—Aguanta todo lo posible —le susurró. Ella asintió en silencio y tragó saliva.

—¿Cómo sé que usted es un amigo?

—Buena chica —dijo Curtis en voz baja, apretándole suavemente el codo y guiñándole el ojo.

La voz de lija contra granito se calló un momento, como poniendo los pensamientos en orden.

—Empecemos con el gobierno y un grupo de personas muy poderosas denominado Octopus. —En un segundo plano, Cristian permanecía quieto, oyendo horrorizado aquella voz invisible—. Tienen ustedes algo que ellos quieren.

—¿Nosotros qué? —La voz de ella sonó irritada y acusadora.

—Si se lo dan, están todos muertos. Si no..., están muertos igualmente.

—No lo entiendo. ¿Qué es lo que tenemos? —leyó Simone en el bloc de Curtis.

—Tienen ustedes la clave.

—¿De qué habla?

—El número de la cuenta bancaria.

—¿Qué cuenta bancaria? —inquirió ella con una latente hostilidad.

La lija no le hizo caso.

—Mire, no pasa nada, por horrible o ilegal que sea, sin la aprobación del gobierno. ¿Sabe qué es lo peor de todo esto? Los que están en el poder, que deben admitir que sabían y estaban en el ajo.

Curtis garabateó algo en el bloc. Ella lo leyó.

—¿Trabaja usted para el gobierno?

—Sí. Pero esto fue antes.

—¿Antes de qué? —preguntó Simone, indecisa.

—Antes —contestó la lija frotando granito.

—¿Y qué hay de la gente que dirige Octopus?

—¿El Consejo de Directores? Perros alfa, antiguos jefes de los organismos gubernamentales: FBI, CIA, NSA, ONI, DIA, el Pentágono. El típico ejemplo de complejo industrial-militar, que, cuando le has quitado todas las plumas, se queda en connivencia industrial-militar.

—¿Y cómo sabe usted todo esto?

—Lo sé, y punto. —La voz adquirió un temblor lírico.

—Ajá... —Simone aguardaba mientras Curtis escribía frenéticamente—. Dice que es el ejemplo clásico de complejo industrial-militar. ¿Quién hay concretamente en este complejo?

—Bancos, compañías aseguradoras, conglomerados del petróleo... Lea la lista de las quinientas empresas de *Fortune*. Están ahí.

—Entonces, ¿qué son? ¿Empresas privadas que trabajan para el gobierno? —Simone iba leyendo el bloc.

—Son una fachada.

—¿Del gobierno?

—No exactamente.

—¿De quién?

—De algunas personas muy poderosas.

—¿Puede darme un nombre?

—Ni hablar, no por teléfono.

—¿Qué pinta usted en todo esto?

—Yo fui director de las instalaciones secretas del gobierno de la cuenca del Pinto, California. Estrictamente confidencial. Compartimentación absoluta.

Simone miró a Curtis desconcertada, aunque se recuperó casi al instante.

—Ha dicho que esto es un mal laberíntico tan incomprensible...

—Debo irme. —Él la cortó, pero permaneció al aparato, como si esperase que pasara algo.

—No, espere —gritó ella—. ¡No puede irse! Usted me ha llamado a mí. Si está intentando avisarme, aún no sé quién es. Y quién es esa gente malvada. ¿Cómo sé que lo que me ha dicho es verdad?

»¿Está usted en peligro? ¿Por eso me llama? —Curtis asintió. Sabía que en los siguientes sesenta segundos estaría la clave.

—Eso dependerá de usted —dijo la voz.

—¿De mí? —Un silencio—. ¿Por qué no dice nada?

—Su hermano Danny —soltó la voz, sin más.

El sonido del nombre resonó como un trueno en su interior. Simone miró incrédula el auricular; luego a Curtis, horrorizada. De repente, se puso a soltar chillidos.

—¡Usted lo mató! ¡Fue usted! —Los ojos de Simone se volvieron inexpresivos.

El instinto impulsó a Michael a levantarse. «Ve con ella, te necesita. Pero yo también la necesito...» La atrajo hacia sí y la abrazó.

—Yo no maté a su hermano.

—¡Usted lo mató! ¡Fue usted! —gritó de nuevo.

La voz hizo una pausa, esperando que a Simone se le pasara el ataque.

—Intente escucharme. Yo no habría podido matarlo.

Cristian tendió su copa a Simone. Ella bebió y apoyó la frente en el pecho de Michael.

—¿Cómo voy a creerle? —dijo con el rostro bañado de lágrimas, suplicando respuestas.

—Porque estoy en la cárcel.

—¿Qué?

—Digo que estoy en la cárcel —repitió la voz—. Debo irme.

Y colgó el teléfono.

30

—Está en la cárcel —dijo el jefe supremo de Citibank en el opulento salón que daba al río Hudson—. Localice a Scaroni y acabe con él. Consiga los códigos y zanjemos el asunto.

—Lo zanjará usted —lo corrigió un hombre alto y elegantemente vestido, que lucía bronceado y un par de botas de piel de caimán.

—Así es. ¿Tiene idea de la cantidad de dinero de la que estamos hablando? Lo recompensaré. Será más rico de lo que jamás ha soñado.

—Yo ya era rico al nacer, Bud. —El hombre de las botas de piel de caimán miró su reloj de oro Patek Philippe edición especial Calatrava. Acto seguido añadió—: Esto tendrá una explicación.

Bud contrajo el rostro.

—¡Váyase a la puta mierda! ¡A mí no me hable como si fuera su súbdito!

—Incumplió un acuerdo y faltó a su palabra.

—¡Esto es cuestión de vida o muerte, Jean-Pierre! ¿No está de acuerdo?

El hombre que respondía al nombre de Jean-Pierre tuvo el gesto de guardar silencio.

—¿Por qué cree que he acudido a usted? —insistió Bud.

—Eso mismo me pregunto yo.

—Usted ha sido adiestrado para el control de la mente. Conoce esta mierda a fondo. Abrirle la mente a Scaroni será una cuestión de sincronización. Por el amor de Dios, ¿tan difícil le parece? Nuestros médicos le han inyectado de todo, lo hemos abrumado con nombres, números y claves de acceso, toda clase de información..., lo suficiente para conseguir un croquis de dónde lo ha escondido. Además, nuestros informáticos...

—No lo entiende, ¿verdad, Bud? —terció el hombre de las botas de piel de caimán, reloj de oro Calatrava de cinco mil dólares y acento francés—. Es que no funciona así. Si le he entendido bien, está usted hablando de la capacidad para manipular la memoria y acceder a la mente humana, con o sin la cooperación voluntaria de la persona en cuestión.

—No con tantas palabras, pero sí.

—Sólo que en este caso no puede hacerse porque él es uno de los nuestros. Creía que esto se había entendido.

—¡Y qué diferencia hay, maldita sea!

—El gobierno nunca deja rastros, Bud. Cuando programaron a Scaroni, seguramente establecieron en esa retorcida mente suya tantos callejones sin salida que tardaríamos mil años en analizar todas las opciones.

—¡A la mierda! Veo que no me ha entendido. Tal vez es un problema cultural —bramó Reed—. Si no consigo el número de la cuenta corriente y recupero el dinero, seré hombre muerto. Ya podría serlo, pero créame, ni en broma me hundiré yo solo. Si me caigo de culo, voy a salpicar todo lo que pueda. ¿Está claro? —Señaló al francés con su dedo grande y grueso.

El francés se encogió de hombros.

—Esto no es asunto mío.

—Pero lo otro sí.

—No se puede hacer. Con Scaroni, no. No podemos asegurar que no lo han programado para decirnos lo que queremos oír y mandarnos, cómo dice usted, a cazar pájaros.

—A cazar un ganso salvaje —corrigió el jefe supremo de Citibank, Bud para los amigos, con la voz rotunda y llena de odio.

—Ah, bueno... —replicó el francés suspirando—. El inglés no es una válvula de escape precisamente apta para mis emociones. Siempre acabo valorando mi querida lengua francesa cuando la tragedia ha terminado.

—Qué romántico... —JR torció el gesto—. Ahora escúcheme, Jean-Pierre. Quizá me toma por idiota. Pero he visto muchas cosas en mi vida. En Corea disparé a los amarillos mucho antes de que a su papá se le pusiera dura con su madre.

—No soy una oficina de empleo, Bud. No necesito su currículum. Soy un asesino a sueldo con un doctorado en economía por la Sorbona y estudios de filosofía en la Universidad de Lausana. Creo en el genio del mercado y en la importancia de la seguridad. Mato a gente, sí, pero no tengo ninguna pulsión de muerte ni soy un lunático.

—Entonces juntémoslos, Jean-Pierre. Metamos el mercado y la seguridad en una operación. Ellos al descubierto, y nosotros encubiertos. Usted y yo. Los dos y nada más.

—¿Un acuerdo aparte, como si dijéramos? ¿Sin nadie más implicado?

—Dejémonos de gilipolleces. Nada de «como si dijéramos», sino «tal como decimos» —terció el jefe supremo acercándose al asesino. Éste alzó las cejas.

—Eso es inviable. Está tocando los circuitos equivocados, la mente limpia la pizarra. Y punto. No obtendrá nada porque al sujeto del test le habrán dado con un martillo neumático. De viaje al espacio para siempre. Un hombre sin pasado. Y usted, sin el dinero.

—Entonces, hagámoslo por fases, recuperémoslo poco a poco. Menos riesgo, tardaremos más, pero jugaremos con sus reglas. Debemos hacerlo. Si no recuperamos los códigos y el dinero, implosionará la economía del mundo entero.

—Parece usted preocupado.

—Pues claro que lo estoy, joder...

—Bud, su ternura es conmovedora. De todos modos, a los monstruos oscuros les tiene sin cuidado la ternura. No son lo bastante sutiles o humanos para identificar lo que valoramos.

—¡Estoy hablando de vida humana!

—En primer lugar, rechacemos la moralización deliberada que mata todo vestigio de humanidad. Segundo, no se envuelva con la bandera de la urbanidad, Bud. ¿Desde cuándo le importa a usted la gente *une merde*? ¿Cómo la llama su amigo Rockefeller? La plebe, ¿no? En todo caso, cientos de millones de personas pasan hambre. ¿Y quién dice que eso es malo? Los fantasmas no siempre pueden escoger a sus acompañantes. —Hizo una pausa—. Traer a Scaroni por pasos puede funcionar. Deme un par de días para pensarlo.

—Veinticuatro horas, Jean-Pierre. Es todo lo que puedo darle.

31

Louise Arbour retiró a un lado el informe de la ONU de doscientas cincuenta páginas sobre el interrogatorio de Shimada, apoyó los codos en una gruesa mesa de caoba y se tapó la cara con las manos. La habitación estaba a oscuras. La luz de una luna creciente le enmarcaba la cabeza formando un halo achatado. Unas nubes transparentes se desparramaban por el cielo nocturno sin llegar a tocar la luna. Louise permaneció inmóvil, con el rostro demacrado.

Su padre murió en 1944, días antes de que una avanzadilla de tropas británicas liberase su campo de concentración. Su nombre se convirtió en un recuerdo. Uno de los misterios de la muerte es que afecte tan poco a todos, salvo a los íntimos.

La última imagen de él. La última fotografía. La última nota. Todo lo último del mundo.

La nota, escrita con pulso inseguro en un papel tan frágil que se desintegraba, estaba fechada el 2 de febrero de 1944. Llegó el 10 de marzo. ¿Quién la envió? ¿Cómo? ¿Desde dónde? Nadie lo sabía.

Pingfan, Manchuria, 2 de febrero de 1944

Mi querida Katherine, ya me queda poco. Cuando recibas esta nota, habré muerto con la ayuda de Dios. El tifus y la tuberculosis han devastado mi cuerpo hasta volverlo irreconocible. Los guardianes me han roto las piernas y todos los dedos menos dos, el índice de la derecha y el pulgar de la izquierda. Pero no puedo quejarme. Uno de los guardias jóvenes, al ver mi lamentable estado, me ha dado cada día quince gramos extra de pan. Ya sé, no parece mucho, pero aquí, en Pingfan, cuatro migas son una comida. Me gustaría contarte muchas cosas, aun sabiendo que no volveré a verte. En general, hemos tenido suerte. Nos hemos querido profunda y generosamente. ¿Qué más podíamos pedir? Todos los instantes que me queden en esta tierra los pasaré pensando en ti y en Louise. Dios mío..., cuánto me gustaría veros, aunque sólo fuera un instante. Cuida de ella y dile que la quise mucho.

Había vivido en Shefferville con sus progenitores hasta que el padre fue enviado a la guerra. Era piloto de la Royal Canadian Air Force. De golpe, el mundo de Louise se vino abajo. Después de la guerra, su madre se trasladó a la ciudad de Québec y conoció a un ex marine que se había hecho soldado tras haber perdido su granja, y regresó en tan malas condiciones que le diagnosticaron síndrome de estrés postraumático. Empezó a beber, primero con moderación. Cuando los empleos se desplazaron al sur, perdió la ayuda del ejército. Los tres vivían de la pensión de viudedad de la madre y una pequeña dádiva de desempleo a cargo del gobierno. Lo de la bebida empeoró. Comenzó a pegarles, primero un poco, luego más... Tenía días buenos y malos. Louise acabó siendo una experta en distinguirlos, aprendió las sutilezas. Fue duro para una niña.

Era el Día de la Madre. Louise dejó de soltar risitas y saltó de pie a un banco de arena. La madre miró a su pequeña y con el dedo le hizo señas para que se acercara.

—Aquí —dijo señalando el gran bolsillo del bolso.

La niña contuvo la respiración, e inmediatamente metió las manos en el bolso. De pronto, un chillido.

—¡Mamá! —Desenvolvió ruidosamente una piruleta enorme con forma de corazón.

Sopló otra ráfaga de viento.

—¿Por qué lo has comprado? —Una mano que golpea. Un ruido sordo. Alguien que se cae. Otro golpe.

—¡Es el Día de la Madre! —Oía los sollozos ahogados de su madre.

Pese a su propio miedo, Louise intentó, titubeante, consolarla y protegerla. La madre, tumbada boca arriba en el salón, se estremeció al notar el cuerpo de la niña. De pronto se acabó el escalofrío y surgió una mirada perdida.

Y de nuevo volvió la calma. La voz de la madre resonaba en los recovecos más profundos de la memoria.

Al cabo de ocho meses pasando de un pariente a otro, fue enviada a un orfanato católico de Montreal, después a un orfanato protestante y luego a otro del gobierno. El calor, la fetidez, los insultos, la depravación, los gritos, todo reverberaba en los asquerosos corredores y los cuartos traseros más alejados. Siempre durmiendo en el peor catre. Siempre con lo poco que le había robado a ella. Era una adulta en un cuerpo de niña. La mandíbula apretada, los ojos hundidos. Sola en un continente inmenso, en un mundo desconocido. Su resolución la empujaba a seguir adelante. La resolución de un adulto en un cuerpo de niña.

—¿Cuántos años tienes? —El hombre rondaba la cincuentena, era bajo, gordo y calvo, y tenía una mirada afable e inquisitiva.

—Diecisiete —contestó ella, frotándose los nudillos de la mano derecha.

Él la miró de arriba abajo.

—¿Qué sabes hacer?

—Cocinar y limpiar.

El hombre suspiró.

—En fin, no tiene nada de malo.

Louise consiguió un trabajo en un *château* ruinoso situado en uno de los barrios más pobres de Montreal. Primero limpiar y luego cocinar. El cocinero oficial era un bebedor empedernido, y pronto Louise estuvo cocinando por los dos. Una mañana, el cincuentón, calvo y de mirada inquisitiva, le dijo que nunca había comido tan bien desde la muerte de su mujer. Louise se quedó allí un año y ahorró cada centavo que ganaba. Quiso la suerte que hubiera una biblioteca pública delante del *château*. Durante las pocas horas de tiempo libre, leía y leía. Un día cumplió realmente los diecisiete y fue a la Universidad McGill. En aquella época, los huérfanos del ejército canadiense eran admitidos sin examen de ingreso y tenían la matrícula gratuita.

La mayoría de «esa gente», como les llamaban, abandonaban los estudios enseguida. «Demasiado para su coco», decían.

Esa adulta en un cuerpo de niña se convirtió en una adulta hecha y derecha, «demasiado sensata para su edad», según algunos. Otros decían simplemente: «No queremos a la gente como tú.» Siempre se contuvo, menos aquella vez.

—¿Conocéis su verdadera historia? —Era una reina de la moda, alta, delgada, rubia, hija de un poli local—. Su madre huyó con un marinero borracho.

Risas.

—Vaya, ¿te hemos roto el corazón?

Un cebo. Louise no representaba ni una mota en la felicidad de ellas. La desgracia de una vida de exclusión. Para saberlo hay que ser desgraciado. La felicidad no está para identidades. Todas las familias desdichadas son iguales, pues cuentan con ser siempre desdichadas.

Louise se contuvo otro rato. Notó que su corazón aminoraba el ritmo. Vio formarse la bruma roja frente a sus ojos. Y se volvió invulnerable. Vio a su madre sonriendo.

—Me temo que esta vez habéis ido demasiado lejos —dijo Louise con tranquila determinación.

La damita cometió el error de dar un paso en dirección a Louise. Antes de saber qué había pasado, tenía el pelo rubio en la cara, la cabeza entre las piernas, los brazos caídos a los lados del cuerpo, y a Louise de pie, limpiándose de los puños la sangre de la rubia.

A partir de entonces, dejaron de llamarla «esa gente» y pasó a ser Louise.

A Louise Arbour se le apareció un mundo nuevo. En Montreal amplió su círculo de amigos, y la vida universitaria llegó a ser su vida. Enseguida se sintió atraída por el Derecho, y comprendió que la mayoría de las leyes están determinadas por las fuerzas económicas y las cuestiones internacionales.

Un día, un hombre le ofreció un trabajo en un famoso bufete de Ottawa con el patrocinio del gobierno canadiense. Seis meses al año era estudiante. Los otros seis, una profesional remunerada en una prestigiosa firma de abogados. Los seis meses se convirtieron en un contrato de tres años. Ahora tenía veinticinco y era licenciada en Derecho.

En el anuario de su graduación, en el margen a la derecha de su nombre, escribió: «Quiero representar a los que no tienen voz.»

El lenguaje, incluso el más brillante, es una especie de déficit de razón en nuestro mundo de empobrecimiento y autocomplacencia.

Louise encendió un cigarrillo y notó la soledad en la negra noche. Shimada. «S-h-i-m-a-d-a. A..., no, K de kilo, Sylvia, no Q de queso, I-R-A.»

—Señora Arbour, en este edificio no se puede fumar. —Su pasante sonrió, incómoda.

—¿Por qué no?

—No lo sé —tartamudeó.

—Sylvia, ¿siempre obedeces estas normas absurdas?

—Yo no fumo, señora.

—Pues quizá deberías empezar. Es bueno para el cutis y para el sentido común.

La aristocracia de la percepción.

«S-h-i-m-a-d-a. No puedes negar tu pérdida sin nombrarla y volver a sufrir. El autor es el destino, el que establece la trama. Ella persigue una percepción, un sentido de lo que ha ido mal, una marca profunda de la ley moral. Todas las familias felices son felices, cada una a su manera. La felicidad y el paraíso..., seguramente no es que no vaya a durar, sino que no puede durar. El paraíso y la pérdida son recíprocamente esenciales porque, si no puedes perderlo, no es paraíso.»

La invadió un frío viento de angustia.

Vuelve a estar en su ciudad natal, sosteniendo la mano de su padre. Mira el *collage* de colores que tiene delante. Es morado a lo lejos, azul eléctrico al acercarse, azul diamante entre los árboles. Cada color concierne a la muerte o al recuerdo de una pérdida.

Una ráfaga de aire, un fantasma ciego, pasa rozando un paseo entarimado en la playa. Se hincha y se desliza en sus honduras, agarrando a un anciano oriental que está sentado en un banco de madera, que masculla algo entre dientes... Pero esta imagen se desvanece bruscamente, fundiéndose en el complicado entorno, y luego desaparece una y otra vez.

Y todo vuelve a quedarse quieto. Le cruza la memoria algo parecido a una estrella fugaz. No hay clausura, y esto es más de lo que su razón puede controlar, pues se sobresalta al darse cuenta de que, en un mundo donde es posible tal inhumanidad, no cabe esperar ninguna conciencia, y por tanto ninguna toma de conciencia. Necesitamos estas estrategias desesperadas sólo para lo verdaderamente imperdonable. El dolor no compensado según un orden de sentido.

¿Por qué? Criaturas inocentes destrozadas por la crueldad del azar...

Todas las familias desdichadas son iguales, y sus historias son las mismas: una imagen descomponiéndose en el espejo.

Otra ráfaga de viento. Ésta es más comedida, una ligera brisa que agita los geranios del balcón y desaparece en un cegador paisaje lejano.

En la débil luz de la lámpara, Louise Arbour sostenía la última nota de su padre, preservada para la eternidad con una funda de plástico. La pretensión de olvidar distorsiona todo lo que decidimos recordar de manera consciente. Tiempo y espacio, y una paz curiosa, como si se acabara el mundo, como si se detuviera el tiempo...

De pronto, empezó a llorar.

Al fin exhaló un suspiro, se enjugó las lágrimas y sacudió la cabeza, reprimiendo otra avalancha de gimoteos. Cogió el teléfono de su estudio privado y marcó una extensión.

—*Oui, madame?*

—*Quel est le rapport de situation sur notre homme?*

El guardia miró la pantalla de plasma que tenía delante.

—Está sentado en la cama.

—Son las cinco y diez de la madrugada. ¿Qué está haciendo?

—Parece que está meditando.

—¿Cuántas personas lo protegen?

—Una docena, señora Arbour.

—Mañana quiero hablar con Shimada. *Bonne nuit, monsieur.*

—*Oui, madame.*

—Ya sabéis quién es el siguiente al que llamaremos, ¿no? —dijo Curtis sin apasionamiento.

—Ya es la hora. El hombre merece la que va a caerle —señaló Cristian sin mirar a nadie en concreto. Curtis cogió su teléfono especial y marcó un número.

Con deslumbrante claridad, el destino, o acaso era Dios, estaba instando a John Reed a que captara el momento en el momento, el latido en el latido, la conciencia en la conciencia, una toma de conciencia no del yo solo sino del mundo, y el yo en el momento de la percepción... En resumen, que entrara en razón.

—¿Sí?

—Buenos días, señor Reed.

—¿Qué?

—Sólo he dicho «buenos días». Hay una crisis que requiere su atención inmediata.

—¿Taylor?

—No, y espero que no vuelva a mencionar ese nombre.

—¿Quién demonios es usted? —bramó Reed al auricular.

—Alguien que tiene algo que quizá le interese.

—¿De qué está hablando? ¿Es un bromista?

—Octopus, señor presidente.

—¡Dios santo! —respondió la voz repentinamente baja de

Reed. Aunque se controló al instante, ya era demasiado tarde.

«Roger uno», pensó Curtis. Haz un croquis a partir de insinuaciones, sin pensar. ¿Cómo lo hacía? ¿La voz? ¿El tono? ¿Pausas o silencios? De momento tenía un nombre nuevo, alguien llamado Taylor, alguien lo bastante importante para estar incluido en las compañías de Reed. «No te pares. Que siga desconcertado y a la defensiva.»

—No tengo ni idea de qué está diciendo. ¿Y cómo diablos conoce mi número privado? ¿Qué intenta venderme?

—Usted lo ha dicho, estamos vendiendo mercancías, no aparatos. Mercancías que le llevan a una carretera de ladrillo amarillo. Mercancías que pueden traer a Dorothy de vuelta a Kansas.

—Ahora, escúcheme, gilipollas. Su melodrama no me asusta en lo más mínimo. He visto coños que le encresparían el pelo del culo hasta volverlo una bola rizada. Hable claro. No tengo paciencia para estupideces.

—Bien, señor presidente, vayamos al grano. Periodista muerto. Shawnsee, Oklahoma. Fechas, buzones muertos virtuales, CTP, abuso de información privilegiada, cuentas bancarias secretas, nombres de destinatarios para los agentes del gobierno... Y mucho más.

En el otro extremo de la línea se produjo una larga pausa.

—Déjeme adivinar... —dijo el banquero— cuál de los tres patanes puede ser usted. No es ninguna chica, así que quedan otros dos. Su voz es demasiado controlada y profesional para ser el desenterrador, de modo que, por eliminación, debe de ser el señor Fitzgerald, a menos que me llame el propio Cristian Belucci. No, conozco su voz, y usted no es él.

Curtis se reclinó en el sillón, con el pulso acelerado, los pensamientos entrechocando, ningún juicio, sólo caos.

—Como he dicho, un periodista ya fallecido reunió pruebas condenatorias que podrían volar la cabeza de Octopus. Él lo tenía. Ahora lo tenemos nosotros.

—Así que lo mataron ustedes.

—Eso sería inhumano. Hicimos la parte difícil.

—¿Cuál?

—Descubrimos el modo de abrir la cuenta y extraer la información de una caja de seguridad anónima. Fue el fruto de cinco años de investigación.

—¿De ustedes?

—De él. Pero claro, usted esto ya lo sabía, ¿no?

—¿Cuánto tiempo calcula que podrá conservarla antes de que la recuperemos?

—¿Recuperarla? ¿Está insinuando que es suya, señor Reed?

—Un raciocinio endeble, señor Fitzgerald. Ahora escuche con atención. Tenga lo que tenga, nosotros lo queremos.

—¡Nosotros! Oh, no, señor presidente. Nosotros no, ¡ellos! Ellos lo quieren y están dispuestos a pagar una recompensa considerable por el privilegio de chantajearlo a usted.

—¿«Ellos»? —dijo Reed.

—Ellos, señor Reed.

—¿Quiénes son «ellos»?

—Ellos son ellos.

—¡Deje de tocarme las pelotas y hable claro, muchacho!

—Ellos. Un poderoso conglomerado financiero. Una corporación con recursos ilimitados. El dinero no importa, sólo la información.

¿Por qué había dicho «ellos»? ¿A qué venía? La tercera persona del plural siempre sonaba misteriosa. Los trucos de un interrogador experto. Reed picó el anzuelo.

—¿Quiénes son «ellos»? —insistió.

—Ya se lo he dicho, un conglomerado..., interesado en un acuerdo económico. Mucho dinero. —Curtis tenía de nuevo el control, y Reed estaba preparado para escuchar . Gente a sueldo del gobierno que entra y sale, agentes, antiguos agentes y mafiosos, personas con habilidades muy valoradas y muy bien remuneradas cuando trabajan para el bando equivocado. Agentes independientes que trabajan por su cuenta y no se conocen unos a otros, si bien están coordinados mediante una serie de controladores, quienes a su vez son controlados desde arriba. —«Para describir tu operación utiliza su propia medicina»—. Fueron tratados injustamente una vez, hace tiempo, y ahora quieren ser compensados con creces.

—¿Es esto lo que Scaroni le ha contado?

«¿Scaroni? ¿Es éste el nombre de una seductora mezcla de lija frotando granito con una pizca de miel?»

—Tenemos fuentes de gran alcance.

—Entonces sabrá que Scaroni es un ex agente de la CIA. Ex porque estaba sucio incluso para los pervertidos patrones de la Agencia.

Curtis intentaba apoyarse en algo concreto.

—Scaroni no preocupa a nuestra gente. Al fin y al cabo, está en la cárcel..., y bajo control.

Reed dominó su asombro.

—¿Qué tiene que ver esto conmigo?

—Muy poco, salvo que usted resulta ser parte de la organización culpable, y uno de sus eslabones más débiles.

—¿Tiene idea de a quién se está enfrentando?

—Creo que sí.

—Está usted loco. Es hombre muerto.

—Las amenazas no nos asustan. Y sí, estoy lo bastante loco para sacar a la luz a Octopus y los billones de dólares en fondos ilegales con ganancias blanqueadas en cuentas del Citi. Imagine cómo quedaría su reputación. Después de eso, ¿cuánto tiempo sería capaz Octopus de mantenerlo ahí?

—Esto es una locura. De pronto, usted aparece e intenta intimidar al presidente de la segunda institución financiera más importante del mundo.

—Que en su tiempo libre trabaja además para un poderoso conciliábulo de criminales. —Hizo una pausa, y luego volvió sobre ello, esta vez mostrándose más comprensivo y con ganas de llegar a un arreglo—. Por favor, señor Reed. Sólo somos unos intermediarios que intentan ganarse la vida.

—¿Está sugiriendo un arreglo?

—Basado en la comprensión mutua.

Hubo una larga pausa.

—¿Durante cuánto tiempo han estado ustedes planeando esto? —La voz era puro hielo, un muelle listo para saltar a la primera oportunidad. Curtis sabía que debía ir con cuidado.

—El tiempo no tiene importancia.

Reed no le hizo caso y siguió insistiendo.

—¿Un mes? ¿Dos? ¿Un año? ¿Dos años? ¿Tres? ¿Cuatro? —Se detuvo en cuatro—. ¿Hasta dónde han llegado? ¿Creen que nosotros no podemos averiguarlo?

La pregunta era un arma de doble filo, lo bastante vaga para suscitar una suposición que conduciría a indirectas y errores mayúsculos, y lo bastante concreta para quienes conocieran la respuesta correcta.

—Lo bastante lejos para saber que podemos negociar desde una posición de fuerza, señor Reed.

—Bueno, entonces escuche esto. Alguien más está echando brotes en su territorio.

—¿Quién?

—El Bank Schaffhausen. No era nuestra operación. Si está sugiriendo que tiene otro comprador, entonces alguien nuevo se ha incorporado a la subasta. Tres es multitud, y usted está jugando una partida que no puede ganar —señaló el banquero con tono sombrío.

Curtis se quedó helado. ¿Qué había querido decir? ¿Estaba mintiendo? Probablemente no. La voz de Reed era firme. Hablaba en serio. De hecho, Schaffhausen no era la operación de Octopus. Entonces, ¿de quién? Aquél era un momento clave. Curtis notaba que la verdad estaba engatusándolo desde algún sitio inalcanzable. Quedaban muchos cabos sueltos.

El presidente de Citibank se apoyó en la pared. Había algo en esa llamada que le hacía arrugar la nariz. Al principio le entró el pánico, pero después fue frío y analítico. Tenía una bien ganada reputación. Era más fácil ver al presidente de Estados Unidos que a John *Bud* Reed. Menos de cinco minutos después de haberse marchado el asesino francés, recibía una llamada, aparentemente de alguien que quería venderle la misma información que él intentaba sacarle a Scaroni mediante Jean-Pierre. ¿Estarían trabajando juntos Jean-Pierre y ese gilipollas? ¿Para quién? ¿Para el Consejo? Le dio un escalofrío. ¡Imposible!

—¡Ridículo! —exclamó en voz alta.

—¿Perdón? —dijo Curtis representando su papel a la perfección.

—No he dicho nada.

Tenía la vaga sensación de que de pronto todo se había vuelto del revés y que, para comprender, debía mirar las cosas en orden inverso. Era algo oscuro y amenazador, y sin embargo suave y silencioso. Y ahí estaba él, en una especie de estupor, de desamparo, intentando juntar las piezas para evitar el espantoso impacto. «Si creen que me utilizarán como chivo expiatorio...» Volvió a estremecerse. «¡Basta!» ¿Había algo de lo que debiera preocuparse? No. Él era John Reed. Sí, había algo que le preocupaba. Una forma, todavía no definida, se había deslizado en su existencia. Había un problema, una crisis, que no se resolvería por sí sola. «Hay una crisis que requiere su atención inmediata. Desde luego que sí.»

—¿Perdón?

—¡No he dicho nada! Deje de parlotear. Estoy pensando. —«Si realmente van a por mí, tengo que protegerme, al menos hasta que pueda mandar el asunto a paseo.» Aquello apestaba. Reed estaba resuelto a averiguar qué se cocía. «Que siga al teléfono»—. ¿Cuál es su juego?

—Nada que no pueda resolverse de forma amistosa.

—¿Qué insinúa?

—Podemos relacionar esta valiosa información con diversas soluciones mutuamente beneficiosas a las que se ha llegado de manera creativa.

—¿Cómo?

—Un intercambio. Al fin y al cabo, todos buscamos lo mismo.

—No sé por qué, pero lo dudo.

—Sus palabras me duelen, señor Reed. Mire, nosotros buscamos lo que algunos llamarían ventajas económicas injustificadas basadas en información privilegiada, igual que ustedes. Secretos, si lo prefiere.

—Escúcheme bien. CitiGroup es una entidad financiera. Su información está a disposición del público a través de la Comisión de Seguridad. No estamos ocultando nada.

—¿En serio? Entonces quizá pueda explicarme el significado de las siguientes cuatro palabras: treinta cuentas, CTP, Citi-

Group. ¿Cuántos dólares hay ahí, señor Reed? —Éste se recostó en el sillón desde donde disfrutaba de una impresionante vista del río Hudson.

—Hay poco que usted no sepa.

—Tenemos nuestras fuentes. —Desde luego, aquel hombre esperaba que Curtis supiera mucho más de lo que sabía.

—Un muerto de hambre convertido en cadáver —soltó Reed, burlándose por lo bajo—. No sabe nada y me está chantajeando. —Estaba recuperando la confianza en sí mismo.

Curtis hizo una pausa para explorar y descartar opciones, como un adicto al ajedrez que juega dos partidas simultáneas. «No puedo perderlo ahora. El hilo de Ariadna... ¿adónde lleva? ¿A la no rendición de cuentas? ¡Eso es! Puede que Reed ejerza cierto control o que sea uno de los muchos del escalafón, que responda ante otro que a su vez tenga su propio escalafón. Conectado todo con un hilo invisible..., y tapado con una cortina negra... No rendir cuentas. Creación de dinero sin ningún sistema de supervisión que lo ponga en evidencia.»

—¿Qué quiere? —Reed rompió el silencio.

—Una cooperación mutuamente beneficiosa. Ustedes van tras ciertas cosas, y nosotros quizá podamos ayudarles, siempre y cuando podamos confiar en ustedes. Recuerde, señor Reed: se trata de ventajas económicas basadas en información privilegiada. Y usted se halla en una posición privilegiada para acceder a esta información.

—Siga.

—Si la parte agraviada llega a apoderarse de lo que hemos reunido, ya sabe a qué información me refiero..., cuentas bancarias secretas, CTP, nombres de destinatarios..., a saber qué podría hacer con ello. Naturalmente, ciertos datos perjudiciales, documentos vitales, si prefiere, relativos a usted, podrían simplemente desaparecer. —Su voz se fue apagando.

—¿Un dossier incompleto?

—En lo que concierne a nuestro cliente, para empezar esta información podría no estar aquí. ¿Quién va a decir nada?

Hubo una pausa muy larga. De pronto, Reed, con tono pausado y grave, dijo:

—Su oferta podría interesarme.

«Un hombre asustado dispuesto a cambiar de bando. Cuidado. Elimina el entusiasmo de tu voz. Sonido indiferente. Se supone que eres un emisario.»

—Aplaudo su decisión. Estoy en condiciones de transmitirla a mis superiores, que a su vez la harán llegar a otros que llegarán a las conclusiones apropiadas. —Curtis volvió a callarse, esperando que Reed diera el primer paso.

—¿Sigue ahí?

—Sí, claro. Quizá como signo de buena voluntad, esté usted dispuesto a darnos alguna información útil.

Reed estaba siendo arrinconado y lo sabía, pero, dadas las circunstancias, poco podía hacer al respecto. Era una partida de ajedrez, e iba perdiendo.

—Scaroni fue un montaje. Está en la cárcel porque acabó en posesión de algo que de entrada no era suyo. Hasta que no lo recuperemos, no saldrá.

«¿Scaroni? ¿Un montaje? ¿De quién? ¿Dónde estaba el beneficio? ¿Cuánto se supone que sé?» Curtis intuyó que de momento debía eludir esa clase de preguntas.

—Hasta ahora no me ha dicho nada que no supiera —dijo Curtis—. Tal vez pueda echarle una mano. —Ése era el momento crucial—. Octopus... ¿a cuántos conoce personalmente?

Reed no dijo nada.

Curtis contuvo la respiración.

—¿Y qué hay de Taylor?

—Un nuevo rico. Una joven promesa.

—¿Qué más puede contarme?

—Pensaba que ya lo conocía.

—Lo que nosotros sepamos o pensemos da igual, señor Reed. Quiero oír lo que usted sabe. Veamos cuán a fondo hemos penetrado en la organización.

—Es presidente de Bilderberg y vicepresidente de Goldman Sachs.

Curtis quiso gritarle: «¿Qué? Bilderberg, Goldman Sachs, CitiGroup, Octopus, el complejo industrial-militar, la CIA, el ejército, los servicios de inteligencia, el FBI, bancos, gobiernos...

¿Quiénes son ustedes? ¿Qué buscan?» Pero se dijo: «Contrólate. No dejes que se escape ahora.»

—¿Y los demás?

—Son todos hombres de carrera: militares, Inteligencia, negocios.

—FBI, CIA, NSA, ONI, DIA, Pentágono, complejo industrial-militar, lo que realmente significa connivencia industrial-militar. Sí, ya lo sabemos.

—Está claro que han hecho ustedes los deberes —replicó Reed con aspereza.

—¿Quién en concreto?

—¿No lo saben?

—Vamos, señor Reed, su interrogatorio empieza a aburrirme. Simplemente quiero comprobar hasta qué punto es usted sincero. —El ritmo estaba claramente de su lado. «Sigue...»

—Hay varios niveles. Los peldaños inferiores son burócratas gubernamentales de grado intermedio. Subiendo por el escalafón encontramos a planificadores militares de alto rango y sus controladores, luego el Consejo Asesor de Inteligencia...

—¿El Consejo? —dijo Curtis.

Reed prosiguió:

—La mayoría tiene una gran influencia local. Es así como lo queríamos.

—¿Por qué?

—Porque nos conviene. —Hizo una pausa—. Y porque casi nadie conoce la historia real.

«¿Qué historia? ¿Qué secreto es digno de tal conspiración?»

—Nosotros lo sabemos y ustedes lo saben —dijo Curtis con rotundidad, disimulando su asombro ante lo que estaba oyendo—, pero otros tal vez no lo vean igual. Sobre todo si llegan a saber la verdad.

—Esto no habría sido un problema si Scaroni no hubiera dado con las cuentas bancarias.

Curtis hizo todo lo posible para ser coherente.

—¿Están ustedes cerca de averiguar dónde él...? —Hizo la típica pausa de quien no quiere que una información valiosa como aquélla se divulgue por la línea telefónica—. Ya sabe...

—El resto quedó sin decir. Espacios en blanco llenados por quienes contaban con que Curtis sabía.

—Más cerca, no cerca. A menos que recuperemos lo que cogió... —repitió mecánicamente.

«¡Sí! ¿Qué cogió? ¿Y qué pasó? ¿Por qué no me lo cuenta sin más? ¿Por qué no sé leer el pensamiento? ¡Dígamelo, maldita sea!» Pero todo lo que Curtis dijo fue:

—Entiendo. Volveré a llamarle.

Curtis Fitzgerald, ranger del ejército y miembro de las Fuerzas Especiales de Estados Unidos, colgó el teléfono y apoyó en la pared su asustado cuerpo. La conversación con Reed había sido una misión peligrosa. Lo que había descubierto le ponía los pelos de punta. En la vida hay cosas que deberían permanecer en sus agujeros negros, cerradas con candado y sin salir a la luz. Lo que acababa de averiguar encajaba en esa categoría.

32

—¿Y bien? —La pregunta de Michael contenía un desamparo latente.

—¿Cómo demonios nos hemos metido en este lío? —El ranger sacudió la cabeza.

—¿Curtis? —Simone lo miraba con los ojos abiertos como platos.

—Dios, lo siento, Simone. —Y volvió a negar con la cabeza.

—¿Qué ha dicho? —terció Cristian.

—Digámoslo así —contestó Curtis, cerrando los ojos—. Qué debemos pensar si el presidente del poderoso Grupo Bilderberger, que además resulta ser vicepresidente de Goldman Sachs...

—Éste sería James F. Taylor —interrumpió Cristian.

—... se sienta en el mismo Consejo de Directores como presidente de CitiGroup, estando ambas entidades de algún modo vinculadas a Octopus...

—Todo es parte del complejo industrial-militar —concluyó Cristian.

—Cuyos integrantes son altos cargos del FBI, la CIA, la NSA, la ONI, la DIA, el Pentágono, el Departamento de Defensa... —añadió Michael, componiendo la frase entera.

—Por no mencionar los bancos y el gobierno, conectados a los programas comerciales paralelos de creación de dinero —señaló Cristian.

—Vaya grupito...

—Hay más. Reed me ha dicho que Bank Schaffhausen no era una operación suya.

—Entonces, ¿es que hay alguien más? ¿Alguien desconocido para ellos y nosotros?

—Así es —respondió Curtis con gravedad.

—Cristian... —Curtis miró de reojo a su amigo—. Saben que nosotros estamos aquí y que tú estás implicado. Te he puesto en peligro.

El banquero echó el cuerpo hacia delante en la silla. Prendió una cerilla, encendió un cigarrillo, rodeó el sofá y se sirvió una copa.

—Casi todas mis razones para vivir murieron con mi esposa, hasta ahora. No me quitéis ésta, por favor. —Hizo una pausa—. En cualquier caso, soy demasiado importante para que me hagan nada. —Sonrió—. Bien, ¿qué hay de ese otro grupo?

—«Alguien nuevo se ha incorporado a la subasta.» Éstas han sido sus palabras. También ha dicho que la mayoría tiene mucha influencia. Que así lo querían ellos —explicó Curtis—. Le he preguntado por qué, y ha contestado que les conviene porque casi nadie conoce la historia real.

—¿Qué historia?

—No lo sé.

—¿Por qué no le pediste detalles?

—Se supone que conozco la respuesta.

—Peldaños inferiores, el escalafón, sus controladores, y luego el Consejo de Directores. El clásico tinglado de toda sociedad secreta —añadió Cristian.

—¿A qué se refiere? —inquirió Simone.

Cristian suspiró ruidosamente y apagó el cigarrillo en el cenicero.

—La organización se estructura en círculos concéntricos, con la capa exterior siempre protegiendo al miembro interior más dominante que coordina las operaciones. Todo esto, desde luego, es un eufemismo para la creación de una red global de cárteles gigantescos más poderosos que los propios países, a cuyo servicio están, en teoría, una araña virtual de intereses industriales, económicos, políticos y financieros.

Curtis pensó que fuera cual fuera la historia real que Reed y los del Consejo estuvieran ocultando, el mundo de la codicia y la corrupción era la norma, y no una anomalía. Tenía un diseño de múltiples capas, en círculos concéntricos, repleto de personajes cuya brújula moral estaba tan jodida que Curtis se preguntaba cómo llegaban a distinguir el mal del mal entre ellos.

—Esto es gordo y feo. ¿Alguien recuerda la película *La masa devoradora*? ¿O soy el único lo bastante viejo para recordar el estreno? —dijo Cristian.

—Yo la vi en reposiciones un cuarto de siglo después —señaló Curtis sonriendo de oreja a oreja.

—Compórtate con las personas mayores.

—Lo siento. Esto da más miedo que la película. Reed ha admitido una cosa curiosa, casi como una ocurrencia tardía. Ha dicho que Scaroni está en la cárcel porque era un montaje, y que no habría pasado nada si no hubiera dado con las cuentas bancarias... Por lo visto, se apoderó de dinero que para empezar no era suyo. «Hasta que nosotros no lo recuperemos, no saldrá.» Éstas han sido sus palabras.

—¿Qué dinero hay que recuperar?

—No lo sé. En ese momento deseé ser capaz de leerle el pensamiento, pero no funcionó.

—Siempre buscando lo difícil... —soltó Michael con sorna.

—El omnipresente nosotros —añadió Cristian en voz baja—. Debemos buscar ayuda. Conozco a gente del gobierno, senadores y congresistas importantes, gente de la nueva administración que me debe favores. Pueden ayudarnos. Dejadme hablar con ellos.

—No, no podemos acudir al gobierno hasta que sepamos a qué nos enfrentamos. El FBI, la CIA, la Oficina de Inteligencia Naval, todos están metidos. Mucho dinero y ninguna rendición de cuentas. El gobierno de Estados Unidos y Octopus. Connivencia industrial-militar y robo a lo grande. Ni hablar. No hasta que sepamos exactamente con quiénes estamos lidiando y en quiénes podemos confiar. Cada vez nos falta menos para averiguar de qué va todo esto. Otro paso clave, y sabremos qué historia real hay detrás de esta gente, por qué los más importantes y poderosos hacen causa común. —Curtis no alzó la voz. No tenía por qué. Bastó con su tono sepulcral. Cristian lo entendió—. Tengo la sospecha de que Reed no es el guardián de la cripta, sino que rinde cuentas ante alguien.

»La única forma de resolverlo es tirando de ellos hacia fuera —señaló Curtis—. Tú lo has dicho, círculos concéntricos con la capa exterior protegiendo siempre a los miembros interiores más dominantes.

—¿Qué estás proponiendo?

Curtis miró primero por la ventana y luego a Cristian.

—Cuanto mayor sea el cebo, mayor será el pez —dijo tras una breve pausa—. Estamos columpiándonos sin saberlo ante algo que, sea lo que sea, se muestra activo. Reed está preocupado, y supongo que los demás también. En cuanto tengamos los nombres, podremos tirar de ellos individualmente. Puedo hacerlo. Lo he notado cuando lo tenía arrinconado. Él ha reaccionado como si fuera un espectador, alguien lo bastante involucrado para tomar decisiones..., pero no el que las toma.

—¡Bienvenido al verdadero club de los elegidos! —exclamó Cristian—. ¿Te gustaría saber por qué? Porque la mayoría de esas personas ha necesitado más de un tercio de siglo de duro trabajo, contactos e incontables millones, para estar donde ahora están. Con independencia de lo que les asuste, simplemente no tienen tiempo suficiente para empezar de nuevo, razón por la cual permanecerán unidos, excretando los restos de las partes en descomposición, los proverbiales eslabones débiles, pero siempre trabajando juntos hacia el objetivo común que tengan en el punto de mira.

—¿Y qué hacemos con Scaroni? ¿Intentamos contactarlo? —preguntó Simone.

—No, no descubramos nuestro juego. Dejemos que venga él. Lo ha hecho una vez y volverá a hacerlo.

—¿Por qué estás tan seguro?

—Tiene una historia que contar. Hoy ha sido el primer capítulo.

Cristian miró el reloj.

—El resto deberá esperar a mañana. Tengo una reunión a primera hora y ya hace rato que debería estar acostado. Buenas noches a todos.

Frej Fenniche, funcionario superior de Derechos Humanos y segundo de Louise Arbour, se arregló la corbata mientras, con un maletín azul oscuro en la mano izquierda, subía la escalera de mármol de un edificio de oficinas situado en el centro de Washington. Llegó con cautela al descansillo de la tercera planta. Ninguna de las tres puertas tenía una placa. Frej se quedó quieto un momento, sin saber muy bien cómo seguir. Se acercó a la puerta de enfrente, pegó la oreja al macizo panel de madera y escuchó los apagados sonidos de dentro. De pronto oyó un clic a su derecha. La puerta quedó entreabierta. Frej se volvió con rigidez y entró en la débil luz que asomaba.

—Hola —dijo vacilante, al tiempo que empujaba cuidadosamente la puerta con la palma de su mano sudorosa.

—Por aquí —fue la respuesta procedente de algún lugar invisible.

Siguiendo el sonido, Frej Fenniche dio unos golpecitos en la puerta, volvió a ajustarse la corbata y entró.

—Hola, jefe. Tiene un aspecto estupendo —dijo con aire desenfadado. Intentó sonreír, pero no surtió efecto.

El hombre se volvió. Lucía un traje de raya diplomática, bien entallado. Rezumaba confianza en sí mismo. Era importante y poderoso, quizás importante por ser poderoso, pero, claro, para muchos de sus seguidores era el poder lo que lo hacía importante.

—¿Trae la información? —preguntó el jefe con voz monótona.

—Sí. —Frej abrió el maletín, que contenía dos folios con las letras HCM, material muy confidencial, impresas en la parte superior. Estaban firmados y fechados por la alta comisionada de la ONU para los Derechos Humanos, la honorable Louise Arbour. El hombre esbozó una sonrisa.

—Buen trabajo, Frej.

—Encantado de estar a su servicio —fue la aliviada respuesta del segundo de la alta comisionada.

—Ajá. —El jefe alcanzó una bolsa de tela gruesa, que entregó lentamente a Frej Fenniche—. Aquí tiene una parte de su recompensa.

Frej abrió la cremallera de la bolsa. Estaba llena de billetes de cien dólares pulcramente ordenados en paquetes de cien, hasta completar diez mil por paquete.

—Doscientos cincuenta mil dólares, tal como quedamos.

—Sí, jefe. Gracias.

—¿Qué va a hacer con el dinero?

—Tal vez me retire. O a lo mejor me compro un restaurante o un pequeño hotel en la Riviera. Bueno, adiós y buena cacería. —Su voz había adquirido un temblor lírico. Frej se dio la vuelta y echó a andar hacia la puerta—. ¿Ha dicho que era una parte de la recompensa? —preguntó ladeando inquisidoramente la cabeza hacia el jefe—. ¿Es que hay otra parte? ¿Quizás un plus por el trabajo bien hecho? —Rio calladamente.

—Sí, un plus. Has elegido bien la palabra —replicó el jefe, volviéndose, pistola en mano.

Frej, horrorizado, dio un grito ahogado.

—¿Qué..., qué está haciendo? —fueron sus palabras.

—Debo decir, Frej, que lo que le falta de visión lo compensa con ambición.

—Pero yo le he dado lo que quería. ¡Lo he hecho bien!

—Así es. Pero, por desgracia para usted, vendió al mejor postor.

—¡Yo soy su fiel servidor! ¡Estoy de su parte! —replicó Frej, retirándose despacio de la mesa.

—¿Quién me asegura que mañana no ofrecerá esta valiosa información a Octopus por una cantidad superior? —El jefe hizo una pausa para tomar un sorbo de agua.

—¿Qué?

El jefe disparó un solo tiro a la parte superior de la garganta de Frej.

En algún lugar de Roma, el pálido espectro de Shimada, el último miembro de la unidad japonesa de experimentación médica, conocida como Unidad 731, se incorpora despacio en su pequeña cama. Tiene las flacas piernas embutidas en un pijama demasiado largo para su cuerpo. Apenas si ha dormido una hora. La noche es azul grisácea, fría y sin luna. La habitación flota en la oscuridad con la especial intensidad que uno percibe de noche. La lámpara, la mesa, unas zapatillas pulcramente dispuestas, hasta que aparece de pronto un trocito del objeto plateado y se enjaula en el marco de una ventana solitaria. Durante unos instantes, el espejo en la pared refleja el pelo blanco de su cabeza.

Fue hace mucho tiempo. La mañana invernal titilaba bajo la lluvia. Las hojas de los sauces llorones de Manchuria se agitaban en el viento; las densas sombras del follaje temblaban en un camino pulcramente abierto. Las imponentes verjas. Inmensas nubes color de fuego. Los arbustos, la valla de alambre, la oscuridad, las relucientes instalaciones. Ambiente soporífero. Gente por todas partes. Autobuses de anchas caderas rodando por la única carretera pavimentada de todo el complejo, alejándose en el inquieto destello del día. Anchos neumáticos que dejaban huellas plateadas en los charcos del asfalto, la agrietada superficie acurrucada en las arrugas. Los charcos parecían agujeros en la arena oscura, aberturas a otros cielos que se deslizaran bajo tierra. Aquí y allá, una luz roja brillaba sobre una puerta. No entrar. A lo lejos, un trueno negro se hinchaba en pliegues de terciopelo.

Junto a una de las columnas, cerca del cuerpo de guardia, una mujer de un amarillo cadavérico, rostro estrecho y piernas cortas, de unos treinta años y visiblemente enferma, esperaba sentada en un taburete. Ella también buscaba a tientas algo invisible en el aire. Entre las columnas pasaban guardias sin demasiado entusiasmo, gritando de vez en cuando órdenes en japonés, golpeando de vez en cuando a alguien con la culata del fusil. Cayó un anciano chino. Lo devolvieron a la fila a puntapiés. Magullado y golpeado, el hombre siguió resoplando mientras se le formaba un hilillo rojo y brillante en el extremo de su larga y huesuda nariz. Alzó la vista y vio a Shimada, pálido como una máscara de yeso, las blancas cejas reunidas en la frente arrugada, los finos labios apretados sin hostilidad.

Se oyó algún disparo cercano, cada descarga retumbando en el cielo, y más allá de la tenue niebla plateada de los árboles, muy por encima de las estructuras prefabricadas que ocultaban algunas de las peores atrocidades conocidas.

La memoria es un acto de voluntad. Shimada miró hacia arriba. ¿Dónde estaba? Llegó la imagen del último y ruidoso autobús; el interior estaba lleno de siluetas negras que desaparecían en la oscuridad de su frágil memoria. Y cuando el vehículo, crujiendo y temblando, se paró a unos trescientos metros, alcanzó a oír a las golondrinas dáuricas yendo a recibir a los recién llegados. Al cabo de unos minutos, ella siguió el mismo camino, con las cortas piernas colgando en el aire, demasiado débil para andar. Dos guardias se la llevaron a toda prisa, agarrándola por los escuálidos codos.

Bajó su mirada, cansada. Después, inclinándose, sollozó en silencio. La cama emitió un crujido apagado. En algún lugar, un reloj de torre con su equilibrio habitualmente embelesado dio cinco veces su mensaje. Shimada levantó la mano derecha, abrió los dedos y la dejó caer despacio en el aire. El tiempo, cruel transcurso y deterioro, es también una forma de conocimiento, el nacimiento de una conciencia que se sabe temporal. La vergüenza, la desaparición de una forma sin vida, es una disolución del yo. Son las ruinas del yo, una acción que sólo deja restos desperdigados. Dolor y paranoia. Reconoció el paisaje, aunque no la condición física. La referencia se convirtió en manía: una definición de realismo poco sentimental.

Shimada se puso de pie y sacudió la cabeza, reprimiendo las lágrimas. El reloj hacía tictac. En el cristal azul de la ventana se solapaban unos primorosos dibujos de escarcha. Todo estaba en calma. Cerró los ojos con fuerza, ahuyentando las lágrimas. Volvió a abrirlos y cerrarlos, y tuvo la fugaz sensación de que la vida primitiva yacía desnuda frente a él, horrenda en su tristeza, humillantemente vana, estéril, desprovista de los milagros del amor.

El sedán azul oscuro tomó la última curva de la carretera que se extendía cuesta abajo por el campo y adelantó, como una bala, un Mini atrapado en el barro de un camino vedado aún sin terminar. Los quejidos espasmódicos del pequeño vehículo se desvanecieron en la fría noche de Washington junto con sus ocupantes: dos jovencitas estudiantes de secundaria de linaje intachable y con unos sombreros que parecían coliflores. El impreciso resplandor de luna se abrió paso en el agobiante fondo negro.

Stilton se relajó, estiró el cuello y apoyó la cabeza en el asiento de piel, con los ojos entornados y fumando. Contempló las volutas de humo confundirse con las sombras reflejadas en el cristal, con una rodilla alzada y rascándose distraídamente la ingle con una mano, mientras abría y cerraba la otra en torno a un objeto plateado con esferas azules.

Comprobó la hora en su reloj de pulsera. Cogió el teléfono y tecleó cuatro números. No habían transcurrido ni tres segundos cuando preguntó con voz firme:

—¿Algún mensaje?

—No, señor —respondió, alarmada, la secretaria.

—De acuerdo —dijo el director adjunto de la CIA. Apagó el teléfono antes de terminar la frase, presa de un repentino ataque de ira y confusión.

Menos de cuatro minutos después sonó su teléfono.

—Estoy preocupado por Arbour. Podría hacernos mucho daño —dijo Stilton. Las arrugas de su rostro parecían más profundas a la luz de la luna.

—No hay de qué preocuparse. Shimada es nuestro.

—¿Cómo está tan seguro? Las medidas de seguridad de la Interpol serán extraordinarias.

—Los privilegiados disfrutan de aplazamientos, Henry. Sencillamente, cambiamos las condiciones del acuerdo.

—¿Cómo? —preguntó Stilton, enderezando la espalda y los hombros.

—Tenemos línea directa con su campamento.

Stilton se miró en el espejo y comprobó que su piel tenía un saludable tono rojizo.

—Pero...

—A propósito, Henry... Confío en que Octopus no sospeche nada de su traición, ¿eh?

El director adjunto de la CIA sintió que un escalofrío recorría su espalda.

—Eso delo por hecho, jefe. —Stilton tragó saliva.

—No. Mejor delo usted por hecho. Buenas noches, Henry. Felices sueños.

Tras un clic, se cortó la comunicación.

33

El guardia descorrió el cerrojo pero dejó la puerta cerrada, sin saber muy bien cómo proseguir. Louise Arbour dio un empujoncito, y la puerta se abrió. Pasó adentro, y sus medias color melocotón se materializaron en la estancia, seguidas de una joven intérprete que lucía un sombrero blanco y tenía un rostro agradable. Frufrú de vestidos.

Con los hombros encorvados, Shimada pareció emerger de un trance y no dirigió ninguna mirada extraviada a nadie en concreto. Louise entró con cautela en la minúscula habitación y la recorrió rápidamente con los ojos. El aire estaba impregnado de un extraño olor a piel de manzana oxidada. Shimada se puso en pie e hizo una torpe reverencia.

Louise se acercó y le tocó el antebrazo en un gesto expresivo. Al estar las cortinas corridas, la única provenía de era una lámpara de mesa que Shimada había dejado en el suelo. Louise se sentó en el borde de la cama y, con un movimiento de la mano, invitó al hombre a hacer lo mismo. El antiguo carcelero japonés permaneció de pie, inmóvil.

—Me alegra mucho conocerlo.

El tono de Louise era cálido y seductor. Miró vacilante a su compañera, que tradujo. Shimada escuchó con la cabeza ladeada. Después se sentó agarrándose las rodillas con las palmas de las manos.

Louise lo acarició con los ojos.

—¿Está usted cómodo? —le preguntó rozándole el brazo. El contacto fue una descarga eléctrica. Al principio, Shimada no respondió. Se quedó mirando el suelo. Una bombilla carmesí ardía sobre una puerta negra. Después se levantó muy lentamente, con la espalda en forma de signo de interrogación, y dio unos vacilantes pasos al frente. Luego se lo pensó mejor, se volvió y regresó. Por fin se detuvo.

—Por favor... —dijo Louise con voz suave—. He venido como amiga. No quiero hacerle daño, sólo protegerlo y ayudarlo.

Shimada la escrutó con la mirada. Entonces se sentó y cerró los ojos, consolándose un instante en la oscuridad, quizá persiguiendo algún pensamiento. Louise se sentó a su lado, casi pegada a él, pero con suficiente espacio entre ellos para la intimidad del momento.

—No he venido a interrogarlo, señor Shimada. —Aguardó a que la intérprete hiciera su labor—. He venido a verlo porque quiero compartir con usted algo muy personal. En la vida, a veces hay vínculos que no se pueden romper nunca, como el amor y la bondad. A veces, uno encuentra a esa persona que permanecerá a su lado para siempre. —Hizo una pausa.

»Me gustaría compartir algo muy íntimo sobre mi infancia. Usted es la única persona que puede ayudarme en esta búsqueda. —Shimada alzó despacio la cabeza y la miró, con la sorpresa inscrita en su cara marchita. Apartó la mirada un momento.

Louise le habló de su padre, de su última carta, y de un guardia gracias al cual el encarcelamiento fue un poco más llevadero.

—No he perdido la fe en la humanidad, señor Shimada. En el fondo, creo que la gente quiere ayudar a los demás, no hacerles daño.

Shimada escuchaba con atención. Aquello era todo lo que ella sabía. Con el corazón latiéndole violentamente, Louise describió a su padre, le enseñó al japonés una fotografía suya y luego le hizo una pregunta.

—¿Conoció a este hombre? Era blanco, con ojos afables y bondadosos. Estuvo en el campo en la misma época.

Shimada permanecía quieto, analizándole el rostro, interrogándola con sus propios ojos. Los dos unidos en ese instante por la vergüenza de la muerte.

—Quiero contarle un secreto que he guardado toda mi vida en mi baúl de tesoros. Después de todos estos años, oigo la risa de mi padre en sueños..., cuando no sus gritos imaginarios.

Louise perdió la mirada en algo ajeno a las palabras, a los sonidos, a la realidad... Parpadeó y observó una sombra alargada que se partía en el borde de una grieta y se deslizaba sin temor hasta la pared más alejada. Por un momento tuvo miedo de mirar al hombre, que estaba viejo, enfermo y solo. Por un momento se permitió un silencio descaradamente sincero y largo, en una especie de expectativa acongojada, mientras los recuerdos y las emociones seguían su curso.

Shimada se inclinó hacia delante, los huesudos codos en las rodillas, las manos ahuecadas bajo el mentón, la mirada perdida. Respiró hondo bajo el impulso de la hermosa mujer que tenía delante. Algo empezó de pronto a tomar forma en los recovecos más profundos de su memoria. Louise sonrió entre las sombras.

Él dijo algo en voz baja. Sonó como una palabra o dos sílabas de otra, como si terminase una frase larga. La intérprete se quedó tan sorprendida que le pidió que lo repitiera. Así lo hizo Shimada. La mujer tradujo. Él sacudió la cabeza, y por la mejilla le rodó una lágrima. El japonés sacó un pañuelo y se secó los ojos y las mejillas. Se oía el tictac del reloj. Cerró los ojos con fuerza, pero sus pensamientos se escurrían hacia ese rincón de la memoria donde los soldados regresaban de entre los muertos.

Louise habló de repente.

—Pídale que lo repita, por favor. —Creía no haberlo entendido.

Él estaba sentado con las manos en el regazo y unos ojos tristes.

—Poco antes de que las tropas británicas invadieran Pingfan, algunos de nosotros fuimos trasladados a otra unidad secreta, cargados con tesoros robados que habían estado escondidos en unos depósitos. Algunos de mis amigos fueron enviados a Irian Joya, en Indonesia. A mí me mandaron a Rizal, en Filipinas.

—¿Qué tesoros? —preguntó Louise con tono suplicante.

—Principalmente oro. Mi memoria ya no es la que era, pero aún recuerdo el mapa del lugar donde lo ocultamos todo.

—¿Qué tesoros? —insistió Louise, retorciendo las manos en las bordadas costuras de su larga falda.

—Se llamaba Lila Dorada. —Shimada soltó un suspiro de alivio, dolorosamente consciente de que, en ese momento, lo invadía una alegría desconocida.

—Interrúmpele —exigió una voz áspera al teléfono.

—Sí, señor. Enseguida.

—¿Jefe? —Era el tono de un hombre ansioso por complacer.

—¿Qué ha pasado?

—Creíamos que estaba atado y no lo estaba.

—¿A qué se refiere, coronel?

—Fitzgerald está vivo.

—¡Ya lo sé! ¿Cree que soy idiota?

El coronel tragó saliva, tomando la crítica como un viejo boxeador que encaja un golpe: se encogió y cerró los ojos un instante.

—Aún podemos...

—Olvídese de Fitzgerald. Quiero a Shimada.

—Pero no...

—Está en Roma, Villa Stanley —dijo el hombre al que llamaban jefe—. Quiero que utilice a los mismos hombres que en Colombia. —Colgó el teléfono.

—Recójame en el sitio de siempre dentro de una hora —ordenó una voz al auricular.

El hombre del otro extremo de la línea asintió, aliviado.

—Gracias. Sabía que estaría de acuerdo conmigo.

—Gracias a usted por hacérmelo ver, Bud —dijo un hombre elegantemente vestido que se ajustaba las gafas.

—Dentro de una hora —repitió Bud Reed, con los ojos brillándole—. Mañana por la mañana haré la transferencia habitual.

—Cómo no... Usted siempre ha sido muy generoso con el dinero.

—Se lo merece. Es el mejor.

Colgaron el teléfono a la vez.

En Nueva York, un Mercedes S-600 negro se detuvo sigiloso a unos setenta metros de una verja separada de la zona de carga por molduras de acero. La atendía un soñoliento y mal pagado guardia, cuya visión del coche resultaba obstruida a la izquierda por unos voluminosos fletes de buques que iban a ser cargados al día siguiente, y a la derecha por la sombra de una grúa fija. El área estaba desierta, y la hilera de almacenes, a oscuras por orden municipal. La garita del guardia, de madera oscura con postigos verdes, parecía una estructura modificada en forma de A. Era la hora perfecta para una reunión alejada de miradas curiosas o de cualquier trasiego de mercancías. En diagonal, apenas a cien metros del Mercedes aparcado, estaba la oficina, cerrada con candado y con todas las luces interiores apagadas.

El hombre al volante apagó el motor, pero no hizo ningún movimiento para apearse. En cambio, ajustó los retrovisores para ver mejor, confiando en que la persona que estaba esperando aparecería de un momento a otro. No había pasado un minuto cuando se oyeron unos golpecitos en la ventanilla del pasajero. El conductor abrió la puerta y dejó entrar al otro.

—Esto parece una nevera —dijo el hombre, limpiándose la humedad de las gafas.

El conductor le tendió la mano.

—Me alegra tenerlo en mi equipo.

El hombre se la estrechó en silencio.

—Dígame, ¿qué le ha hecho cambiar de opinión?

—Su perseverancia. —El francés respiró hondo.

—No había otro modo, Jean-Pierre —dijo el banquero, convencido de sus palabras.

—Dígame, Bud, ¿se lo ha dicho a alguien más? —Dobló las gafas y las guardó.

—¿A quién demonios se lo voy a decir? Llámelo obsesión por las referencias. Ya no sé de quién fiarme.

—¿Qué hay del Consejo?

—No, allí hay algo que falla. —Se quedó en silencio unos instantes.

—¿Lo sabe el Consejo?

Reed negó rotundamente con la cabeza y dijo:

—Quería preguntarle algo. Poco después de que usted se marchara, recibí una llamada de un hombre que afirmaba tener acceso a los papeles y documentos del hombre muerto. Dijo que alguien estaba dispuesto a pagar un montón de dinero para chantajearnos. ¿Por qué diría eso? —Miró con patetismo al francés.

—Supongo que cuando dice «chantajearnos» se refiere al Consejo.

—Hijo de puta...

—Está muy claro. Scaroni tiene el dinero y ese otro los documentos. Ya lo ve, Bud, su estupenda estrategia se viene abajo.

—¡La estrategia es sensata! —Reed golpeó el reposabrazos.

—¿Ah, sí? Quizá sea ingeniosa, pero no sensata.

—No es lo que se imagina —dijo Reed, respirando con dificultad—. Octopus está formado por un selecto grupo de personas y corporaciones muy poderosas. Pocos son los invitados. —Hizo una pausa para recobrar el aliento—. Esto es sólo una parte. Hay otras dos condiciones.

—Lo sé muy bien, Bud. Gracias —lo interrumpió Jean-Pierre.

—Imposible. Usted no forma parte de...

—¿Del Consejo? ¿De Octopus?

—Entonces, ¿cómo...? —Se detuvo en mitad de la frase y clavó la mirada en el francés.

—¿Quién mejor para telegrafiar todos sus movimientos que un ex agente psicópata de la Agencia que se metió en su impenetrable sistema y se llevó billones de dólares? PROMIS está vivito y coleando, Bud, y sólo Scaroni pudo provocarlo. Él es nuestro infiltrado.

Reed se quedó boquiabierto, pero se recuperó enseguida y lanzó la mano derecha al cuello del francés. Con unos reflejos rapidísimos, Jean-Pierre desvió el golpe con la mano izquierda mientras propinaba un fuerte *uppercut* a la barbilla de Bud con la derecha. Reed dio un grito y se desplomó en el asiento. El hombre con un doctorado en la Sorbona sacó un arma, una Heckler & Koch P7 con silenciador incorporado. Esperó a que Reed volviera en sí.

—¿Qué promesas le hizo al hombre del teléfono? —Para Jean-Pierre, la realidad consistía en dos pares de ojos y dos pares de manos. Él era el especialista, el asesino. El mundo había desaparecido. Sólo quedaban él y su víctima.

Reed se fijó en la pistola.

—¿Qué está haciendo? —chilló—. ¿Qué dice?

—¿Cree que no lo sabemos? Bud, su cooperación mutuamente beneficiosa basada en información privilegiada nos coloca en una situación muy incómoda. Si uno traiciona los principios de la acumulación de dinero y poder, los otros le traicionan a él. Resumiendo, se ha convertido usted en alguien de poco fiar.

—Era una táctica para sonsacarle. Yo nunca traicionaría al Consejo.

—A mí me da igual el Consejo —replicó lentamente el francés.

—¿Quién es usted? —gritó Reed con odio en la voz, apretando sus grandes puños.

—Las armas vencen a los puños —contestó el francés, apuntando la pistola en su cabeza. Miró su caro reloj. Pasaban siete minutos de la medianoche—. Pongamos al día las noticias económicas. Encienda la radio, por favor.

Reed lo miraba con incredulidad.

—¡Venga! —ordenó con frialdad.

—Y hablando de Rusia, Jonathan...

—Nuestro presidente consiguió su alto el fuego en Somalia. Pero no todo ha sido cosa suya. Un nuevo protagonista se ha sumado a Estados Unidos y Rusia en su guerra global contra la piratería. Yo lo llamaría G-Macarroni, pero los italianos me demandarían con razón.

—Otra noticia destacada es que, por primera vez en la historia, China ha enviado barcos de guerra a patrullar el

golfo de Adén en el combate contra los piratas. Mark, explícanos esto.

—Bien, veamos. Es la primera vez que buques de guerra chinos se han aventurado más allá de los océanos Pacífico e Índico. Estados Unidos, Rusia y China están tomando medidas para controlar los mares alrededor del Cuerno de África y el estrecho de Ormuz. Está bastante claro que ciertas partes del obsoleto mapa son vigiladas conjuntamente por las tres grandes potencias. Están moviéndose para controlar el petróleo de Oriente Próximo, el sesenta por ciento de todo el petróleo conocido del planeta. Sospecho que hay un acuerdo triple y muy secreto en virtud del cual muchas decisiones sobre quién vive y quién muere se tomarán así.

»No obstante, lo que da más miedo es que la OPEP acaba de recortar la producción diaria en más de dos millones de barriles y el precio del petróleo sigue bajando. Quienquiera que esté dirigiendo la operación no puede controlar la implosión económica...

»El Período de Estancamiento Desigual, descrito durante tanto tiempo y con tanta precisión, se parece a un crac inicial abrupto, seguido de un aplanamiento y quizá de una tenue señal de recuperación antes de caernos por el precipicio. La reacción ante las medidas de la OPEP me dice que tenemos poco tiempo.

—Gracias, Mark, volveremos después de la publicidad.

—Mire, nunca podría aceptar su misión porque Scaroni me conoce —dijo el francés levantando la voz—. Ya cumplí el contrato sobre Daniel Casalaro.

—Y cobró por ello —replicó Reed.

—Dos veces. —Sonrió—. En honor a la verdad, antes de morir merece usted saber que trabajo para otro agente pagador. —Reed saltó del asiento echando chispas—. Ya ve, Bud, que lo único nuevo en el mundo es la historia que usted no conoce.

Como último acto de rebeldía, el banquero se lanzó hacia delante antes incluso de oír el estallido que acompañaba al tiro. El asesino, con un estilo muy afinado, disparó el arma dos veces seguidas. Los tiros resonaron brevemente en el mullido interior del lujoso Mercedes. Reed se desplomó sobre el volante, con ojos de búho.

—El nombre es... —El francés se inclinó y se lo susurró al oído.

Reed ladeó el cuello y se apoyó en el volante. Quería repetirlo, gritarlo, pero de pronto manó la sangre y Jean-Pierre sólo oyó la voz ronca y ahogada de un hombre muerto. Su cuerpo cayó hacia delante con los ojos abiertos. Reed miraba a su verdugo desde el más allá.

34

Simone Casalaro se levantó de la cama con la marca de la almohada en la mejilla. Tenía los nervios extraordinariamente receptivos tras una noche inquieta. En la habitación de al lado, Michael se reía a carcajadas mientras contaba con gran regocijo cómo los nubios habían intentado secuestrarlo y envolverlo con una alfombra. Un débil rayo de luz se colaba por las persianas venecianas, formando dos escaleras doradas en el suelo. Simone se quedó un momento de pie junto al cristal de la ventana, mientras en su interior brotaba una sensación de frescura parecida a la fragancia de los claveles húmedos. Todo era perfecto.

Michael. Su amor por él estaba un poco apagado. Era algo imperceptible; las sombras oblicuas de lo desconocido se proyectaban hacia el futuro con particular claridad. Como si, por algún plan diabólico, siempre acabaran de llegar o de irse. Siempre. «Te quiero, Michael. Toma, ya lo he dicho. ¿Qué significa? ¿Qué supone para nosotros? La total imprevisibilidad del futuro, el pasado no como una sucesión rígida de episodios sino como un almacén de imágenes recordadas y pautas ocultas que contuvieran la clave de los misteriosos diseños de nuestras vidas.» El modo en que vivía su relación, con la ligereza o la pesadez de la interpretación que uno y otro hacían de la misma... El tono más que la verdad de sus afirmaciones. Él la hacía muy feliz. Entonces, ¿qué pasaba? ¿Pertenecía ella a un mundo en que la presunta normalidad quedaba desterrada al fondo de la conciencia? Ahora que Danny estaba muerto, Simone se hallaba en una especie de infierno donde todas las demás emociones se le antojaban imposibles. Dios mío, cuánto lo echaba de menos... La ausencia podía ser remediada, interpretada, llenada. Pero ¿y la pérdida? Lo extrañaba, ansiaba verlo, aunque sólo fuera fugazmente, apenas un día. ¡Danny! Silencio..., sobre ellos se extendía una burbuja mágica de vidrio que le permitía respirar con él como si fueran uno.

Familias desdichadas. La frase de Tolstói se vuelve del revés: todas se parecen, se hallan en un círculo previsible de sufrimiento, desavenencias y tristeza; su uniformidad tiene sin cuidado a la felicidad, que no conoce la caridad, no recurre a la mera amabilidad. La felicidad es variada y múltiple; el dolor es reiterativo, siempre muestra la misma cara severa y terca. Una persona sólo sabe que es desdichada y prevé que seguirá siéndolo. Existe la creencia, sin duda endémica, de que no es que no vaya a durar sino que no puede durar. El destino y la felicidad, siempre como fin imaginado, son expresiones del valor de la sensación: se mide en función de lo que significaría perderla. A Simone, la palabra amor le parecía un simple nombre para la distancia, para lo desconocido. «Tengo miedo, Michael.»

Clic. Del salón llegaba el sonido de la música, unos bongos, un xilófono, luego una flauta. Clic. Un perro que ladraba, unas risas enlatadas. Otro clic. Una voz ronca que anunciaba la llegada de un circo ruso. Clic. Alguien que jadeaba y emitía resoplidos asmáticos. Clic. «Oh... ¿entonces no lo has oído?», decía la sorprendida voz. Risas. ¡Plaf! Sonó una especie de bofetada. Más risas enlatadas. «¿Por qué se le dice al público cuándo debe reír?», pensaba Simone. «¡Es un éxito! Un nuevo *bestseller* de Justin Underhand. Una novela de espías, una obra maestra llena de acción. ¡Imágenes amenazadoras para llevarte, lleno de energía visual, por el viaje de tu vida!» Sintió vergüenza ajena. Creía que el arte, en cuanto entraba en contacto con la política, se hundía inevitablemente hasta el nivel de cualquier basura ideológica.

«Basura bajo mano —pensó a propósito del apellido de aquel autor, y rio para sus adentros—. Nabokov habría dado su aprobación.»

Las voces del salón se intensificaron.

—Será un viaje espléndido. —Ése era Michael.

—Eso espero —dijo Curtis—. Sí, eso espero —repitió con gravedad.

Pensaban que ella estaría escuchando, lo sabía. Se oyó una risa mientras se vestía.

—¡Buenos días, guapísima! —gritó Michael, con el mando de la tele en la mano, los pies sobre la mesa y una sonrisa de oreja a oreja—. ¿Te hemos despertado? Hacía tiempo que no veía uno de esos programas. —Señaló el televisor—. ¿Sabías que hay *reality shows* que recrean mis excavaciones en Judea? —Rio débilmente. Con su camisa de seda, su corbata a cuadros y sus botas de goma podría haber participado en el espectáculo. Lo abrazó y se acurrucó a su lado.

—Buenos días, Simone. En la mesa hay café, zumo de naranjas recién exprimidas y fruta fresca, varios tipos de cereales, beicon, tortitas, salchichas y nueces.

—Café, vale. Negro, por favor, y muy fuerte. —Dirigió una sonrisa a Curtis—. ¿Nueces? ¿Estás de broma?

> Clic. «De los creadores de Spasm IV llega RawHide. ¡Con más acción, más peligrosa, más deliciosamente fantástica!» Clic. «¿A quién amamos? ¡A Jesús! ¿A quién? ¡A Jesús! Jesús es el Señor, alabado sea el Señor, alabado sea Jesús.» Clic. «... Nos trae las últimas noticias del tiroteo aún sin esclarecer.»

Ambos se incorporaron, atónitos, con la vista fija en el televisor, mientras la cámara avanzaba hacia un Mercedes 600 y en la parte superior de la pantalla aparecía el nombre de la ya identificada víctima del tiroteo de la noche anterior.

—¡Curtis!

—*... John Reed, respetado y poderoso presidente de una de las principales entidades financieras de Norteamérica, Citi-Group, fue asesinado anoche en lo que seguramente será una investigación que saltará a los titulares. El Departamento de Policía de Nueva York ha declinado hacer comentarios sobre esta muerte. Ciertas fuentes han afirmado, a condición de preservar su anonimato, que Citi estaba implicado en negociaciones con una entidad financiera aún desconocida para afrontar las elevadas pérdidas en el conjunto de sus principales divisiones de inversión. Un portavoz ha dicho que no había relación alguna entre la muerte de Reed y las actuales actividades del grupo, pero no ha querido dar más detalles al haber una investigación en curso.*

La cámara se acercó a una sábana blanca manchada de sangre que cubría el cadáver mientras era introducido en una ambulancia. Acto seguido aparecieron morbosas imágenes del interior del Mercedes y la fotografía corporativa de Reed en el margen derecho.

—*Y ahora los deportes. El agente de David Jones, el* outfielder *de los Yankees, ha declarado rotundamente que su cliente no tuvo relaciones sexuales con un prostituto octogenario disfrazado de Santa Claus en unos urinarios públicos, lo que constituiría una evidente infracción del convenio colectivo de la Liga Americana de Béisbol...*

—¿Qué ocurre? —preguntó Simone, inquieta.

—Alguien se ha adelantado. Literalmente, ha desenfundado antes —respondió Curtis.

—Estamos columpiándonos sin saberlo ante algo que, sea lo que sea, se muestra activo —apuntó Michael.

—No, activo no —señaló el ranger—. Necesitábamos a Reed para sacarlos a la luz. Estaba dispuesto a dar información a cambio de nuestro silencio.

—En este caso, creía de veras que había alguien más.

—Así es. No nosotros, sino alguien real. Recordad lo que

dijo sobre Schaffhausen. ¿Dónde está el número de Cristian? Aquí, ya lo tengo.

—Hola. —Cristian lo cogió al primer tono.

—Reed ha muerto.

—Lo sé. Ahora no puedo hablar. Estoy esperando una llamada del presidente de Estados Unidos.

—¿Cuál es la misteriosa entidad financiera con la que estaba negociando Citi? —susurró Curtis.

—Nosotros. El gobierno ya no da más de sí, y quería que prestáramos dinero a Citi con su garantía como respaldo.

—¿El Banco Mundial prestando dinero a una empresa estadounidense a costa del contribuyente? Me imagino los titulares.

—Aquí ha estallado todo por los aires. Alguien ha filtrado al *Times* un documento preliminar. Si se publica, estamos acabados. Por eso va a llamarme el presidente. Están cerrando filas. Además, corremos el peligro de que se enteren otros. Dios, no me hagas hablar. Ya te telefonearé.

Cristian colgó el auricular de golpe.

Curtis sacudió la cabeza, como si estuviera recordando una vieja melodía. Luego se dirigió a Michael y Simone.

—Danny estaba a punto de sacar Octopus a la luz, un conciliábulo de unas veinte personas que controlan la mayor parte de la riqueza del mundo. Tenemos sus documentos de Schaffhausen. Ahora está muerto. Reed estaba dispuesto a cooperar. Con su ayuda, habríamos puesto a Octopus en evidencia. Ahora Reed también está muerto. Quienes los han matado no lo han hecho por lo que sabían, sino por la trascendencia pública de lo descubierto. ¿Os acordáis de lo que decía Reed?

—Que casi nadie conoce la historia real —contestó Michael.

—Esto viene de muy atrás. Por eso la historia permanece oculta.

—Y si se trata de una historia de hace sesenta años, los hechos de Roma son relevantes —añadió el historiador de arcanos.

Curtis consultó la hora.

—Son casi las diez. En Langley tengo un viejo colega, un analista de alto nivel con acreditación Cuatro Cero. Sabe dónde están enterrados los cadáveres. Le diré que haga girar discretamente los discos y anote cualquier anomalía que vea sobre esto. Una vieja historia. Old Boys's Club. Corea, Japón —dijo Curtis, golpeándose la rodilla.

—¿Quién es?

—Está en la CIA, trabaja en una de las subestaciones de la ciudad. En octubre de 2001, formó parte de una misión ultrasecreta en el interior de Afganistán. Fueron los primeros en entrar. —Miró a los otros dos—. Cristian tiene razón. La cosa va de asociaciones. Para sacarlos debemos atar un cebo a un árbol; y para tener el cebo adecuado, necesito más datos de la CIA.

—¿Qué quieres que hagamos? —preguntó Simone.

—Que vayáis a la Biblioteca de Referencia del *New York Times* y miréis los archivos sobre Reed. Nombres, fechas, fotos, viejas secuencias microfilmadas, todo lo que podáis pillar —dijo con voz tranquila, glacial.

Michael miró a Curtis.

—¿Qué pasa con el cebo?

—Esto es parte del juego, Michael. No lo sabremos hasta que se disipe la niebla. —Éste miró a Curtis con aire burlón.

—¿Quién es el cebo?

—Yo.

35

Cualquier grupo étnico puede hacer de una gran urbe su propio Edén territorial. Brighton Beach Avenue, en Brooklyn, es el centro del sector ruso del viejo y étnicamente denso barrio de Nueva York, donde los ruinosos edificios son neoyorquinos, pero los sonidos y los olores son rusos, los letreros de las tiendas están en dos alfabetos, y los escaparates no han perdido ese anticuado aspecto soviético, con luces rodeadas por matrioskas y samovares. Allí las mujeres tienen un semblante apagado, el pelo amarillo, grandes pechos, un temperamento tenso, delantales de colores y hablan con sus paisanos en una peculiar mezcla de inglés rusificado. Con todo, es el Edén en la medida en que el hombre es capaz de reproducirlo. Aquí los rusos, que además están por todas partes, no son sólo rusos, sino que hablan en ruso y recrean lo que solían hacer en la desaparecida Unión Soviética.

Tres horas después, Curtis paseaba por Brighton Beach. Dejó atrás Tío Vania, un pequeño restaurante lleno de humo que ofrecía, con un toque inconfundiblemente ruso, toda clase de vodkas, blinis y caviar. Pasó luego junto a Rego Park, cruzó el paseo de tablas y accedió a la amplia playa frente al mar.

No tuvo que esperar mucho. Su contacto se le acercaba, luciendo un abrigo impermeable con cinturón y bolsillos, camisa blanca, pantalones blancos, y una cámara colgada al hombro. Estaba comiendo caramelos de una bolsa, y llevaba el pelo engominado con el característico estilo de Elvis.

—Me alegro de verte, Curtis.

—Gracias por venir, Barry. ¿Me has traído algo?

—Digamos que estás en deuda conmigo y pienso cobrármelo. Tengo dos entradas para la subasta de objetos de Elvis Presley de la semana que viene y espero que me acompañes. Para darme apoyo moral.

—¿Por qué necesitas apoyo moral para ir a un espectáculo así? A ver, el fanático de Elvis eres tú.

—Porque acabo de pedir prestados treinta mil dólares para pujar por el mono de pavo real que desde mayo de 1974 llevó durante cinco meses de conciertos.

—¿Vas a gastarte treinta mil dólares en un mono de pavo real?

—Es un conjunto de una pieza con cremallera, delante un diamante falso y detrás plumas que bajan en espiral por las perneras hasta los extremos acampanados.

—Muy bien. Pongamos que ya lo tienes. Estás yendo a casa con un mono de pavo real de Elvis de treinta mil dólares en una bolsa de plástico. ¿Cómo te sientes?

—Los de la generación del *baby boom* aún se acuerdan de cómo les hizo sentir el Rey cuando eran jóvenes, y quieren cosas de Elvis que les ayuden a recordar los viejos tiempos.

—¡Deberías ir al médico, Barry!

—Me he despedido de uno hace menos de una hora —replicó Barry Kumnick antes de meterse otro caramelo en la boca—. EA.

—¿EA?

—EA. Elvis Anónimo. —Sonrió de oreja a oreja.

—Corta el rollo. ¿Qué me traes?

—Una contradicción un tanto increíble.

—Explícate.

—Lo de Roma fue un montaje.

—¿Un... qué? —Curtis se temió lo peor.

—Caminemos un poco. Y baja la voz, amigo. Digo que fue un montaje. Una partida amañada desde el principio, con el resultado determinado de antemano. —Curtis estaba demasiado atónito para hablar—. Pasé las fotos de archivo de los dos asesinos por el software de identificación de caras NGI, tecnología de nueva generación. Rollo futurista. Se basa en un algoritmo de emparejamiento... y es infalible. Una cicatriz distintiva o una mandíbula asimétrica podrían suponer la diferencia entre un caso frío y otro cerrado. ¿A que no lo adivinas?

—Creía que aún estaba en fase de planificación.

—Vamos veinte años por delante de toda esta historia. Imagina cualquier cosa y luego llévala a la enésima potencia. Ahí estamos.

—¿Por qué es tan secreto?

—Para los organismos de defensa de la privacidad, es una amenaza doble: como paso hacia un estado policial y como mina de oro de datos personales para que los delincuentes cibernéticos la desvalijen.

—Pensaba que el gobierno todavía estaba entreteniéndose con los microondas y los escáneres del iris.

—Así es, si crees a *Popular Mechanic*. En todo caso, pasé las dos fotos de los asesinos, y ¿a que no lo adivinas?

—¿Tengo que hacerlo? —replicó Curtis con tono grave.

—Aparecen en la lista de NADDIS del FBI. Seguridad etiqueta negra. Sólo para tus ojos.

—Sistema de Información Sobre Narcóticos y Drogas Peligrosas. Se facilitan números de NADDIS a sospechosos de tráfico de drogas y asesinos a sueldo cuando la DEA o el FBI han iniciado investigaciones oficiales. —Curtis hizo una pausa—. ¿Quién puso la etiqueta negra?

—El Departamento de Defensa.

—¿Cuándo?

—Aquí viene lo absurdo. Una hora después de caer muertos.

—Esto da miedo, joder...

—¿Los dos tipos? Son asesinos profesionales de un cártel de narcotraficantes. La Camorra —explicó Kumnick—. He mirado a fondo en los archivos. Bosnia, Kosovo, Chechenia, Ruanda, Birmania, Pakistán, Laos, Vietnam, Indonesia, Irán, Libia, México. ¿Qué tienen en común esos respetables sitios?

—Son regiones alejadas, peligrosas y productoras de drogas.

—Exacto. Ahora una pregunta extra y la posibilidad de ganar una bala entre los ojos. ¿Sabes para quién trabajaban?

—Para el Departamento de Defensa.

—Ha aprobado el curso, soldado.

—¿Y en qué clase de operación? —preguntó Curtis.

—Proporcionando apoyo logístico a los militares norteamericanos y sus clientes.

—Un momento, Barry, que me falta el aire.

—Ahora las cosas ya no son lo que parecen, ¿eh, muchacho? Justo cuando crees que ya lo entiendes todo —se señaló la sien—, te follan con ganas. A lo bruto y a fondo. Si no te quieren con ternura, sin duda te querrán con crueldad.

Curtis se reclinó y dijo:

—Si el Departamento de Defensa puso negro sobre negro, seguridad «sólo para tus ojos», significa que formaba parte de la conspiración de Roma.

—Es decir, que toda la operación estaba controlada por el gobierno, ¿no? —añadió Kumnick con total naturalidad.

—Es improbable. El individuo era un testigo japonés. Se trataba de una acreditación Cuatro Cero, un asunto de prevención máxima. Conocían la operación desde el presidente de Estados Unidos hasta la Interpol y la alta comisionada de la ONU.

—Lo cual significa que, aunque el mismo presidente hubiera querido a ese hombre muerto, no habría podido hacer nada al respecto —señaló Kumnick.

—O sea, que el negro sobre negro no era una operación autorizada por el Departamento de Defensa.

—Sino más bien por alguno de sus *alter ego* maléficos.

Curtis asintió en silencio y exclamó:

—¡Impresionante! Pero he guardado lo mejor para el final.

—Roma.

—Sí, Roma. Me querían muerto.

—A ti y al japo.

—Y al japo. Un momento... Has dicho dos asesinos, pero eran tres.

—Ya lo sé. El tercer hombre era el de la galería. Desde luego, tenía otras instrucciones.

Curtis sacudió la cabeza.

—Él creía que éramos del mismo equipo. Por eso falló. Tenía que hacerlo.

—Compartimentación. ¡Tú y el prisionero teníais que escapar! —dijo Kumnick.

—Con su ayuda.

—Sólo que tú no lo sabías. Pero quien le dio las órdenes, sí.

—Así, cuando le disparé, él también abrió fuego.

—Exacto. Eres un elemento de primera, y ni siquiera lo sabías, soldadito. —Kumnick se rio.

—Él era la póliza de seguros del japo, en el caso de que uno de los asesinos de la Camorra llegase hasta nosotros antes de que yo los eliminara.

—Y entonces te cargaste a tu observador involuntario. ¡Bum! De primera, joder... Y ahora el tío está muerto. —Kumnick soltó un silbido.

—¿Cómo lo has deducido? —A Curtis le temblaba la mandíbula.

—Ese hombre formaba parte de una unidad de francotiradores de élite adscrita al Ministerio del Interior italiano. No tenía ningún vínculo con la Camorra. —Miró fijamente a Curtis y luego hizo una aclaración—. Cuando nuestro gobierno indaga vínculos en algún sitio, busca en todas las bases de datos disponibles. Vienen a mí. Esto es lo que yo hago.

Curtis volvió a sacudir la cabeza y dijo:

—Era una misión delicada. Quien lo envió no quería dejar cabos sueltos. Así funcionan las conspiraciones. Estando el tercer hombre muerto, el vínculo con su escalafón también quedaba cortado.

—Y así sólo quedáis tú y el viejo. ¡Vaya mierda pinchada en un palo! —exclamó Kumnick.

—Volvamos sobre eso. Octopus quiere muerto al viejo. Por tanto, planean una secuencia que debe eliminarlo sin dejar rastro. Mandan a su equipo A. Pero alguien que está al corriente introduce, discretamente y sin cometer errores, a su propio francotirador en la operación y lo vuelve todo del revés. Alguien que sabía lo que se proponía el Consejo y por qué. Alguien con sus propios motivos para mantener al anciano con vida.

—Bienvenido al mundo real.

—Gracias. Debo irme... Cuídate, Barry.

—Entonces, ¿qué pasa con Elvis? —le gritó Kumnick a su espalda.

—Lo dejaré para otro momento, si no te importa.

—¡Mono de pavo real, aquí estoy! Las damas me amarán por él y dentro de él.

—Ojalá estuviera en tus pantalones. —Curtis sonrió. Kumnick rio.

—Mantenme informado. —Kumnick se acercó y abrazó a Curtis—. Me debes un favor, pero no pareces en condiciones de devolvérmelo.

—Estaremos en contacto, Barry.

—Hasta luego, colega.

36

Sucedió por la noche, como siempre. Un avión de carga aterrizó en la oscuridad, con las luces apagadas para no ser detectado, y avanzó pesadamente por una pista llena de baches y surcos hasta un hangar situado en el otro extremo. El horizonte era plano como el lecho marino, salvo unos enormes montones de grava gris a lo lejos. La escalerilla bajó y dejó ver a una docena de agentes en uniforme, surgiendo como alienígenas en la luz rojiza de la bodega. Trece hombres. Una docena de frailes. Colocación reticular, configuración habitual en Operaciones Especiales. Cada agente tenía contacto (visual, auditivo o electrónico) con al menos otros dos. Respuesta y protección coordinadas en caso de que alguno fuera eliminado por fuego enemigo. Cada uno iba provisto de un fusil militar de asalto, seguramente un Heckler & Koch G36. Treinta balas OTAN de 5,56 × 45 mm, gran potencia, polímero negro ligero, normalmente reservado a los miembros de las Fuerzas Especiales: las miras ópticas utilizaban un retículo de punto rojo. Azotadas por los fríos vientos del norte, sus cabezas estaban cubiertas con pañuelos, y era visible el aliento en el gélido aire del invierno romano. Aquella pista de aterrizaje no pertenecía a ningún aeropuerto, ya fuera civil o militar. De hecho, no estaba en ningún mapa oficial.

Un Jeep rematado con una lona se detuvo junto al avión de carga, y un hombre se apeó. La gordura y la impasibilidad le daban un aspecto imponente.

—Coronel —dijo alguien vestido con una camiseta que ponía 3.er BATALLÓN DE SEÑALES: PERROS DE SEÑALES—. El TOC está listo. La Serie 93 viene de camino.

TOC significaba Centro de Operaciones Tácticas, y era la oficina central de una unidad militar. La Serie 93 se refería al grupo de refuerzos. El hombre a quien se dirigía como coronel sacó una versión militar de una BlackBerry para mensajes de texto y tecleó algo. Seguridad VASP de extremo a extremo. Era el equipo estándar para operaciones clandestinas.

Varios vehículos se detuvieron junto al avión. Se cargaron fusiles de asalto y otro material militar. Todo el proceso duró menos de diez minutos.

El avión se tambaleó haciendo temblar el fuselaje, mientras se iniciaba la carrera por la pista. En cuestión de segundos despegó. Las dos últimas sombras en tierra observaron la trayectoria durante unos instantes, y a continuación cruzaron un puente sólido y macizo cuya anchura apenas permitía el paso de un vehículo. Los dos hombres iban vestidos como los demás, con uniforme y pañuelo en la cabeza. Ambos apartaron el rostro para evitar las ráfagas de viento que los zarandeaban. Anduvieron deprisa, entre los árboles, hasta llegar a un pequeño claro donde había un vehículo parecido a un Jeep, sólo que mucho más grande y pesado, con neumáticos de baja presión y goma muy gruesa.

El más alto de los dos hombres sacó un comunicador electrónico, un pequeño modelo en un armazón gris de plástico duro pero con una señal de gran potencia.

—Aquí Alfa Beta Lambda. Es secreto.

La respuesta fue inaudible. Menos de diez segundos después, las luces traseras del Jeep desaparecieron en la noche.

37

La Biblioteca de Referencia del *New York Times*, en el 620 de la Octava Avenida, es una de las bibliotecas de investigación más avanzadas del mundo, por no decir que posee una de las más amplias hemerotecas, que se remonta a principios de la década de 1850. Donada a la ciudad por la familia Astor e inmejorablemente situada frente al Hotel Astoria, es la biblioteca *par excellence* de toda clase de investigadores. Con espléndidas ventanas arqueadas sobre piedra caliza de Purbeck, y embellecida con largas galerías de hierro forjado y un patio privado cerrado, ofrece a los usuarios la intimidad que requiere su trabajo.

Michael y Simone subieron las escaleras hasta la primera planta y tomaron un pasillo que desembocaba en la gran sala de lectura, en la que había enormes mesas rectangulares en hileras de seis, cada una de ellas provista de un ordenador de pantalla plana.

En menos de tres horas, habían seleccionado una considerable cantidad de material sobre John Reed, el fallecido presidente del antaño poderoso CitiGroup. Los dosieres confirmaban que, en los once años como máximo dirigente de Citi, Reed había demostrado tener el don de estar siempre en el lugar adecuado en el momento oportuno, mientras administraba con cuidado la credibilidad y el prestigio de la entidad. Tenía además una familia: una esposa afectuosa y unos hijos amantísimos. Estampas de Harvard, actividades, instantáneas escolares de grupo. Un muchacho con camiseta amarilla del *college* y pantalón corto. El joven Reed parecía seguro de sí mismo, con los hombros hacia atrás y el pecho hinchado. Más adelante posaba en actos de beneficencia, fotografías con presidentes, líderes extranjeros, niños discapacitados y acontecimientos deportivos patrocinados por Citi. Reed siempre estaba en primera fila. En el lugar adecuado en el momento oportuno, dirigiéndose al público. Una mentira magníficamente interconectada. Era una vida armada a partir de innumerables fragmentos del mundo real, un riachuelo de episodios intensos transformado en un torrente continuo de mucho bombo y platillo en publicaciones importantes. Una pizarra borrada y vuelta a utilizar.

Michael y Simone decidieron retroceder a sus comienzos. ¿De dónde venía Reed? Quizá la política no era su terreno predilecto, pero ellos eran investigadores avezados. Sabían que el noventa por ciento de la información estaba en la punta de los dedos. Sólo había que saber dónde y cómo buscarla. ¿Estuvo Reed en la guerra? ¿En cuál? ¿A las órdenes de quién? ¿Dónde? ¿Cuánto tiempo? Los primeros años de su carrera, sus años de formación, sus amigos, las organizaciones a las que perteneció, cuándo se incorporó a ellas...

Al cabo de dos horas fue emergiendo el perfil de un hombre que combatió a las órdenes del general MacArthur. Zona de operaciones: Corea, escenario del Pacífico. Buena parte de las acciones se llevaban a cabo sin la difusión en titulares; los dictados de la seguridad nacional requerían que en el Pacífico la guerra se librase de forma secreta. Reed resultó herido de gravedad. Recibió la Medalla de Honor del Congreso por «hacer algo insensato, como salvar la vida de otro soldado», según un *Navy News* de 1956. Si estuvo en la guerra, encontrarían el rastro. En vez de crónicas minuciosas, la investigación ofrecía ejemplos característicos. Centenares de hilos inconexos que llegaban a formar algo coherente. No era la historia de una sola batalla. La Guerra de Corea de Reed había sido sobre todo una guerra en la selva, con el objetivo de transportar tropas y suministros. Había que preservar el secreto a toda costa. Eso fue entonces. ¿Y ahora?

Simone se detuvo un momento, apartó uno de los tomos y miró a Michael, indecisa.

—Minucias de nada —soltó frotándose los ojos—. Una mezcla cegadora de sutilezas astutas e imágenes baratas. Viejos baúles, cárceles militares y bufones modernos.

Se reclinó en la silla, se quitó los zapatos y dejó los pies colgando. Michael notaba los movimientos más simples de Simone, cómo respiraba, se retorcía, vivía, mientras él no mostraba ninguna señal de vida.

—¿Estos dedos preciosos te vienen de familia?

—¿De dónde crees que procede nuestro segundo apellido?

—¿Casalaro?

—Walker.

—¿De los dedos de los pies?

—Nada menos.

—Los dedos y la carretera que se pierde de vista.*

—¿Las carreteras se mueven, Michael?

—En efecto.

Simone balanceó los pies un poco más.

—¿Recuerdas la primera vez que nos alojamos en aquella extraña pensión de Giovanni del Brina? —preguntó Simone.

—Hicimos el amor entre los aromas de la noche y los gritos de los animales nocturnos —contestó él.

—Hacía un calor insoportable y estábamos desnudos, salvo la hoja de parra que te pusiste en tus partes.

—Y tú eras un sueño, y lo sigues siendo.

—Estábamos entrelazados como serpientes. Y así fue cada noche durante toda la estancia.

—Con la luz de la vela coqueteando con tus pezones. Y al final se te caía la baba por todo mi cuerpo.

—Señal de buen sexo. Aquella noche tuve once orgasmos. ¿Qué otra cosa querías que hiciera?

—Baja la voz, boba...

De pronto, Simone se avergonzó y cambió de actitud.

Cerca, pasó alguien con un carrito metálico lleno de libros. El carrito tenía una rueda torcida y silbaba sobre el suelo de linóleo.

—Mejor volvamos a lo nuestro —dijo Simone con un tono

* *Walker*, en inglés significa caminante.

apagado. Michael alzó la vista, pero no logró cruzar su mirada con la de ella.

Siguieron excavando. A finales de la primavera de 1956, Reed formaba parte de un grupo secreto de soldados adiestrados en Australia que fueron enviados en misión secreta a Filipinas. ¿Qué había dicho Curtis? Old Boy's Club. Una vieja historia de sesenta años. Japón, Corea.

Reed, MacArthur, Australia, Filipinas... ¿Cómo encajaban en el cuadro? Iban amparados por el cortafuegos del gobierno, pero el sistema era hermético. Se habían pasado el día buscando pistas sobre John *Bud* Reed y su peculiar universo de humo y espejos, dominio exclusivo de quienes se han pasado la vida sorteando peligros y desapareciendo a la primera señal de amenaza. Los dos veían a través de algo que no era para ellos.

A las cuatro llamarían a Curtis, que había estado recorriendo las calles de Nueva York, resolviendo mentalmente el rompecabezas. También había retrocedido en el tiempo, recordando todas las conversaciones, los nombres, las fechas y los lugares desde que se metiera en esa locura. Lo había anotado todo, nombres clave en el lado izquierdo de la página, y a la derecha datos sin importancia aparente. Todo estaba conectado por un hilo invisible. De eso hacía treinta minutos. Desde entonces, había intentado aclararse las ideas y ahora estaba a dos manzanas de la biblioteca. Consultó la hora. Las cuatro y veinte. ¿Por qué demonios tardaban tanto? «Estamos persiguiendo una manada de lobos.» Sacudió la cabeza.

Cogió el teléfono al primer timbrazo. Era Michael.

—Reed sirvió dos veces en el escenario del Pacífico. Una a las órdenes de MacArthur en Corea, transportando tropas y suministros; y la segunda como integrante de un grupo militar secreto adiestrado en Australia y enviado luego en misión clandestina a la jungla de Filipinas.

—¿Qué clase de misión?

—No lo sé. El sistema era hermético.

—¿Cuándo fue eso? —insistió Curtis.

—En 1952 y 1956.

—¿Recuerdas lo que dijo Cristian sobre el CTP?

—Que era una operación extraoficial del gobierno muy especulativa y generadora de cuantiosos beneficios sin demasiado riesgo. Ahí está toda la sopa de letras de los organismos.

—Esto incluiría al Departamento de Defensa, ¿no?

—¿Por qué lo preguntas?

—Reed, MacArthur, Corea, Filipinas, todos los organismos habidos y por haber. ¡Bingo! —Curtis soltó un suspiro.

—Pensaba que te haría ilusión.

—Es que la idea de una subasta de objetos de Elvis Presley me da escalofríos.

38

Barry Kumnick se puso en pie cuando sonó el teléfono.

—¿Has perdido la cabeza, Curtis? —susurró al auricular—. ¿Desde qué aparato me estás llamando?

—Uno digital con tecnología de espectro difuso.

—Vaya... —dijo Kumnick, sorprendido—. Retiro lo dicho. De todos modos, nunca había conocido a nadie que pidiese de forma tan persistente y obstinada que lo echaran al mar.

—Barry, lo entiendo. Según tú, estoy buscando problemas. ¿Qué tal una variación sobre el tema? ¿Puedes ser algo más explícito?

—¿Qué tal una bala en tu cráneo? ¿Te parece lo bastante explícito?

—Sé que no es una barrera idiomática —dijo Curtis—, pero ahora mismo no te sigo.

—Pues a ver si sigues esto, ranger: has dado con la historia más explosiva de la Segunda Guerra Mundial, te lo juro, y ¡que el dios todopoderoso de Graceland me ayude!

—¡Soy todo oídos! —exclamó Curtis, fascinado por lo que estaba oyendo.

—Prefiero no meterme en esto. —Kumnick parecía alterado—. Está más allá de la acreditación Delta.

—¿Qué sacaste?

—Búsqueda negativa, sin resultados, lo que da a entender que el asunto estaba a un nivel demasiado escondido. ¡Incluso para un analista cualificado de la CIA con una acreditación Cuatro Cero! Cuatro Cero es lo máximo, colega. Más arriba no hay nada. He estado preguntando a todos los que me deben algún favor, y hasta ahora..., nada.

—Barry, dame un nombre, algo..., lo que sea para seguir adelante. Ya he llegado muy lejos.

—Tú estás hasta arriba de duplicidades del gobierno, Curtis. Ahí es donde estás.

—¿Crees que lo estoy haciendo porque me aburro? ¿Tienes idea de cuánta gente ha muerto por culpa de esto?

—Su servidor no quiere engrosar esta desagradable estadística. —Barry hizo una pausa—. ¿Qué está pasando, Curtis?

—Personas muy peligrosas, que no rinden cuentas ante nadie salvo a sí mismas, han penetrado en áreas que yo consideraba erróneamente impenetrables. —Curtis hizo una mueca.

Kumnick frunció el ceño y chasqueó la lengua.

—¿Con qué fin?

—Esto es lo que queremos averiguar. Un hombre al que yo no conocía nos ha llevado adonde estamos. Él antes no era importante, no habría merecido siquiera dos líneas en el obituario de un periódico local. Ahora está muerto porque descubrió cosas que esa gente no quería que él supiera. Ese hombre es importante porque lo que descubrió podría cambiar el mundo.

—¿Cómo?

—Un pequeño grupo de individuos muy poderosos está a punto de apoderarse de los mercados financieros mundiales. Si lo logra en el actual clima de colapso económico, estaremos a un paso de la tercera guerra mundial.

El rostro de Kumnick palideció en la débil luz de aquella fría tarde de finales de invierno. En el otro extremo de la línea, la voz esperó a que el hombre de la CIA por fin hablara.

—Tienes que ver a un hombre encubierto. Es profesor de estudios orientales en la Universidad de Cornell.

—¿Qué le digo?

—Se llama Stephen Armitage. Tú sólo dile: «Lila Dorada.»

—¿Qué significa?

—Para algunos, es el viejo relato de una esposa. Para otros, una leyenda sobre un tesoro perdido o robado.

—Un momento. Hace poco leí algo de esto. El proyecto Lila Dorada y el botín de la Segunda Guerra Mundial.

—Yo me ocuparé de las presentaciones. —Y se cortó la comunicación.

Curtis se abotonó la chaqueta y se subió las solapas. El crepúsculo iba borrándolo todo. Un brillo pálido surcaba el cielo como un reflejo de radios colosales. Echó a andar despacio calle abajo. Dejó atrás la oficina de correos, el supermercado y a varios mendigos calvos, de barbas rojizas, con los hombros caídos y las manos extendidas. Cruzó un parque en miniatura, un terreno de arena salpicado de bancos pintados con spray por un tal Joey, que proclamaba su amor eterno hacia Sarah con letras grandes y vigorosas.

«Lila Dorada.» Esas dos palabras seguían siendo una bruma, un misterio, pero sus sombras ya le perseguían. Curtis quería pisar esa sombra para impedir que volviera a desaparecer en un nebuloso olvido de almas muertas.

Simone y Michael se encontraban en el rincón más oscuro de un bar alargado, comiendo pastel de riñones y bebiendo té servido por una camarera pelirroja más bien menuda, con pecas, la frente brillante y un vestido típicamente irlandés. Aquí y allá, se apreciaba un resquicio de rayos amarillos, desparramados bajo las ramas de pino, antes de desmoronarse y desaparecer entre sus retazos. Alrededor, las lámparas del local emitían su resplandor anaranjado, y el torpe aletargamiento del final de la jornada los envolvía con un bullicio hueco, al tiempo que unos ojos fríos y escurridizos buscaban, de manera dolorosa y obstinada, el modo de pasar entre las convulsas sacudidas de una música. Ella levantó la mano hacia la luz y extendió los dedos, disfrutando de los juegos de luces y sombras que iban y venían a través de ellos. Ahí quedaba su ubicua calidez, su activa ociosidad, sombra anaranjada en los reflejos de las ventanas del restaurante.

Él la miró en la penumbra. Simone tenía los ojos cansados. Para Michael, seguía siendo tan encantadora e invulnerable como siempre.

—¿Qué? —dijo ella sonriendo; esa tierna sonrisa de Simone que Michael conocía tan bien.

Londres. Florencia. Moscú. Felicidad. Amor. Michael se encogió de hombros. Se seguía maravillando ante la curiosa fuerza que lo había arrastrado con descaro al extraño y maravilloso mundo de Simone.

—¿Qué? —Ella alzó un poco la voz, apoyándose en el antebrazo de Michael. Una promesa de afecto y algo más.

—Eres increíble —dijo él, sin poder apartar la mirada de su rostro—. Te adoro. Nunca en mi vida amaré a nadie como a ti.

Ella se le había acercado, con el rostro crispado por el dolor de la felicidad, se le aferraba, susurrándole algo al oído, algo que él no alcanzaba a entender entre el murmullo ambiental. Le besaba el cuello, la oreja, la mano, otra vez el cuello, tiraba de su manga, sonriendo y susurrando otra vez, ajena a los demás. Michael volvió a reconocer en ella todo lo que había amado: el suave contorno de su expresivo rostro, estrechándose hacia la barbilla, las negrísimas pestañas, su bufanda al cuello, la postura desenfadada, la avidez con que vivía, sentía y se expresaba. Simone lo devoraba todo.

—Eso es exactamente lo que siento por ti, ya me entiendes —dijo ella volviendo hacia él su cabeza gacha. Le metió las manos en el bolsillo de su chaqueta a cuadros—. Te vibra el brazo.

—¡Dios! —Michael buscó a tientas el móvil—. ¡Hola!

—No me esperéis levantados. Tuvimos una oportunidad. Ahora no me hagas preguntas; es algo que viene del espacio sideral, pero no importa, de verdad.

—¿Adónde vas?

—A ver a un hombre que sabe cosas.

—¿Quién es? ¿Le conoces?

—Personalmente no, pero es la pieza que falta en el rompecabezas.

La Universidad de Cornell está en la calle Setenta y cuatro de Nueva York, en el Upper East Side de Manhattan, entre Central Park y el East River. La zona se conoce como «Distrito de las medias de seda», y tiene el metro cuadrado más caro de Estados Unidos. A menudo denominada Weill Cornell para abreviar, la universidad alberga dos secciones de la Cornell, el Weill Medical College y el Departamento Weill Cornell de Estudios Orientales. Forma parte de la Ivy League, que durante más de un siglo ha sido sinónimo de excelencia académica y elitismo social, y representa una filosofía educativa propia de las escuelas más antiguas del país. Según el censo de 2005, en el Upper East Side residían 234.856 personas, veintidós mil de las cuales asistían a la Universidad de Cornell, eso sin contar unos doscientos profesores y el resto de personal. Uno de ellos se llamaba Stephen Armitage, y era profesor de estudios orientales y agente especial encubierto de la CIA.

—Pare ahí —dijo Curtis, abriendo la portezuela del taxi a la carrera. Era última hora de la tarde, es decir, Armitage podía estar en cualquier sitio del extenso campus urbano. Cruzó el parque, abrió el portillo y cortó por el camino que conducía al Colegio Mayor Carl Sagan.

—Por favor... —Se acercó a un par de jóvenes que bajaban a zancadas los peldaños empedrados, lisos por décadas de uso—. Estoy buscando el Departamento de Estudios Orientales.

—Está usted delante —dijo un chico con el pelo crespo, señalando a su espalda—. A la derecha, al final del pasillo.

Curtis subió las escaleras, tomó el pasillo y cruzó un arco que daba a un laberinto de despachos ocupados por las más destacadas eminencias de la disciplina. La plantilla de profesores de Cornell contaba con seis becarios Rhodes y cuarenta candidatos al Premio Nobel. La puerta de Armitage era la última a la izquierda, oculta tras una columna.

Se acercó, permaneció unos instantes escuchando y por fin llamó con suavidad. Al otro lado, oyó el sonido apagado de una silla que se deslizaba por el suelo seguido de unos pasos. Se abrió la puerta.

—Usted debe de ser el señor Stephen Armitage. —El hombre tenía un aspecto mustio y una mata de pelo como la de Beethoven. Emitió un murmullo ronco, frunció la frente y se sonó la nariz.

—Doctor Stephen Armitage. —Las manos le temblaban—. ¿En qué puedo ayudarle?

Curtis miró a la izquierda, hacia el pasillo.

—«Lila Dorada» —susurró.

El silencio fue breve. Después brotaron las palabras, denotando sorpresa y miedo.

—Lo siento, debe de haber un malentendido. Esto es el Departamento de Estudios Orientales. Seguramente busca usted al profesor Lilem, del Weill Medical College.

—No, creo que he venido al lugar correcto. «Lila Dorada» —repitió Curtis despacio, la mirada fija en el hombre que tenía delante. Ahora el otro le escudriñaba, intentando leerle el pensamiento y averiguar sus intenciones. Era demasiado peligroso que los secretos que guardaba fueran descubiertos por alguien vivo..., porque los muertos no hablan.

—¿Quién es usted?

—Un amigo común me dio esta dirección junto con las palabras correspondientes. —Siguió otra larga pausa.

Armitage le indicó a Curtis que entrara en el despacho. El ranger echó un vistazo a la estancia y advirtió el inconfundible olor del mundo académico. La mesa del profesor estaba llena de carpetas de colores y sobres apilados; encima, periódicos viejos, algunos de los cuales habían caído al suelo y habían acabado bajo la mesa. Junto al escritorio, algo parecido a un vaso cuadrado contenía tres bolígrafos, medio lápiz mordido, un marcador y una goma enorme que recordaba a una tortuga tomando el sol. También había una silla atiborrada de exámenes, una vieja máquina de escribir Urania en el estante a su espalda, varias fotografías, diplomas, títulos..., nada espartano. Es más, resultaba auténtico, no un espacio montado a toda prisa sólo para salvar las apariencias, como pasaba en las operaciones de los servicios secretos, sino real, extraordinariamente expresivo, receptivo a todas las demandas de inspiración de su actual ocupante.

—¿Un amigo común? —preguntó Armitage con un tono ligeramente jocoso y distraído, pronunciando «común» con una «n» suave, como solía hacer cuando estaba perplejo.

—Barry Kumnick.

—¿Y usted quién es?

—Curtis Fitzgerald.

Armitage sonrió.

—Por favor, perdóneme. Me estoy haciendo viejo, y mi memoria ya no es la que era. —El profesor de estudios orientales observó con picardía y asintió—. Sí, parece que tenemos un amigo común. Y él me ha hablado de usted.

Se dirigió a la parte posterior de la mesa, acercó la silla y se sentó.

—Así que quiere usted saber sobre Lila Dorada. —Miró fijamente a Curtis—. ¿Por qué?

—No tiene por qué conocer los detalles. De hecho, es mejor así. —Curtis tomó asiento, y su enorme cuerpo redujo al mínimo el tamaño de la silla.

—¿Cómo puedo estar seguro de que la información que usted busca será utilizada con sensatez?

—Yo no explico mis métodos, pero utilizo la confianza de un amigo común como tarjeta de visita.

Armitage se quedó callado unos segundos, estudiando a Curtis. De pronto, se reclinó en la silla y puso las manos en los reposabrazos.

—A lo largo de los años, han sido muchos los que han intentado tener acceso al secreto. Pocos han sobrevivido para contarlo, y los que lo han conseguido, mejor sería que se metieran en un agujero negro y profundo antes de que los encuentren y los interroguen sobre los detalles.

La mente de Curtis daba vueltas, corría acelerada, procesando información. Armitage no era ni un mentiroso ni un idiota. Kumnick era un amigo. El viejo sabía que Curtis iría a verlo; conocía su aspecto, lo esperaba. Seguramente por eso estaba en el despacho, aguardándolo, en vez de exponerse a miradas indiscretas en el campus. Así que... ¿por qué esa pantomima? ¿Por qué el numerito? Porque el hombre de la CIA estaba protegiendo dos territorios, el de la Agencia y el suyo. A Curtis sólo le quedaba una opción: contar parte de la verdad, cuanto menos mejor, con tono verosímil. Los hechos innegables y los acontecimientos fácilmente verificables.

—Un periodista de investigación fallecido, hermano de una amiga, descubrió una conspiración relacionada con algunas de las personas más poderosas del mundo. Esas personas tenían varias cosas en común: la Segunda Guerra Mundial, finales de la década de 1940, principios y mediados de la de 1950, Japón, Corea, Filipinas, la actual crisis financiera y el oro.

Armitage extendió las manos.

—Un grupo de hombres poderosos. —Hizo una pausa—. ¿Son estadounidenses?

—Son de todas partes.

—¿Cuál es el nombre de la conspiración?

—Tiene distintos nombres. Si se supiera el nombre verdadero, podría ser peligroso. —Curtis esperó. Armitage hizo lo propio—. Se llaman a sí mismos Octopus. El nombre lo descubrió el hermano de mi amiga.

—¿Octopus? Como la Agencia. —El erudito sacudió la cabeza—. Use todas las palabras «mágicas» que se le ocurran.

—¿Cómo?

—Está en el manual de la CIA —dijo Armitage—. Alguien de la Agencia pensó que si se utilizaban clichés para contraseñas, la propia operación sonaría más legítima.

Calló un momento. El silencio se vio realzado por el zumbido de un gran ventilador cercano. Curtis observó al erudito; el viejo miraba por la ventana, con aire pensativo.

—¿Qué es «Lila Dorada»? —insistió Curtis.

—El nombre de un poema escrito por el emperador japonés Hiro-Hito. Y un secreto.

—¿Un poema? ¿Qué tiene que ver un poema con un secreto tan peligroso que los hombres prefieren llevárselo a la tumba antes de revelar su contenido?

—Entre 1936 y 1942, y actuando a las órdenes de un príncipe de la casa imperial, una unidad secreta dirigida por el hermano pequeño del emperador recibió el encargo de saquear metódicamente el sudeste asiático. Era Lila Dorada. El valor del botín arramblado por Lila Dorada es increíble. Toda la parte de Asia controlada por los japoneses había sido rastreada en busca de tesoros. De hecho, la cantidad de oro robado entre 1937 y 1942 supera la suma de las reservas de oro de todos los bancos centrales del mundo. Es, sin duda, la mayor conspiración conocida en la historia de la humanidad. No por las dimensiones, sino por lo que escondía. Porque si esas cantidades reales de oro y dinero salen algún día a la luz, pondrán al descubierto un secreto mucho más confidencial. —Levantó el dedo índice y lanzó a Curtis una mirada elocuente—: La cantidad de oro enterrado en Filipinas durante la Segunda Guerra Mundial es diez veces superior a la cifra oficial de ciento cuarenta mil toneladas métricas supuestamente extraídas en más de seis mil años de historia. Es insólito que existan semejantes cantidades de oro al margen del circuito oficial. Y es aún más espeluznante que dicho secreto esté protegido.

—¿Ha dicho entre 1937 y 1942?

—A principios de 1943, la mayor parte fue enviado por barco al cuartel general del príncipe Chichibu, en Filipinas.

—¿Qué pasó en 1943?

—Stalingrado. El principio del fin. Los más astutos comandantes alemanes y japoneses lo entendieron enseguida. Era cuestión de tiempo. Trasladar el tesoro a Japón no era viable. Había que cambiar de planes, aunque sólo fuera como medida provisional. El ejército japonés despachó el oro a las islas y se vio obligado a dejarlo allí, con la vana esperanza de regresar después de la guerra y recuperar el botín en secreto.

»Un grupo de oficiales japoneses, con la ayuda de una brigada especial del cuerpo de ingenieros, comenzó a enterrar el tesoro. Tardaron meses en excavar y construir complejos sistemas de túneles lo bastante grandes para almacenar los camiones y lo bastante profundos para discurrir por debajo de la superficie del agua. —Se acercó a un mueble de cerezo—. Necesito una copa para ayudar a mantener este horroroso hábito mío. ¿Quiere una? —Armitage agarró el tirador y abrió una portezuela que ocultaba un minibar muy bien aprovisionado.

—Tal vez luego.

Armitage se encogió de hombros.

—Esto no hará que la historia fluya más rápido, ya sabe. —Armitage tomó un trago de brandy—. He bebido la cicuta demasiadas veces, Curtis. —Apuró el resto de bebida y se secó la boca con el dorso de la mano—. Para entender esta historia, para calibrar de veras su intensidad y su horror, hay que visualizarla, saborear el sudor y oler la podredumbre. Hay que imaginarse lo que debieron de pasar los presos que cavaron aquellos túneles bajo el ojo atento de los sargentos mayores japoneses y el bramido del viento, hasta arriba de barro, pasando hambre y medio desnudos, atormentados por insectos del tamaño de un puño, dándose cuenta de que no tenían la menor posibilidad de salir de allí con vida. Este sórdido episodio pierde parte de su encanto estereográfico y no se puede entender en toda su dimensión: la maldad elevada a la enésima potencia. —Asintió con la cabeza y frunció el ceño.

»Antes de ser enterrada, aquella gran cantidad de oro y otros tesoros estuvieron repartidos en baúles de varios tamaños. La mayor parte, correspondiente a un total de ciento setenta y dos baúles, acabó en las islas Filipinas antes de terminar la Segunda Guerra Mundial. Oro y plata en lingotes, diamantes, platino y valiosos objetos religiosos, incluida una estatua de Buda de oro que pesaba una tonelada, valorados en ciento noventa mil millones de dólares de los de 1943, fueron enterrados ahí junto con prisioneros de guerra aliados que habían sido forzados a cavar los túneles.

—Y entonces, ¿qué ocurrió?

—Se está adelantando. Y aunque sé que la distancia más corta entre dos puntos es la línea recta, déjeme disfrutar de las curvas. No sé cuántas historias más de Lila Dorada tengo dentro. Ya ve que no estoy muy bien de salud. —Tosió y se limpió la boca con la servilleta roja—. Los cartógrafos japoneses confeccionaron mapas de todos los escondites, y los contables del emperador marcaron cada baúl con un número de tres dígitos que representaba el valor de la carga de cada uno en yenes japoneses. Uno de los ciento setenta y dos vehículos tenía el «777», el equivalente a más de noventa mil toneladas métricas de oro, el setenta y cinco por ciento de las reservas oficiales de oro del mundo. Un valor de ciento dos billones de dólares estadounidenses del año 1945, cuando el tipo de cambio era de tres yenes y medio por dólar, una cantidad que empequeñece la deuda global actual y lo deja a uno aturdido. —Armitage hizo otra pausa.

Curtis parecía anonadado.

—Está hablando de billones de dólares según el tipo de cambio actual.

—En realidad son trillones, una cantidad tan extravagante que desafía cualquier realidad del universo conocido.

—Es imposible ocultar una conspiración de ese tipo. Alguien debía de saberlo.

—En efecto. Era un secreto demasiado tentador para mantenerlo oculto en un calabozo oscuro. A finales de 1944, Estados Unidos descifró las comunicaciones codificadas del Japón imperial y elaboró sus propios planes para hacerse con el botín. ¿Recuerda el famoso discurso de Roosevelt sobre la rendición incondicional de las potencias del Eje?

—Conferencia de Casablanca, enero de 1943 —dijo Curtis maquinalmente—. ¡Joder!

El viejo se rio.

—Roosevelt, el gran humanitario, no tenía en mente ninguna víctima cuando sorprendió a Churchill con sus precipitadas palabras.

—O sea que el gobierno lo sabía.

—Lo sabía Roosevelt. Lo sabía el presidente de Estados Unidos. Supongo que entiende la gravedad de la acusación.

—¿Y Churchill?

Armitage negó con la cabeza.

—Los estadounidenses descifraron los códigos y preservaron el secreto. Entre 1948 y 1956, agentes de la CIA iniciaron en Filipinas una recuperación clandestina. Tardaron cuatro meses en encontrar la primera cueva, situada a más de setenta metros de profundidad. Lila Dorada había sepultado el tesoro mediante una sofisticada técnica creada por ingenieros japoneses. Dejaron señales sobre cómo hallarla por medio de formaciones rocosas inhabituales y otros signos topográficos que disimulaban fácilmente su ubicación.

—¿Qué hicieron entonces con el oro?

—Una parte se convirtió en la base de los fondos para operaciones extraoficiales de la CIA durante los primeros años de la posguerra, cuyo fin era crear una red anticomunista mundial. Para garantizar lealtad a la causa, la CIA distribuyó certificados de lingotes de oro entre gente influyente de todo el planeta.

—¿Y el resto?

—Lo dejaron en la selva, a buen recaudo. Y allí sigue.

—Filipinas... ¿Lo sabía Ferdinand Marcos?

—Desde luego que sí. Lo descubrió en 1953. Naturalmente, en esa época él no era más que un modesto matón y un buscavidas. Sin embargo, tenía una ambición sin límites, algo que el gobierno estadounidense subestimó. Entre 1953 y 1970, con la ayuda de los prisioneros de guerra japoneses, Marcos desenterró seiscientas toneladas de oro..., hasta que a finales de 1971 encontró el mapa y se puso a trabajar en serio. Cuando hubo terminado, Marcos había sacado treinta y dos mil toneladas del tesoro oculto.

—¿Cómo?

—Uno de los prisioneros había formado parte del original Lila Dorada. A cambio de su libertad, dibujó a Marcos una pequeña sección del mapa, la parte que había memorizado en 1943.

—Han pasado veintiocho años. ¿Qué fue de él?

—Lo encontraron en una choza de la jungla con la garganta perforada quirúrgicamente.

—Su billete a la libertad, imagino.

—Imaginemos.

—¿Qué pasó con el oro de Marcos?

—Nuestro gobierno lo confiscó cuando Marcos fue derrocado.

—¿Alguien más conocía el mapa del tesoro?

—Nuestro gobierno segurísimo que no. Al menos no entonces.

—¿Y qué hay de los prisioneros?

—Está hablando de la mayor conspiración de la historia de la humanidad. La mayoría de quienes tuvieron la mala suerte de formar parte de Lila Dorada fueron enterrados con el tesoro. Son los supremos guardianes de la cripta.

—¿Incluso los soldados japoneses?

—Sobre todo ellos. ¿Quién más iba a saber dónde encontrarlo? ¿Los prisioneros de guerra? Todos estaban trabajando sobre el terreno. Nadie sobrevivió a la dura prueba. En 1982 leí un informe de una subcomisión del Congreso sobre el tema. —Armitage se recostó en la silla—. De todos modos, es una cuestión interesante. En el caos de los últimos días de la guerra, supongo que algunos de ellos podrían haber escapado de las garras de sus verdugos japoneses. ¿Sabe usted algo que yo no sepa?

—Es sólo un presentimiento, pero, como usted ha dicho, las posibilidades son escasas.

—Si alguien sobrevivió, ahora tendrá noventa años.

«Dieciséis testigos... dispuestos a testificar... tortura... crímenes contra la humanidad... Ejército Imperial japonés... todos muertos en accidente o por causas naturales. Menos uno. Akira Shimada. Roma. Mapa. Lila Dorada.

»El tercer hombre era el hombre de la galería. Tenía otras instrucciones. Creía que eras del mismo equipo. Por eso falló el tiro. Compartimentación. ¡Tú y el prisionero teníais que escapar! Con su ayuda. Pero tú no lo sabías. Quien lo envió no quería dejar cabos sueltos. Con el tercer hombre muerto, el vínculo con su escalafón también quedaba cortado. Y así sólo quedáis tú y el viejo.»

—¿Por qué sólo Filipinas?

—En ningún momento he dicho sólo Filipinas. En la jungla de Indonesia también se enterraron cofres de oro, platino, piedras preciosas y objetos religiosos de valor incalculable. En la historia contemporánea hay un episodio prácticamente desconocido: en 1955, el presidente indonesio Ahmed Sukarno, junto con otros dirigentes del Tercer Mundo, planeaba crear un banco secreto de países no alineados utilizando como garantía billones de dólares en reservas de oro de la Segunda Guerra Mundial que habían sido recuperadas.

—¿Por qué razón?

—La creación de una entidad tan poderosa cuyas reservas de oro dejaran pequeñas a las disponibles en Occidente habría hecho temblar de miedo tanto a los gobiernos occidentales como a la fraternidad bancaria euro-norteamericana.

—¿Cuál fue la reacción de Occidente?

—Enviar a Indonesia una delegación de alto nivel que, bajo los auspicios de la reconstrucción de la posguerra, discutió el asunto con Sukarno. A cambio, prometían más cooperación occidental, reconocimiento del régimen, protección contra sus enemigos, aranceles bajos para las mercancías indonesias, etcétera. Fue la primera misión exterior de Kissinger y su primer fracaso no oficial.

—¿Qué respondió Sukarno?

—Tras escuchar educadamente a los «rostros pálidos», les enseñó uno de los depósitos secretos en los que estaban ocultos objetos valiosísimos, gemas, joyas y una cantidad extraordinaria de metales preciosos. Había tal tecnología punta, incluso para los criterios actuales, que a su lado Fort Knox parecía un campamento de *boy scouts*. Los «rostros pálidos» no habían visto en su vida nada parecido. Había filas y filas de cajas de metales preciosos de la UBS, la Unión de Bancos de Suiza, cada una con barras de oro o platino J. M. Hallmarked de un kilo, cada barra con un certificado y un número únicos con el distintivo Johnson Mathey; certificados bancarios de depósito de oro y rubíes. En total, miles de toneladas. Tarjetas Vault Keys y Depositor ID de oro. Era como las mil y una noches. Tras recuperarse los visitantes del impacto, Sukarno les dijo que se fueran a freír espárragos. Kissinger explotó y amenazó personalmente con asesinarlo.

«Filipinas e Indonesia. Ferdinand Marcos y Sukarno.»

—¿Por qué ninguna de las partes afectadas entabló acciones judiciales para recuperar las propiedades robadas? Hay un período de cuarenta años en el que un país puede reclamar.

—¿Los gobiernos? ¿Y sacar a la luz toda la conspiración? Habría que tener nueve vidas para intentarlo. Métaselo en la cabeza, joven: las personas involucradas no tenían intención alguna de devolver el botín a sus legítimos dueños, se tratara de Marcos, Sukarno, Roosevelt, la CIA o cualquiera de los bancos que guardaron el tesoro en sus cámaras acorazadas.

Curtis arqueó las cejas.

—Sí. A veces la verdad supera a la ficción. ¿Quién controla las cuentas?

—Puedo decirle que una pequeña parte está controlada por el Vaticano.

—¡El Vaticano!

—¿Quién cree que ayudó a huir a los criminales de guerra nazis y japoneses hacia Latinoamérica y Estados Unidos?

—¿La Santa Sede?

—Se hizo a través de monseñor Giovanni Montini, subsecretario de Estado durante la guerra.

Curtis exclamó:

—¿Conoce la famosa escena de la Capilla Sixtina, en la que Dios se inclina y casi toca el dedo de Adán? A menudo me pregunto si Adán y Dios no estarían señalándose realmente el uno al otro, desafiándose mutuamente a asumir la responsabilidad de lo que sólo puede verse como una Creación bastante caótica. Ahora ya estoy convencido.

Armitage rio con amargura, aunque no captó la ironía.

—Ha dicho que una pequeña parte está controlada por el Vaticano. Si estamos hablando de trillones de dólares ¿cuán de pequeño es «pequeño»?

—Cuarenta y siete mil toneladas métricas de oro, cuyo valor sería de unos dos billones de dólares.

—¡Qué hijos de puta!

—Cuidado, esto es una blasfemia.

—Pues demándeme. ¿Qué hay del resto del dinero?

Armitage se encogió de hombros.

—Prefiero no saberlo. Créame, he procurado con todas mis fuerzas no enterarme de la identidad de esa gente, y al cabo de todos estos años sigo prefiriendo la comodidad húmeda de una cueva a un ataúd dos metros bajo tierra.

Curtis se tapó los ojos con la mano. Frente a él pasaron imágenes brillantes e impregnadas de detalles. Ahora los rasgos estaban vívidamente claros.

—Le estoy muy agradecido, Stephen —dijo, con la cabeza en otra parte—. A veces, en el engaño, lo mejor es la simplicidad avalada por la autoridad.

—Ya me temía que se quedaría un rato a oscuras. —Armitage observó a Curtis—. Así que, sea lo que sea, lo ha resuelto. Bravo... Lo suponía. Le he seguido el rastro. Ya sabe; las viejas costumbres no se pierden fácilmente. Lo que he visto me ha impresionado. En la vida hay mucho de intrascendente, y mucho de excepcional. Es usted un verdadero patriota. Dios, bandera, país.

—Todos cometemos errores. La juventud impresionable y todo ese rollo.

—El tiempo es algo valiosísimo, Curtis. Y los años enseñan muchas cosas. Quizá la vida tenía en mente algo distinto, algo más profundo y sutil. El problema es que soy demasiado viejo, y nunca entenderé por qué el mal es, en última instancia, más atractivo que el bien. —Apoyó la oreja en su mano blanca y temblorosa, y con el peso de la cabeza hizo crujir las articulaciones de los dedos—. Hay personas que cuando se desmorona su sistema de creencias no saben qué hacer.

Curtis asintió.

—Está usted frente a una de estas víctimas. No estoy orgulloso de ello, pero tampoco me avergüenza. —Se acercó y le tendió la mano—. Gracias de parte de los dos.

Armitage enarcó las cejas.

—¿«Los dos»?

—De mí y del hombre que no pudo terminar lo que empezó.

—De nada. Ahora lárguese de mi despacho. ¡Tengo cosas que hacer!

Curtis abrió la puerta. Según su reloj, habían pasado cinco horas.

—Stephen... —El erudito levantó la mirada—. Estoy en deuda con usted.

39

Curtis abandonó, triunfante, el edificio y salió a la noche temblando. El corazón le latía con fuerza. Anduvo un rato y se paró. Recorrió unos metros más, llevado por la inercia, en dirección a la torre del reloj, mirando continuamente la calzada. Algo crujía bajo sus pies, pero él no lo oía. Por dentro lo consumían los nuevos datos sobre una conspiración pasmosa. «Lila Dorada.» Esas dos palabras ya no eran invisibles, aunque sí persistía el enigma. «Lila Dorada.» Deseaba poder pisar de nuevo la fetidez que desprendía, impedir que desapareciera en un nebuloso olvido de almas muertas.

Curtis cogió el teléfono y marcó un número. En Roma eran las seis de la mañana. Arbour lo entendería. Tras más tonos de los necesarios, contestó una voz pastosa.

—Louise Arbour...

—Soy Curtis Fitzgerald. Espero que todavía se acuerde de mí. Es una emergencia.

—Pues claro, Curtis. —Los restos de sueño desaparecieron al instante, y la voz en Roma sonó clara y expectante.

—No tengo tiempo de explicarlo. El prisionero japonés, el hombre que yo estuve custodiando, ¿se encuentra a salvo? Repito, es una emergencia.

—Sí, al menos hasta hace cuatro horas. ¿De qué se trata?

—¿Está segura de que en este momento él no corre peligro?

—Lo está custodiando las veinticuatro horas un destacamento de élite de las Fuerzas Especiales. Me informan de cualquier cambio en su estado. Nadie entra en el recinto sin mi autorización o, en mi ausencia, la del capitán del destacamento, ya sea el lechero, una colegiala, un autobús de línea que se haya equivocado de calle o un electricista. El problema es que no sabemos qué buscar salvo desconocidos con armas, por lo que, a menos que se paren y se identifiquen debidamente, mis órdenes son disparar a matar.

—¿Alguien ha intentado ponerse en contacto con él?

—¿Directamente? No. Su ubicación es secreta. ¿A través de la Comisión de Naciones Unidas? Sí. Varios periodistas, algunos políticos, un famoso *reality show* italiano, el *Time Magazine* y el *New York Times*. A todos se les ha negado el acceso a Shimada en nombre de la seguridad. ¿Qué ocurre, Curtis? Sus preguntas son muy raras. Le recuerdo que está hablando con...

—Lo sé, comisionada. Pero le estoy pidiendo ayuda. Recuerde que mi compañero murió y yo resulté gravemente herido defendiendo a su hombre. —De nuevo un silencio en Roma—. Louise, por favor, piense si alguien más ha intentado verlo.

—Curtis, jamás olvidaré su acto de servicio en Roma, pero créame, Shimada está a salvo. No llegarán hasta él.

—Cuando dice llegar a él se refiere a matarlo, ¿no?

—Exacto.

—Louise, no quieren matarlo. Quieren sacarlo de ahí.

En Roma hubo una pausa. En la cabeza de Louise sonaron las alarmas.

—Muy bien, Curtis, si lo ha dicho para causar efecto, soy toda oídos.

Con el menor número de palabras posible, Curtis explicó a Arbour lo que había averiguado gracias a Armitage.

—Si los otros están muertos, ¿por qué quieren a Shimada vivo?

—¿Ha oído hablar alguna vez de Lila Dorada?

—Shimada me contó que había pertenecido a una unidad secreta encargada de esconder tesoros robados. Pero en nuestros archivos no consta absolutamente nada sobre Lila Dorada. No ha oído hablar de ella ni el embajador norteamericano en la

ONU ni la gente con quien hemos hablado a través de los conductos oficiales. Supuse que sería por lo avanzado de su edad.

—Louise, todos los gobiernos están dirigidos por mentirosos y no hay que creer nada de lo que dicen. Lila Dorada es real. Estamos hablando del mayor atraco de la historia de la humanidad. Durante la Segunda Guerra Mundial, una unidad secreta del Ejército Imperial japonés tuvo el cometido de saquear el sudeste asiático. La operación recibió el nombre de Lila Dorada. La cantidad y el valor de lo robado son alucinantes. Todo parece indicar que Shimada estuvo ahí.

—Aunque eso fuera cierto, ¿qué le hace pensar que quieren llevárselo?

—Porque él sabe dónde está enterrada parte del tesoro.

—Entiendo. ¿De cuánto dinero se trata, Curtis?

—No estoy exagerando, y sé que es difícil de creer, pero me han hablado de trillones de dólares.

—Si me lo hubiera dicho otro, no le habría creído. ¿Quién querría llevarse al prisionero?

—No lo sé. Pero sea quien sea, estaba al corriente de la operación secreta de Roma y fue capaz de introducir a su propio hombre sin despertar nuestras sospechas ni las de los asesinos.

—¿Tiene usted alguna idea de a quién benefició el atraco?

—Mi fuente me habló de un conglomerado, una especie de trust, pero desconocía los detalles.

—Por tanto, no sabemos qué esperar ni dónde buscar... Un segundo. No cuelgue.

Louise saltó de la cama y se dirigió al tocador. Sacó una radio de una funda, pulsó un botón y dio las siguientes órdenes.

—Quiero que un coche pase a recogerme en veinte minutos. Luego llamen a Villa Stanley y díganles que estén en alerta máxima. Que estén de servicio todos los hombres disponibles. Y avisen al capitán que estaré ahí en una hora. ¡Deprisa! —Volvió al teléfono—. ¿Curtis?

—Sigo aquí.

—Estaremos en contacto.

El capitán estaba inmóvil, con las manos en la repisa de la ventana y la cara en el borde del cristal. Miraba el jardín. El paso de la oscuridad al amanecer enmarcaba el paisaje circundante en todo su esplendor, con la luz sesgada de todo el hemisferio occidental extendiendo una película de azul lechoso por el terreno arenoso.

—¿Hasta qué punto exactamente debemos estar listos, capitán? —preguntó uno de los guardias.

—Todo lo que podamos —respondió el hombre con tono grave.

Más allá, en el otro extremo de la finca, la parte que daba a un barranco, se formaba otro grupo.

—Recordad, el gas lacrimógeno está en mi mando a distancia, y en el de Billy, las bombas de tubo, que tienen un radio de acción de cinco metros.

—¿Preparados para la acción, chicos?

—Ir despacio es ir suave; ir suave es ir rápido.

—Vamos —dijo el coronel vestido con traje de campaña.

Villa Stanley se hallaba en unas colinas cubiertas de viñedos, a siete kilómetros al norte de Roma. En los lados sur, este y oeste, por el muro del recinto se colaban rayos invisibles de luz baja. El muro del lado norte, que rodeaba la enorme extensión de terreno, era más efectista que práctico: de una altura algo inferior a cuatro metros, estaba concebido para parecer mucho más alto desde abajo y sólo tenía acceso a través de un barranco lleno de zarzas.

El primer comando se agachó, y su compañero colocó sobre sus hombros primero el pie izquierdo y luego el derecho. El comando se levantó en silencio y sin esfuerzo, y el segundo hombre agarró el borde del muro y se impulsó con suavidad hacia arriba, lanzando un brazo y después el otro para agarrar el borde opuesto. Los otros siguieron sus pasos.

Trece hombres. La docena del fraile. Se desplegaron en abanico como sombras y desaparecieron rápidamente en la noche, fundiéndose con el campo.

El hombre calvo con orejas como paletas de ping pong se deslizó por el muro exterior hasta el inclinado precipicio. Se arrastró unos diez metros y se puso en pie, escudriñando la oscuridad.

—Eco Lambda Uno a Base, cambio.

—Adelante, Eco Lambda Uno —fue la respuesta.

Una ramita rota. Salieron tres hombres hablando.

El comando se pegó al muro y aguardó a que pasaran. El viento soplaba con fuerza.

—Estoy dentro.

Informa, Eco Lambda Uno.

El primer comando exploró el terreno con sus prismáticos infrarrojos térmicos T1G7. La gran extensión de césped, que iba desde la verja principal hasta el camino circular de entrada, a unos ochenta metros, estaba salpicada de cipreses plantados en hileras largas y ordenadas, lo que procuraba un importante rasgo escultórico a ese paisaje primigenio. El camino que conducía a la entrada delantera tenía a ambos lados dos pesadas cadenas suspendidas sobre unos gruesos pilotes de hierro. A cincuenta metros, a ambos lados del edificio principal, el terreno se suavizaba, y a la larga se nivelaba y se extendía hasta donde alcanzaba la vista. Al final se disolvía en un ancho horizonte verde y ondulante, salpicado de olmos y pinares. A través de las ramas de los altos pinos, se apreciaban unas luces en la casa.

—Dos hombres en la entrada. Tres guardias con las manecillas marcando las dos, uno a las doce y otro a las nueve.

—¿Y en la casa?

—Cuatro en la primera planta, seis en la segunda.

—Shimada podría estar en cualquier parte.

—Lo encontraremos.

—Recibido.

Un sonido amortiguado sobre gravilla se acercaba. El pie de alguien tocaba y presionaba con cuidado la superficie, manteniendo el peso repartido equitativamente.

—Peligro cerca, a las dos, cuarenta metros —restalló la voz en el auricular.

—Activad el señuelo —ordenó el coronel.

El hombre se puso en cuclillas, cogió un par de piedras y se abrió paso hacia lo que, como sabía por los planos, era un sendero de grava que llevaba al camino de entrada circular. Los ángulos del recorrido a través de los árboles lo ocultaban a los hombres apostados en la casa.

—Veinte metros, dieciocho, diecisiete...

Lanzó la piedra en la dirección del viento. El guardia se volvió con el dedo en el gatillo, agachado, mostrando el pánico de la indecisión, y se acercó despacio hacia el origen del sonido.

—Doce metros con las manecillas marcando la una —murmuró la voz.

Tiró la piedra más pequeña, casi a los pies del guardia. Éste se dio la vuelta con creciente ansiedad. En ese preciso instante, el segundo comando se levantó. Agarró al otro por el cuello, ahogando todo sonido, y hundió su cuchillo Junglee de las Fuerzas Especiales en el pecho del guardia, que soltó un gañido mientras su cuerpo sin vida se desplomaba en el suelo. El segundo comando tiró de él para esconderlo.

—Equipo dos, adelante —dijo una voz metálica.

En el lado oeste de la finca, dos hombres salieron en el acto de la densa maleza que los amparaba, y empezaron a recorrer un amplio arco hacia el norte, que los condujo más allá de la entrada lateral y luego de nuevo hacia ésta, en una estrecha elevación. Uno de los dos comandos miró el reloj. Habían tardado cuarenta y ocho segundos en llegar a su sitio. Al cabo de dos minutos aparecieron los dos guardias, a unos setenta metros, caminando por el camino desde la verja. Arriba, los del equipo tres estaban uno al lado del otro, agachados bajo el muro, esperando la señal, concentrados en un punto acordado de antemano. Sus cuerpos habían sido adiestrados para moverse al instante. Habían elegido con cuidado su línea de observación, una costumbre del asesino de refuerzo. Los guardias estaban destinados a morir en el fuego cruzado.

—Diez segundos —dijo la voz—. Nueve, ocho, siete...

Los dos guardias se encontraban a menos de treinta metros, hablando tranquilamente, apenas a unos segundos de caer en una trampa mortal.

Los equipos dos y tres estaban listos.

—Seis, cinco, cuatro...

Un reflector barría el terreno a unos treinta metros a la derecha del equipo dos, entrecruzando las imágenes.

—Tres, dos... —siguió la voz en el auricular.

Los del equipo dos, colocados en la posición más elevada, levantaron las armas. El sonido despertó el instinto. Uno de los guardias irguió la cabeza.

—¡Uno, fuego!

La orden se oyó a la vez que las balas salían de unas armas de asalto de gran potencia con mira infrarroja, provistas de un cilindro perforado, es decir, un silenciador permanentemente asegurado. Tras haber apuntado con precisión, destrozaron el pecho, el cuello y el cráneo de las víctimas. El equipo dos bajó de la elevación al tiempo que el equipo tres surgía desde abajo.

—Bombas de tubo y gas lacrimógeno listos. Corto.

—Recibido, tres. Equipo cuatro, adelante.

Un escupitajo, y luego otro. Uno de los guardias del perímetro sur se desplomó como si le hubieran sacado la alfombra de debajo. Sombras. Uno, dos, tres. Una luz, un arma; no, un cuchillo. Hoja de acero, borde irregular. La mano que lo blandía era la de un experto. Los comandos opuestos chocaron en la cabeza del guardia: «Usa el arma... no, no. No hay tiempo. Coge el cuchillo.»

«¿Es demasiado tarde? Gira en el sentido de las agujas del reloj. ¡Lejos de los árboles, hacia un claro!»

Un ruido sordo, otro más. La sombra se esfumó. ¿Dónde? ¿Cómo? ¡Una locura! El guardia corrió hacia delante y a la izquierda, y tropezó con algo sólido.

Dos cuerpos. Ahora lo entendía. Uno de los francotiradores lo estaba cubriendo. Que Dios lo amparara... Se dejó caer al suelo, escudriñando la maleza. Una sombra. Una mano. ¡Demasiado tarde!

El guardia echó la cabeza atrás de una sacudida cuando el filo de la hoja le cortó la carne de la mejilla. El comando manejaba la hoja siguiendo un movimiento conciso, habilidoso, semicircular, protegiendo su cuerpo con la mano izquierda mientras la derecha se abalanzaba sobre la víctima empuñando el cuchillo. Justo cuando la hoja volvía a intentarlo en su cabeza, el guardia la emprendió a patadas con el pie derecho y alcanzó a su atacante en la rótula. Luego, instintivamente, cruzó las muñecas y cerró el paso al filo de acero. El comando se fue a la izquierda, liberando el cuchillo y cogiéndolo con la otra mano. Los dos hombres se miraron uno a otro por un instante. Acto seguido, el atacante, con los ojos encendidos, flexionó su enorme brazo derecho, y la hoja dentada salió disparada y dio en el mentón del guardia, aunque la erupción de sangre fue engañosa. El guardia hizo una mueca, respirando entre los dientes apretados, y se alejó del agresor unos metros, tambaleándose. La luz se reflejaba en el acero. ¡Un arma! El guardia se tiró al suelo y rodó mientras el atacante pateaba el arma en vano para alejarla, intentando pisarle la cabeza. El comando se lanzó hacia delante y dio un tajo al guardia en el antebrazo. Aún sobre una rodilla, el guardia bajó el brazo torciéndole la muñeca, estrellando su hombro en el cuerpo del asesino, haciendo que se girase de lado. Después le arrebató el cuchillo al tiempo que lanzaba el brazo con toda la fuerza de la que fue capaz. La larga y dentada hoja recorrió la corta distancia y perforó el cuello del comando. En el acto, la sangre le apelmazó el cabello rubio. El comando dio un grito ahogado, espiró de forma audible, se quedó flácido y cayó hacia atrás en la hierba.

El guardia, jadeando, buscó el botón de transmisión en su radio. Hizo un gesto de dolor y se limpió la sangre de la cara, obligándose a mantener la concentración.

—*Ascolta! C'é un'emergenza...!*

—¿Qué? —gritó su capitán.

—Tenemos compañía.

—Estamos listos. —Una sombra. ¿O era una premonición?

—Esperando su señal, coronel. —Una señal significaba la muerte.

El capitán se tiró al suelo una décima de segundo antes de que una explosión cuádruple hiciera añicos el cristal de la ventana de su oficina provisional.

—Activad las bombas de tubo en los sectores oeste y norte —fue la brusca respuesta.

El sonido se transformó en otro mientras bajaba la temperatura. La explosión fue ensordecedora. Hubo una erupción de llamas hacia el cielo de primera hora de la mañana. Un inmenso muro de fuego destruyó un depósito de combustible y mandó los restos al cosmos llameante.

—Equipo Alfa, mantened el fuego y la posición —gritó el capitán a las fuerzas de élite situadas en la segunda planta de Villa Stanley.

»¡Equipo dos! Si podemos empujarlos al sector oeste, los dispersaremos.

—¡Entrarán por la puerta principal! —respondió uno de sus agentes.

—¡Exacto! —replicó el capitán—. Equipo dos, ¿preparado?

—Voy con usted, capitán —chilló uno de los hombres de la unidad de élite que protegía a Shimada—. Dispone de pocos efectivos.

Segundos después, empezaron las explosiones desde atrás, primero en el sector norte de la Villa y luego en el oeste.

—La comunicación con el centro de refuerzos se ha cortado, señor —dijo uno de los hombres.

Otra explosión hizo estallar la piedra y la madera.

—Capitán, están utilizando...

Una nueva explosión, ahora mucho más cerca del edificio principal. El hombre dio con la cabeza en el hormigón y soltó un gemido.

—*Pronto!* —gritó el capitán a la radio—. Están utilizando misiles termodirigidos. Vosotros dos...

—¿Señor?

—Cubridme. Hay que sacarlos de ahí.

—Demasiado peligroso, capitán.

—¡Ellos son los que morirán! Cubridme, he dicho. Es una orden. Tres, dos, uno, ¡vamos! —gritó el capitán con su Uzi en bandolera mientras bajaba los peldaños de la escalera seguido de dos hombres fornidos con el pelo corto.

Una vez abajo, la gravilla estalló a su alrededor. Acto seguido, él zigzagueó como un loco hacia la protección de un Jeep. ¡Dolor! La onda expansiva lo atravesó como un rayo.

—¡El capitán está herido! ¡Yo lo cubro!

Éste se llevó la mano al hombro y bordeó la furgoneta con el arma disparando a los uniformes militares que tenía delante. Uno abatido, luego otro. Los accesos de dolor le contraían los músculos. Apretó el fuego automático. Uno, dos, tres, cuatro, cinco, seis, los proyectiles cortaban el aire..., y de repente nada. Las explosiones fueron reemplazadas por el escalofriante sonido de algo que se atascaba cuando la bala de la recámara no salía. ¡Se había quedado sin munición!

El capitán echó mano de su pistola Beretta, con el brazo izquierdo flácido y sangrando, el derecho agarrando el arma, los dos centinelas a cada lado. Disparó sobre una figura que se movía deprisa a unos treinta metros. El estallido ensordecedor fue inútil.

Otro estallido, y otro, el tercero y por fin el cuarto, mucho más fuerte y cercano que los otros tres.

—¡Están atacando el sector oeste, capitán! Debemos retirarnos.

—¡No! —chilló el capitán sobre el caos general—. ¡Éstos son nuestros! Están atrapados. Ahora tienen que pasar por la entrada principal. Es su única vía para entrar o salir.

Sucedió en ese momento. Se oyeron cuatro explosiones más, una tras otra, procedentes del lado norte del perímetro. El enorme muro de cuatro metros explotó con tal fuerza que tembló la tierra.

—Estamos atrapados, coronel. Debemos evacuar —dijo el comando bajito con un rugido áspero.

Un silencio.

—¿Coronel?

—Evacúa, Eco Lambda Uno. Se ha acabado.

Una descarga de arma automática surgió de las sombras justo detrás del sendero de grava y mató a uno de los francotiradores del tejado. Su cuerpo acribillado rodó y se desplomó más allá del campo visual. La herida en la cabeza era el certificado de defunción.

De pronto, otra gran explosión destrozó la verja metálica principal, y acto seguido un Hammer atravesó los escombros y el humo negro en dirección al este de la finca. Había hombres corriendo hacia los vehículos. En cuestión de segundos, escaparían.

—¡Cortadles el paso! —gritó el capitán—. ¡Están huyendo!

Otra explosión destruyó un gran sector del muro, y el Hammer avanzó dando bandazos por el boquete abierto. Al cabo de un segundo ya no estaban.

El capitán atravesó el agujero del muro y persiguió al vehículo en un vano intento de atraparlo. Tiró de la palanca selectiva y luego del gatillo para el fuego automático, vaciando el cargador con rabia.

—¡Capitán, capitán! —bramó uno de los guardias supervivientes.

—¿Qué?

—Ha venido a verle la alta comisionada de la ONU.

40

—Ley marcial —afirmó el director de la FEMA—. En las circunstancias actuales, es muy probable que el ejército se vea obligado a redefinir su papel de controlador del pueblo norteamericano, no sólo de protector.

—Es un escenario muy peligroso —reflexionó el general Joseph T. Jones II, el coordinador de más rango del Departamento de Seguridad Interior—. En un sistema de gobierno constitucional basado en el equilibrio de poderes, aparece un poder militar radicalmente nuevo que todavía no está equilibrado del todo.

—¿No estabas escuchando, Joe? —soltó, enojado, el director de la FEMA—. El panorama que describimos aquí es una emergencia nacional con el Código Alerta Roja.

—El Código Alerta Roja crearía las condiciones para la suspensión de las funciones habituales del gobierno civil —dijo Sorenson, el secretario de Estado—. Por no hablar de la suspensión de la Constitución de Estados Unidos. El gobierno no renunciará a estos derechos por capricho, Al.

—Creía que el objetivo era defender Estados Unidos contra todos los enemigos, tanto interiores como extranjeros.

—Al, si nos limitamos a la Alerta Roja... los organismos civiles del gobierno cesarán en sus funciones y serán sustituidos por una administración de emergencia. O sea, usted —aclaró Sorenson.

—La Constitución tiene suficientes salvaguardas para evitar cualquier abuso intencionado de poder, Brad.

—Si hablas de la ley Posse Comitatus de 1878, que en teoría impide a los militares intervenir en la política civil y las funciones judiciales, entonces sí, esta ley aún está vigente. Pero en la práctica, y gracias al anterior inquilino de la Casa Blanca, la legislación ya no sirve para impedir la militarización de las instituciones civiles. Ciertas disposiciones legales actuales permiten a los militares intervenir en actividades ligadas a la imposición del cumplimiento de la ley, aunque no haya una situación de emergencia. Una simple amenaza bastaría. Lo cual significa que podría implantarse la ley marcial incluso en el caso de una falsa alerta terrorista basada en información fabricada por los servicios de inteligencia. Esto supone una rendija legal lo bastante grande para que pase por ella un batallón de tanques.

—¡Debemos proteger el país y presentar batalla al enemigo! ¡Si Norteamérica está siendo atacada, no cabe la disensión!

—¡La función del gobierno democráticamente elegido no es declarar la guerra a la gente de Estados Unidos!

—Su función es mantener la ley y el orden, aunque esto requiera la promulgación de la ley marcial.

—Te refieres al Nuevo Orden Mundial, ¿no?

—Caballeros, ya he oído bastante. Estamos aquí para encontrar soluciones, no para defender ideologías individuales. Sin duda, Estados Unidos se halla en la crisis más grave de su historia. Bill, ¿cuál sería la implicación de los militares en una situación de emergencia de Alerta Roja? —El presidente se dirigía a William Staggs, el hombre que estaba al frente de la Oficina de Estado de Preparación Nacional.

—Esto sería COG, señor presidente, Continuidad del Gobierno, instalado el 11 de septiembre de 2001. Se formaría de inmediato un gobierno paralelo clasificado como Continuidad del Plan de Operaciones y coordinado por la FEMA, lo que originaría la reubicación de personal clave en emplazamientos secretos.

—¿Qué conlleva la Continuidad del Plan de Operaciones?

—Prepararse ante amenazas y agresiones al territorio de Estados Unidos, prevenirlas, desactivarlas, adelantarse, defenderse y responder a ellas. Y también a los peligros para la soberanía, la población y las infraestructuras del país, así como gestionar la crisis y sus consecuencias. En el caso del Código Alerta Roja, se declararía una emergencia nacional. Diversas funciones del gobierno civil serían transferidas al cuartel general de la FEMA, que ya cuenta con varias estructuras que le permiten supervisar las instituciones civiles.

—En otras palabras, en el caso de un Código Alerta Roja por amenaza terrorista..., la FEMA estaría al cargo del país —aclaró el presidente.

—Sin la previa aprobación del comandante en jefe —añadió Staggs.

—Es decir, usted, señor presidente —puntualizó el general Jones.

—Sólo que, para intervenir en los asuntos civiles del país, la FEMA no necesita una alerta máxima, un atentado terrorista o una situación de guerra —aclaró Sorenson—. Requiere un desencadenante, desde el desplome económico y la agitación social hasta cierres bancarios que se tradujeran en violencia contra instituciones financieras. ¿Larry?

—Señor presidente —dijo Larry Summers—, los últimos datos recibidos hace menos de media hora pronostican un empeoramiento económico que ocasionará la pérdida de hasta ochenta y un millones de puestos de trabajo a finales de año.

—¿Dónde? —preguntó el presidente, desconcertado.

—En Estados Unidos y Europa occidental.

El presidente se dejó caer en la silla.

—Según un inquietante documento confidencial que circula entre los congresistas de más rango, la NSA advierte de un futuro desastroso para Estados Unidos si el país no pone orden en su casa financiera. El informe recibe el nombre de C&R porque, al parecer, dice que si América no paga la deuda y los préstamos suscritos con China, Japón y Rusia, que están apuntalando financieramente al gobierno norteamericano, y los cancela de forma unilateral, puede encontrarse con una guerra de consecuencias catastróficas a nivel mundial. «Conflicto» es la palabra correspondiente a la «C». —Hizo una pausa y se sirvió una copa—. El otro escenario es que el gobierno federal se vea obligado a subir drásticamente los impuestos para saldar la deuda con los países extranjeros hasta el punto de que el pueblo norteamericano reaccione con una revolución popular contra el gobierno. La palabra correspondiente a la «R» es «Revolución».

—Para que esto no pase, señor presidente —terció el vicealmirante Hewitt—, estamos animando a gentes de todo el país para que construyan cuerpos de ciudadanos mediante la incorporación de programas nacionales ya existentes como los de la vigilancia de barrios, los equipos de respuesta comunitaria de emergencia, los voluntarios del servicio policial o el cuerpo de reserva médica.

—¡Santo Dios, Al! Estás creando un Estado de Seguridad Nacional y preparando el terreno para la militarización de instituciones civiles.

—¡Estamos creando las condiciones necesarias para mantener el país a salvo!

—Siempre que a la guerra se la llama paz, se alude a la persecución como seguridad, y el asesinato es liberación. La corrupción del lenguaje precede la corrupción de la vida y la dignidad. Al final, el estado, el régimen, la clase o las ideas permanecen intactos mientras la vida humana se hace añicos.

—Brad, creo que te has equivocado de profesión. Como predicador habrías ganado una fortuna.

—¡Vete a la mierda, Hewitt! Recuerda con quién estás hablando.

—El poder político es ante todo una ilusión, Brad. No te des tanto bombo.

—Salvo cuando uno es presidente de Estados Unidos. Una de las cosas más maravillosas de ser quien soy, es que no tengo por qué andarme con sutilezas. ¡Ya estoy harto de los dos!

Cruzaron el vestíbulo y saludaron al portero, que estaba sentado en su taburete tras un mostrador de madera, leyendo el periódico y relamiéndose con desgana. Su gravedad y los sonidos forzados de aprobación muda al leer algún tópico de moda escrito por un gacetillero bien pagado, interrumpidos al aclararse de vez en cuando la garganta, sugería a las claras timidez de los sentidos. El hombre se encogió de hombros al advertir que los intrusos eran viejos conocidos. Todo estaba tranquilo y mal. Michael había estado antes allí. Dios santo... siempre que estaban separados la amaba a ella y a su recuerdo. Sin embargo, con independencia de lo hondo que hurgara en su interior, no conseguía hallar una pizca de alegría. Su idilio con Simone, por una especie de connivencia entre los dos protagonistas y su destino, siempre había seguido un patrón convenido de expectativas frustradas y sueños rotos.

Ella empujó la puerta y Michael cruzó la línea divisoria, salvando en el acto la distancia entre el entonces y el ahora. Una ráfaga de viento tiró al suelo varias hojas de papel. Él se quedó un momento junto al etéreo cristal de la ventana, observando, y la tenue luz se derramó sobre ellos. Aunque había dejado de llover hacía horas, el suelo seguía mojado. Al notar que Simone lo miraba, se volvió con rapidez. Sólo vio algo alzada la sombreada comisura derecha de sus labios.

Ella se acercó por detrás y deslizó la mano bajo la camisa de Michael, quien sintió un escalofrío, y después le recorrió todo el cuerpo una oleada instantánea de embeleso. Michael se inclinó y acarició con los labios la belleza oscura del cuello de Simone; la mordió con delicadeza y alzó la vista. Sus ojos miraban los de Michael, la ropa subía y bajaba al compás de sus jadeos, acentuando los firmes pechos, los pezones. Michael la inmovilizó contra el cristal y se acercó lentamente. Sujetándola por la cintura con la mano izquierda, deslizó la derecha bajo el top y, en cuanto notó la firmeza y la calidez seca de su desnudez, hirvió en su interior una increíble dicha. Simone soltó un grito, agarrando con sus manos el cuerpo de Michael. La euforia le tensaba las venas, y exhaló un suspiro de alivio al aferrarse con desespero.

Michael se recostó en el sofá y cerró los ojos como en estado de trance. La desesperación del deseo... Con los sentimientos mezclados y una lujuria inexcusable, absorbió el contacto, tan ligero, tan mudo. El cabello rubio de Simone, liso como el de una bruja, colgaba largo y desmadejado sobre su blanco cuello con elegancia triangular. Tenía los labios rosados, de perfil perfecto, ligeramente separados; el sano y caliente rubor, la blancura sin brillo de su piel suave, la línea larga y nítida de la garganta, una caricia en acción, dilatadas las coralinas ventanas de la nariz, los ojos graves y apagados, los húmedos párpados convexos. Con el corazón palpitante, la atrajo hacia sí e inhaló el ardor de todo su cuerpo.

Michael, con los latidos lamiéndole el pecho y una mano acariciando el cálido vello púbico, se inclinó hacia Simone, mientras ella se echaba hacia atrás con urgencia delirante.

Le desabrochó el vestido de seda negra y tiró de ella, llevando las manos a sus pequeños pechos y sintiendo la sensación más dulce de su vida. ¡Dios todopoderoso! En los últimos tres años la había acariciado y poseído muchas veces. La sentó encima de él; el movimiento rítmico de los pequeños pechos cambiaba o se paraba del todo, el compacto trasero se hundía más y más en las arenas movedizas del mágico momento. Le bailaba el pelo rubio en la cara. El fino vestido de seda atado al cuello estaba tan abierto por la espalda que, cada vez que la ahuecaba (mientras se balanceaba mecánicamente), el pequeño cuerpo rodaba y se tensaba bajo su lazo de encaje.

Él se pegó a su oreja caliente a través de los tupidos mechones de pelo. En sus brazos, la mujer se agitaba, zafándose por momentos. La aturdida mirada de Simone se fundió con el discreto regocijo de Michael. Él se estremeció de placer. Ella alcanzó sus calzoncillos. Michael cerró los ojos y evocó la imagen de Simone, una imagen de dicha tan segura y llena de vida como una llama tapada con la mano.

El largo haz de luz que entraba, sesgado, por la cristalera resplandecía en la vivienda de dos plantas, y mientras él se incorporaba en una concentración extasiada, se le enroscó la punta de la lengua en la comisura de la boca.

Llegó una música lejana..., un saxo. Rapsodia rusa. La-do-mi-do-re-do-si-mi-re-la. Estaba a punto de echarse a llorar... todo era bello, la vida, el amor, la promesa, el consuelo. ¡Qué sencillo! ¡Qué hermoso! ¡Qué maravilloso! La vida. La-do-mi-do-re-do-si-mi-re-la contra los inconsolables jadeos de dos personas enamoradas.

Y entonces sucedió lo impensable. Sonó el móvil de Simone. El aparato emitía un ruido absurdo, palpitante; la cáscara redonda y oscura vibraba y se movía en la mesa como un escarabajo agitando torpemente sus patitas en el aire. Michael tuvo la tentación de aplastarlo con el tacón de su zapato y luego torturar con diligencia a la despachurrada víctima que aún se retorcía.

—No —susurró él, que tiró del lóbulo de Simone con sus dientes, y luego pronunció unas cuantas palabras inconexas.

Simone dijo:

—Pasa de la medianoche. Debe de ser importante.

—Ya volverán a llamar.

¿Y si no lo hacen?

—¿Por qué no lo harían?

—¿Y por qué sí?

Porque evidentemente quieren hablar contigo.

—Exacto. —Se apartó de él, despeinada y con la blusa desabrochada.

—¿Hola?

—¿Simone?

Se quedó paralizada. Era él, la seductora mezcla de lija frotando granito.

—¿Sí?

—Deberíamos conocernos. —Como una bocanada de humo, la voz levitó en el aire.

Simone miró a Michael.

—Es él —musitó.

Ella leyó sus labios.

—¿Cómo se pone el manos libres?

Simone se encogió de hombros consternada, mordiéndose el labio inferior.

—No lo sé.

Michael sacó enseguida su anticuado móvil. No servía. Lo arrojó, furioso, al sofá.

—¿Por qué me llama a estas horas tan intempestivas?

Hubo una pausa.

Michael posó la mano en el hombro de Simone, asiéndolo con firmeza. ¿Qué quería preguntar ella? ¡No se acordaba!

«¿Por qué no lo recuerdo? Dios mío, Curtis, ¡dime qué debo decir! ¡Sóplamelo!» Poco a poco se fueron perfilando las imágenes.

—¿Cómo conoció a mi hermano Danny? —Los ojos de Simone suplicaban, pero su voz sonaba controlada.

—Él vino a verme.

Aquello era una contradicción.

—Si está usted donde dice que está, ¿cómo puede llamarme?

—No soy del todo inútil, ya sabe. Este número es imposible de localizar.

—¿Por qué está en la cárcel?

—Participé en el desarrollo y la modificación de software para PROMIS.

—Danny estaba investigando a PROMIS, pero cuando le pregunté sobre eso pareció aturdido, y me dijo que no era nada. —Brotaron imágenes ante sus ojos. Unos sonidos discordantes le agredían los oídos.

«Danny, en sueños repetías una y otra vez la palabra "promesa". ¿Qué quiere decir?»

«Oh, no es nada, hermanita. Nada.»

«Háblame de este "nada".»

«Sólo..., oh, en realidad no es nada, Simone.»

—¿Qué es PROMIS?

—Es un software informático. Debería entender lo que hay detrás. Yo llevé a cabo la modificación en la reserva Cabezón de la cuenca del Pinto.

—¿En una reserva india? —repitió ella de forma maquinal.

—Es muy complicado —dijo una voz monótona en el otro extremo de la línea.

—¿Por qué hay unas instalaciones del gobierno en una reserva india?

—Son naciones soberanas que no dependen de la jurisdicción federal.

—No le sigo.

—Valiéndose de los tratados entre el gobierno de Estados

Unidos y los pueblos indios norteamericanos, que reconocen las reservas como naciones soberanas, la CIA ha eludido desde hace tiempo las prohibiciones legales de actuar dentro del país. Los nativos han recibido considerables recompensas económicas, y la seguridad adicional ofrecida por la policía tribal en áreas remotas ha sido una bendición del cielo para los agentes encubiertos.

—¿Podemos volver sobre PROMIS?

—No tenía que haber dicho nada. Es demasiado peligroso. —Chasqueó la lengua.

—Mi hermano está muerto, y yo no pararé hasta encontrar a los responsables.

La lija frotando granito soltó un suspiro.

—PROMIS es un programa especial. Uno de sus puntos fuertes es la banca y la gestión de dinero. Yo estaba verificando la funcionalidad del sistema cuando encontré cuentas bancarias secretas que contenían un montón de pasta. —Calló un momento—. PROMIS puede hacer esto, ya lo ve.

—¿Era dinero del gobierno?

—No exactamente. Digamos que eran cuentas conjuntas del gobierno y un grupo internacional.

—¿Y?

—Las cuentas estaban marcadas con bandera.

—¿Bandera? No comprendo... —El otro volvió a suspirar.

—Es como una advertencia. Cada vez que el ordenador recibe una visita, el organismo emisor es notificado sobre quién hizo la petición y de dónde procede. Hay diferentes sistemas capaces de hacer esto. Uno es FOIMS (Gestión de Información de Sucursales); también NCIC y NADDIS. Pueden localizar cualquier cosa.

—¿Por qué estaban marcadas?

—Se trataba de cuentas secretas. Quien las abrió no quería que ese dinero fuera descubierto.

—¿Es lo que ustedes llaman cuentas inactivas? —preguntó Simone, recordando la conversación con Cristian.

—No estaban inactivas, pues el dinero se estaba utilizando para alterar mercados financieros, lograr el control de empresas o derrocar gobiernos.

—¿Qué hizo con él?

—Lo escondí.

—¿Por qué?

—Para protegerme. Lo escondí todo. Por eso me tendieron una trampa con el fin de incriminarme.

—¡Le tendieron una trampa! —Simone asintió como hacen las personas cuando repiten palabras que las han dejado atónitas—. ¿Por qué lo hicieron?

—Porque lo que descubrí desafiaba la imaginación.

—¿De cuánto dinero estamos hablando?

—De muchísimo. Más del que usted pueda llegar a figurarse.

—En las notas de Danny encontré una referencia a algo llamado CTP. ¿Le suena?

Hubo una pausa.

—No lo había oído nunca.

—Esta operación CTP suponía la creación de dinero para fines dudosos por parte de un gran número de organismos de Estados Unidos. Creo que la CIA estaba implicada. —Simone esperó.

—Es lo más probable.

—¿Es usted de la CIA? ¿Lo repudiaron porque era demasiado, incluso para ellos?

—¿Es esto lo que le han dicho? ¿Que me repudiaron? —La respuesta del hombre contenía una buena dosis de ira.

—No con estas palabras, pero es más o menos lo que oí. —Simone se esforzó por recordar la expresión exacta.

—¿Y usted les cree? —la interrumpió la voz.

—No tengo ni idea de quiénes son ninguno de ustedes.

La voz guardó silencio. En la quietud, Simone alcanzaba a oír la respiración lenta y pausada del hombre en el otro extremo de la línea.

—No sé nada al respecto. Tan sólo soy un especialista informático. No todos los que trabajan para la CIA llevan un arma y matan gente.

Ahora le tocaba a Simone guardar silencio. En las palabras de él había mucha verdad.

—Lo siento, no era mi intención.

—No pasa nada. En todo caso, usted debe hacer preguntas. ¿Cómo, si no, va a averiguar cosas?

—Dice que le tendieron una trampa. ¿Cómo?

—Con drogas. Asaltaron mi casa con una orden judicial falsa y al parecer hallaron metanfetaminas. Sólo que esas metanfetaminas son las mismas que la Agencia ha estado distribuyendo en Latinoamérica. Fue una maquinación. Una cabeza de turco declaró contra mí en el juicio.

—¿Quién?

—Un camello de medio pelo en libertad condicional. Si no testificaba, le quitarían la condicional y lo mandarían de nuevo a la cárcel.

—¿Su abogado no le interrogó en el estrado?

—Ése era el plan.

—¿Y?

—Encontraron al testigo flotando en el río, con una bala en el ojo izquierdo. La policía acusó a una banda rival. Caso cerrado.

—¿Cuándo tiene que comparecer otra vez ante el tribunal?

—Pronto, pero da igual. Quieren tenerme encerrado hasta que les devuelva el dinero. Entretanto, en la prensa están llevando a cabo una campaña difamatoria en toda regla. Hace poco, en un reportaje de la CNN aparecieron en la reserva de Cabezón unos exteriores que consistían en una extensión de tierra desnuda, cielo azul, arena y artemisa. De pronto el comentarista dijo: «Aquí, en la reserva india, es donde Paulo Ignatius Scaroni afirma haber modificado el software de PROMIS.» No enseñaron el complejo de la oficina tribal, ni la zona industrial, ni los laboratorios farmacéuticos. Sólo un terreno pelado, ¡como si yo tuviera mi ordenador en un tipi en mitad del desierto!

—O sea que éste es su nombre. Paulo Ignatius Scaroni. —A Simone le brillaron los ojos. Se inclinó hacia Michael.

—Sí —dijo la seductora mezcla de lija frotando granito con una pizca de miel. Se quedó callado un momento—. Por eso la llamé la otra noche.

A Simone el corazón le dio un brinco. Por un instante sintió una fuerte sacudida de miedo.

—¿Sí?

—Sé que está buscando a los asesinos de su hermano. Puedo ayudarla a encontrarlos si usted me ayuda a salir de la cárcel.

—¡Usted sabe quiénes mataron a mi hermano! —Simone cerró los ojos un instante.

—No exactamente. Pero sí sé dónde buscarlos y cómo hacerlos salir a la luz. ¿Trato hecho?

Simone tenía la cara paralizada de asombro, el dolor del recuerdo en los ojos.

—¿Cómo puedo ayudarlo a salir de prisión?

—Tengo que demostrar que trabajaba para el gobierno. Si lo consigo, podré probar que la acusación de tenencia de drogas fue un montaje.

—¿Puede probarlo?

—Con su ayuda, sí.

—¿Cómo?

—Fuera tengo mucho material comprometedor. Lo guardé para cuando la situación se complicara. Bueno, ahora está cayendo una buena, un chaparrón, diría yo. Está bien escondido. Pero no puedo llegar a él. Necesito que alguien de fuera sea mis ojos y mis oídos.

—Tengo que pensarlo —subrayó Simone, que buscó el brazo de Michael y tiró de él.

—Si no puede ayudarme, perderemos los dos, y para ellos serán todas las bazas. —Durante unos instantes, Simone se quedó en silencio, los ojos empañados por el velo de las lágrimas, las manos temblando, el temblor extendiéndose a la cabeza.

—¿Está usted en peligro? —preguntó ella con calma. Michael la ayudaba a mantenerse firme, con la mano derecha en el hombro y la izquierda sosteniéndole la mano.

—No pueden tocarme hasta que recuperen el dinero. También tengo discos, material realmente delicado que revela toda la operación de la A a la Z.

—¿Pueden sonsacárselo de algún modo?

—No lo harán. Y lo saben. Es una larga historia.

—¿Cómo pueden incriminarlo así, sin más?

—Se hace continuamente.

—Habrá en el gobierno alguien en quien pueda confiar.

—Ni en broma.

—Paulo, si usted tiene todas las pruebas... ¿por qué no da toda esta información al gobierno?

—Mire los papeles y la gente implicada y verá que todos los caminos conducen al gobierno. ¿La copia de PROMIS con la que trabajé yo? Era del Departamento de Justicia. Me llegó ilegalmente por medio de un infiltrado.

—¿Lo robó? —exclamó ella con voz entrecortada.

—Como le he dicho, se hace continuamente.

—¿Cuál es la relación entre el Departamento de Justicia y PROMIS?

—Son las mismas personas. La mayoría de los organismos gubernamentales del país están involucrados. El común denominador es el dinero desaparecido. Sin él, están todos jodidos. Compruebe las notas de Danny. Sé que él se hacía preguntas al respecto. Tiene que estar ahí.

—¿Se hacía preguntas sobre quién?

—No lo sé. Se me ha acabado el tiempo. Debo irme. Recuerde, yo la ayudaré a usted si usted me ayuda a mí. Volveré a llamarla.

—¿Cuándo?

Se cortó la comunicación.

Michael se dirigió al sofá donde había dejado caer su anticuado teléfono con grandes botones verdes y marcó el número de Curtis. No hubo respuesta. Sacó un papelito de la cartera, verificó el número y mandó un mensaje de texto.

—Si Cristian está despierto, nos devolverá la llamada.

El teléfono sonó al instante. Al cabo de cinco minutos, Michael y Simone cruzaban el vestíbulo en dirección a la salida, no sin antes saludar al portero, que seguía sentado en su taburete leyendo el periódico y relamiéndose con desgana.

41

Era pasada la medianoche cuando el agotado vicepresidente del Banco Mundial salió de su oficina del 1818 de la Calle H, en Washington, paró un taxi para el corto trayecto al aeropuerto, subió a bordo de un jet privado a disposición de todos los altos ejecutivos del Banco, y menos de una hora después aterrizaba en el aeropuerto de La Guardia de Nueva York. Diez minutos más tarde, Cristian abandonaba un aparcamiento para ejecutivos en el extremo este de la terminal nacional uno, reservado para funcionarios gubernamentales y élites empresariales, metió la quinta en su Bentley y pasó el cruce a toda velocidad justo cuando se ponía el semáforo en rojo. Calificar ese día de brutal sería quedarse corto. Alguien del Banco Mundial había filtrado un borrador de documento preliminar conjunto del Banco y CitiGroup, auspiciado por la Casa Blanca a través de un columnista financiero del *New York Times*. El gobierno presionó al director del periódico para que entendiera que, en ese caso, renunciar a la confidencialidad de la fuente periodística interesaba a todos. El columnista financiero, bajo amenaza de despido fulminante, les había dado el nombre de Mike O'Donnell, irlandés afable y miembro destacado de la plantilla de Cristian. Esto colocaba a Cristian inmediatamente bajo sospecha como el hombre que estaba tras la filtración, razón por la cual el presidente de Estados Unidos no le había hecho la llamada telefónica prevista. Además, no había forma de encontrar a O'Donnell. Tenía un almuerzo de trabajo con un ejecutivo de

Goldman Sachs, pero se lo había saltado sin dar explicaciones, y una entrevista a las seis y media de la tarde que había cancelado enviando un breve mensaje de texto en el que decía que se había demorado. No dejó un número de teléfono, ni siquiera uno de emergencia, en el que pudieran localizarle. Por lo que Cristian sabía de O'Donnell, esa omisión era insólita, sobre todo en un momento de desintegración de los mercados financieros y de apremiantes problemas económicos para el recién elegido presidente. Había demasiadas personas que pudieran precisar su consejo, su aprobación, su firma o información de alguna clase.

Como principal ayudante de Belucci, pocos conocían el funcionamiento interno del Banco Mundial mejor que O'Donnell. No era lógico que cortara este vínculo a menos que se viera presionado a hacerlo por alguien a espaldas de Cristian o por voluntad propia. Lo que también resultaba extraño era que la noche anterior había limpiado su mesa, llevándose todos los efectos personales, como si previera la crisis y la traición. ¿Le habían pasado información? ¿Quién? ¿Por qué? Las sospechas recaían de nuevo sobre Cristian. Si O'Donnell era la fuente de la filtración, el vicepresidente ejecutivo del Banco Mundial querría, por razones obvias, que el culpable estuviera a salvo y lo más lejos posible.

Cristian pulsó el botón y llevó el dial a 107.0 KFPQ, cadena de noticias.

—A finales del año pasado, los consumidores cerraron de golpe sus billeteros, y los fabricantes norteamericanos estaban tan poco preparados, que no pudieron detener sus cadenas de montaje lo bastante deprisa. Por eso estamos viendo tantos despidos. ¡Sólo la semana pasada se anunciaron otros quinientos mil! Apuntemos esta cifra. La semana pasada medio millón de personas se quedaron sin empleo.

—Mike, antes de hablar de acontecimientos venideros, creo que debemos echar un vistazo al asombroso drama que se está representando en el escenario. La actuación improvisada, no ensayada, sin precedentes, de los protagonistas de primera línea en Washington. La economía está hundiéndose deprisa, se les escapa de las manos.

—Así es, Martin. Y todo el mundo está furioso ante los setecientos mil millones de dólares de despilfarro del TARP (el Programa de Rescate de Activos con Problemas). El ex secretario del Tesoro dijo al Congreso: «Si no actuamos de forma rápida y radical, nos estallará un desastre en las manos, el peor colapso de Wall Street que nadie haya experimentado jamás.» Ahora, la nueva administración reclama al Congreso: «Si no actuamos de forma rápida y radical, nos estallará un desastre en las manos, el peor colapso de Wall Street que nadie haya experimentado jamás.»

»¡Así habla el nuevo presidente, Martin!

—El dinero del TARP, Mike, ha sido succionado en un agujero negro financiero. En los próximos sesenta días, se quedarán horrorizados por lo rápido que golpea..., y más adelante van a horrorizarse de nuevo al ver lo prolongada que puede ser la crisis del empleo.

Con ademán sombrío, Cristian cambió de emisora. Pero las noticias no eran mejores.

—Muy bien, Larry, allá vamos con nuestro segundo parte. Una interminable reacción en cadena de quiebras.

—Hasta hace poco, Katie, parecía que el impacto era mayor en la propiedad inmobiliaria y las actividades financieras afines. Ahora está propagándose... a minoristas, grupos mediáticos e incluso de telecomunicaciones. Ésta es la primera lista. La segunda es la de las empresas no financieras que, a nuestro juicio, están condenadas a la quiebra a finales de año. Sea como fuere, sufrirán unas pérdidas increíbles de puestos de trabajo cuando no desaparezcan directamente.

—¿Tienes alguna otra previsión financiera, Larry?

—Uf... Una fuerte, Katie. Bien, una previsión final y global: éste será el año de la Gran Dustbowl Financiera. Cuando los futuros historiadores escriban el capítulo corres-*

* Región seca, árida e improductiva. Aparece descrita en *Las uvas de la ira* de John Steinbeck.

pondiente a este año, pondrán que fue el año en que Norteamérica padeció una hambruna de dinero de proporciones épicas. Si vamos sumando, todo se reduce a una disminución de los ingresos..., millones de cheques llevados por el viento, rentas por intereses reducidas prácticamente a cero, dividendos retrasados, rebajados o cancelados, minusvalías de las acciones, el patrimonio nacional esfumado. Para muchos norteamericanos, el panorama es alarmante: las facturas se amontonan; se pierden las casas, los coches..., todo aquello logrado tras una vida de trabajo: una ola gigantesca de bancarrotas personales.

—No nos queda mucho tiempo, Larry. Así que déjame traer esta historia al presente...

Cristian movió el dial en sentido contrario a las agujas del reloj, hasta 97.5 Marketwatch.

—Jonathan, es inminente una fuerte presión sobre el dólar, y desde el momento en que empiece estaremos viviendo en un mundo nuevo implacable y despiadado. Ayer, el Boston Herald *informaba de unas sorprendentes declaraciones de Stephen Roach, principal economista del importantísimo banco de inversiones Morgan Stanley.*

»La semana pasada, Roach se reunió en el centro con grupos seleccionados de gestores de fondos, incluido uno de Fidelity. Su predicción: Norteamérica no tiene más que un diez por ciento de posibilidades de evitar el Armagedón económico. La prensa no pudo asistir a las reuniones. Sin embargo, el Boston Herald *se hizo con una copia de la exposición de Roach. Una fuente atónita que había estado presente en uno de los actos dijo: "Me sorprendió lo extremista que fue; mucho más, a mi entender, que en público."*

Cristian frunció el ceño y cambió a una emisora de AM. Por desgracia, las noticias sólo empeoraron.

—Senador Inhofe, alguien de D.C. estaba pasándoles una buena historia antes del rescate, la historia de que si ustedes no hacían eso, iban a ver algo de las proporciones de una depresión, en la que había gente hablando de instituir la ley marcial, agitación civil..., ¿quién les pasó este material?

—Antes tuvimos una teleconferencia, el viernes, hace una semana y media. En esta teleconferencia, y supongo que no tengo por qué callarme lo que dijo, pintó el cuadro que acaba usted de describir: «Esto es lo más grave que se nos ha planteado jamás.»

Cristian apagó la radio y se quedó absorto en sus pensamientos. El CTP era real, desde luego. Una parte del dinero del fondo común, billones de dólares, creado mediante programas comerciales paralelos, estaba siendo utilizado activamente para salvar muchos de los principales bancos del mundo que afrontaban una crisis de insolvencia. Por eso se puso en marcha el CTP. No obstante, la crisis se agravaba por momentos, con el gobierno balbuceando en el mejor de los casos, y paralizado en el peor, incapaz de enderezar la situación. ¿Por qué pidió el gobierno al Banco Mundial cien mil millones de dólares si tenía acceso a billones a través de los programas? A menos, claro está, que no tuviera realmente acceso a ese dinero. Así pues, ¿qué pasó? Cristian reparó en que, si el dinero no estaba, toda la economía mundial se hallaba conectada a la máquina de respiración asistida, con meses, como mucho, de vida.

Lo recorrió un escalofrío. Tenía tal confusión mental que tuvo que cerrar los ojos un momento para encontrarle un sentido a todo. «¿Dónde está el dinero?»

El Bentley de Cristian giró a la izquierda y subió sin esfuerzo por una rampa empinada mientras se abrían en silencio las puertas del garaje. En menos de treinta segundos había aparcado el coche y cerrado la portezuela. Miró la hora.

—Las dos menos cinco —dijo alguien a Cristian en un susurro.

Cristian se volvió de golpe. Salió una sombra de detrás de la columna. Sostenía en las manos un objeto alargado. Alarmado,

Cristian miró la sombra y luego el objeto. Comprendió al instante de qué se trataba.

—No lo haga, por favor. Si quiere dinero, se lo daré. Puedo pagar. —Dio un paso vacilante, y otro. El fervor unido a la desesperación en sus ojos muy abiertos, ansiosos.

—Ya estoy bien pagado, pero gracias por su amable oferta.

Fueron dos tiros seguidos. Cristian notó un calor abrasador al caer de espaldas. La mano izquierda aún sujetaba el maletín, la derecha, el estómago. Oyó pasos, lentos y pausados. Ahora tenía la sombra encima.

—Por lo visto, he fallado. —La sombra se detuvo, examinando desde arriba a su víctima caída—. No estoy acostumbrado a disparar sobre personas que están de mala racha. —Soltó una risotada. Pésimo intento de ser gracioso—. En todo caso, los ácidos del estómago se filtrarán hasta la cavidad torácica y lo envenenarán por dentro antes de que llegue la ambulancia. —Se secó la frente con el dorso de la mano enguantada y se agachó junto a Cristian, apoyado en los codos. Una luz se deslizaba en sus gemelos de plata. La sombra estaba tan cerca de la cara de Cristian, que éste podía olerle el *peppermint*.

—¿Le gusta la poesía, señor Belucci? —La sombra se quitó una pelusa de la manga—. La vida es un gozo trémulo, un regalo que nos es concedido. Desgraciadamente, cuando le damos el valor que tiene suele ser demasiado tarde. —Abrió la puerta del conductor, se inclinó y se miró en el retrovisor—. Éste es mi regalo de despedida para usted:

La otra forma,
si es forma lo que forma no tenía
de miembros y junturas distinguibles,
o sustancia ha de llamarse lo que forma parecía;
pues parecía una y otra.

»Milton. *El paraíso perdido*. La muerte nos guía con delicadeza, señor Belucci.

El asesino examinó el cilindro, la fea prolongación perforada de un cañón que garantizaba la reducción del nivel de decibelios de un disparo al de un escupitajo. Sopló una ráfaga de viento. Pero Cristian ya no oía. Veía las cosas a través de una bruma, y al hallarse en un estado próximo a la muerte, sin darse aún plenamente cuenta del final, ahora se veía a sí mismo envuelto en llamas, fundiéndose con la nube paradisíaca hasta desaparecer en un maravilloso desfiladero del cielo.

—*D'accord, mon ami. Au revoir, monsieur.*

Simone estaba sentada a la mesa del servicio de habitaciones del salón de Cristian, leyendo una de las revistas de viajes. Imposible concentrarse. Miró el reloj. «¿Por qué tardará tanto?» Dejó la revista y se sirvió otra taza de té, echando continuos vistazos a la puerta.

De repente, el teléfono de Michael emitió dos pitidos agudos, provocando una tensión en la garganta de Simone. Michael alcanzó el aparato; era un mensaje de Cristian. En la pantallita, las cuatro frases en verde más siniestras que había visto jamás. «Han disparado a Cristian. Se encuentra en el garaje. No hay modo de saber si su estado es grave.»

El trayecto al vestíbulo fue a la vez interminable e insoportable. Se abrieron las puertas del ascensor y los dos salieron con cautela.

—Cristian... —susurraron ambos al unísono.

—Aquí. —La voz se oía apenas.

—¡Oh, Dios mío¡ ¿Qué ha pasado?

—No hay tiempo de explicarlo. —Estaba apoyado en la rueda delantera, la puerta del conductor entreabierta, el móvil en la mano izquierda. Se incorporó con dificultad, la cabeza le dio breves y leves sacudidas—. Llamad a una ambulancia, deprisa —dijo aún entre susurros, sin casi mover los labios.

Michael marcó el número.

—No... Aquí hay poca cobertura. Arriba. —Retiró la mano derecha y dejó caer su peso en el regazo.

Michael subió corriendo las escaleras y regresó enseguida.

—La ambulancia llegará en cinco minutos.

No habían pasado doce minutos cuando Cristian era introducido en la ambulancia del Servicio Médico de Emergencias por dos enfermeros. Simone y Michael subieron con él.

Sonó el teléfono.

—Michael, soy yo. Perdona que te llame tan tarde. ¿Estabas dormido? ¿Qué ha pasado? ¿Habéis conseguido algo?

—No —respondió secamente el historiador de arcanos—. Han disparado a Cristian.

—¿Qué?

—Lo que has oído.

—¿Cómo?

—En el garaje. La policía está intentando atar cabos. Nosotros vamos camino del hospital.

—¿De ahí la sirena?

—Sí.

—¿Cómo ha sido?

—Está claro que alguien conocía su horario y lo estaba esperando.

«El Bank Schaffhausen. No era nuestra operación. Si está sugiriendo que tiene otro comprador, entonces alguien nuevo se ha incorporado a la subasta. Tres es multitud, y usted está jugando una partida que no puede ganar», recordó Curtis.

—Michael, esto es cada vez más peligroso. Si alguno de vosotros aún tenía dudas, Reed estaba en lo cierto. Hay alguien más, otro jugador, más importante y temible que Octopus, porque se ha infiltrado en nuestras líneas y en las de ellos.

—¿Lo puedes repetir?

—Le ha disparado la misma gente que invirtió el sentido de la trampa en Roma.

—No te sigo, Curtis. ¿Qué me estás diciendo?

—El éxito de una trampa reside básicamente en la sencillez y la rapidez. Cristian ha sido tiroteado por los mismos que introdujeron a su propio hombre en Roma. Te dije que eran tres asesinos, ¿recuerdas? Dos eran de la Camorra. El otro era mi apoyo.

—¡Tu apoyo!

—Pero yo entonces no lo sabía. Era por si los dos mafiosos me mataban. El asesino de la galería había sido infiltrado por la misma gente que ha disparado a Cristian. Si yo hubiera muerto, su cometido era eliminar a los de la Camorra.

—Pero tú lo eliminaste.

—Cortando así su conexión con quien estuviera detrás.

—¿Por qué la pantomima?

—El japo. Era su póliza de seguros. El tipo no estaba allí para matarlo, sino para ayudarlo a escapar.

—Muy bien. Soy corto de entendederas —dijo Michael con voz apagada.

—Es una vieja historia. Michael. Old Boy's Club. Segunda Guerra Mundial, Corea, Japón, Lila Dorada.

42

El presidente, con aire pensativo, se puso en pie y se dirigió a los presentes.

—Damas y caballeros, les pedí que asistieran a esta reunión porque, como presidente de Estados Unidos, tengo la responsabilidad moral y la obligación constitucional de estar al frente de este gran país forjado gracias a intrépidos pioneros y gigantes intelectuales —dijo con voz vacilante y resuelta a la vez—. Si pensamos en la seguridad mundial, la crisis financiera tiene prioridad máxima y conlleva un riesgo mayor que las guerras de Iraq y Afganistán.

»El alcance de la crisis, tal como estamos viendo, nos resulta incomprensible. El ritmo al que están deteriorándose los escenarios global y nacional es equiparable al ritmo al que los partidos políticos están adoptando posturas insostenibles y moralmente dudosas que acarrean la necesidad de garantizar el fracaso del otro bando. —El presidente frunció el entrecejo y miró al director de la FEMA y a su secretario de Estado—. Al, Brad, también está clarísimo que toda propuesta de abordar los problemas económicos no sólo va a ser algo desesperado y precipitado, sino que va a parecerlo. Esta mierda es contagiosa. Hemos pasado el puerto Caída en Barrena, el puerto Mentiras, el puerto Gilipolleces, y estamos subiendo al puerto Final. Nuestra impotencia para afrontar un conjunto totalmente nuevo de problemas gravísimos corre el riesgo de ser vista como lo que es: una barra de labios para un cadáver.

El presidente había hablado con una claridad aterradora. En

el otro extremo de la mesa, Paul Volcker estaba completamente inmóvil. Tenía los muslos separados de tal modo que la base redondeada de su estómago descansaba en el borde del asiento. No se movió nadie. El presidente se aclaró la garganta, impulsado a hacer ruido por el silencio descaradamente sincero de la sala. Luego continuó.

—Estamos en el *Titanic*, con una premonición clara como el agua sobre lo que está a punto de pasar. No tiene nada que ver con cambiar de sitio las tumbonas o pedir más o pintarlas de otro color, llamarlas con otro nombre o enseñarlas al público. La gente no lo aceptaría. Para superar esto, necesitamos que nuestra nación, nuestra gente, esté unida.

Volcker negó con la cabeza. Ahora le tocaba a él.

—Señor presidente, para que la gente esté de nuestro lado, tendremos que ser claros con respecto a ciertas indiscreciones gubernamentales justificadoras de excesos en el pasado. Es la única manera de hacerlo. —Hizo una pausa. El presidente permaneció callado. Volcker retomó la palabra—: ¿Está de acuerdo en que saquemos a la luz los chanchullos financieros que tenemos guardados en el sótano federal para que la gente se ponga de nuestra parte?

—Si es necesario, sí.

—Señor, sin duda nos encontraremos con una oposición tan tremenda por parte de personas muy atrincheradas en el propio sistema, que quizá la presidencia no baste para que cedan, no digamos ya para que cambien de opinión. La gente que controla el dinero no permitirá que se desvanezca ese control al tiempo que desaparece todo a su alrededor. —Hizo una pausa, reflexionando sobre la gravedad de lo que estaba diciendo—. El dinero establece sus propias reglas, señor. Ésta es la regla número uno del poder absoluto.

—No sea ridículo, Paul —dijo el presidente, inclinándose hacia delante y mirando fijamente a Volcker—. El poder absoluto, el Nuevo Orden Mundial, las sociedades secretas e incluso Blancanieves y los siete enanitos no son cosas monolíticas. No hay un grupo de tipos ricos que se reúnan en una habitación para discutir sobre el futuro del planeta.

—¡Los americanos están hartos de oír que todos les han mentido y engañado! —replicó el nuevo jefe de la Junta de Asesores para la Recuperación Económica—. Se muestran indignados y desafiantes. Y ahora queremos desenterrar miles de cadáveres y secretos vergonzosos para dar titulares. ¿Es que queremos propiciar una revolución?

—Señor presidente, creo que Paul tiene razón —terció Summers con tono sombrío—. El Partido Demócrata y el Partido Republicano prefieren paralizar el gobierno para salvar su matrimonio de conveniencia con el fin de proteger a su padre: el sistema monetario global, antes que ponerse en evidencia como lo que son.

—La cosa no puede empeorar más —replicó el presidente—. Y ahora está claro para el resto de los países que, para sobrevivir, hay que acabar con este sistema, es decir, nosotros, sobre todo el dólar como divisa mundial de reserva.

—¿Quién se atreverá? —dijo Hewitt.

—Al, somos el país más poderoso del mundo, pero no somos más poderosos que el mundo. —Se levantó—. Nuestra prioridad inmediata debe ser el dinero perdido. Encuéntrenlo. Me da igual con quién diablos cierran un trato, pero encuentren ese dinero. Larry, ¿cuánto tiempo tenemos?

—Un mes, a lo sumo dos, señor presidente —contestó el director del Consejo Económico Nacional—. Veremos qué viene después. El sistema está roto por razones que van más allá de la corrupción. Y no podrá ser arreglado cuando una guerra mundial y un desmoronamiento económico sin precedentes estén derribando todos los muros entre la humanidad y lo inimaginable.

—Dios mío... —El presidente se tapó la cara con las manos y se quedó inmóvil unos segundos—. Y entonces ¿qué?

Kirsten Rommer, destacada historiadora económica y presidenta del Consejo de Asesores Económicos, se puso en pie.

—¿La primera fase? El fracaso sistémico que paralizará nuestra economía. El país se para en seco con un chirrido. Nada de prestaciones sociales, impuestos estatales o subsidios de desempleo. Se acabaron la seguridad social, la asistencia sanitaria, el apoyo a la infancia, los vales de alimentos para los pobres o el dinero para pagar a los tres millones y medio de funcionarios. —Hizo una pausa—. El panorama que preveo es que, en cuestión de días, el pánico disparará los precios de forma considerable. Y como la oferta ya no podrá satisfacer la demanda, el mercado se paralizará a unos precios demasiado elevados para los engranajes del comercio e incluso para la vida cotidiana. Ya no llegarán camiones a los supermercados. El acaparamiento y la incertidumbre provocarán cortes de luz, violencia y caos. La policía y el ejército serán capaces de mantener el orden sólo en la primera fase.

»El daño derivado de varios días de escasez y cortes de luz pronto causará perjuicios permanentes, que se iniciarán cuando las empresas y los consumidores no paguen sus facturas y dejen de trabajar. Ésta será la segunda fase. —La respiración débil y sostenida del presidente era para Rommer la confirmación de que el comandante en jefe había captado la gravedad de la situación—. Después de que nuestro país se vea afectado por una depresión casi instantánea, y de que naciones de todo el mundo se vengan abajo, y de que la gente haya hecho intentos desesperados por alimentarse, calentarse y conseguir agua potable, no habrá salvación. Comienza la extinción. Los pobres serán los primeros en sufrir las consecuencias, que en su caso serán máximas. También serán los primeros en morir. Ésta es la fase final —dijo Rommer a punto de quebrársele la voz.

»Es muy duro y doloroso admitir esta realidad. Sin embargo, señor presidente, la madre naturaleza no concede tiempos muertos.

El presidente asintió, aceptando la conclusión final de Rommer.

—La política no es un fin sino un medio. Como otros valores, tiene sus falsificaciones. Se ha puesto tanto énfasis en lo falso que ha quedado oscurecida la importancia de lo verdadero, y la política ha acabado transmitiendo un mensaje de egoísmo artero y astuto, y no de servicio franco y sincero. —El presidente calló un instante y luego prosiguió—: Quiero soluciones claras. —Le dolía la espalda y la cabeza.

—Señor, creo que en este momento es un imperativo incuestionable identificar sistemas de misión crítica —intervino William Staggs, coordinador de la Oficina de Estado de Preparación Nacional—. Los cuchillos están altos y se acercan rápidamente puntos de no retorno. Si esto va mucho más lejos, sabremos enseguida si Estados Unidos y el resto del mundo viven o mueren. Es más, sabremos si la sociedad civilizada es una opción o un sueño irrealizable. Si no es una opción válida, los bárbaros que están a las puertas entrarán llevando consigo un hambre de lobo.

—¿Qué está sugiriendo?

—Quizá tengamos que quemar algunos puentes y dejar que se produzcan algunas muertes..., para salvar benévolamente al resto del país.

—Santo cielo... —susurró el presidente—. ¿Se da cuenta de lo que está diciendo?

—Señor, a veces se consigue la mejor luz de un puente en llamas.

—¡Está proponiendo que sacrifiquemos a millones de personas inocentes!

—El problema, señor, es que no tenemos un plan B, y ahora es demasiado tarde para idear un plan C o un plan D. Nuestra única esperanza es encontrar los billones perdidos.

El vicealmirante Hewitt se aclaró la garganta.

—Señor presidente, creo que en nombre de la seguridad nacional hemos de iniciar preparativos en tiempo real para la ley marcial. El progreso es lo que saca luz de la oscuridad, civilización del desorden, prosperidad de la pobreza. Todos estos elementos esenciales están siendo puestos en entredicho y amenazados.

En la sala todos guardaban silencio. Se miraron unos a otros y luego observaron al presidente de Estados Unidos. Sorenson, el secretario de Estado, arrugó la frente mientras sus ojos lanzaban una mirada inquisidora. El presidente asintió lentamente, masajeándose las sienes con las palmas de las manos.

—Dicen que una vez a Voltaire un discípulo suyo le dijo: «Me gustaría fundar una religión nueva, ¿cómo lo hago?» A lo que el maestro respondió: «Es muy sencillo. Haz que te crucifiquen y luego resucita de entre los muertos.» —Hizo una pausa, pero ahora el silencio era diferente. Y cuando volvió a hablar también el tono era otro—. Me están pidiendo que funde una religión nueva para que el mundo resucite de entre los muertos.

—Voltaire también dijo que el cañón, en sus diversas formas, saldría a escena antes de que todo hubiera terminado —señaló el general Joseph T. Jones II, coordinador principal del Departamento de Seguridad Interior, que sacó un sobre de papel manila con las palabras «Secreto, Información Especial Compartimentada» inscritas en letra negrita y mayúscula, la máxima clasificación del gobierno de Estados Unidos—. Señor presidente, la Agencia hace muchas cosas en muchos ámbitos, desde recogida de datos de Inteligencia en bruto hasta guerra económica, reconocimiento de satélites, operaciones paramilitares que requieren cobertura y desmentido, o tráfico de drogas. Pero desde sus inicios se ha centrado, en mayor o menor medida, en la recogida de datos a largo plazo y operaciones encubiertas que han requerido el gasto y la paciencia de colocar a NOC (agentes encubiertos no oficiales), o bazas en misiones que pueden llegar a tardar cinco, diez o quince años en dar frutos. Estos programas se han centrado siempre en eventualidades «¿y si...?», las cuales daban a entender que eran posibles múltiples resultados, que había alternativas futuras en las que se debía actuar e influir.

—¿Y? —preguntó Sorenson.

—Ya no quedan eventualidades «¿y si...?», Brad.

—Insinúas que todos los países del mundo están apostando lo que tienen sabiendo que después de este año habrá terminado la partida. ¿No es eso?

El coordinador principal del Departamento de Seguridad Interior contestó sin la menor vacilación.

—Sí. No hay más mañanas para arreglar nada. Ya está montado el escenario para el verdadero Armagedón.

—Así que no tenemos elección.

—Me temo que no, señor presidente —dijo el director de la FEMA—. Están en peligro nuestra Constitución, nuestros recursos, nuestro crédito, nuestra credibilidad, nuestra confianza, nuestra industria manufacturera, nuestros empleos, nuestros ahorros, casas, cuentas bancarias y, en última instancia, nuestra esperanza. ¿Estamos dispuestos a considerar un *fait accompli* la liquidación de este gran país? Tenemos que prepararnos para lo inevitable, pues, como ha dicho Kirsten, no hay plan B.

—Muy bien, Al. Me gustaría oír tu opinión.

—Señor presidente... Lo lamento, Brad. No tienes ni idea de cuánto lamento tener que hacer esto. Que algún día Dios se apiade de mi alma. —Hewitt sacó una carpeta de papel manila—. Los servicios de inteligencia en el campo de batalla es un bicho diferente, señor. Presupone que no hay nada más importante que la batalla que acaba de comenzar. Si no se gana, no hay opciones futuras. Por eso nada importa más que la guerra que está librándose actualmente. Debido a la confidencialidad y a la necesidad de limitar la información a lo estrictamente imprescindible, el nombre de la operación es Preparación para Emergencia del Comando Norte.

La reunión terminó unos minutos antes de las cuatro de la mañana, y todos abandonaron la Sala de Situación de la Casa Blanca. El secretario de Estado y el presidente fueron los últimos en salir.

—Brad, he de hacer una mención especial por lo que has dicho ahí dentro —dijo el presidente con la mano en el hombro de Sorenson—. Eres una de las pocas reliquias que ha leído la Constitución y entiende qué significa realmente la autoridad civil. —Caminaron en silencio unos instantes, absorto cada uno en sus pensamientos, luchando cada cual contra sus demonios—. ¿Desde cuándo nos conocemos, Brad?

—Cuarenta años, mes arriba mes abajo.

—Desde el instituto. Dios mío, me dejabas copiar tus exámenes de mates, ¿te acuerdas?

—¡Siempre se lo echaré en cara, señor! —Sorenson sonrió.

—No, no lo harás. Eres demasiado ético. —Siguieron andando unos cuantos metros más, inmersos en el silencio—. ¿Qué pasa si tienen razón? ¿Si sólo nos queda una alternativa? ¿Entonces qué? Las repercusiones me aterran. Escucha, Brad, Hewitt es un hijo de puta, pero en lo suyo es competente. Le necesitamos.

También discrepo de sus métodos y sus principios, pero esto no va de simpatías y antipatías personales, sino de hacer lo correcto en el momento más decisivo de la historia del mundo. Y lo que hace falta ahora mismo es garantizar que disponemos de los medios para ello. Necesitamos tiempo y a Hewitt. Quizá podamos ganar tiempo y ganárnoslo a él.

—No es esto precisamente lo que yo tenía pensado, señor.

—Lo sé, Brad, lo sé. Mantendré a Hewitt lo más lejos posible del Departamento de Estado para que no se inmiscuya en nada tuyo, pero hemos de hacerle sitio, echarle un cable si quieres, algo tangible a lo que pueda agarrarse conociendo su valor.

—Señor presidente, no entiendo una palabra.

—Lo sé. Estoy siendo críptico adrede. —Silencio. Luego prosiguió—: Dejemos que juegue a soldaditos. Es lo que hace mejor. Pero al final los soldados no pueden arreglárselas solos...

—Porque no tienen ni idea de política —interrumpió el secretario de Estado.

—Exacto. Recuerda, hasta el último momento las decisiones se tomarán aquí, en la Casa Blanca. —El presidente miró a Sorenson y le dirigió una sonrisa tímida y tranquila—. Lo tendré amarrado mientras tú buscas el dinero. Por cierto —añadió mientras ambos iban hacia la salida—... ¿Cómo lo hicieron?

Sorenson miró de reojo al presidente.

—Te conozco, Brad. Cachearías a Jesucristo si tuvieras ocasión.

—Mediante un sistema informático muy sofisticado.

El presidente alzó las cejas.

—¿Un programa informático?

—«El» programa informático, señor: PROMIS.

El ascensor se paró en la tercera planta, sonó el timbre y se abrió la puerta.

—A su derecha, señor —dijo un hombre calvo y de semblante apagado que parecía un banquero arruinado.

El pasillo brillaba con un blanco inmaculado, lo que cuadraba con la fama del hospital Mount Sinai. Curtis dobló a la derecha y continuó pasillo abajo, advirtiendo que las habitaciones que dejaba atrás eran como *suites* de hotel, mucho más grandes que las de los hospitales normales. Pero claro, el Mount Sinai no era un hospital corriente. Se trataba de un centro de salud para los más ricos y poderosos del mundo, donde eran desplumados abusivamente por los servicios que se les prestaban. Con respecto a la admisión, tan exigible era la exclusividad como la seguridad. Uno de los dos guardias, que lucía el uniforme de una empresa privada de seguridad (aunque parte de la entidad era propiedad del gobierno), verificó el nombre de Curtis en una lista y con un educado «por aquí, señor» lo guió a través de una puerta de roble barnizado con una luz roja parpadeante en lo alto del marco.

—... permanecía fiel a los cuellos almidonados y los gemelos —estaba diciendo Simone, pasándose la lengua por los labios y devolviendo la taza a la mesa. El aroma del café había invadido la habitación.

—¿Fiel a quién y dónde?... ¡Curtis! —Michael se relamió y sacudió la cabeza. La tensión se reflejaba en su pálida cara.

—Le estaba hablando a Michael de mi padre.

Curtis miró a la izquierda. La cama estaba intacta. Le recorrió el cuello un cosquilleo de aprensión e inquietud.

—Está en el quirófano. Nos han dicho que esperemos aquí. —Hubo una pausa—. Otros diez minutos y habría sido demasiado tarde.

Curtis miraba al vacío.

—Fíjate en nosotros —dijo Simone intentando levantar el ánimo general—... Tenemos un aspecto horrible.

Curtis miró la pantalla de plasma situada en el rincón de la habitación.

—¿Ha salido el tiroteo en las noticias? —preguntó.

—En un boletín especial de la CNN. Pocos detalles; hablaba de un atraco —contestó Michael.

—Curtis —dijo Simone en voz baja—, en la televisión hemos oído cosas tremendas... —No sabía cómo preguntarle—. ¿Estaban hablando de ley marcial? —El resto quedó sin decir. Simone se alejó de la mesa y se apoyó en la pared más alejada. Curtis cerró los ojos como si estuviera en trance. Michael miró a Simone; ambos miraron a Curtis y luego uno a otro de nuevo.

—No, no puede ser. —El ranger negó con la cabeza—. Cuentan aproximadamente con el diez por ciento de la fuerza militar.

—Entonces, ¿de qué están hablando? —inquirió Simone con el cuerpo doblado y tenso.

—En realidad, todas estas leyes de referencia que el gobierno está intentando promulgar pretenden una cosa: el control de los ciudadanos mediante tecnología que puede privarles del acceso a dinero en efectivo y crédito, o, lo que es lo mismo, alimentos y movilidad. Eso unido a una vigilancia electrónica casi omnipresente y a algunas armas muy efectivas, aunque no letales, de negación de área.

—¿A qué viene la urgencia?

—Llámalo variante del principio antrópico.

—¿Qué?

—Matriz de probabilidades. Cuando estáis en la autopista, ¿habéis notado con qué frecuencia os encontráis en el carril lento?

—Sí. ¿Por qué pasa eso?

—Porque es el carril con más coches.

—¿Es un chiste malo o qué?

—No. Según las leyes de probabilidad, lo más viable es que un conductor esté en ese carril. Tú, por ejemplo. No es tu imaginación lo que te hace pensar que los otros carriles van más rápido. Es un hecho: van más rápido.

—¿Qué te enseñaron exactamente en la escuela de los rangers? —preguntó Michael.

—Venga, cállate. ¿Recuerdas mi conversación con Reed?

—Creo que tuviste mucha suerte.

—Ni hablar. Pongamos que te dije que un tal señor Reed, del que no sabías nada, pertenecía a una empresa criminal cuya área de operaciones era el mundo, y tú tenías que adivinar, basándote sólo en este dato, si tenía algo que ver con Roma o no.

—Aún es una conjetura.

—No lo es. El interrogador juega con las probabilidades, intenta que el otro descubra su juego basándose en lo que cree que sabes tú. Se denomina inferencia.

—¿Qué tiene que ver todo esto con la ley marcial?

—Es como si de una persona de la que no sabes nada, salvo que vive en este planeta, te pidieran que dedujeses su estatus social, y tú dijeras que esa persona es pobre. Te equivocarás con menos frecuencia que si dijeras que es rica, simplemente porque la mitad del planeta subsiste con menos de dos dólares diarios.

—¿Qué tiene que ver con la ley marcial? —volvió a preguntar Michael.

—Creo que ahora tienen más miedo de que, entre los que están a punto de morir, surja un Espartaco, o varios. Esto es una matriz de probabilidades. Por eso hablan de ley marcial.

Simone se sentó en el borde de la silla, luchando por mantener los ojos abiertos. Curtis se apoyó en la pared y guardó silencio. Continuamente le venía a la cabeza un pensamiento aterrador. Al implicar a Cristian, había puesto su vida en peligro. Tiempo presente. Aún corría peligro, aún no estaba a salvo. Le recorrió un escalofrío. Identificó el síntoma. Miedo. No, tenía miedo por él mismo. Curtis miró a su viejo amigo. Michael se puso en pie, agitado; le palpitaba una vena en la frente. Era como si le estuviera leyendo el pensamiento. Primero Curtis, luego Cristian. ¿Cuál sería la siguiente víctima de esa locura?

—Llamó Scaroni —dijo Simone.

Curtis sacudió la cabeza, incrédulo.

—¿Cuándo?

—Anoche.

—¿Lo grabaste?

—No. No supimos cómo poner el maldito manos libres.

Curtis sacudió la cabeza, incrédulo.

—¿Y qué dijo?

—Si yo lo ayudo a salir de la cárcel, él me ayudará a encontrar al asesino de Danny.

—¿Eso dijo? ¿Y cómo piensa ayudar si está en la cárcel?

—¿Crees que no está ahí?

—No lo sé, y hasta que no lo pueda averiguar, es una lija frotando granito. Si pertenece a Inteligencia en la cuerda floja, entonces las reglas están claras.

—¿Inteligencia en la cuerda floja?

—Oficial de Operaciones Negras —aclaró Curtis.

—Scaroni es un apellido italiano. No creo que sea negro.

—No me refiero a un oficial negro, sino a una persona que participa en una operación secreta extraoficial. Esto es un especialista en la cuerda floja. Dices cualquier cosa, haces cualquier cosa, manipulas, urdes situaciones, mientes y engañas sin parar, en especial si puedes conseguir alguna ventaja y gracias a ello tender una trampa —explicó Curtis con la voz tensa, al borde del rencor—. Porque esta ventaja sólo se puede lograr engañando a fuentes que se saben poseedoras de secretos peligrosos para su vida.

—Es programador informático.

—¿Eso te dijo?

—Sí —replicó ella con dignidad.

—Y le creíste. Puede que lo sea o que te engañara para tener ventaja.

—¿Por qué?

—Esto es lo que debemos averiguar. ¿No te parece extraño recibir la llamada de un hombre que posee la pieza crucial del rompecabezas que por lo visto te falta a ti?

—Podría ser una coincidencia —dijo ella.

—He estudiado coincidencias extrañas e información desconectada, sobre todo en lo que concierne a Octopus. Investigaré a Scaroni. ¿Qué más te dijo?

—Que mientras estaba verificando la funcionalidad de PROMIS se encontró con cuentas secretas en las que había un montón de dinero. Dijo que lo pillaron porque las cuentas estaban marcadas con banderas, pero aun así tuvo tiempo de esconder la pasta.

Curtis se había sentado en la repisa de la ventana y ahora miraba fijamente a la profesora del Renacimiento, plenamente consciente de cuál sería su siguiente paso.

—¿Cuál era el común denominador de la investigación de Danny? —preguntó con tono retórico.

—El CTP —dijo Michael.

—¿Resultado final? Dinero —añadió Curtis—. ¿Oro? Dinero. Acaparando los mercados mundiales mediante el control de la provisión de fondos. ¿El gobierno de Estados Unidos? Una entidad que utiliza el dinero para promover sus objetivos. ¿PROMIS?

—Un programa informático que permite seguirlo todo de cerca —terció Michael.

—¡Bingo!

Al cabo de una hora, se abrió la puerta, dejando ver primero la almohada, luego la cama, un paciente de cara pálida, la enfermera y por fin el médico, que se llevó el índice a los labios para indicar silencio. Saludó con la cabeza a Simone e hizo una señal para que los tres se acercaran.

—Se ha salvado por los pelos, pero vivirá. Está muy sedado y muy débil. Se despertará de un momento a otro. Cuando lo haga, les permito estar con él cinco minutos, ni un segundo más.

Se sentaron los tres en absoluto silencio. Era importante no hacer ruidos ni movimientos físicos súbitos que pudieran sobresaltar al paciente.

Menos de veinte minutos después, Cristian abrió los ojos. ¡Cómo le dolía, por Dios! Vio una cara, pero estaba borrosa y desenfocada. La bruma de su mente no se había disipado del todo. Primero llegó el sonido. Hizo un ruido para reconocer la presencia de los otros.

—¿Cómo te las arreglas para tener tan buen aspecto después de que te hayan pegado dos tiros? —preguntó Curtis con delicadeza.

Cristian hizo una mueca de dolor y apartó la vista. Luego llegaron las palabras.

—No me hagas reír. Casi no puedo respirar —susurró por la comisura de la boca.

El médico levantó la mano. Cinco minutos. Él y la enfermera salieron en silencio.

Curtis esperó unos segundos, escuchando los ruidos de fuera. Murmullos de dos, no, tres personas. Después unos pasos. Se acercó a la cama despacio, con cautela.

—Cristian —su voz era a un tiempo tranquilizadora y socarrona—, si puedes oírme, parpadea.

Cristian parpadeó.

—Estás herido de gravedad, pero te recuperarás. —Hablaba de manera lenta y pausada. El paciente volvió a parpadear—. ¿Viste quién te disparó?

Cristian trató de mover el cuerpo, pero no tenía fuerza.

—No.

Curtis estaba inmóvil frente a él.

—¿Viste algo? —preguntó con tono contenido.

—Una sombra —respondió el hombre herido tras una larga pausa—. Hablaba francés. —Hizo un gesto de dolor—. Curtis...

Éste se puso en cuclillas junto a la cama.

—Estoy aquí —fue la respuesta.

—El dinero ha desaparecido —susurró Cristian en un tono apagado, esperando que Curtis pudiera oírlo. Éste contuvo la respiración.

—¿Qué dinero? —El paciente lo oía a través de una densa niebla de dolor.

—El CTP.

Curtis miró la hora. Casi habían pasado los cinco minutos y sabía que no tendría sentido discutir con el médico.

—¿Cuánto dinero?

—Todo..., creo —fue la respuesta.

«La reserva amalgamada de fondos que ahora se mantiene en cuentas aletargadas y huérfanas asciende a billones de dólares. Estaba verificando la funcionalidad del sistema y se encontró con unas cuentas que contenían un montón de dinero.»

—Creo que sé quién lo tiene.

Cristian reunió la fuerza necesaria para abrir los ojos.

—Debes... encontrar... ese dinero... Encontrarlo..., si no... —Y ya no pudo hablar más, todo se detuvo, se hizo el silencio.

Se abrió la puerta, oyó los pasos de alguien a lo lejos..., susurros..., y el sonido de una puerta al cerrarse. Luego nada.

43

Como si siguiera una señal convenida, un descapotable negro, un Lincoln Continental y un descomunal todoterreno se detuvieron en una casa situada al final de la calle Veinticuatro norte de Arlington, Virginia. Los traseros metálicos se internaron en la oscura humedad del asfalto, iluminado por reflectores que brillaban sobre el camino circular de entrada, frente a unos anchos escalones de pizarra que conducían a una puerta maciza de roble. La blanca mansión estaba retirada de la carretera, rodeada por cedros rojos y gruesos robles. Anochecía; las farolas ya habían empezado a alumbrar, bañando la casa con un ocre cálido e intenso. Unas nubes lisas y transparentes cubrían el cielo. Todo estaba en calma, todo era inesperado y mágico. Todo estaba a punto.

Robert Lovett pulsó suavemente el timbre, que fue seguido de un brusco «bum» cuando los otros se amontonaron a su espalda. Se sonó la nariz en un pañuelo y no pudo reprimir un convulsivo bostezo. Los saludó discretamente una voz algo apagada, a la que siguieron unas pisadas firmes. Un chasquido. La llave giró y se abrió la puerta.

—Caballeros. —Era más una orden que una invitación.

Los cuatro hombres entraron en el estudio en silencio. David Alexander Harriman III encendió la luz, y las sombras negras desaparecieron, proyectando su tono pardo en el linóleo rosado, en los estantes de madera que cubrían las paredes y en las hileras de libros. Por las ventanas de cristal cilindrado entraba la suave luz de una luna nueva, reflejando la tenue incandescencia de la noche. Un páramo silencioso. Una noche para recordar.

—Supongo que se han enterado. —Harriman tiró sobre la mesita de caoba una edición de última hora del *Washington Post*. Miró a Lovett—. Creo que tendría mejor aspecto si durmiera un poco.

Lovett se sentó en un mullido sillón y volvió a sonarse la nariz.

—Han sido unos días muy largos —dijo.

—Esta mañana he leído lo de Belucci. Dicen que es un atraco —comentó Ed McCloy, representante del cártel bancario—. ¿Son los mismos que se cargaron a nuestro Reed? —preguntó tirándose enérgicamente de una oreja.

—No, Ed, a Reed nos lo cargamos nosotros, y a menos que tú sepas algo que nosotros no sepamos, lo de Belucci fue obra de otro —explicó Henry L. Stilton, director adjunto de la CIA, inclinándose hacia delante y quitándose un cojín de debajo.

—¿Qué sabes, Henry?

—Está en el Mount Sinai. Según los rumores, su estado oscila entre grave y crítico.

—De momento no irá a ninguna parte. A ver si el destino nos echa una mano. De lo contrario... —Se aclaró la garganta—. Entretanto tenemos asuntos que atender. —Harriman cogió un vaso, echó en él un par de cubitos de hielo y lo llenó de bourbon. Su tono era reposado y despreocupado—. ¿Robert?

Los cuatro hombres contuvieron la respiración cuando Robert Lovett, oficialmente analista de alto rango del Departamento de Estado, aunque más conocido como agente encubierto en la Unidad de Estabilización Política (una rama de los servicios de inteligencia conocida como Operaciones Consulares), explicó sus conclusiones sobre el diagrama de conexiones de Danny Casalaro, incluidas las ciento ocho fuentes con las que el fallecido periodista había contactado durante su investigación.

—Se han analizado y descartado ciento cuatro por diversas razones. Tres habían muerto por causas naturales, y lo que sabían o sospechaban las demás, todas legítimas, tenía relativamente poca importancia. Hemos examinado a conciencia diarios telefónicos, cargos de tarjetas de crédito, extractos bancarios, relaciones personales y profesionales, cualquier cosa que pudiera revelar algún conocimiento previo de la situación real. Nada.

—¿Y los cuatro restantes? —preguntó el antiguo secretario del Tesoro con ojos perspicaces.

—Uno es Scaroni. El otro, Mike O'Donnell.

—La mano derecha de Belucci —añadió James F. Taylor, que lucía un jersey blanco de cuello vuelto bajo una chaqueta de *tweed*.

—¿Alguna novedad al respecto? —inquirió Harriman vagando la mirada de un lado a otro.

—Mientras hablamos está siendo interrogado —dijo un hombre de la Unidad de Estabilización Política.

—Estupendo. Ténganos al corriente.

—El tercer hombre es un fiscal honrado. El pasado año encabezó la acusación del gobierno contra los narcotraficantes colombianos...

—Algunos de los cuales tuvieron la mala pata de ser grabados por el FBI mientras pasaban su mercancía a agentes camuflados —señaló Stilton—. Conozco a ese hombre. Unos tipos de la mafia intentaron comprar su silencio, y los metió en la cárcel.

—Hay algo que debes saber, Henry. Está previsto que este fiscal testifique a favor de Scaroni en el juicio.

Harriman se puso en pie y esbozó una sonrisita.

—Siempre hay un alma cándida que cree que un hombre puede cambiar el rumbo de las cosas. Y entonces hay que matarlo para sacarlo de su error. —Miró a Stilton—. Es el fastidio de la democracia.

—Creo que deberíamos hacer una visita a ese fiscal —dijo Taylor.

—Espero que el siguiente sea nuestro topo de la CIA. —Harriman no iba a aflojar.

—He dejado lo mejor para el final —dijo Lovett, lleno de sombría satisfacción.

—¿Quién? —insistió Harriman.

—Hagamos memoria. No lo encontrábamos porque había una ruta que sorteaba Operaciones Consulares, una autorización verificada por código y una llamada realizada sobre la base de la seguridad interna. —Lovett se desabrochó la americana marrón de lana y poliéster.

—No había diario, cinta ni referencias de la transmisión. Sí, me acuerdo —señaló McCloy.

—Pero encontramos el punto débil. —Miró alrededor con aire satisfecho—. Las líneas con autorizaciones por código tienen un nivel 28A-40J de acreditación. Ésta es su denominación técnica. Es el caso sólo de las personas con Tres Cero y Cuatro Cero.

—Salvo por razones de seguridad, no se identifican con nombres sino con números —dijo Stilton—. ¿Cómo lo conseguiste?

—Aislamos a todos los candidatos potenciales Tres Cero y Cuatro Cero y comprobamos su paradero en el momento de la llamada. Esto nos proporcionó una contraseña de conocimiento cero a efectos de verificación. Como es sabido, caballeros, para los casos de emergencia nacional existe en intranet un sistema de verificación de acceso limitado creado para operaciones conjuntas con otras agencias. Gracias a este sistema, obtuvimos un listado abreviado de personal que nos brindó una confirmación de máximo nivel. Tras una simple solicitud a los Servicios de Inteligencia Conjuntos, conseguimos una fotografía digital de las dos únicas personas que pudieron haber hecho la llamada. Una estaba siendo sometida a una operación de apendicectomía, hecho confirmado por el personal médico de Bethesda y cámaras de circuito cerrado, tanto en Langley, donde el hombre sufrió el ataque mientras andaba por el pasillo, como en Bethesda.

—¿Y el otro?

—El otro es una acreditación Cuatro Cero de nuestra subestación de Nueva York.

—¿Sabes, Robert? Casi he entendido todo lo que acabas de decir. —Harriman ladeó la cabeza—. El nombre, por favor.

—Brandon Barry Kumnick. —Lovett sacó una fotografía del sobre de papel manila.

El ex secretario de Estado alcanzó el teléfono.

—¿Jean-Pierre?

—*Oui?*

—Soy David Harriman. Tengo una misión que requiere su atención inmediata.

—Estoy a su servicio, señor secretario.

—Será recompensado con generosidad.

—Como de costumbre, tratándose de usted.

—Recibirá la foto de un hombre. Averigüe qué sabe. Luego elimínelo. Lo antes posible.

Harriman se acercó a la unidad de entretenimiento que había de pared a pared y encendió el televisor.

—Stephanie, ¿qué cuentan las fuentes de la Casa Blanca?

—Lou, si alguien tenía dudas de que este voraz mercado bajista estará con nosotros mucho, mucho tiempo..., los acontecimientos de esta semana deberían disiparlas por completo. Primero, sólo ayer, el Dow Jones llegó a un nuevo mínimo en veintiséis años, superando los mínimos de los peores días de la crisis bancaria del año pasado. Segundo, esta semana Martin Ship, presidente de la Reserva Federal, ha revelado que las promesas iniciales de que este año la economía estadounidense iba a crecer quedarán en nada. Al revés, ahora avisan de que la economía de Estados Unidos seguirá hundiéndose hasta niveles que no se veían desde la Segunda Guerra Mundial. Tercero, los inversores han rechazado el plan de estímulo del gobierno al votar con los pies: en los dos meses transcurridos desde que el presidente asumiera el cargo y empezara a exponer sus planes para estimular la economía, los precios de la Bolsa han bajado más de un cuarenta y uno por ciento.

—Stephanie, ¿hay alguna luz de esperanza en todo esto?

—Bueno, veamos. Las acciones de General Motors caen un veintidós por ciento, a 1,56 dólares, niveles que no se veían desde hace setenta y un años, lo que coloca su capitalización de mercado por debajo de cien mil millones de dólares. Esto va a doler.

—¿Y los bancos?

—¿Luces de esperanza en los bancos, Lou? Las acciones de Bank of America han alcanzado un nuevo mínimo, y las de CitiGroup se han desplomado llegando al nivel más bajo en veintiocho años, mientras los dos gigantes financieros se enfrentan a su desaparición ante la incapacidad del gobierno

para mantener a flote el barco que se hunde. Perdón por el juego de palabras.

—Gracias, Stephanie.

—En el ámbito internacional, hoy se ha disuelto el gobierno de coalición de Letonia, lo que agrava las turbulencias políticas del país báltico, en un momento en que su economía se halla sumida en una grave crisis y los inversores están cada vez más preocupados por la situación en Europa oriental. En enero, Riga, la capital, se vio sacudida por protestas contra la política económica. El hundimiento del gobierno letón se produce sólo semanas después de que dimitiera el gobierno de Islandia ante la abrumadora crisis que ha desmantelado la economía de la isla, y menos de una semana después de que el presidente lituano y el primer ministro estonio presentaran su dimisión tras perder la votación de una moción de confianza.

—Están viendo la Crónica de Lou Dobbs en la CNN.

De repente, todo se difuminó en un orden silencioso, pero allí estaban los cinco, en la intensa negrura de una noche de invierno a altas horas, sentados en el estudio y paralizados por lo que acababan de oír en la tele.

—Si no encontramos el dinero, nada de eso tendrá la mínima importancia —soltó Harriman con las manos a la espalda y cara de asco.

—Estamos haciendo lo que podemos —dijo Edward McCloy, encogiéndose de hombros.

—Ed, llevamos una década comprando empresas de todo el mundo mediante fusiones y adquisiciones, utilizando testaferros, acaparando los mercados mundiales y manipulando precios con cuentas espejo al margen de los libros de contabilidad. Y todo mediante un programa de creación de dinero llamado CTP. Con la economía mundial viniéndose abajo, nuestra inversión inicial ha perdido su valor, y nuestra garantía subsidiaria ha sido requisada porque un antiguo empleado del gobierno que verificaba un programa informático se encontró con cuentas secretas que contenían billones de dólares en fondos de reptiles *slush funds*. Así que ya lo ves, Ed, tenéis que hacerlo mejor.

44

Pasadas las siete de la mañana siguiente, Curtis volvió a telefonear a Barry Kumnick.

—No puedo seguir con esto, Curtis. Tarde o temprano lo descubrirán. Y no soy un servicio de información telefónico. Sabiendo lo que sabes, me sorprende que todavía respires.

—En cuanto a si llego o no a la semana que viene, en Londres las apuestas están tres contra cinco.

—Corta el rollo... Vaya día más asqueroso, y aún no ha empezado. Un perro callejero se me ha meado encima y una paloma se me ha cagado en la manga de la camisa.

—Dicen que trae buena suerte.

—¿Qué demonios es esto de llamarme a las siete de la mañana?

—Ya conoces el refrán, a quien madruga Dios le ayuda. Barry, tú siempre has estado al pie del cañón desde que te conozco...

—Hace diecisiete años, lo sé. Siempre me dices lo mismo cuando necesitas un favor. A este ritmo, aunque aparezcas ante mi puerta con el mono de pavo real de Elvis, seguirás estando en deuda conmigo.

—Calla un momento, mira el panorama y encuéntrame un hilo. Casalaro, Octopus; dieciséis testigos japoneses de la Segunda Guerra Mundial, el Vaticano, oro, Lila Dorada; CTP, Reed; y ahora Cristian Belucci con el regalito de un asesino psicópata francés que recita poesía. Sin embargo, no hay ninguna lógica que vincule alguno de estos elementos a una causa común. Reed es parte del cártel...

—Era.

—Reed formaba parte del cártel con algunos capullos poderosos, pero alguien creyó oportuno quitarlo de en medio. Nada tiene sentido. ¡Es un galimatías!

—Curtis, chico, tómate un calmante. Yo lo hago, y obran milagros. ¿Cómo crees que he conseguido estar enterrado aquí tanto tiempo?

—Tómate tú el calmante, Barry. Y luego Belucci, vicepresidente del Banco Mundial y uno de los hombres más ricos del mundo, es tiroteado en su garaje en mitad de la noche. Su Bentley está intacto, así que descartemos el atraco.

—No obstante, la prensa está dando la lata con el rollo del caco que quiere robar a un banquero y la pifia.

—Exacto. Lo que me preocupa es la secuencia de los hechos, Barry. Aunque Reed y Belucci están en polos opuestos, los dos atentados son demasiado seguidos.

—Dos banqueros. Ambos ricos, ambos en puestos destacados, aunque, como es obvio, si hablamos de Cristian Belucci la riqueza es un término relativo. Fue cuestión de horas, ¿no?

—Menos de un día. Están igualmente en las antípodas. Sin embargo, la matriz de probabilidad me dice que quien mató a Reed también disparó a Belucci. ¿Por qué?

—¿Un asesino en serie de banqueros? ¿Un propietario contrariado?

—¡Barry!

—Vale. Me pides un hilo. No creo que a las siete de la mañana pueda darte ninguno, pero sí algo parecido. —Kumnick se reclinó en la silla giratoria y luego se olió la manga de la camisa—. Asqueroso.

—¿El qué?

—La mierda de pájaro. Huele a vomitona de bebé de tres días, pero, claro, como no tienes hijos, tú de eso qué sabrás. —Puso los pies sobre la mesa—. La primera vez que me hablaste de Danny Casalaro dijiste que estaba a punto de vincular a algunas de las personas más ricas del mundo con una red de actividades criminales llevadas a cabo a lo largo de los últimos sesenta años. ¿Cuál es la premisa? Que unos cuantos de estos tíos ricos lo querían muerto, ¿no?

—Ésta es la premisa, de acuerdo —admitió Curtis—. Al principio no me lo creí. Pero tras analizar las notas de Danny, descubrimos una red de engaños que no estábamos buscando.

—¿Por eso llamaste a Reed?

—Sí, para hacer salir a la luz a los demás, sin esperar encontrarme un cártel global de gente del gobierno, servicios de inteligencia, mafia y criminales que no se conocen entre sí pero que están coordinados por una serie de controladores, que, a su vez, están coordinados desde arriba en su escalafón. Y encima de todos, Octopus. Así los llamaba Danny.

—Ocho pies, ocho corazones. No puedes ser asesinado y morir de inanición. Me gusta el simbolismo.

—Y entonces le dije a Reed que la información interesaba a otro grupo capaz de volarle la cabeza a Octopus.

—Éste es el escenario de fondo, ¿no? La lógica está ahí. Danny lo tenía. Ahora lo tienes tú. Eres el intermediario, y lo que quieres es dinero. Descubres algo importante. No es nada personal —dijo Kumnick con total naturalidad.

—Reed estaba dispuesto a ceder. Y entonces van y lo matan.

—Como si alguien estuviera mirando y escuchando —añadió Kumnick.

—Si estaban vigilándolo, entonces sabrían que estaba dispuesto a ceder —dijo Curtis pensativo, con una voz que denotaba algo más que incertidumbre.

—Alguien en alguna parte estaría alerta. Reed era un peso pesado. No podían permitirlo, está claro, Curtis. Alguien del Consejo entendió enseguida quiénes eran sus miembros vulnerables.

—Y entonces disparan a Cristian. No había pasado un día.

—Tuvo que haber una polinización cruzada en algún sitio.

—¿Una qué? —soltó Curtis.

—Te robaron el escenario, muchacho. Estaban mirando y escuchando. Si Reed forma parte del Consejo, y el Consejo forma parte de Octopus, entonces otro grupo está utilizándote para que te hagas con el control de los asuntos de Octopus. Ojo por ojo, diente por diente. Reed, y luego Cristian. El ataque a Belucci lo demuestra, a menos que le disparases en el garaje para no dejar rastros mientras alguien como tú y con tu acento estaba en el despacho de Armitage hablando de Lila Dorada.

—Barry, en mi vida he conocido a nadie con un humor tan enfermizo.

—¿Cómo crees que aguanto el día?

—¿Con drogas?

—Y mi pervertido sentido del humor. Te tienen exactamente donde quieren, sólo que tú no sabes nada de ellos, y todos sus actores principales y secundarios están desplegados.

—Encaja. Algo simplón, pero encaja.

—Hay más, al menos desde mi posición estratégica. Es de veras interesante.

—Soy todo oídos —dijo Curtis.

—Octopus y los de arriba.

—¿Quién demonios es más poderoso que esa gente?

—Escúchame, Curtis. De momento, sólo es una teoría, llena de adjetivos viriles y bravatas. A ver si podemos separar lo que es importante de lo que es simplemente cierto. Tú eres de las Fuerzas Especiales, ¿no? Quiero decir, ésta es tu formación.

—Décima Unidad de las Fuerzas Especiales.

—¿Cuál es el emblema de la unidad?

—Un Caballo de Troya rodeado por tres flechas que giran en círculo.

—¿A qué te dedicabas?

—A interrogar a los presos y simpatizantes más duros de Al Qaeda. HVS, es decir, sujetos de alto valor. —Hizo una pausa, como si le hubiera alcanzado un rayo—. Operación Caballo de Troya.

—Exacto. Tu anterior destino estaba en Fort Devens, Maryland...

—Sede del Centro de la FEMA, conocido como Centro Troyano —precisó Curtis, cuyos pensamientos iban tras las palabras de Kumnick.

—¿Ves el patrón? Simbolismo: mientras Troya dormía, los

griegos entraron metidos en el caballo. Una vez dentro de la ciudad, salieron y masacraron a la gente. ¿Me has seguido hasta aquí?

Curtis asintió despacio con una sombría resolución en el rostro.

—Hasta aquí.

—Ahora rellenemos los espacios en blanco. Mientras andabas por ahí intentando desenmarañar todo esto, alguien muy poderoso se ha cruzado en tu camino.

»Tenías a un observador de primera y ni siquiera lo sabías, artillero... Era la póliza de seguros del japo... Sólo que alguien introduce de forma discreta y silenciosa a su propia gente en la operación y lo vuelve todo del revés. Alguien que sabía lo que se proponía el Consejo y por qué. Alguien con sus propias razones para mantener al anciano con vida.

—Mientras Norteamérica duerme, se está construyendo el Caballo de Troya conocido como FEMA.

—Ley marcial y toda esa gilipollez del fin del mundo —añadió Kumnick.

—Cuidado con el reformador moralista —señaló Curtis haciendo crujir los nudillos de su mano derecha.

—Aún no he terminado. Recuerda el simbolismo —dijo Kumnick—. Un Caballo de Troya rodeado por tres flechas girando en un círculo. Ahora proyecta su imagen simbólica en un significado verbal.

—Un Caballo de Troya que surge de las tres flechas girando en un círculo... ¡Dios santo! El logotipo de la Comisión Trilateral. El gobierno mundial.

—Exacto. Tres flechas girando que representan tres mercados dirigidos por los cinco miembros permanentes del Consejo de Seguridad de Naciones Unidas —dijo Kumnick.

—Las Américas.

—Es decir, Estados Unidos.

—Asia.

—Esto sería China.

—Europa, representada en la ONU por Rusia, Reino Unido, Francia.

—Mientras la economía mundial se viene abajo y queda para el arrastre, controlas a la población en tres frentes: las Américas, Asia y Europa. Y mediante tres mercados: Hong Kong, Wall Street y el ámbito económico europeo. Éste sería el primer nivel de control.

—Los presidentes y primeros ministros dirigen países individuales bajo tres mercados de la Comisión Trilateral, controlados realmente por las quinientas empresas de *Fortune* —agregó Curtis pensando en voz alta.

—Ésta sería tu Sociedad Anónima Mundial. Segundo nivel de control.

—Cuanto más fuertes sean las quinientas empresas de *Fortune*, más fuerte será su mercado.

—El mercado es Octopus —terció Kumnick—. Tres flechas, tres mercados, tres áreas. Tres. El número sagrado de la trinidad.

—¿También tú? —protestó Curtis, pensativo—. Encaja. Una teoría simplona de la conspiración, pero encaja.

—Esto es diferente porque estamos enfrentándonos a personas reales y crímenes reales. Por no hablar del lamentable hecho de que los medios de comunicación utilizan la expresión «teórico de la conspiración» para estigmatizar a todo aquel que hable de ella. Bien, ¿qué tal si de la conspiración extraemos una teoría? Después de todo lo que dijiste de Octopus, hice algunas comprobaciones.

—Adelante, hijo de Elvis.

—¡Imagínate! —Suspiró—. Los tres mercados en uno bajo el control de la Comisión Trilateral. ¿Qué te sugiere esto?

—La teoría del gobierno sobre el Nuevo Orden Mundial.

—Correcto. Para poner en marcha cada mercado habría que controlar, poseer o influir en cuatro cosas: servicios de inteligencia, fuerzas armadas, bancos e inteligencia artificial. Adquirir legalmente los cuatro sería difícil...

—¡A menos que se formara un Octopus de hombres que trabajaran con vistas a ese objetivo! ¡Santo Dios...! —interrumpió Curtis en estado de *shock*.

«Toda esta sopa de letras de agencias participa en la actividad de generar beneficios espectaculares corriendo muy poco riesgo... Es un método de creación de dinero que ningún sistema de supervisión o rendición de cuentas es capaz de poner en evidencia... De todos modos, quien lo pusiera en marcha tenía que estar en un nivel alto», pensó Curtis, y prosiguió:

—Pero no se puede hacer sólo por la fuerza.

—Tampoco haría falta —replicó el analista de la CIA con una acreditación de máxima seguridad—, si tienes en las yemas de los dedos la más sofisticada inteligencia artificial del mundo.

—PROMIS.

—Exacto.

—Al final es esto, ¿no? —dijo Curtis, cerrando los ojos y masajeándose la parte posterior del cuello con la palma de la mano derecha. Por su cabeza cruzaron imágenes reales e inventadas—. Barry, ¿puedes concederme alguna otra prebenda?

—Eres un caradura, Curtis —soltó el analista, con los ojos prácticamente girando en las órbitas—. Ésta es la última vez. Y no quiero volver a oír que me llevaste a cuestas dieciséis kilómetros con mi pierna rota por las montañas de Waziristan para ponerme a salvo. Punto final, ranger. Se te ha acabado el crédito.

—Gracias, amigo. Estoy en deuda contigo.

—Curtis, cada vez que dices esto me meto en un lío.

—PROMIS era un proyecto supersecreto salido de la NSA.

—En Vint Hill Farm, Manassas, Virginia. —Hizo una pausa, meditando sobre algo obviamente importante y delicado—. Con cierto solapamiento por parte de la Agencia. Pero ¿por qué preguntas? Yo ni siquiera quiero saberlo.

—Barry, será el último favor que te pida. Tienes la palabra de la Décima Unidad de las Fuerzas Especiales. Necesito...

—Oh, no —le interrumpió Kumnick—. Curtis, el sudor frío y la urticaria me tienen frito. Figúrate lo que sería este favor de despedida.

Curtis se quedó callado, tenía la cara y el cuello perlados de sudor. Podía tocar la verdad con la punta de los dedos, pero necesitaba desesperadamente...

—... el nombre del capitoste de Langley que lo hizo.

—¿Qué? ¡Ni hablar! Es una acreditación Delta. ¿Sabes cuál es el castigo por buscar sin autorización en los archivos Delta?

Treinta años de cadena perpetua. Me resultaría más fácil sacar de este edificio al Yeti, a E.T. o al maldito monstruo del lago Ness que conseguirte esta información.

—¿Has acabado? —Curtis echaba chispas por los ojos.

—Me temo que el que ha acabado eres tú. Lo llaman el hombre invisible. ¿Sabes por qué?

—¿Porque bebe pociones mágicas y anda por ahí con una bolsa sobre la cabeza?

—Porque en el mundo apenas un puñado de personas le han visto la cara, y tú quieres que te lo sirva en bandeja y extienda una velluda alfombra roja de bienvenida para que puedas interrogarle sobre PROMIS. ¡Eres aún más temerario de lo que creía!

—¿Puedes hacerlo o no?

—¡Corres hacia un potencial desastre sin tener un plan! No piensas en el futuro; qué coño, no piensas y punto. Para abrir la cerradura de criptonita que guarda este nombre, yo debería vérmelas con datos codificados y no con personas de carne y hueso, Curtis. No hay ningún factor humano implicado en esta búsqueda, ni porosidad de la razón humana, ni mirillas para ver en el cerebro. Las personas se pueden equivocar y tienen sentimientos; las máquinas trabajan exclusivamente con datos codificados.

El ranger se sentía como si de repente la gravedad hubiera triplicado su fuerza.

—¿Qué me dices, pues?

—Que no puedes llegar a esta información a lo bruto, si esto es lo que pensabas que yo haría. Mis posibilidades de sacar su nombre a la luz oscilarían entre escasas y nulas. Bueno, las escasas acaban de abandonar el edificio.

Curtis oyó las palabras de su amigo como si hubieran sido pronunciadas desde muy lejos.

Durante unos instantes no hablaron. A Curtis le quedaba una bala. Sería una partida de todo o nada.

—Barry, ¿te imaginas volver al pasado con el conocimiento del presente?

—¿Qué quieres decir?

—En Afganistán te salvé la vida arriesgando la mía. En teoría era algo insensato. Dieciséis kilómetros sobre el terreno más accidentado de la Tierra, sin comida ni agua, con un M-16 medio descargado en bandolera y tú a la espalda con una pierna rota, huyendo de caudillos locales, combatientes talibanes y terroristas de Al Qaeda, todos armados hasta los dientes. Si no puedes darme lo que necesito, lo entenderé —dijo con calma, en su tono de resignación ante lo inevitable—. Pero si tuviera que volver a hacer lo que hice por los dos, sabiendo lo que sé ahora, lo haría igualmente, porque los compañeros de armas se ayudan unos a otros.

En el otro extremo de la línea, la pausa fue atrozmente larga. Kumnick estaba ahí. Curtis alcanzaba a oír su respiración profunda. De pronto exhaló ruidosamente, y el ranger soltó un suspiro de alivio.

—¿Aún tienes tu BlackBerry?

—Sí.

—Dame un par de horas.

—Gracias. Lamento haber sacado...

—No —lo interrumpió el analista—. Yo sí lo lamento. Si no hubiera sido por ti, hoy no estaría aquí. Te lo agradezco. Es lo menos que puedo hacer por ti.

45

Curtis dobló la esquina a toda prisa y tomó Blight Avenue, una calle pequeña y sin salida, paralela a la calle Ciento Treinta y cinco, en el corazón de Harlem. De repente, supo que se había complicado la vida. Un Cadillac azul descapotable se paró frente a él de manera inquietante, con un chirrido de frenos, y tres negros de veintipocos años con abrigos hasta los tobillos se apearon en tropel y se dirigieron a él con aire pendenciero, cortándole el camino, mientras los altavoces del coche tuneado emitían un rap atronador.

—Qué pasa, colgado cara de vainilla, hijoputa tocapelotas —soltó el conductor, que lucía una evidente cicatriz en la mejilla derecha. Los efectos de la droga se reflejaban en sus pupilas dilatadas.

Los tres matones tenían un modo especial de estar de pie, las rodillas algo dobladas, los miembros superiores sueltos y oscilando ligeramente. Sus cuerpos parecían armas contundentes.

—No te importará que yo y mis colegas aparquemos aquí la mesa de autopsias, ¿verdad? —Se echaron a reír—. Es que hoy es uno de esos días en que mi culo negro sólo quiere estar tranquilo.

—¿Lo pillas? —dijo el más bajo de los tres, enjuto y nervudo, claramente tenso, con una mirada impetuosa en su rostro desafiante.

—Y todos los hijoputas están dando la vara, mierda... ¿Entiendes lo que te digo? —El tercer negro, rechoncho, con dos incisivos de oro y macizas cadenas doradas al cuello, extendió las piernas, cruzó los brazos y miró a Curtis de arriba abajo.

—No quiero problemas con vosotros, tíos —dijo Curtis con actitud despreocupada y la mente en alerta máxima.

—Eh, no me vengas con tu jodida mierda. Estás en nuestro territorio. Para entrar aquí hay que pagar peaje, ya me entiendes.

—Yo yo yo yo. Bang, bang, derrapa, derrapa, negrata, danos el bling bling, porquería.

—Creo que no habla inglés. ¿Por qué no le enseñas un poco? —dijo el conductor de la cicatriz a su amigo musculoso.

Los tres se rieron escandalosamente, entrechocando las palmas y haciendo gestos con el cuello para decirle a Curtis sus intenciones de cortarle el suyo.

—No quiero problemas con vosotros, tíos —repitió. La voz de Curtis era acero en hormigón, su mente iba acelerada, captando todos los detalles de sus agresores.

—Es sólo un chulo sin putas. Golpea. —Los sonidos de fondo del rap se sumaban a la morbosidad del momento.

Esquizofrenia, ¿cuántos de vosotros la sufren?
¿Cuántos hijos de puta pueden decir que son psicóticos?
¿Cuántos hijos de puta pueden decir que su cerebro tiene
[la raíz podrida en el tiesto?
¿Lo veis como yo, o no?
Si es que sí, sabréis de qué estoy hablando.
Cuando se te está pudriendo la lengua en tu boca
[de algodón,
Cuando acabas siendo tan dependiente de la hierba,
Llegas a gastarte mil dólares en la máquina...
Haz lo que quieras... Yo me quedaré aquí sentado y
[sólo liaré, Dios mío, canutos.
Fuma mi hierba... Y si me mandas a la mierda, que
[te jodan.
Te daré una patada en el culo... No digas gilipolleces
[y estaremos de puta madre...

El más bajito de los tres negros avanzó hacia Curtis, con las manos en los bolsillos del abrigo. De pronto sacó una navaja automática y arremetió contra él. Con la mano izquierda, el ranger agarró el brazo del chico cuando se acercaba con un movimiento circular, lo retorció en el sentido de las agujas del reloj y luego le asestó un golpe duro y seco en la parte interna de la muñeca. El matón soltó la navaja en el preciso instante en que Curtis daba un paso adelante y estrellaba su cabeza contra la nariz del agresor, que dio un gañido mientras se caía y empezaba a manarle sangre de las fosas nasales.

El segundo negro se le acercó en silencio y sin avisar. Curtis lo cogió de la solapa aprovechando su impulso y tiró de él hacia delante. Levantó su mano libre y agarró la garganta del hombre, acero en la carne, clavando los dedos, cortándole el aire con una llave al cuello. Al matón se le doblaron las rodillas al tiempo que Curtis estrellaba el codo derecho en su cara. Estuvo por un momento de espaldas al jefe, un negro fornido. «Una sombra.» Curtis se dio la vuelta, y siguió girando por instinto. El negro lo embistió, las enormes manos pasaron a un milímetro de la cabeza de Curtis, rozándole la oreja. Y entonces el ranger, con rapidez felina, lanzó el pie izquierdo e impactó en el riñón del adversario, incrustando en la carne su bota con puntera de acero y estampándole el puño en la garganta. El negro se desplomó al suelo.

Curtis miró alrededor. Aparte del Cadillac con sus altavoces incorporados, la calle estaba desierta. «Me muero por salir de aquí», farfulló. Comprobó el número que le había dado Kumnick. Era una manzana más arriba. El edificio era viejo, aunque, bien mirado, mostraba un aspecto sorprendentemente decoroso. Curtis puso la mano en la baranda y subió a toda prisa los siete escalones hasta el descansillo.

El nombre, Sandorf, A., estaba bajo una ranura de correo de la quinta, una campana debajo de las letras. Se requería discreción. Nada de polis. Entonces se acordó. Estaba en Harlem. Nadie en su sano juicio se atrevería a patrullar ese olvidado lugar. Buscó en el bolsillo y sacó una llave fina, plana salvo las cinco diminutas elevaciones entre los resaltes. Era una llave maestra, diseñada para usarla en cerraduras de resorte, con la suficiente fuerza para que la clavija superior saltara un instante y ello permitiera pasar la línea de corte. En ese mismo instante, antes de que el muelle empujara la clavija otra vez hacia abajo, la llave giraría.

Curtis situó la llave maestra frente al ojo de la cerradura, la introdujo hasta mitad de recorrido, la golpeó con la palma de la mano derecha obligándola a penetrar y la giró al mismo tiempo. La cerradura hizo un ruidito seco, y la puerta se abrió. Entró sin hacer ruido y cerró a su espalda. No podía coger el ascensor, pues el ruido podía alertar a Alan Sandorf.

«Lo llaman el hombre invisible.»

Curtis no quería arriesgarse a que el hombre invisible se le escapara. PROMIS. El hombre tenía que saber algo. Dio el primer paso, con cautela. La vieja escalera crujió. Subió los escalones rápido y en silencio, de dos en dos o de tres en tres; la idea de un hombre invisible lo impulsaba hacia delante y hacia arriba. No habían pasado treinta segundos y ya estaba en la última planta. El apartamento de Sandorf se hallaba al final del pasillo. «Otro callejón sin salida.» Curtis frunció el ceño. Se quedó quieto unos segundos, recobrando el aliento. Estaba a punto de llamar al timbre que había a la derecha de la puerta, pero se lo pensó dos veces. Si por algún motivo Sandorf no quería dejarle entrar, el tono atraería una atención no deseada. Volvía a ser un hombre blanco en pleno Harlem. Él era la atención no deseada. Curtis se acercó a la puerta y llamó con delicadeza.

Al principio oyó un sonido extraño, que luego fue adquiriendo intensidad. Alguien se aproximaba. De pronto, el sonido se desvaneció. Dentro del apartamento había alguien escuchando. Curtis oyó un chasquido, y se abrió la puerta.

El silencio fue breve.

—¿Sí? —dijo un negro más bien bajito haciendo un mohín. Tenía una voz grave que podía muy bien ser la de un barítono. Rondaba la cincuentena y era delgado y con barriga cervecera; parecía ligeramente arrugado por el sueño, y llevaba zapatillas de felpa y una bata de seda con ovejas verdes.

—¿Alan Sandorf?

—Eso depende de lo que esté buscando.

—Sabiduría.
—¿Perdone? —Empujó la puerta para abrirla del todo—. Mire. Como ve, se ha equivocado de sitio. —Curtis se paró en el umbral del salón. Era una buhardilla grande y llena de trastos. Parecía más un rastro que el habitáculo de alguien.
—Tiene personalidad. Parece el cuartel general del *New York Times* —dijo Curtis.
—¿Es eso lo que lee usted?
—A veces.
Sandorf soltó un bufido.
—Leer el *Times* es como asistir a las exequias de un gramático famoso —replicó el negro.
—¿Ésta es la valoración que hace de mí, Alan?
—Las valoraciones contienen a menudo hechos afines. —Se volvió sobre su talón derecho y miró de frente a Curtis—. Seguro que me entiende.
—Yo...
Sandorf levantó la mano.
—Tome asiento, hijo.
Curtis miró al hombre con curiosidad imperiosa.
—PROMIS. ¿Cuánto de ello es real y cuánto un mito?
Sandorf apoyó la espalda en la pared y examinó al visitante.
—¿Qué quiere? —preguntó en un susurro socarrón, levantando la ceja derecha.
—Lo llaman el hombre invisible, Alan. El genio que hay detrás de PROMIS. —Hizo una pausa—. Por favor, tengo que saber qué puede hacer PROMIS. Qué ha hecho.
—Sepa que se ha metido en una operación del gobierno delicadísima. Esto es lo esencial.
—Mis cicatrices dan fe de ello.
—Muy bien. —Se encogió de hombros—. Es su funeral —dijo el negro con aire despreocupado mientras se dirigía al centro de la estancia.
—Por definición, los mitos no pueden resolverse, pero es posible comprender e integrar los hechos. —Se sentó en el sofá con pausado deleite—. Imagínese que posee un software capaz de pensar y de comprender todas las lenguas del mundo, que

proporciona mirillas para las cámaras más secretas y recónditas de los ordenadores de los demás, que puede introducir en ellos datos a escondidas, entrar por la puerta de atrás en cuentas bancarias ocultas y luego retirar el dinero sin dejar rastro. Esto podría rellenar espacios en blanco situados más allá del razonamiento humano, y también prever las acciones de la gente..., mucho antes de ser llevadas a cabo. Y todo con un margen de error del uno por ciento. ¿Qué haría usted? Seguramente lo utilizaría, ¿no?

—¿Y ellos?

—Mire, muy pocos entienden qué es PROMIS. Es muchas cosas para mucha gente. Piense en la pintura. Para el científico, un copo de nieve es un copo de nieve. Pero, para un artista, puede ser un dibujo complicado o un conjunto de superficies curvas. PROMIS es un producto. Por debajo es algo más importante y más personal, o sea, la actitud del artista ante el mundo invisible en general: una cuestión de actitud mental. La ceguera, la proverbial prerrogativa del amante, contribuye al resultado final igual que la visión. Sólo mediante una combinación de amor y ceguera cabe apreciar plenamente el efecto completo de PROMIS, estética pura.

—¿Para qué se usaba al principio?

—Lo concebí para seguir la pista de casos judiciales a través de los poderes legislativo, ejecutivo y judicial, integrando ordenadores de montones de fiscalías en todo el país. Cuantos más datos se cargaban, con más precisión podía el sistema analizar y predecir el resultado final.

Curtis advirtió que en la voz de Sandorf había un tono de queja, pero ningún rastro de ocultación o engaño. Estaba diciendo la verdad. Los que en una conversación normal dicen la verdad dan por sentado que se les va a creer. Sandorf lo daba por sentado.

—¿Cómo funciona? —inquirió Curtis.

—En realidad, es muy sencillo. Se introduce en el software toda la información sobre alguien, antecedentes educativos, militares, criminales, profesionales, historial crediticio, básicamente todo aquello a lo que se pueda llegar, y luego el software se encarga de hacer una evaluación y de procurar unas conclusiones basadas en la información disponible. Cuanta más información tengamos, mejores predicciones efectuará el software. —Sandorf rio bajito. Se levantó y fue cojeando hasta la cocina—. ¿Le apetece un café?

—Claro, por qué no. Solo, por favor.

—PROMIS puede predecir literalmente lo que hará un ser humano basándose en la información que tiene de la persona —gritó desde la cocina—. El gobierno y los espías enseguida identificaron las aplicaciones financieras y militares de PROMIS, en especial la NSA, que cada día recibía millones de bits de Inteligencia en sus centros, con un anticuado Cray Supercomputer Network para registrarlos, ordenarlos y analizarlos. —Llevó una taza de café a Curtis. Éste tomó un sorbo y casi sintió náuseas—. ¿Está bueno?

—Ajá —contestó Curtis sin saber cómo deshacerse del asqueroso terrón que tenía en la boca.

—No se corte, en la cocina hay más. —Sandorf se sonó la nariz con un pañuelo, que luego examinó con cuidado—. En resumidas cuentas, quien contara con PROMIS, una vez que éste estuviera acoplado con inteligencia artificial, podría predecir los futuros sobre activos físicos, la evolución de la propiedad inmobiliaria, incluso los futuros movimientos de ejércitos enteros en el campo de batalla, por no hablar de hábitos de compra de los países, costumbres ligadas a las drogas, estereotipos, tendencias psicológicas. Todo en tiempo real y basándose en la información introducida.

—Interesante, pero esto no es lo que tenía usted en mente cuando lo creó, ¿verdad?

—Mi programa cruzaba un umbral en la evolución de la programación informática. Un salto cuántico, si lo prefiere. ¿Está familiarizado con la teoría de las investigaciones sociales de modelado de bloques?

—¿Debería estarlo?

—Describe la misma posición ventajosa desde una perspectiva hipotética y en la vida real —explicó Sandorf—. Por ejemplo, coja un punto físico real del espacio. Ahora aléjelo mentalmente todo lo que pueda. La progenie de PROMIS posibilitó la colocación de satélites en el espacio, tan lejos que son intocables.

—El gran cuadro primordial.

—¡Lo va entendiendo! —Sandorf se rio. Más que una risa, era un sonido gutural—. Hay otra ventaja, y es impresionante. —Empezó a beber. Curtis no había visto jamás a una persona beber con tanto deleite—. ¡Me encanta una buena taza de café!

»Pues eso, geomática. El término se aplica a un grupo afín de ciencias, todas ellas relacionadas con imágenes por satélite y utilizadas para desarrollar sistemas de información geográfica, de posicionamiento global y detección remota desde el espacio. Lo bueno es que pueden determinar las ubicaciones de recursos naturales tales como petróleo, metales preciosos y otras materias primas.

—Suena a timo perfecto.

—Lo es, sobre todo si has mejorado el software de PROMIS con tecnología secreta. —Se puso en pie y se dirigió a la ventana—. Al procurar al país cliente un software basado en PROMIS, sería posible reunir una base de datos global de todos los recursos naturales comercializables. Y no haría falta ni siquiera tocar los recursos, pues los mercados de futuros y materias primas existen para todos. Así, un programa basado en PROMIS, y mejorado con inteligencia artificial, sería el tinglado perfecto para conseguir beneficios de miles de millones de dólares mediante la vigilancia y la manipulación del clima político mundial.

—¿Está usted seguro? —preguntó Curtis, claramente perplejo.

—Ciertas investigaciones posteriores han demostrado que una remota posición hipotética similar eliminaría el azar de todas las actividades humanas. Todo sería visible en términos de patrones mensurables y predecibles. Como ha dicho usted, el gran cuadro primordial.

»La otra cosa a recordar es que si las matemáticas han demostrado que todos los seres humanos de la Tierra están conectados entre sí por seis grados de separación, en las operaciones encubiertas este número se reduce hasta aproximadamente tres. En la historia de PROMIS, a menudo baja a dos.

—Un mundo muy pequeño...

—Pero PROMIS no es un virus. Debe estar instalado como programa en los sistemas informáticos en los que se quiere penetrar. —Se acercó cojeando a la estantería—. Mire aquí, a su derecha. El estante de arriba, lomo de cuero rojo, un cuaderno escrito por un tipo llamado Massimo Grimaldi, la mente informática más preclara de la historia. Lo dejé aquí hace más de cinco años y creo que no lo he tocado desde entonces. —Curtis bajó un libro pesado y mohoso cubierto por una gruesa capa de polvo. Sandorf encontró la página y se la enseñó—. ¿Ve esto?

—¿Qué es?

—Un chip de memoria Elbit Flash.

—¿Y qué tiene de particular?

—PROMIS está provisto de un chip de memoria Elbit Flash que activa el ordenador cuando está apagado.

—¿Cómo lo hace?

—Los chips Elbit funcionan con la electricidad ambiental. Si se combinan con otro chip recién creado, el Petrie, capaz de almacenar hasta seis meses de pulsaciones, ahora, con la creación de Grimaldi, es posible transmitir de golpe toda la actividad de un ordenador en mitad de la noche a un receptor cercano, pongamos, en un camión en marcha o incluso en un satélite de inteligencia de señales que vuele bajo.

—Interesante.

—¿Sólo? En PROMIS hay algo más que debe usted conocer: la trampilla. Ésta da acceso a la información almacenada en la base de datos que tendrá todo aquel que conozca el código de acceso correcto. Los archivos de Inteligencia y de los bancos a los que se llega por la trampilla de Troya permiten el libre acceso a los gobiernos...

—Lo que garantiza la supervivencia del dólar estadounidense dentro del país y en el extranjero —añadió Curtis.

—¡Sí! Después de todo, no es usted ningún tarugo. Tómelo como un cumplido, en serio. —Curtis hizo un notable esfuerzo por permanecer callado. Sandorf dejó el libro de Grimaldi sobre una destartalada mesa que tenía delante—. Una vez vendido a países extranjeros, nuestro gobierno podría acceder al software inteligencia artificial-PROMIS sin que lo supiera el otro gobierno. Recuerde, no es gente buena, se trata de matones financieros de la peor especie.

—Lo que está usted describiendo va más allá de los tejemanejes económicos. ¿Cuál es el objetivo?

—Mire a su alrededor. El mundo está yéndose al infierno en un plisplás, antes de tener tiempo de decir «Dios, ten piedad». El objetivo es penetrar en todos los sistemas bancarios del mundo. Entonces esa gente podría valerse de PROMIS tanto para predecir como para influir en el movimiento de los mercados financieros mundiales.

Curtis recordó lo siguiente: «Mientras la economía mundial se viene abajo... controlas a la población en tres frentes: las Américas, Asia y Europa. Y mediante tres mercados: Hong Kong, Wall Street y el ámbito económico europeo... Los presidentes y primeros ministros dirigen países individuales bajo tres mercados de la Comisión Trilateral, controlados realmente por las quinientas empresas de *Fortune*... Ésta sería tu Sociedad Anónima Mundial... Cuanto más fuertes sean las quinientas empresas de Fortune, más fuerte será su mercado... El mercado es Octopus.» Luego dijo:

—Tengo entendido que para poner en marcha cada mercado hay que controlar, poseer o influir en los servicios de inteligencia, las fuerzas armadas y los bancos, así como la inteligencia artificial.

—Esto es lo que dicen. Pero... ¿por qué haría falta ahora meterse a controlar todas las operaciones militares y de inteligencia de un país extranjero? Hay un modo más fácil de conseguir lo que quieres. Adapta a PROMIS una versión de la trampilla de Troya en todos los ordenadores que vendas a Canadá, Europa y Asia, tanto privados como gubernamentales, para controlar sus acciones militares, bancarias y de inteligencia. Accedes a sus bancos y sabes qué hace quién y quién se está preparando para hacer qué.

—Esto coloca todos los datos en un riesgo permanente de exposición.

—Exacto —soltó Sandorf.

—¿Son conscientes de ello los gobiernos?

—Lo dudo, pero, aunque lo fueran, poco es lo que pueden hacer a estas alturas de la partida. Son sistemas de misión crítica que requieren años de perfeccionamiento, no algo que se hace en un santiamén en un chiringuito de perritos calientes. Una vez que el software de PROMIS estuviera en funcionamiento, quien poseyera el sistema podría fácilmente obligar a todos los países a cooperar.

—Porque el software controlaría los bancos nacionales, los servicios de inteligencia y los ejércitos —dijo Curtis.

—Exacto. Al arrinconar, mediante el libre acceso, a los bancos, los militares y las agencias de inteligencia, sólo se precisa la amenaza del uso de la fuerza. Un arma es eficaz sólo si alguien conoce su capacidad. Antes de utilizar la bomba atómica, ésta era irrelevante.

—El síndrome Nagasaki. Pero ¿cómo es que el mundo entero ha permitido que esto pasara?

—No lo ha permitido. ¿Ha visto el cuaderno? Se lo robaron a Grimaldi. Lo asesinaron e hicieron que pareciera un accidente.

—¿Cómo ha llegado a sus manos? —inquirió Curtis, incrédulo.

—Fue un regalo de la gente que lo mató —contestó Sandorf con toda naturalidad.

—¿Qué pasó?

—Según la versión oficial, se golpeó la cabeza en la bañera y se ahogó en seis centímetros de agua. Dios Santo..., Grimaldi era un judío italiano. Tenía una napia más larga que la de Pinocho. ¿Cómo diablos te vas a ahogar, boca abajo, en seis centímetros de agua?

—O sea que nadie lo sabía.

—Es un secreto envuelto en un halo de misterio. A los gobiernos se les suministró software PROMIS modificado que ellos modificaron a su vez, o creyeron haber modificado, para eliminar la trampilla. Sin embargo, algo que ninguno sabía es que los chips Elbit de los sistemas evitaban las trampillas y permitían la transmisión de datos cuando todos pensaban que los ordenadores estaban apagados y a salvo. Así es como puedes inutilizar lo que hacen Canadá, Europa y Asia, sobre todo China y Japón, si no te gusta.

—¿Puede usted pararlos?

—¿Yo? Me toma el pelo, ¿verdad, hijo? Míreme... —Sandorf se subió la manga de su bata de seda para dejar a la vista las profundas cicatrices de la mano izquierda—. Soy yonqui. Si quiero mear, ni siquiera me puedo bajar los pantalones a tiempo. Me lo hago encima. —Hizo una pausa—. Y aunque no fuera así, sería demasiado tarde.

—¿Qué quiere decir?

—¿De veras no lo entiende? Tiene una pista, agente. Es cuarto y gol en la yarda dos, y quedan diez segundos para acabar el partido.

—Tengo otra pregunta. —Las palabras de Curtis sonaban apocopadas.

—Ya me lo imaginaba. No podía ser que se hubiera tomado usted tantas molestias para conseguir sólo un poco de ruido de fondo.

—Supongamos que alguien quiere utilizar PROMIS para entrar en un sistema blindado. ¿Se puede hacer?

Sandorf se reclinó, absorto en sus pensamientos. Cruzó los brazos en su prominente estómago.

—Debería ser alguien muy bueno. ¿Está pensando en alguien en concreto?

—Pues sí. ¿Le dice algo el nombre de Paulo Scaroni?

—Sí, un asqueroso hijo de puta. Un demonio residente en el laberinto. —Descruzó los brazos, se incorporó con torpeza y se acercó a unos centímetros del poderoso cuerpo de Curtis, agarrándole el antebrazo con las largas y huesudas manos. Curtis alcanzó a oler el aliento fétido—. Le daré un consejo, hijo. Mejor que se cuente los dedos cada vez que estreche la mano de ese tipo. —Sandorf lo soltó, pero permaneció flotando el olor nauseabundo.

»De todos modos, es realmente bueno. Hay muy pocos que puedan compararse con él, quizás un centenar en todo el mundo. —Miró a Curtis—. Supongo que está al corriente de los miles de millones perdidos.

—Querrá decir billones.

El hombre sonrió. Le faltaban dos incisivos. Los otros dientes eran marrones con un matiz amarillento o estaban picados.

—Lo que quiero decir es lo siguiente. La penetración y el robo del dinero era el banco de pruebas, las Arenas Blancas de la bomba atómica económica PROMIS.

—¿Cómo acabó él implicado en el asunto?

—El gobierno lo mandó ahí para que ayudara a crear un mejor sistema de inteligencia artificial a partir de PROMIS. Scaroni tenía su propio sistema, así que el matrimonio entre mi niño y el suyo dio como resultado un híbrido. Este híbrido fue utilizado por el gobierno de Estados Unidos para obtener datos de inteligencia financiera y controlar transacciones bancarias.

—¿Para quién? —inquirió Curtis.

—En un principio para la CIA, entre otras organizaciones. Se trataba de una conspiración del complejo industrial-militar con todas las de la ley. Llegaba hasta arriba. Su territorio favorito.

«¿Y los demás?», se dijo Curtis.

«Todos hombres de carrera; militares, inteligencia, negocios.»

«FBI, CIA, NSA, ONI, DIA, Pentágono, complejo industrial-militar.»

El pensamiento del ranger regresó a las palabras de Sandorf.

—¿Quién estaba en lo más alto?

—¿Le suena el nombre de Henry Stilton?

Los ojos de Curtis se abrieron como platos.

—El segundo al mando en la Agencia.

—Éste. Montaron una conspiración para robarme el software, modificarlo e incluir una trampilla que permitiría a quienes lo supieran acceder al programa en otros ordenadores y luego venderlo a agencias de inteligencia extranjeras. Empecé a olerme algo cuando las agencias de otros países, como Canadá, comenzaron a pedirme servicios de apoyo en francés, cuando yo nunca les había vendido nada.

—¿Qué puede decirme de Scaroni?

—Cuando sólo contaba diez años, cableó el barrio de sus padres con un sistema de teléfonos privados que funcionaba perfectamente y salía más barato que el de Ma Bell. En octavo ganó un concurso científico por un sistema de sónar tridimensional. Digámoslo así, hijo: uno nunca olvida a un joven de dieciséis años que se presenta en clase con su propio láser de argón.

Sandorf se dirigió al balcón cojeando, abrió la puerta y salió a la terraza. Para gran sorpresa de Curtis, era..., bueno, un jardín Zen. Un trozo de tierra de cuatro metros de largo por cinco de ancho, con una sencilla disposición de catorce rocas y piedras, arena, grava y guijarros.

—En japonés se llaman *karesansui*. Significa agua seca y montaña. La impresión del agua la da el modo de rastrillar la arena sobre la tierra, lo que crea un dibujo de ondas mientras las piedras y las rocas desperdigadas representan montañas e islas.

—Digno de verse —dijo Curtis—. Esto no ha sucedido por casualidad.

Sandorf sonrió. Por un instante, su desfigurado rostro pareció humano.

—Aquí hay catorce rocas y piedras. Según la leyenda, cuando una persona alcanza la forma más elevada de iluminación Zen, la decimoquinta roca se le hace visible.

—Fascinante. ¿Por qué alguien como usted vive aquí?

—Por seguridad —contestó el hombre negro.

—¿Aquí, en pleno Harlem? ¿Cuando al lado de este lugar la Dresde bombardeada parecería Versalles? —soltó Curtis creyendo que se le escapaba algo. En todo caso, pensó que, en vista del intelecto de Sandorf, era un comentario sugestivo.

—¿Se imagina a un esbirro blanco intentando robarme en este agujero?

—Podría usted desaparecer. Ir a vivir a algún otro sitio.

Sandorf negó con la cabeza.

—No, no puedo. Lo sabrían en menos que canta un gallo. —Prosiguió sin esperar a la réplica de Curtis—. En el tríceps derecho llevo un microchip. Me tienen atado corto. —Hizo una pausa y bajó la voz—. Y porque soy yonqui. —Sandorf se apoyó en la pared, con los ojos entornados y los labios temblando. Se aclaró la garganta—. Poco después de producirse el híbrido entre PROMIS y el modelo de Scaroni, me secuestraron. Cada pocas horas me inyectaban drogas. Eso era su póliza de seguros. Cuando por fin me dejaron ir, habían pasado más de tres meses. A juzgar por el clima y la vegetación, diría que era una clínica estatal situada en algún lugar del oeste, pero no puedo probar nada.

—Perdió la mirada en el vacío—. Tiempo atrás, en Washington causaba sensación. Míreme ahora —dijo Sandorf con su voz de barítono, frotándose la coronilla.

—Pero sigue vivo, ¿no? —dijo Curtis.

—Por si el sistema se estropea y no queda nadie para arreglarlo —dijo Sandorf con amargura.

—Puedo ayudarlo a luchar contra esto.

—Usted ya sabe que, para las fuerzas oscuras, la solución ideal es la posibilidad gratuita de que si el objetivo del descrédito, es decir yo, es sometido a las acusaciones socialmente más censurables, se autodestruya, con lo cual se reforzaría la fraguada aura de sospecha y se anularía la necesidad de llevar a cabo más difamaciones.

—Cabrones... Ésta es la munición habitual de las operaciones de contraespionaje de la Agencia para neutralizar las amenazas más preocupantes —soltó Curtis, indignado.

—¡Así es si tienes alguna clase de vulnerabilidad o esqueletos en el armario! —añadió Sandorf—. Muchos se han suicidado o han intentado evadirse con el alcohol y las drogas. Vidas destruidas en la búsqueda de la verdad..., y mediante acusaciones falsas. —Se tumbó en el sofá.

—Estoy en deuda con usted, señor Sandorf. Si un día quiere abandonar esta cloaca...

Sandorf levantó la mano derecha.

—Por Dios..., vaya a sentirse culpable a otro sitio. —Enderezó los hombros y la espalda—. No me malinterprete. Esto es sólo un hombre muerto que habla con otro.

Curtis bajó la mirada y suspiró.

Sandorf lo miró por última vez y volvió la cabeza.

—Cuídese, agente.

Michael observó las teclas verde y roja intermitentes de su teléfono.

—¿Sí?

—¿Michael? Hola.

—Curtis, ¿dónde estás?

—Siempre que llamo me preguntas lo mismo. A ver si cambiamos el disco, amigo.

—Muy bien. ¿Estás vivo y a salvo, herido de gravedad con las tripas desparramadas en algún sitio dejado de la mano de Dios, tendido en una zanja desangrándote, o muerto y hablándome desde la tumba?

—Un placer. A mí también me gusta oír tu voz.

—En serio... ¿dónde estás?

—Cavando un túnel para salir de una cloaca.

—¡Sabía que estabas herido! ¿Es grave? Dios mío, estamos en el hospital... Quizá Simone puede quedarse...

—Encontré al hombre invisible.

—Muy bien. Estás estresado. Desvarías. Pero no te preocupes; iremos a buscarte. Aquí hay gente maja que puede ayudarte. Cristian puede pagar. Pero dime...

—¿Por qué no te callas un momento? Encontré al hombre que creó PROMIS.

—¿Ah, sí? ¿Dónde vive?

—En Harlem.

—¿Harlem, Nueva Inglaterra? Una ciudad preciosa. Unas casas magníficas. Yo tenía allí una tía, bueno, en realidad era la tía de mi madre por su segundo matrimonio. Katherine Jane Kanter.

—¿La agente de Grace Kelly?

—Era bastante mayor cuando...

—¡Michael!

—Sí, perdona... Ha sido un día largo. Cristian está mejor. Lo peor ya ha pasado. Me callo, de acuerdo.

—Ahora tenemos la mayor parte de las piezas.

—El tipo del trullo ha vuelto a llamar.

—¿Scaroni?

—Ése. La verdad es que yo no me fío. ¿Has conseguido alguna información sobre él?

—Me han dicho que estrecharle la mano puede ser peligroso para la salud.

—¿Tiene alguna enfermedad?

—Más de las que te imaginas, Michael.

—Mañana comparecerá ante el tribunal.

—¿Dónde?
—Manassas, Virginia.
—Territorio CIA. No me lo perdería por nada del mundo.
—¿Tú? ¿Y nosotros?
—Es preciso que os quedéis con Cristian, al menos hasta el final de la sesión. Luego os llamo.

En las afueras de Washington, un cadáver ensangrentado, con el brazo derecho roto, los ojos salidos de las órbitas y la cara deformada por la muerte, fue arrojado desde una furgoneta blanca al río Potomac. Un hombre con el imponente tatuaje de un puñal en el antebrazo derecho cogió el teléfono del coche y marcó un número.
—Trabajo hecho.
—¿Qué ha averiguado? —fue la respuesta.
—Nada. Para ser un hombre que no sabía demasiado, tardó un rato en decirlo.
—Coja el coche y permanezca frente al hospital. Otro equipo lo relevará a medianoche. Informe inmediatamente de cualquier movimiento. No se mueva de ahí hasta que le avisemos. No me falle.
—Comprendido, señor secretario.

46

Curtis torció a la izquierda y tomó un ancho pasillo con mamparas de vidrio. Luego giró bruscamente a la derecha y enfiló un pasillo estrecho, éste con mucha menos gente y muchos más abogados. Después otra vez a la derecha para llegar, tras cruzar unas puertas acristaladas, a un corredor aún más estrecho y atestado de agentes de policía. El juicio de Scaroni se celebraba en la sala C. Las medidas de seguridad eran de lo más estrictas. No sólo se registraba a todo el mundo con un detector de metales manual, sino que se inspeccionaban individualmente todos los bolsillos y maletines. Los alguaciles estaban en máxima alerta.

Entró en una sala casi vacía y vio a Paulo Scaroni con grilletes, sentado a la mesa de los abogados y vestido con el mono carcelario. Su abogado era un hombre de sesenta y tantos años con mejillas sonrosadas y vestido de negro: pantalones negros, corbata negra, zapatos negros, una elegante perilla y un largo mechón de pelo negro teñido que llevaba peinado de izquierda a derecha. Estaba sentado a una mesa rectangular con un vaso de agua en una mano y en la otra un fajo de documentos convenientemente doblados.

Scaroni presentaba un aspecto gris, fatigado. Su cara ovalada parecía cubierta de rasgos superpuestos, y sus ojos azules, de sabueso triste, miraban por encima de unas grandes bolsas y una nariz ganchuda. Se volvió para ver quién entraba. Su mirada se detuvo en Curtis con una codicia extraña, nada sutil. Scaroni se inclinó hacia su abogado, que se volvió, miró, entornó los ojos y susurró algo al oído de su cliente.

Aunque estaba previsto que la sesión empezara poco antes del mediodía, por razones de seguridad se trasladó a otra sala y se cambió la hora: sería a las once. La vista había comenzado hacía un rato, cuando entró Curtis, quien lo primero que oyó fue al juez haciendo referencia a la supresión de ciertos documentos.

—Estos fragmentos serán eliminados con tijeras, y una vez eliminados han de ser destruidos. —Entonces el juez miró alrededor y se dirigió al fiscal, que estaba en pleno interrogatorio de uno de los testigos.

—¿Podría extenderse sobre el contenido de la carta? —preguntó el acusador público.

—En esencia, la carta expresaba el entusiasmo por la potencial aplicación de tecnologías y pedía una lista de todos los participantes activos en la empresa conjunta —respondió el testigo.

—¿Conocía los nombres de algunos de los participantes?

—Conocía a todos los participantes, porque yo era jefe de proyectos en las instalaciones del gobierno en la cuenca del Pinto.

—¿Puede decirle al tribunal si alguien de la sala participó con usted en la empresa conjunta?

Scaroni se incorporó en la silla con la cara crispada y un tic nervioso en el ojo izquierdo. Parecía una enorme lata de gusanos retorciéndose.

Tras negar el testigo con la cabeza, Scaroni hizo una mueca y susurró algo al oído de su abogado.

—¿Cuál era el esquema básico de la propuesta?

—Vehículos blindados Bradley para transporte de tropas. Llevamos a cabo una demostración de prueba de un dispositivo mejorado para aeródromos que la empresa desarrolló.

—¡Que yo desarrollé! —gritó Scaroni, saltando de su asiento.

—¡Silencio! —El mazo del juez bajó de golpe.

—Continúe, por favor —dijo el fiscal tras una pausa, mirando con desdén a Scaroni.

—También realizamos una prueba con un artefacto explosivo de implosión hidrodinámica. Nuestro laboratorio construyó un prototipo, pero lo hicimos más grande porque los jefes de la empresa querían una demostración por todo lo alto. Provocó un incidente diplomático, ya que la prueba fue detectada por satélites de observación rusos y chinos.

Ahora le tocaba interrogar al equipo de Scaroni. Su abogado se puso en pie, sacudió la cabeza, sacó un pañuelo, se sonó la nariz, tragó saliva y dijo:

—¿Conoce a este hombre, Paulo Scaroni? —Señaló a su cliente con el pequeño y grueso dedo índice.

—Personalmente, no —fue la respuesta.

—¿Sabía que él era vicepresidente de las instalaciones que acaba usted de mencionar?

—Lo desconocía. Por encima de mi escalafón hay varios niveles. Podría hacer conjeturas, pero no.

—Dice que el vehículo blindado Bradley se desarrolló en la cuenca del Pinto.

—Sí, señor.

—De hecho, en los folletos promocionales se dice que Bradley fue desarrollado por un equipo dirigido por el propio vicepresidente de la corporación.

—No tengo buena memoria. Pero me gustaría ver esos folletos.

—¿Cuál era su cargo antes de llegar a supuesto jefe de proyectos?

—¡Protesto! —fue la réplica del fiscal.

—Se admite la protesta —dijo el juez sin inmutarse.

—¿Cuál era su cargo antes de llegar a jefe de proyectos? —El abogado de Scaroni corrigió su frase.

—Me ocupaba de supervisar personalmente todos los contratos y patentes de la empresa.

El abogado de Scaroni desenrolló los documentos que tenía en la mano.

—¿Sabía usted que tres de las patentes más lucrativas y vanguardistas, como las Aplicaciones de la Teoría de la Perturbación para aumentar la transferencia de energía, la Aplicación de Métodos Estacionarios a polvos y aerosoles para aumentar la transferencia de energía, y la Aplicación de la Teoría de la Perturbación a sistemas de flujo hidrodinámico, eran en realidad inventos de Paulo Scaroni?

—Defina «invento», por favor.

—¿No es cierto que fue Scaroni, y no usted ni Santa Claus, quien tuvo la inteligencia para inventar las patentes antedichas? —gritó el abogado de Scaroni, actuando con la pericia de un letrado consumado que atrapa al testigo estrella de la acusación con un interrogatorio censurable.

—¡Protesto! ¡Protesto! —El fiscal estaba fuera de sí.

—Que yo sepa, no. Por desgracia, algunos de los documentos a los que usted se refiere fueron destruidos durante el reciente incendio que arrasó el ala oeste del complejo. Aún estamos intentando reponer el material perdido. —El testigo observó al fiscal.

Curtis advirtió que el testigo mentía porque, por instinto, los mentirosos suelen mirarte atentamente después de hablar para ver si te lo has tragado o deben hacer algo más para convencerte.

El abogado de Scaroni no hizo más preguntas, y el testigo fue invitado a retirarse. Pasó con gesto huraño frente a la mesa del acusado.

El juicio de Scaroni no iba bien. Su equipo esperaba que la influencia y la credibilidad del siguiente testigo cambiarían la situación.

—¿Puede usted decir su nombre para que conste en acta, por favor? —pidió el abogado de Scaroni.

Curtis advirtió que, aunque el hombre de las mejillas sonrosadas tenía un aspecto cómico, no era tonto. Le daba igual revelar sus emociones ante el tribunal.

—Me llamo Brian Leyton. Soy ayudante del fiscal general de Estados Unidos en Washington, D.C.

—¿Conoce al acusado, Paulo Scaroni?

—No.

El abogado de Scaroni tardó varios segundos en asimilar la respuesta. Como si estuviera en trance, contempló la superficie de la mesa y sujetó distraídamente los documentos enrollados. Luego alzó los ojos y observó primero a su cliente, que se encontraba en estado de *shock*, y después a Leyton.

Curtis también se dio cuenta de lo sucedido. También él volvió a representar la fracción de segundo en la que un ayudante del fiscal de Estados Unidos decía al tribunal, mintiendo, que no conocía al acusado. En esa fracción de segundo, la expresión de Leyton fue de inequívoca resignación y cristalino desdén. ¿Hacia el sistema? ¿Hacia sí mismo? ¿Hacia Scaroni? Una locura.

—¿Conoce usted personalmente al señor Scaroni? —preguntó, muy despacio, el hombre de las mejillas sonrosadas.

—No recuerdo haber conocido personalmente al señor Scaroni —contestó con calma el ayudante del fiscal.

—¿Ha estado alguna vez en su despacho con el señor Scaroni y en presencia de tres agentes federales?

—He hablado con miles de personas encargadas del cumplimiento de la ley, y no puedo estar seguro de haber hablado o no con el señor Scaroni en presencia de agentes federales, por teléfono o en persona. —El abogado de Scaroni frunció el ceño con inquietud.

—¿Encabezó usted la acusación del gobierno contra la mafia rusa por intentar robar sondas de inspección profunda de paquetes, un elemento clave del sistema estadounidense de defensa nacional?

—Así es.

—¿Cuándo?

—El año pasado.

—¿No fue Paulo Scaroni quien filtró el dato al gobierno de Estados Unidos? —preguntó al instante, pues quería que el jurado oyera la versión de su cliente.

—¡Protesto! —gritó el fiscal.

—¿Quién pasó la información al gobierno de Estados Unidos? —insistió, reformulando la pregunta.

—Mi oficina fue informada por un agente especial de alto rango que está al frente del FBI, en Washington. No estoy en condiciones de especular sobre quién le informó a él.

El juez miró la hora. Habría un breve receso de quince minutos. El mazo bajó en el preciso instante en que el juez sacaba un pañuelo limpio de una ordenada pila del cajón superior.

47

Simone miró a Cristian y luego el monitor. Se mantenían las constantes vitales, y la respiración era regular. Luego se volvió hacia Michael.

—Jamás dejaré de buscarlos, Michael. Comprendo lo insignificante que soy para ellos. Lo sé, no se han parado a pensar en Danny desde aquel día fatídico. Sin embargo, yo no he dejado de pensar en él desde entonces. Al margen de las mil maneras en que intento distraerme, cada noche me acuesto repasando todos los detalles del último día que pasamos juntos, y preguntándome qué hice mal o por qué no lo entendí o no lo preví... Y cómo en ese breve instante alguien puede arrebatarte totalmente la felicidad. —Hablaba con voz temblorosa—. A veces llego incluso a convencerme a mí misma de que todo es un error, de que de un momento a otro Danny cruzará este umbral, de que llamará porque verá luz debajo de la puerta. Pero no lo hace ni lo hará nunca, y eso me está matando...

»Y después de todo, por largo que pueda ser, aparece alguien que te quiere; que te quiere de veras y a quien tú quieres, que te hace sentir útil y feliz, y piensas en lo que sucedería si esto no saliera bien y cómo los trocitos de tu alma se perderían para siempre. Y me estremezco ante la idea de perderte. —Aspiró lo que parecía todo el aire de la habitación—. Oh, Dios mío, estoy tan cansada... ¿Cuándo terminará todo esto? ¿Cuándo? Ojalá hubiera escuchado a mi corazón y no lo hubiera dejado marchar.

—Simone... —Michael se acercó a ella—. Danny sabía exactamente lo que estaba haciendo cuando se matriculó en la escuela de periodismo, cuando estableció su primer contacto y cuando siguió a la bestia hasta su guarida. Sabía quién era. Amaba lo que hacía.

—Michael...

—No tienes por qué llevar esta carga.

Ella examinó su rostro como si fuera el de un desconocido. Advirtió que escondía sentimientos nocivos. Clavó la mirada en sus ojos. Eran cautelosos, en busca de pequeñas injusticias a las que responder.

—Michael... —El nombre flotaba en el aire como una bocanada de humo—. No sonríes mucho, pero cuando lo haces es como cuando se disipan las nubes. Me haces sentir superflua, como si hubiera usurpado el sitio de alguien —bromeó, mientras brillaba en sus labios una sonrisa extraña, aparentemente gratuita.

Michael se inclinó y la besó con ternura.

—Creo que, dadas las circunstancias, lo más adecuado sería salir de puntillas por la puerta, pero, por desgracia, de alguna manera estoy inmovilizado —dijo Cristian; se relamió los labios y sacudió la cabeza.

—Cristian, sólo estábamos...

El banquero alzó la palma de la mano derecha.

—Sobran las explicaciones. ¿Dónde está Curtis?

—En el juicio de Scaroni.

—¿Dónde? —preguntó con tono de perplejidad.

—Eso no importa. Cree que puede matar dos pájaros de un tiro.

Un destello atravesó las persianas seguido, seis segundos después, de un fuerte trueno. En Nueva York, el tiempo era frío y desapacible; un cielo nacarado pasaba en vuelo rasante, mientras Manassas disfrutaba de los últimos rayos de sol.

La sesión del día iniciaba su tramo final. Agotada por las prolongadas tensiones, e indignada por haberse visto obligada a revolcarse en porquería inventada, la defensa llamó a Paulo Scaroni al estrado. Se acababa el tiempo, y no estaba más cerca de demostrar que, en otra época, el acusado había trabajado para el gobierno de Estados Unidos. Era fatal que todos los testigos del gobierno estuvieran claramente coaccionados e intimidados para dar a su testimonio un giro perjudicial y ensayado. Era inconcebible que un testigo clave de la defensa cometiera perjurio en el estrado. La pregunta era por qué.

En cierta época, Scaroni trabajó en un proyecto secreto de empresa conjunta en Nicosia, Chipre, junto a otros empleados gubernamentales que habían efectuado declaraciones selladas sobre el caso. Ése era su único rayo de esperanza, una posibilidad de demostrar a qué se había dedicado. Después de que las objeciones de los abogados del gobierno fueran consideradas totalmente irrelevantes, se pidió al acusado que describiera con el mayor detalle posible las instalaciones de Nicosia. Luego se comparó su testimonio con las declaraciones selladas de los otros miembros del equipo. Encajaban. La defensa preguntó cómo podía ser que un supuesto civil, sin vínculos con una corporación militar como el complejo de la cuenca del Pinto, tuviera acceso a información confidencial sobre sus instalaciones en el extranjero.

Era una pregunta retórica, dada la insistencia del gobierno en que Scaroni nunca había trabajado para él en ninguno de sus proyectos, ni dentro del país ni en el extranjero.

Curtis no sabía cómo rebatiría el gobierno ese testimonio potencialmente perjudicial para sus intereses. Diez minutos después, vio al fiscal cruzar y pasar al universo paralelo de humo y espejos. Para refutar la afirmación de Scaroni, el abogado de la acusación sugirió que el acusado, que había sido encarcelado sin fianza, desde su celda había conseguido piratear el sistema informático de la CIA y había averiguado lo de Nicosia y los detalles del caso. La vista acabó sin conclusiones y se fijó fecha y hora para la semana siguiente.

Michael pulsó la tecla del altavoz de su anticuado teléfono.

—¿Qué ha ocurrido?

Pidió a Curtis que contara el desarrollo del juicio.

—Creía que el abogado debía testificar a favor de Scaroni. ¿No es eso lo que dijo?

—Me parece que sus posibilidades de salir de la cárcel son entre escasas y nulas —comentó Simone.

—Sólo que esas escasas posibilidades aún están en el edificio —replicó Curtis.

—¿Qué quieres decir?

—Scaroni esperaba que el tribunal lo exculparía. Hoy el gobierno ha aprovechado para demostrarle que no va a ser así.

—Increíble, toda esa gente testificando contra él... —Michael se debatía entre las dobleces del gobierno y su propia ingenuidad.

—El gobierno está poniendo sus patos en fila y preparándose para disparar. Pero aún le está dejando cierto margen de acción.

—¿Por qué, Curtis? —preguntó Michael.

—Todavía tienen esperanzas de que Scaroni regrese del frío y les dé lo que quieren.

—Entonces, ¿le crees?

—Sólo que está en prisión y que robó el dinero. Lo que no sabemos es para quién trabaja. —Hizo una pausa, sentía como si su mente diera bandazos—: Y no olvides nunca que siempre es más eficaz ser sincero en privado. De lo contrario, tu móvil puede ser un tanto sospechoso.

—Scaroni trabajó al servicio del gobierno de Estados Unidos en el desarrollo y la modificación de software para PROMIS —añadió Simone—. ¿Por qué su abogado no lo ha mencionado?

—Lo ha hecho, pero el juez se ha asegurado de que esos puntos se suprimieran con tijeras y, una vez suprimidos, que fueran destruidos.

Indignada, Simone no llegó a iniciar la frase.

—Pero...

—Tiene que ver con PROMIS, Simone. Nunca dejarán que esto aflore. Por eso deben destruirlo a él y a todo aquel que lo haga parecer creíble. La reserva amalgamada de varios billones de dólares, creada y mantenida en cuentas aletargadas y huérfanas, fue robada mediante PROMIS con ayuda de Scaroni. Sandorf me contó hasta aquí. Cristian también debió de darse cuenta. Quizá por eso atentaron contra él. Esto es plutonio. El que se acerca acaba muerto.

—A ver si te pillo —dijo Michael sacudiendo la cabeza.

—El CTP era una operación gubernamental para evitar que el sistema financiero mundial implosionara. Lo que pasa es que una gente poderosa llamada Octopus estaba utilizando este dinero para generar beneficios espectaculares corriendo muy poco riesgo. ¿Lo recuerdas?

«Los bancos y los bancos centrales que participan en el CTP llevan dos libros, uno para el examen público y otro para verlo en privado.»

—¿Cómo encaja en esto Scaroni? —inquirió Michael.

—El gobierno le encargó que ayudara a crear un sistema mejorado de inteligencia artificial a partir de PROMIS. Él ya tenía su propio sistema, por lo que la unión entre el de Sandorf y el suyo originó un híbrido. En cuanto Octopus tuvo el híbrido, se libró de Sandorf.

—¿Por qué?

—Porque Scaroni era uno de los suyos, al menos al principio, y Alan Sandorf no. Sandorf me dijo que la penetración y el robo del dinero fue el banco de pruebas de la bomba atómica económica llamada PROMIS.

—¿Recuerdas lo que decía Cristian? —dijo Michael.

—Que en el ciberespacio pueden existir esas cantidades de dinero porque nunca se pueden transferir a ninguna parte —respondió Simone.

—También decía que no era necesario, pues es posible mover cualquier cantidad de dinero en una millonésima de segundo con sólo pulsar una tecla.

—Y aquí es donde aparece PROMIS —terció Curtis.

—Sobre todo sabiendo que una buena parte estaba depositada en treinta cuentas en un grupo sin fisuras de CitiGroup.

—Cuyo presidente, John Reed, está ahora criando malvas.

Curtis repasó su visita al extraño mundo de Alan Sandorf: su teoría de por qué los conspiradores obligarían a todos los países de la Tierra a cooperar con quien poseyera el sistema, y lo fácil que sería eso con PROMIS, pues la combinación PROMIS-inteligencia artificial controlaría bancos nacionales, ejércitos y agencias de inteligencia.

—La pregunta es por qué lo están haciendo.

—Por fanatismo —repuso fríamente Curtis—. Sin el dinero del CTP inyectado en el sistema, la economía mundial se iría a pique, dejando centenares de millones de muertos y miles de millones de hambrientos e indigentes. Pero eso tiene un precio. Quizás el propio titiritero, quienquiera que sea, sabe cuál es el precio, pero no los otros, que obedecen órdenes a ciegas. Este fanatismo ha impedido que los conspiradores vieran las verdaderas consecuencias de sus chanchullos. En cuanto aumente el clamor, empiece a morirse la gente y se extienda la indignación, el mundo se verá abocado a la guerra. Están jugando con fuego, que al final los devorará cuando los disturbios se propaguen por todos los países, poniendo fin al viejo orden y estableciendo uno nuevo, un Nuevo Orden Mundial con la ayuda de la inteligencia artificial más poderosa del mundo, PROMIS.

Simone estaba estupefacta. Michael tenía la mirada perdida. Sus rostros se ensombrecieron. Curtis miró el reloj.

—Cambio de planes. Debo ver a alguien. Es importante. Quedamos luego en el hospital.

—¿Necesitas ayuda?

—No, qué va.

Curtis se acomodó en el asiento delantero del Lincoln Continental naranja. El estruendo del motor no pretendía saludarle. El taxi aceleró calle abajo.

48

Superstición infantil. No tenía ni pies ni cabeza que por la mañana, camino del trabajo, pasara por una acera y por la tarde, de regreso a casa, pasara por la otra. Brandon Barry Kumnick frunció el ceño. Elvis era supersticioso, igual que Sharon Tate, Roman Polanski y Howard Hughes. «No, Hughes era lisa y llanamente raro.» Volvió sobre Elvis. Si era bueno para el Rey, era bueno para Barry. Concluyó que la manipulación de la superstición era un asunto delicado. Meterse con creencias muy profundas suponía jugar a ser Dios, y sólo debía intentarse si uno podía salirse con la suya y el juego merecía la pena. «¿Merece la pena una acera?» También resolvió que el fracaso puede desembocar en el ridículo, algo que ni él ni el Rey digerían demasiado bien, y en acusaciones de torpeza (¡jamás!) e insensibilidad capaces de manchar la reputación de un individuo. Kumnick lo analizó desde ángulos distintos. Llegó felizmente a la conclusión de que había supersticiones buenas y supersticiones malas. Las suyas (y como es lógico las de Elvis) eran indudablemente buenas. El resto... No, no había excusa para el fracaso.

Caía la tarde sobre la concentración de gruñidos apagados de la Gran Manzana. Los sonidos y olores de Nueva York, agitándose, vibrando a esa hora temprana de la tarde, bañaban la ciudad con una luz color mandarina. Kumnick respiró hondo. En la acera se veían restos blancos de nieve húmeda. Lentamente, una tras otra, caían gotas de agua haciendo plaf. De un balcón, aún colgaban las cintas de alguna festividad religiosa. (Si hubiera caminado por el otro lado no las habría visto.) Una pareja paseaba un perro. El chucho rodó sobre la gravilla, corrió unos metros y cayó de lado. «¿Por qué tiene la gente como mascotas a criaturas de aspecto sarnoso?» Pisó un excremento de perro por segunda vez. Superstición... Por lo visto, también a Elvis le había pasado.

Un sedán negro se acercó en silencio junto a Kumnick y, sin que mediara cambio de ritmo, se abrió la puerta del pasajero, y una mano poderosa agarró a Kumnick por el pescuezo y tiró de él hacia dentro. La puerta se cerró y el sedán aceleró.

—Menos mal que me he puesto una muda limpia —dijo Kumnick en voz alta—. ¿Quiénes sois, tíos? Oh, a propósito..., voy colocado.

El hombre del tatuaje se volvió hacia Kumnick.

—Eres una pieza valiosa.

—No alimentes la vanidad de un hombre —replicó el analista, intentando incorporarse.

No iba a poder. Un par de fuertes manos lo agarraron del cuello mientras alguien le ponía en la cara un trapo suave y húmedo y el conductor encendía la radio.

—Primero fue la clasificación crediticia en Europa oriental, que hace menos de dos semanas se redujo a «basura», y ahora son las tribulaciones financieras de Europa occidental las que ocupan el centro del escenario.

—Así es, Larry.

—En Italia, el aumento de permutas financieras ligadas a créditos impagados ha alcanzado niveles de récord después de que los Servicios de Clasificación de Standard & Poor situaran la clasificación crediticia de este país en el estatus de «basura». Hoy, a primera hora, en un informe aparte, S&P había advertido de que en Europa occidental «están presentes todos los ingredientes de una crisis importante». Por si fuera poco, el Servicio de Inversores de Moody colocó a Francia y Austria en situación de revisión para un posible descenso que se produciría a principios de la semana próxima, mencionando la incertidumbre política y las preocupaciones relativas al sector ban-

cario. Ayer, el hundimiento del gobierno de coalición italiano propagó por todo el mundo la inquietud sobre el posible efecto dominó en el resto de las economías de Europa occidental.

—Gracias, Marian.

—Dentro del país, los bancos más grandes están tan cerca de venirse abajo, y la economía mundial está desintegrándose con tal rapidez, que es inminente una debacle en Wall Street. En concreto, es cada vez más probable que las previsiones de los últimos meses se cumplan en un breve período de tiempo, incluyendo la quiebra de los mercados bursátiles. Una rápida disminución en las acciones de aproximadamente tres mil en el índice Dow y de trescientos en el S&P..., o incluso más.

—David, esto está empezando a parecerse cada vez más al Armagedón y al día del Juicio Final. Dinos tus predicciones a corto plazo.

—Gracias, Larry. Son de veras a corto plazo. A semanas vista, me refiero, no meses. Antes de nada, quiebras de empresas: una reacción en cadena de expedientes acogidos al Capítulo 11 o adquisiciones federales, incluyendo no sólo General Motors y Chrysler sino también Jet Blue, Macy's, Saks Fifth Avenue, Sears, Toys «R» Us, U.S. Airways e incluso gigantes como Ford o General Electric. A continuación, quiebras de los superbancos: bancarrotas o nacionalizaciones no sólo de CitiGroup y Bank of America, sino también de JP Morgan Chase y HSBC. Tercero, una epidemia a escala nacional de quiebras de bancos medianos y pequeños. Cuarto, hundimiento de los seguros: esta mañana, Washington ha anunciado que AIG, la compañía aseguradora más importante del país, perdió en los tres últimos meses del año pasado la pasmosa cifra de 61.700 millones de dólares. Se trata de la mayor pérdida sufrida por una empresa de Estados Unidos. ¡Más grande que las pérdidas récord de Bank of America y CitiGroup sumadas! Peor aún: para evitar que AIG desaparezca, Washington ha prometido otros trescientos mil millones de dólares, de modo que el rescate total para esta empresa asciende a la mareante cifra de cuatrocientos cincuenta mil millones de dólares.

»¡Esto equivale al ciento treinta por ciento de todo el déficit presupuestario del gobierno de Estados Unidos de todo el año pasado! Es más, las acciones de la empresa, que en mayo pasado se vendían a casi cincuenta dólares cada una, ahora están a sólo cuarenta y nueve centavos. A un inversor que ocho meses atrás comprara diez mil dólares de acciones de AIG le quedan ahora noventa y ocho dólares. El resto, la friolera de 9.902 dólares, se lo ha llevado el viento. De todos modos, lo que queda por ver es cómo piensa el nuevo presidente cumplir las promesas que ha hecho su gobierno en los dos últimos meses.

—¿Cuánto dinero ha prometido? ¿Alguien lleva la cuenta?

—Marian, si contamos los trescientos mil millones de dólares a AIG, ¡estamos ante un total de ocho billones de dólares! Como lo oyes. Y la pregunta es: ¿disponen de ese dinero? Supongo que lo sabremos dentro de poco.

49

La fría lluvia persistía sobre la capital, aunque cada vez con menos fuerza. Los ojos del presidente se perdían más allá de la biblioteca a prueba de balas, junto a la ventana que daba sobre el bien cuidado césped de la Casa Blanca. Parecía más gris a esa hora, bajo la evanescente luz de una tormenta vespertina, en esa tarde invernal anormalmente cálida para la época. Iba vestido con una camisa de tres botones y cuello abierto, gemelos de oro y elegantes pantalones negros, y tenía las largas piernas separadas y la mano izquierda flácida en la hebilla del cinturón. El hombre tenía muchas cosas en la cabeza. Una nación en guerra consigo misma, gente en guerra con el gobierno, países en guerra entre sí. Una guerra por la supervivencia. Le recorrió un escalofrío. Cómo añoraba los inviernos nevados de su infancia... Cerró los ojos y se trasladó a la Navidad de su infancia, y de repente recordó el salón de su casa familiar envuelto en un paraíso multicolor de hojas muertas, una gran cantidad de libros con páginas de bordes dorados, el árbol de Navidad... La imagen se demoró en su mente, llenándolo de calidez. Sonó un zumbido procedente de su consola telefónica, una especie de grito ronco. El recuerdo se retiró en silencio, esfumándose en las profundidades de la tierra. «¿Qué estoy haciendo?» Miró la hora. Eran las cinco y cuarto.

—¿Sí?

—Señor presidente, el secretario de Estado, Brad Sorenson, quiere verlo.

—Hazlo pasar —fue la escueta respuesta. Se aclaró la garganta.

La puerta se abrió un par de centímetros. Con delicadeza, sin asomar la cabeza, Brad Sorenson dijo:

—¿Tiene un momento? Podría ser importante. Quizá tengamos una pista sobre el asunto PROMIS. Un hombre fue a ver a alguien que al parecer trabajó en el desarrollo del software.

—¿Cuándo y quiénes? —El presidente miró fijamente a su secretario de Estado, se volvió y se sentó en su suntuosa silla de cuero.

—Ayer. Según la descripción física, los datos circunstanciales y los informes de Inteligencia, este hombre se llama Curtis Fitzgerald. Es ranger del ejército, miembro de la Décima Unidad de las Fuerzas Especiales. —Dejó un sobre de papel manila sobre la mesa del presidente.

—Un trabajo rápido. ¿La descripción física?

—Es un informe de uno de nuestros agentes secretos que resultó herido de gravedad en un altercado con ese individuo.

—¿Señor secretario?

—Verá, señor presidente. El hombre que desarrolló el software vive en Harlem. Se llama Alan Sandorf. Tenemos entendido que Fitzgerald fue a verlo.

—Ese Fitzgerald —el presidente abrió la carpeta y examinó el envidiable historial de Fitzgerald—, ¿es uno de los nuestros?

—Quizás. En este momento sólo podemos hacer conjeturas. En todo caso, ¿qué motivos tendría para ir a ver a Sandorf? ¿Cómo averiguó su paradero? ¿Qué papel está jugando?

El presidente no dijo nada. Tras él había una mesa de pino maciza, en la que se veía una bandeja de plata con vasos, hielo y botellas de agua.

—¿Quiere beber algo? —Hizo un gesto distraído en dirección a la mesa, levantándose despacio.

—Señor, ahora mismo no hay modo de saber cuánto sabe Fitzgerald —dijo Sorenson.

El presidente clavó la mirada en el secretario de Estado. Por fin el enojo y la frustración afloraban lentamente.

—Brad, ya tenemos bastantes problemas. Prescindamos de

esta complicación. —Abrió una botella de agua y dio un trago más largo de lo que pretendía—. ¿Cree que él o ellos están relacionados de algún modo con el robo del dinero?

—Alan Sandorf está siendo interrogado por nuestra gente en este preciso instante.

—¿Y Fitzgerald?

—No, señor. Nuestros hombres están esperando instrucciones. Según su historial, quien le toma a la ligera lo hace por su cuenta y riesgo.

El presidente guardó silencio un momento. Luego habló con firmeza y mirada penetrante.

—¡*Empowerment*, señor secretario! Por el amor de Dios, tráiganlo para interrogarlo. Estamos a escasas semanas de una debacle total... ¡y usted jugueteando con los pulgares mientras espera instrucciones! ¡Traiga a ese hombre para interrogarlo lo más pronto posible!

—Sí, señor. Enseguida.

Sonó el teléfono. O tal vez no. Ella sólo sabía que él estaba en el otro extremo de la línea.

—¿Qué pasó en el juicio? —El silencio de Scaroni acentuaba la tensión.

—¡Me trataron como si estuviera loco y me llamaron mentiroso!

—Paulo, ¿no dijo que Leyton estaba de su parte?

Ahora el silencio fue más intenso que antes.

—Tuve con él un encuentro de tres horas cara a cara, en su oficina y en presencia de tres agentes del FBI, donde les di valiosos datos de Inteligencia.

—¿Por qué no cita a esos agentes para que comparezcan ante el tribunal y testifiquen en su favor?

—Ya lo hicimos hace dos semanas.

—¡Fantástico! O sea que aún tiene una posibilidad. —Simone se sintió aliviada.

—No lo creo.

—¿Va usted a desistir, Paulo?

—Murieron la semana pasada, cuando su todoterreno saltó la valla de protección y cayeron por un barranco a treinta kilómetros por hora. Al parecer, el conductor se quedó dormido al volante.

Otro silencio. Las palabras de Scaroni resonaban con fuerza en la cabeza de Simone, que hizo una mueca de dolor y cerró brevemente los ojos antes de responder.

—Las cosas malas les pasan a las buenas personas.

—No tan deprisa. Esto huele a operación sucia y sin cuartel, tan nauseabunda que puedo olerlo. Leyton estaba al tanto de la situación. Era ayudante del fiscal de distrito de Estados Unidos. Está metido en esto hasta el cuello.

—Y entonces, ¿por qué mintió en el juicio?

—Me dijeron que yo era mi peor enemigo. Supongo que lo decían en serio.

—¿Y ahora qué?

—Se me acaban las opciones. Debo hablar con alguien de FinCen.

—¿De dónde?

—Es la Red de Agentes contra Delitos Financieros. Algunos de los polis clave están trabajando en mi defensa. —Simone oyó a Scaroni aporrear con el puño algo metálico—. No se imagina lo furioso que estoy. Me siento traicionado. —El hombre torció el gesto—. Esto es lo que pasa. Más allá del atrezo me espera un partido despiadado.

—¡Paulo! —Simone tenía la cara colorada, la mirada intensa y alerta—. ¡No tengo ni idea de lo que está diciendo!

—Escuche, confío en usted. —Él prosiguió como si Simone no hubiera hablado—. Dios mío, aparte de mi abogado quizá sea la única persona de quien me fío. Estoy en un aprieto. Me la han jugado. —Hizo una pausa. Fue un momento tenso—. Hay un hombre. Debe decirle que necesito ayuda de un experto.

—¿Por qué no lo llama usted? No es del todo inútil, ¿recuerda?

—Con esta gente, no —dijo con calma—. No tengo el equipo para anular su seguridad. En la liga que estamos jugando, los únicos tíos que disponen de los medios y a los que yo puedo llegar están en FinCen. Este tipo es un técnico de máximo nivel que habla mi mismo lenguaje.

—Paulo, ¿por qué confía en mí? —El corazón le latía con fuerza.

—Porque ellos mataron a su hermano —contestó Scaroni con impaciencia—. Su causa es justa. No está aquí por el dinero.

—Muy bien —replicó ella al instante, aunque sólo fuera para eliminar el dolor.

—El gobierno tiene todos mis documentos y archivos. Tiene todos mis discos ópticos de almacenamiento, cada uno de los cuales, y son ciento treinta, alberga más de veinte mil páginas. Me han fastidiado de mala manera...

—Paulo, si no dispone del equipo para anular su seguridad...

—Hay que conseguir un experto que hable mi lenguaje. Le contaré todo lo que sé, y él podrá hacer tanto daño que ya no les va a hacer falta el testimonio de nadie más.

—Paulo, ¿todo lo que sabe sobre qué? ¿Cómo se hizo con ese material?

—Yo manejaba el dinero para ellos, ¿vale?

—¿Para quiénes?

—Para la gente del gobierno. Yo creé sus buzones muertos virtuales.

—¿Qué es esto?

—Es un modo de evitar reconciliaciones A.C.H. a diario. Lo haré con un experto, ya me entiende, no puedo hablar de esto con un ser humano normal.

—Paulo, ¿tiene pruebas?

—Esto pasó cuando yo estaba verificando el sistema. Pero temía por mi vida... Ya se lo dije. Así que el gobierno decidió ponerme la zancadilla. Y desde entonces estoy en la cárcel.

—Escuche, Paulo, ¿qué necesita del técnico de FinCen?

—Si obtengo ayuda de la gente de FinCen, puedo reconstruir mis archivos. Necesito dos tipos de ordenadores. Un VAX 11730 con dos discos RLO II, un RA80 y un accionador de cinta TU80. Esto es un paquete. Luego necesito un ordenador VAX 3900. La explicación de que me haga falta el VAX más viejo y más lento es que sé de dónde sacar todo el material, sin problemas. Tengo el VAX en un lugar seguro, pero necesito un sitio para montarlos y a alguien para manejarlos y seguir sin más mis instrucciones.

—¿Qué quiere decir con que lo tiene en un lugar seguro?

—Digamos que preví la futura necesidad de un escondite para mis archivos, por si las cosas se descontrolaban. Los archivos y el equipo informático guardados allí son mi última baza. Bien, la máquina VAX Series 3900..., es demasiado complicado hablar ahora de los dispositivos de almacenamiento masivo, pero el caso es que éstos son los dos niveles de aparatos que necesito.

—¿Quiere que lleve estos ordenadores a su abogado?

—¡No, no! Déjelos en el sitio donde están.

—¡Ni siquiera sé dónde!

—Encuentre al hombre de FinCen. Si los obligamos a moverse, los destrozaremos. No quiero desmerecerla, pero esto no está a su alcance. Lo que yo hago es modificar algunas rutinas del VAX BMS para activar una clave de cifrado de libreta de un solo uso. Por eso me hacen falta dos accionadores RLO II en el VAX 11730, porque un RLO II Platter es un planificador de sistemas y el otro es la libreta de un solo uso. Los datos están en una cinta de pistas múltiples 1625 BPI 9, en el accionador de cinta TU80. Ésta es la configuración del sistema.

—¡No entiendo una palabra de lo que está diciendo! ¿Cómo se llama él?

—¡Por el amor de Dios! ¡Ya se lo decía! No puedo hablar con una persona normal. Encuéntreme a alguien que conozca mi lenguaje. Tiene que ponerme en contacto con el hombre de FinCen.

—¿Qué es la clave de cifrado?

—Bueno, son diez dígitos..., una libreta de un solo uso, pero tiene un sistema de expansión de números primos pseudoaleatorios.

—Paulo, ¿puede usted acceder a material del gobierno?

—Sí, por medio de PROMIS. Tanto el FBI como el Departamento de Justicia tienen ordenadores centrales Amdahl. Éste es mi prototipo. Mire, quiero este RLO II Platter en manos de alguien que haga con él lo que yo le diga. Que nadie lo toque sin oír primero mis instrucciones.

—¿Ha de ser éste en concreto?

—Sí, de lo contrario tardaré seis meses en reescribir el subconjunto. Ellos quieren que les dé los códigos para desentrañarlo todo. Si lo hiciera, tampoco sabrían qué hacer con ellos de todos modos. Se armarían un lío.

—Paulo, ¿qué va a proporcionar a FinCen?

—Voy a mostrarles cómo estos chicos manejaban a diario la parte vital del flujo de caja. Desenmascararé toda la operación.

—¿Se refiere al CTP?

—Abuso de información privilegiada, bancos, el gobierno... Si encuentra a mi hombre en FinCen, él aceptará encantado, ¿de acuerdo? Pero tenemos que empezar ya. Necesitamos tiempo para que las cosas estén en marcha y nosotros nos sintamos seguros, flexibles y funcionales en su sistema en el ámbito internacional. Serán capaces de observar las transacciones diarias.

—Paulo... —Simone habló con toda la calma de la que pudo hacer acopio, pero respiraba con dificultad—. Me dijo que si yo lo ayudaba... —Se le quebró la voz. La envolvió el miedo mezclado con el anhelo doloroso y el amor por su hermano.

—Lo sé —interrumpió Scaroni, ahora más tranquilo. En la quietud, Simone alcanzaba a oír la respiración lenta y pausada de su interlocutor—. Dos días antes de que fuera descubierto su cadáver, Danny me telefoneó por la tarde por una línea terrestre, pero le dio señal de ocupado. Antes de que yo pudiera devolverle la llamada, él ya había salido para Shawnsee.

—¿Por qué no lo llamó al móvil? —inquirió Simone.

—Lo hice. Pero lo tenía desconectado.

—¿Sabe con quién iba a verse?

—Creo que con agentes del FBI. Me dijo que el Bureau estaba interesado en los bancos y las operaciones financieras en el extranjero que él estaba investigando. El hecho de que Danny estuviera metido hasta las cejas en blanqueo de dinero y programas comerciales derivados, y que se hubiera tropezado con PROMIS, me indicaba que, sin saberlo, había puesto el pie en la mayor operación de Inteligencia encubierta del mundo.

—Y dirigida por el gobierno —matizó ella.

—En realidad, gente de dentro y fuera del gobierno.

—Lo sé. De todos modos, ¿por qué el FBI quería encontrarse con Danny? ¿Para matarlo?

—Esto habría sido contraproducente. El Bureau se juega mucho en este asunto, ¿se da cuenta? Creían que la operación y la gente que había detrás suponían una pesadilla de seguridad nacional para el país y para el planeta. —Hizo una pausa. Ella suspiró con impaciencia—. Fueron a buscar sus papeles.

—¿Por qué?

—Porque cada vez estaba más claro que el FBI había dado, sin querer, con una operación CIA-gobierno de Estados Unidos que incluía a miembros de alto nivel del gobierno. Usted debería saberlo. La mayoría está en las notas de Danny.

—Un momento. —Simone sacudió la cabeza con brusquedad—. Usted dijo que la CIA y el FBI estaban en el ajo. Ahora dice que el Bureau estaba investigando el vínculo CIA-gobierno. No lo entiendo.

—Entre la gente de dentro y fuera del gobierno hay algunas manzanas podridas. La agencia propiamente dicha no está implicada —explicó Scaroni—. Creo que me he alargado más de la cuenta. Volveré a llamarla.

—¡Espere! ¿Y el nombre del tío de...?

«Sí —pensó ella—. ¿De dónde demonios...?»

Una motocicleta pasó con la celeridad de un rayo. A través de su pelo sopló una ráfaga de aire limpio y fuerte.

«¡Maldita sea!»

Simone bajó del bordillo y al instante chocó con una anciana de pelo anaranjado que arrastraba los pies como un prisionero con grilletes, mientras comía un bocadillo de pan sin corteza.

Simone había dado tres pasos fuera del ascensor junto a la habitación de hospital de Cristian, que seguía acompañado de Michael, cuando sonó su móvil.

—Simone, soy yo, Michael.

—¿Qué ha pasado?

—Han encontrado el cadáver de O'Donnell.

—¿Qué? —Cortó cuando el guardia armado abrió la puerta—. ¿Dónde? Hola —los saludó ahora en persona.

—En las afueras de Washington, cerca del río Potomac. Antes de matarlo lo torturaron.

—¡Dios mío! —exclamó Simone.

—La policía está intentando atar cabos. Todo apunta a que la muerte de O'Donnell y el atentado contra Cristian están relacionados.

—Pero ¿por qué?

—¿Recuerdas una historia de hace unos días sobre una entidad financiera no identificada que estaba negociando un paquete de medidas de urgencia con CitiGroup? Bueno, pues éramos nosotros —explicó Cristian, a todas luces agitado—. El gobierno ya no daba más de sí y quería que prestáramos dinero a Citi con su aval.

—¿Y?

—Bueno, alguien filtró un documento preliminar al *Times*. Parece que este alguien fue Mike O'Donnell, aunque no podían demostrarlo y él desapareció esa misma tarde. La filtración provocó un gran bochorno en el gobierno.

—¿Insinúa que el gobierno de Estados Unidos está detrás del asesinato de O'Donnell y su atentado? ¡Vaya disparate!

—El gobierno, no. Mi nivel es demasiado alto. De todas formas, la muerte de Mike me ha turbado, por no decir otra cosa. —Su voz sonaba apagada.

—Pues claro, Cristian. De lo contrario, no sería humano. —Simone hizo lo que pudo para distraer su preocupación transformándola en exclamación emocional. Luego le ofreció una bebida—. Tome, parece que tiene sed.

Él sonrió.

—Gracias por colmarme de mil pequeñas atenciones.

El teléfono de Michael soltó un pitido. Un mensaje.

—Curtis quiere que usted contacte con él —le dijo a Cristian.

—¿Qué?

—Que Curtis quiere que le llame. Ha pasado algo.

—¿Dónde está mi teléfono?

—Tome, use el mío.

Cristian miró a Michael.

—Estás de broma, ¿no? No sabría qué hacer con esto —soltó hinchando las mejillas y buscando a tientas bajo la almohada—. Aquí está. —Se tumbó jadeando, triunfante como un gladiador herido, con ambos omóplatos apretados contra la cama y un diminuto artefacto plateado en la mano derecha—. Muy amable de tu parte, de todas formas. Incorpórame.

Cristian sonrió, entornó los ojos, se inclinó hacia delante con las manos extendidas y volvió a sonreír. Marcó un número. Contestaron al primer tono.

—¿Estás bien?

—No —contestó Cristian con aspereza—. Mike O'Donnell está muerto. En realidad, primero lo torturaron y luego lo mataron. Estoy muy preocupado...

—Yo también —lo interrumpió Curtis, sin molestarse en quitar importancia a las palabras de Cristian—. Barry Kumnick ha desaparecido.

—¿Qué?

—Me has oído perfectamente. Kumnick se ha esfumado sin dejar rastro.

—¿Estás seguro? ¡Es de la CIA!

—Hablas como si la CIA fuera sinónimo de teoría cósmica irrefutable. Es un hombre previsible y meticuloso con sus rutinas, eso sí. Ha estado llegando a casa cada día a las tres y cuarto durante los últimos diecisiete años.

—Menos hoy.

—Exacto.

—Quizá se entretuvo en el trabajo.

—Descartado. Se fue a las dos y cuarenta y tres. A las tres y cinco suele pasar por una grasienta pizzería a comerse un trozo de BigEasy.

—Menos hoy. ¿BigEasy?

—Una cosa asquerosa que lleva de todo. El caso es que no apareció por primera vez desde que abrieron el local hace cinco años.

—¿De lunes a viernes una pizza BigEasy que lleva de todo? ¿Con qué clase de personas andas, Curtis?

—Con las que corren con los toros en Pamplona.

—Ya está bien, gracias. Capto la idea.

—La dependienta de una tienda de ropa fue la última persona en verlo, mientras él observaba embobado un caniche.

—¿Cómo está tan segura de que era Barry Kumnick?

—No se me ocurre nadie más capaz de tener una discusión acalorada consigo mismo en medio de la calle.

—Esto es de locos. ¿Podría ser la Agencia? Por lo que dijiste, penetró en los archivos Delta sin la pertinente autorización.

—La Agencia no tenía por qué secuestrarlo en plena calle cuando podía detenerle *in situ*.

—Octopus —dijo el banquero, conmocionado—. ¡Dios mío, son ellos! —exclamó con voz débil y tono abatido.

—O los que están siguiendo de cerca a Octopus. Acuérdate de Roma.

—Y nosotros en medio. ¿Quién prefieres que te coma, Godzilla o King Kong?

—En realidad, es aún peor.

—¿Peor? ¿Me estás diciendo que nos persigue otra espantosa criatura manga con la que no estoy familiarizado?

—Cuando atiborren a Barry de drogas, le obligarán a cantar. PROMIS, Sandorf, Armitage, Lila Dorada, por no hablar de los códigos que él utilizó para obtener esa información secreta. Lo contará todo.

—Las buenas personas caen derrotadas.

—Esto es lo que menos me preocupa —replicó Curtis con aire sombrío—. En cuanto hayan acabado con Barry, me temo que ya no lo necesitarán.

—No estarás insinuando que lo van a matar, ¿verdad?

—Me limito a constatar el hecho. Lo matarán, a menos que yo lo encuentre primero.

50

Una hora y media después de haber hablado con Cristian, Curtis no estaba más cerca de descubrir qué le había pasado a Barry Kumnick. Apoyado en la baranda, mientras miraba a unos hombres que descargaban cajas de verduras, seguía dándole vueltas en la cabeza la misma pregunta: ¿Por qué? ¿Qué sabía Barry que lo convertía en un objetivo? Mientras se dirigía a pie a un edificio de apartamentos al otro lado de la calle, desde donde Kumnick fue visto por última vez, Curtis notó que lo seguían. Dobló bruscamente la esquina, pasó frente a un toldo rojo y subió por una calle contigua, plenamente consciente de su entorno mientras adoptaba el gesto de un paseante sin rumbo. En los siguientes quince minutos subió y bajó por varias calles al azar, sólo para comprobar que lo seguía el mismo hombre bajo y fornido con cara mustia y una bolsa de plástico.

A Curtis le molestaba algo de su perseguidor. Eran los pasos. En Delta Con tenían un nombre para eso: vigilancia ambiental. Era algo más que ver a alguien, sentirlo, olerlo, ser consciente de su presencia en todo momento. Si el hombre estaba siguiéndolo, resultaba muy fácil descubrirlo. ¿Qué haría? Aunque el tipo de cara mustia se pusiera a la altura de Curtis, las posibilidades de detener al ranger, más alto y más fuerte, eran, en el mejor de los casos, escasas. El perseguidor tenía que saberlo, lo cual significaba que era un cebo. Y si el hombre bajo y fornido era un cebo... ¿dónde estaba el verdadero perseguidor? Al final de la manzana,

Curtis dobló a la izquierda y tomó un pasaje peatonal mucho más estrecho. La civilización se detuvo de repente. La calle y el pasaje terminaban, y al frente sólo había un callejón oscuro. Curtis se metió por ahí, escuchando los pasos que se acercaban. En cuanto el hombre de la cara mustia llegó a su altura, Curtis lo hizo girar y lo inmovilizó contra la pared.

—¡Levante las manos! —dijo el hombre bajito, respirando con dificultad.

—Está de broma, ¿eh? —replicó Curtis, incrédulo.

—Me temo que no —dijo una voz desde el extremo oscuro del callejón. Curtis giró bruscamente la cabeza a la derecha al tiempo que apartaba al hombre y cogía su arma.

—¡Baje el arma! ¡Si se mueve, es hombre muerto! —Aquella voz acostumbrada a gritar órdenes claras y escuetas. Oyó unos pasos lentos y pausados—. He dicho que baje el arma. —Estaba en estado de *shock*. «¡Octopus! ¡No puede ser!» Alguien lo empujó hacia la pared—. ¡Vuélvase, la cara contra la pared y las piernas abiertas!

—¡Muévase!... ¡Ya!

El hombre de cara mustia se arregló la corbata.

—En la jerga de Inteligencia me llaman señuelo. —Sonrió—. La ha pifiado, señor.

Kumnick estaba lánguidamente sentado en una silla. Por la ventana medio abierta alcanzaba a ver pastos, una granja. En su nariz persistía el olor acre. Tenía las manos y los pies atados con correas de cuero. Tras recobrar el conocimiento, fue plenamente consciente de la imagen de un sedán y una mano que lo arrastraba hacia dentro. La imagen permaneció en su interior como una ola luminosa y glacial, lista para tragárselo, una y otra vez. Se abrió la puerta y alguien entró sin prisas. Kumnick entornó los ojos. Quedó enfocada la forma del hombre. Era alto, corpulento, iba vestido con elegancia, y lucía un saludable bronceado y unas botas de piel de caimán.

—Me perdonará por utilizar un método tan indecoroso para evitar que se marche. —El hombre comprobó las cintas y luego sacó de su maletín un botiquín metálico, que colocó en una mesa contigua.

—¿Va a pincharme?

—Naturalmente, señor.

—No hace falta, se lo aseguro. Prometo contarlo todo. Sólo tiene que preguntar —dijo Kumnick con calma.

—Gracias por su amable ofrecimiento, señor. No obstante, en nuestra profesión, una palabra equivocada o fuera de lugar puede ser fatal. —El tipo sonrió—. Le suplico un poco de comprensión. Al fin y al cabo, estoy haciendo esto por su bien.

—Está planeando mandarme al otro barrio. —Kumnick se encogió—. Peor aún, está poniendo mi honor en entredicho. Lo tomo como una afrenta.

El hombre se dio la vuelta. Su rostro siguió inexpresivo durante unos instantes, pero sus ojos ambarinos, elocuentes, examinaron el semblante de Kumnick en busca de pistas.

—Nomeolvides en el otro mundo —añadió el analista de la CIA.

—En efecto. El olvido es una actuación de una noche. —Reflexionó sobre ello un poco más—. Muy bien. Por qué no. Después de todo, los dos somos personas civilizadas.

—¡Exacto!

El hombre acercó una silla y se colocó frente al analista.

—Empecemos por las preguntas fáciles.

—¡Genial!

—¿Cómo se llama?

—Me llamo Brandon Barry Kumnick, aunque normalmente quito el Brandon, pues era el nombre del padre de mi padrastro. No quiero aburrirle con la historia de mi familia, ya que estoy seguro de que tiene cosas más importantes que hacer y gente a quien matar.

—Muy bien. Gracias. ¿A qué se dedica, señor Kumnick?

—Soy analista de la CIA en la subestación de Nueva York.

—¡Es verdad! —El asesino batió palmas—. ¡Le pido perdón por haber dudado de su sinceridad!

—No es preciso, señor. Imagino que en su profesión se encuentra con individuos de lo más desagradables. —Torció el gesto.

—Así es, sin duda. No puede ni imaginárselo. —Chasqueó la lengua con cierto disgusto—. Una última pregunta fácil, señor Kumnick. ¿De dónde es?

—Soy de un lugar llamado Estados Unidos de América, aunque nací en una base norteamericana de Tuchil. Si está usted en Norteamérica, desplace un dedo de la mano derecha hasta el otro lado del océano Atlántico. Lo primero que alcanza el dedo, suponiendo que no resulte devorado por un pez a medio camino, es un trozo de tierra llamado Europa. De ahí viene el queso y el buen vino, el críquet, los dardos, la costumbre de beber cerveza, las familias reales y un amplio surtido de asesinos profesionales. No debería perdérselo. Pero si va directamente al sur desde Europa, hacia el ombligo, al final advertirá una gran masa de tierra que algunos llaman África porque aquí tuvo su origen el peinado afro. En la tierra afro...

—¡Basta! —El asesino alzó la mano con un gesto que no resultaba desconocido. Luego esbozó una leve sonrisa, sacudió la cabeza y se volvió—. Es usted un hombre gracioso, señor analista.

—Lo sé. Y usted, señor Darkman, es un idiota si cree que voy a contarle algo —replicó Kumnick con descaro.

—Lo que más mueve a compasión en el mundo, señor Kumnick, es la incapacidad de la mente humana para correlacionar todo su contenido —dijo el asesino cruzando la estancia hacia el botiquín metálico.

—Quizá tenga que ver con Internet: la digitalización de datos ha incrementado nuestra memoria RAM. Esto no significa forzosamente que establezcamos correlaciones de manera correcta; aunque todo esté conectado, vemos puntos más que nada.

—Sólo que lo que hacemos con ellos, señor Kumnick, cómo somos capaces de conectarlos, está convirtiéndose en el problema de nuestra época. Y en el metanivel del mito sabemos que es posible efectuar algunas de las conexiones más significativas. —Calló un momento—. Nuestro exquisito objetivo, señor, está al doblar la esquina.

—Las esquinas nunca se doblan —rio Kumnick. El francés no. Kumnick hizo una pausa—. ¿Y qué hace usted?

—Hago muchas cosas, pero una de ellas, antes de salir a hacer esas cosas que hago, es fabricarme una leyenda, una tapadera. Una mentira, si lo prefiere, que se sostiene el tiempo suficiente para que yo pueda hacer mi trabajo. Éste es el plan, en todo caso.

—Así que es usted espía. Decir que los espías se fabrican leyendas es sólo una manera educada de decir que mienten.

—De forma habitual, regular, reflexiva y para vivir —matizó el francés con regocijo.

—¿Es un arte? —preguntó Kumnick.

—Es un mito —respondió el hombre.

—Esto es lo que pasa con los mitos, señor Darkman. Incluso el creado por un escritorzuelo de novelas baratas como usted: no necesita siquiera saber que existe para llegar a formar parte de él. ¡Es usted un agente de Inteligencia, señor Darkman!

—Y usted un fanático religioso, señor Kumnick.

—Los agentes de Inteligencia y los fanáticos religiosos tienen mucho en común, señor Darkman.

—Unos y otros afirman ser capaces de influir en los hechos gracias a sus capacidades y poderes especiales, señor Kumnick.

—Por no hablar de la manipulación de la realidad.

—Y cuando persiguen sus objetivos, unos y otros son despiadados y a menudo inmorales, valiéndose del sexo ilícito, el consumo de drogas ilegales e incluso el asesinato para alcanzar sus enigmáticos fines.

—Aparte del consumo de drogas, incluso de las variedades más suaves, lo dirá por usted.

—Y cuando uno puede manipular tan fácilmente la percepción de la realidad, a la larga llega a darse cuenta de que la Verdad es en sí misma una cosa maleable. Por tanto, señor Kumnick, es perfectamente lógico que el fanático y el espía se sientan mutuamente atraídos e intenten aprender uno del otro. El arte de la asimetría. —Jean-Pierre se volvió hacia Kumnick—. Me temo que debemos empezar. —Abrió la caja metálica, levantó la tapa y sacó dos viales incoloros y un estuche con dos jeringuillas.

—No creo que funcione. Aún estoy grogui por los efectos

secundarios del éter etílico puro. Es lo que utilizó para anestesiarme, ¿no?

—Gracias por preocuparse. Es de lo más atento, señor Kumnick. Por suerte para usted, esto no es incompatible con las otras sustancias químicas.

Con la rapidez de un practicante avezado, el francés rompió la minúscula ampolla de vidrio, introdujo en ella la jeringuilla, la sacó y la hundió en el muslo del analista. Kumnick tiró violentamente de las correas de cuero, balanceándose de un lado a otro, con la esperanza de que una caída rompería la silla, aflojaría los lazos y le ayudaría a salir del lío en que estaba metido.

—Cuanto más se mueva, más rápido hará efecto —dijo con calma el francés, que acto seguido miró el reloj—. En cualquier momento a partir de ahora. —Examinó las dilatadas pupilas del prisionero y el pulso cardíaco—. ¡Ahora! —El francés se colocó frente al analista—. Va usted a volver atrás, pero no mucho, sólo unas semanas. Se vio con un hombre curioso. Un hombre que hacía preguntas. Que necesitaba saber cosas secretas. Secretos. Un hombre. ¡Secretos!

—¡No! —exclamó Kumnick con la mirada nublada.

—Secretos de Estado. Un hombre malo. Peligroso para su país. Proteger el país contra los hombres malos con secretos. ¿Cuál es su nombre? El nombre del hombre malo con secretos.

Kumnick se desplomó en la silla. El francés lo agarró del pelo y lo levantó con violencia.

—Proteger el país. Es una emergencia —prosiguió Jean-Pierre—. Todo el mundo lo sabe. Hombre malo. Secretos. Emergencia...

»Nombre..., hombre..., hombre malo..., emergencia. —El susurro era de tanteo, la mirada, vacía y cadavérica—. Tenemos que saber el nombre... del hombre malo... con secretos —continuaba el francés—. Hay que detenerlo..., hombre malo.

—Arm... atg... ge...

—¿El nombre del hombre malo es Armagge? Armagge nombre del hombre malo..., emergencia..., secretos..., proteger el país del hombre malo Armagge.

—¡No! —Los ojos de Kumnick se abrieron como platos—. ¡No! —chilló, retorciéndose desesperado en la silla.

—Nombre..., hombre malo..., Armagge.

—Armit... age. Nombre de hombre malo es Armitage.

—¿Hermitage? Nombre de hombre malo..., ¿Hermitage? ¿Hermitage, el museo Hermitage? ¿Hermitage es el nombre clave del hombre malo?

—¡No! —Kumnick daba sacudidas con la cabeza, echando espuma por la boca—. ¡No! Armitage, nombre del hombre malo es Armitage. Stephen Armitage.

—Pues claro que sí. Pero ahora necesito otro nombre. Un hombre entrometido. Un hombre más joven. Un hombre que hacía preguntas. Que necesitaba saber. Saber cosas secretas. Secretos. Un hombre más joven. ¡Secretos, secretos, secretos! —El francés entornó los ojos.

—¡Aaaah! —Kumnick tiraba de las correas con los ojos totalmente abiertos, mortificado por el dolor.

—Nombre del hombre más joven..., hombre joven con secretos. Proteger el país.

—¡No! ¡No!

—Nombre del hombre malo con secretos —gritó ahora. El asesino francés pasó a utilizar un alfabeto militar alternativo de la época actual—. Alfa, Bravo, Charlie, Delta, Eco, Foxtrot, Golf, Hotel, India, Juliet, Kilo, Lima. Alfa corresponde a A, y A a Armitage.

—Aaah... —Kumnick sacaba espuma por la boca.

El francés se colocó detrás de él, lo cogió por el cuello y empezó a apretar despacio. El sadismo vengativo se canalizó hasta su cara, que se retorció en un ceño sombrío.

—Alfa, Bravo, Charlie, Delta, Eco, Foxtrot. Alfa corresponde a A, y A a Armitage. Hombre malo. Hombre más joven..., secretos..., emergencia..., proteger el país contra un hombre malo más joven.

—Alfa corresponde a A, y A a Armitage. —Kumnick parpadeaba; los ojos parecían a punto de salírsele de las órbitas.

—Hombre más joven..., secretos..., emergencia..., proteger el país contra un hombre malo más joven. Pero ¿cómo podemos estar seguros? Cuál es su nombre... el nombre del hombre más joven..., emergencia..., emergencia..., emergencia..., proteger su país..., secretos.

»Alfa, Bravo, Charlie, Delta, Eco, Foxtrot, Golf, Hotel, India, Juliet, Kilo, Lima, Mike, Noviembre, Oscar, Papa.

—¡No! —Fue un grito desgarrador. Debajo de la silla se formó un charco amarillo. Pero el asesino francés adiestrado en el Instituto Tavistock no iba a aflojar.

—Hombre más joven..., secretos..., emergencia..., ¡proteger el país contra un hombre malo más joven!

—Hombre más joven..., hombre más joven..., hombre más joven..., Hombre más joven... —musitó Kumnick. Su cabeza recorría un laberinto terrorífico.

—¡Ahora, mátelo! Mate al hombre..., hombre malo..., hombre más joven. ¡Mátelo! ¡Mátelo!

»Quebec, Romeo, Sierra, Tango, Uniforme, Victor, Whisky, Xenón, Yanqui, Zulú. Alfa corresponde a A, y A a Armitage.

»Mate a Armitage. Mátelo. Alfa corresponde a A, y A a Armitage. Mate a Armitage. ¡Mátelo ahora! Mate al hombre joven o mate a Armitage. —El francés se inclinó hacia delante, frente contra frente, pupila contra pupila—. Alfa, Bravo, Charlie, Delta, Eco. Alfa corresponde a A, y A a Armitage; Bravo corresponde a B, y B a...

—Casalaro. Charlie corresponde a C, y C a Casalaro. Danny Casalaro. Hombre más joven..., hombre más joven malo..., emergencia..., secretos..., códigos..., mátelo —replicó Kumnick con una voz apenas audible.

—Códigos —comenzó el francés, que, de pie detrás de Kumnick, acercó la silla con violencia, los labios ahora pegados a la oreja del analista, la voz baja, firme y metálica—. ¡Códigos, códigos, códigos! ¡Sin los códigos no podemos hacer nada! Tenemos que saber. Tenemos que saber ahora. ¡Ahora! Tenemos que saber los códigos ahora. ¿Quién tiene los códigos, quién los tiene ahora?

El ensordecedor grito de desafío llenó la pequeña habitación:

—¡No, no! ¡No se lo diré!

Con su enorme fuerza, el francés empujó la silla hacia la pared. Kumnick dio un alarido y se desplomó al suelo. El asesino lo agarró por el cabello y estrelló su cara contra el piso, repitiendo:

—¡Códigos, códigos, códigos! ¡Sin los códigos no podemos hacer nada! Tenemos que saber. Tenemos que saber ahora. ¡Ahora! ¡Ahora! Ahora..., tenemos que saber los códigos ahora. ¿Quién tiene los códigos, quién tiene los códigos ahora? Necesito los códigos.

»Los códigos. Códigos..., ahora..., códigos. —El francés miró la hora. Kumnick estaba viniéndose abajo, pero la dosis aún surtiría efecto otros tres minutos. Comprobó el pulso del analista, y acto seguido se acercó a la mesa y sacó otros dos viales y dos jeringuillas—. Voy a lanzarle al espacio, señor Kumnick, y me dirá lo que yo necesito saber. —Le hundió la primera aguja hipodérmica en el brazo, y luego la otra.

—¡Aaah...! —El grito fue prolongado. La reacción, casi instantánea. El organismo, en guerra consigo mismo. Droga sobre droga, droga acelerando droga. Kumnick estaba listo para empezar.

—Bien. ¿El hombre tiene los códigos? ¿El hombre malo tiene los códigos? Alfa, Bravo, Charlie, Delta, Eco. Alfa corresponde a A, y A a Armitage. Charlie corresponde a C, y C a Casalaro. ¿El hombre más joven tiene los códigos? ¡Démelos! ¡O morirá! ¿Cuál es el código? El código que le dio el hombre malo... Su país..., proteger su país..., los códigos pueden proteger su país..., cuál es el código para proteger su país. ¡Deme los códigos! ¡Démelos a mí! ¡Démelos a mí ahora!

»¡Por favor! Códigos en el espacio. El espacio es nuestro sentido de la visión y el tacto. Vea los códigos. Toque los códigos.

—Códigos..., proteger el país..., los códigos protegen país..., país..., pas..., pa... —Kumnick sufrió un espasmo; empezaba a perder el conocimiento.

El francés corrió a tomarle el pulso. Era un martillo neumático. Le quedaba menos de un minuto.

—Vea-códigos-toque-códigos-espacio. Códigos en el espacio. El espacio. Este espacio. Mi espacio. Deme los códigos para proteger el espacio. Su espacio contra el hombre malo.

—Es una serie de números..., pseudoaleatorios..., de fuerza criptográfica..., una combinación de treinta cifras.

—¿Necesito duplicar este código? Duplicar el código para proteger su país.

—No se puede. No volverá..., a producirse jamás... ninguna serie similar.

—Necesito el código. Deme los códigos. ¿Tiene los códigos Casalaro?

—Sí..., Casalaro..., códigos.

—Casalaro está muerto. ¿Quién más tiene los códigos?

—¿Muerto? Casalaro muerto... ¿Muerto?

Treinta segundos.

—Cuando tiene los códigos para proteger su país, ¿cómo se pone en contacto con el hombre que tiene los códigos?

—Ella..., lo sabe...

Quince segundos.

—¿Lo sabe? ¡Códigos! ¿Quién más sabe los códigos?

Diez segundos.

—¿Quién más sabe los códigos?

—Su hermana. Contacto con..., hermana..., hermana conoce los códigos.

—¿La hermana de Casalaro?

—Hermana..., cuaderno.

Kumnick dio una última sacudida y se desplomó inconsciente.

51

Los cuatro hombres llegaron a la hilera de ascensores mientras el quinto pulsaba el botón y esperaba con una llave en la mano. La puerta de la izquierda se abrió con una suave vibración. Entraron, el hombre introdujo la llave en el orificio situado encima del panel azul con las letras SS, la giró, apretó el botón inferior y aguardó a que el mecanismo realizara su función. La puerta se cerró con un zumbido, y el ascensor bajó directamente al nivel subterráneo. Se abrió la puerta y salieron los cuatro marines.

—¡Muévase! —Uno de ellos gritó la orden a un hombre alto de pie entre ellos, al tiempo que lo empujaba hacia delante. Siguieron todos por el largo pasillo hasta una gran puerta de acero con un letrero metálico en el centro: Sala de Situación de la Casa Blanca—. ¡Vuélvase! —Curtis obedeció llevándose las manos a la espalda—. Delante —ordenó el marine, que era casi tan alto como Curtis y muy musculoso—. Las manos delante, donde yo pueda verlas. —Curtis se cogió las manos y las alzó hasta el pecho. El hombre lo empujó contra la pared y lo agarró con puño de hierro—. Ahora escúcheme, señor. No sé quién es ni qué ha hecho, y francamente me importa una mierda. Pero escuche bien...

—Soy ranger del ejército, Décima Unidad de las Fuerzas Especiales —interrumpió Curtis clavando su mirada en el marine.

El hombre dio un paso atrás, pero enseguida recobró la postura.

—Como si es el Papa. El hombre que va a ver ahora está bajo mi responsabilidad, y en mi presencia no va a pasarle nada, ¿entendido? —Lo esposaron—. Haga lo que le digo, y le prometo que no me cabrearé. Y créame —dijo hundiendo un grueso dedo índice en el plexo solar de Curtis—, no le gustaría verme cabreado.

—Sargento. —Se abrió la puerta y apareció el presidente de Estados Unidos—. Espere fuera, por favor. Si lo necesito, lo llamaré.

—Sin duda, señor. Ahora mismo, señor. —Miró a Curtis—. Un paso en falso y estoy aquí dentro antes de que pueda parpadear.

El presidente esperó a que el sargento de marines saliera, y cerró él mismo la puerta a su espalda.

—Bienvenido a la Sala de Situación de la Casa Blanca, señor Fitzgerald. Se preguntará por qué está aquí.

—Sin duda, señor.

—¿Es usted Curtis Fitzgerald, ranger del ejército, Décima Unidad de las Fuerzas Especiales?

—Sí, señor.

El presidente asintió con la cabeza.

—Entonces, es usted el hombre al que yo quería ver.

—Hay formas más fáciles de hacerme venir a la Casa Blanca, señor presidente.

—¿Ah, sí?

—Podía habérmelo pedido sin más.

—¿Y habría venido?

—Seguramente.

—¿Sin averiguar antes el motivo?

Curtis examinó el rostro cansado y arrugado del presidente.

—Seguramente, no.

—Lo que me figuraba...

Tras una larga pausa, el presidente dijo:

—¿Cuál era su relación con Alan Sandorf?

Curtis se puso rígido.

—¿Señor? —Intentó mover el brazo, pero llevaba las esposas muy apretadas. El movimiento no le pasó inadvertido al presidente, que aguardó.

»Un periodista de investigación ya fallecido descubrió una tremenda conspiración que conducía hasta algunas de las personas más poderosas del mundo. La denominó Octopus. —Curtis calló por un instante—. Señor, hemos descubierto que el elemento clave de la conspiración es la combinación PROMIS-inteligencia artificial.

—O sea, que usted sabe acerca de PROMIS.

—Sí, señor.

—Ésta es una de las razones por las que quería verlo, señor Fitzgerald. —El presidente hizo una pausa—. ¿Qué le contó Alan Sandorf?

—Que PROMIS cruzó un umbral en la evolución de la programación informática, un salto cuántico en áreas como la teoría de las investigaciones sociales de bloques o la tecnología de la geomática, que, según Sandorf, eliminarían el azar de toda actividad humana.

—Todo sería visible en función de patrones previsibles. El gran cuadro primordial —dijo el presidente—. Sí, lo sabemos. ¿Le explicó también cómo PROMIS pronosticaría e influiría en el movimiento de los mercados financieros mundiales mediante el control de bancos nacionales, ejércitos y agencias de inteligencia?

—Sí, señor.

—¿Le dijo algo más? Por favor, señor Fitzgerald, piénselo bien antes de responder.

Curtis se quedó un rato callado, observando el rostro del presidente.

—Señor —dijo al fin—, yo no soy la única persona que tiene acceso a esta información. Si usted...

El presidente levantó la mano derecha.

—Señor Fitzgerald..., ¿puedo llamarlo Curtis?

—Sí, señor.

—Curtis, el gobierno no tiene intención de hacerle ningún daño a usted ni a sus amigos. De lo contrario, no estaría ahora mismo hablando con usted. —Cogió el teléfono—. Sargento, entre, por favor.

Se abrió la puerta y el sargento de marines entró y se cuadró.

—¡Señor!

—Quítele las esposas, por favor. —El presidente esperó—. Curtis, tengo la impresión de que usted y el gobierno de Estados Unidos persiguen a la misma gente. Creemos que obra en su poder cierta información, en realidad cuentas bancarias, que pueden evitar la implosión del mundo. Sin esta información, y la idea debería asustar a cualquiera, Estados Unidos y el mundo están condenados a la extinción.

Curtis se inclinó hacia delante.

—¿Debo entender esto en sentido literal, señor?

—Dadas las circunstancias, sabiendo lo que usted sabe y lo que ha pasado, seguramente yo no lo haría. El único modo de convencerlo es dándole la palabra del presidente de los Estados Unidos de América. —Se acercó a la consola que había en el extremo opuesto de la sala y se sentó.

»Quiero que vea esto. Después, usted decide si la palabra del presidente vale algo. —Pulsó un botón, se apagaron las luces, y aparecieron al instante imágenes sorprendentes en media docena de pantallas de plasma de gran tamaño colocadas una al lado de otra en la pared de enfrente.

»Ésta fue grabada la semana pasada. Por razones de seguridad, todas las reuniones internas se registran automáticamente.

En honor de Curtis, el presidente volvió a ver una escena familiar. Las adoquinadas calles de Budapest..., una zona de guerra. Manifestantes provistos de bloques de hielo grabados destrozaban el Ministerio de Finanzas húngaro. En seis pantallas a la vez, se proyectaban imágenes de cientos de personas enfurecidas intentando abrirse paso a la fuerza hasta la asamblea legislativa.

—Quizá lo ha visto en el noticiario vespertino, Curtis. —Hizo una pausa incómoda—. Lo que no ha salido es lo que sigue.

En la oscuridad, Curtis oía la voz de un hombre que ahora parecía estar a su lado.

—Esto es real, damas y caballeros. De momento, el colapso económico está afectando con más dureza a otros paí-

ses industrializados. En todo el mundo, las bolsas emergentes están implosionando a un ritmo más rápido que el nuestro. Europa ha accionado el turbo debido a la falta de gas natural ruso de las últimas tres semanas. Al hundimiento económico se ha sumado el sufrimiento humano a causa del frío, con temperaturas en torno a los cero grados. Se han producido disturbios desde Letonia, en el norte, hasta Sofía, en el sur. En todo el mundo, desde China e India hasta Europa, los países industrializados se están preparando para el malestar social. No es una novela. No es La rebelión de Atlas. *Tiene que ver con el momento actual. Nos afecta a todos.*

El presidente pulsó un botón de la consola y movió la secuencia hacia delante.

—Ciudadanos enfurecidos por las estrecheces y la severa reducción de los salarios, luchando por su supervivencia. Ahora el descontento social pasa de estar en suspenso a arder en primera línea. Líderes políticos y grupos de la oposición de lugares tan lejanos como Corea del Sur y Turquía, Hungría, Alemania, Austria, Francia, México y Canadá están pidiendo la disolución de los parlamentos nacionales.

Curtis estaba anonadado. El presidente volvió a mover la secuencia unos fotogramas más adelante. En la pantalla, una mujer cruzó la sala.

—Caballeros, la Unión Monetaria Europea ha dejado a la mitad de Europa atrapada en la depresión. Los últimos informes son catastróficos para los intereses estadounidenses y para la economía mundial en general.

—Se llama Kirsten Rommer y es la presidenta del Consejo de Asesores Económicos —susurró el presidente.

—Un gran anillo de países de la UE que se extiende de Europa oriental al Mare Nostrum y las tierras celtas está en una depresión como la de la década de 1930, o lo estará pronto. Cada uno es víctima de políticas económicas poco sensatas que le fueron endilgadas por élites esclavas del proyecto monetario europeo, en la UME o a punto de incorporarse a la misma... Los países bálticos y el sur de los Balcanes han sufrido los peores disturbios desde la caída del comunismo.

El presidente manipulaba la consola en silencio, haciendo avanzar la grabación cuando era preciso.

—Desde el sur del Báltico, pasando por Grecia y Turquía, y luego abriéndose en abanico por Oriente Próximo, hay una nueva frontera de inminente agitación.

Curtis miró al presidente.

—Conozco esta voz. Es la del secretario de Estado. ¿Cuándo fue eso? —preguntó.

—La semana pasada. Lea el monitor de derecha a izquierda.

—Esto es sumamente preocupante, señor presidente. Supongo que es inevitable preguntar cuándo nos afectará a nosotros.

—¿Es Paul Volcker? —preguntó Curtis.

—El mismo. Déjeme avanzar unos minutos. Quiero que oiga lo que decía Sorenson.

—Señor presidente, aquí habrá malestar, que se producirá de una manera convulsa en el plazo de seis meses como máximo.

El presidente pulsó el botón de pausa y se volvió hacia Curtis.

—No tenga en cuenta lo de los seis meses. Es una vieja historia. —Volvió a pulsar *play* en la consola.

—Los dos estados con más probabilidades de padecer descontento social son Michigan y Ohio, que han sido duramente golpeados por la destrucción de empleo... Pero hay más. La agitación social de Ohio podría contagiarse fácilmente a estados limítrofes y cruzar otra falla que corre de este a oeste, separando el norte y el sur: la línea Mason-Dixon. Podrían desencadenarse otros terremotos. Al este de Ohio están Pensilvania y Nueva Jersey.

El presidente bajó los ojos y dijo con tono sombrío:
—Ahora mire esto.

—¿Cuánto dinero necesita el gobierno de Estados Unidos para mantener la economía a flote y una fe moderada en el dólar?

—Un mínimo de dos mil ochocientos millones de dólares diarios en inversión extranjera directa, en buena parte mediante la compra de pagarés del Tesoro para atender a la economía y abonar intereses, aunque una cifra más realista se acercaría a los cuatro mil millones.

—Éste es Larry Summers, director del Consejo Económico Nacional.

Curtis, atónito, vio cómo el presidente de Estados Unidos permanecía callado durante lo que pareció una eternidad.

—En estas circunstancias, ¿es posible que algún gobierno extranjero...? Quiero decir...

—No hay la menor posibilidad, señor presidente —lo interrumpió alguien.

—Entiendo —dijo. Y al cabo de un momento añadió—: ¿Qué opciones tenemos?

—Hace un mes teníamos dos opciones: el Programa de Rescate de Activos con Problemas y el Fondo de Estabilización.

—¿Hace un mes? ¿Significa eso que estas opciones ya no están sobre la mesa?

Curtis observaba, estupefacto, cómo Summers tragaba saliva.

—Sí, señor. El Programa de Rescate ha sacado de apuros a las empresas. El Fondo de Estabilización garantiza la inversión directa en la economía por parte del gobierno de Estados Unidos, en caso de que fallen las otras alternativas para asegurar los fondos necesarios. Garantiza que el gobierno no incumplirá sus obligaciones con sus ciudadanos.

—Eso era hace un mes, ¿no? ¿Y ahora?

En la pantalla, todos miraban a Summers.

—Ahora, señor, el dinero ha desaparecido.

—¿Qué insinúa? —preguntó el presidente con tono tétrico.

Curtis notó punzadas en las sienes.

—Que ha desaparecido.

—¿Por qué no he sido informado?

—Porque nos hemos enterado hace poco.

—¿Cuándo?

—Ayer. Señor presidente, por eso insistí en celebrar esta reunión de urgencia.

—¡Santo cielo! —exclamó Curtis—. ¿Es esto cierto? —Luego vio que Summers cogía algo de debajo de la mesa.

—Permítanme que hable claro. Es la peor crisis de la historia de nuestro país. Con permiso del señor presidente, he pedido que nos acompañen tres de nuestros jefes militares de alto rango.

Se abrió la puerta y entraron tres hombres de uniforme. Curtis los reconoció al instante: el vicealmirante Alexander Hewitt, William Staggs y el general Joseph T. Jones II. El presidente se saltó las presentaciones e hizo avanzar las imágenes hasta el siguiente momento importante.

—¿De cuánto dinero estamos hablando?

—De billones de dólares.

—Larry, esto es inadmisible. ¿Has perdido el juicio? ¿Qué demonios estás dirigiendo?

—Una organización muy eficiente que ha conseguido evitar una debacle de la economía en la primera semana de la llegada al poder de esta administración, hace menos de dos meses.

—Entonces, ¿cómo diablos ha pasado esto?

—No lo sabemos. No tengo una explicación lógica de cómo han desaparecido billones de dólares.

—¿Cómo se lleva alguien billones de dólares sin que el gobierno esté sobre aviso?

—Alexander Hewitt —dijo Curtis sin apartar la mirada de la pantalla.

—Son números en una pantalla. No es efectivo real. Alguien entró en un sistema inexpugnable y robó todo el dinero sin dejar rastro. Es más, ese alguien, con unos conocimientos técnicos obviamente extraordinarios, había cerrado el sistema de tal modo que no pudimos abrirlo hasta anoche.

—Entonces, ¿por qué no se informó de ello ayer? —preguntó Hewitt.

—Si la prensa llega a saber algo, nos estalla la guerra civil en las manos. ¿Es eso lo que quiere? ¿Es eso lo que quiere la FEMA? De hecho, ustedes llevan más de tres décadas preparándose para esta eventualidad.

—¡Ya basta!

El presidente se volvió con mirada penetrante.

—Nunca había visto a su comandante en jefe gritar a sus subordinados, ¿verdad?

—No, señor.

Lo que Curtis había visto y oído era paralizador. La estructura económica mundial tambaleándose al borde del desastre. Quería correr hacia la pantalla y golpear con las manos aquellas imágenes terribles. Perdió por un momento la noción del tiempo. Después, poco a poco, consciente de la fastidiosa mirada del presidente, fue recuperándose del estado de *shock*.

—La reserva amalgamada de fondos que ahora se mantiene en cuentas aletargadas y huérfanas asciende a billones de dólares.

—El dinero ha desaparecido... ¿Qué dinero? CTP... ¿De qué cantidad estamos hablando?

—Todo, creo... Al parecer estaba verificando la funcionalidad del sistema cuando se encontró con unas cuentas que contenían unas cantidades enormes...

—Deben ustedes averiguar dónde está ese dinero. Encuéntrenlo. Si no...

De pronto apareció la brecha. Con la mirada fija en el presidente, Curtis dijo:

—Paulo Scaroni. Sandorf me dijo que ésta era su operación, que la penetración y el robo del dinero era el banco de pruebas, las Arenas Blancas de la bomba atómica económica llamada PROMIS.

—Sí, somos conscientes de eso.

—¿Para quién trabaja él?

—No lo sabemos. Como tampoco sabemos el paradero de los fondos.

Curtis miró al presidente.

—¿Por qué no imprimen más billetes y ya está?

El presidente sacudió la cabeza.

—No es posible. Tardaríamos veinte años en emitir doscientos billones de dólares. Disponemos, como mucho, de un día.

—¡Un día! ¿Doscientos billones de dólares? ¿Estoy alucinando, señor?

—No, ha oído bien. Son doscientos billones de dólares. El mundo está al borde del colapso. El sistema financiero mundial es insolvente.

—¡Qué locura! —explotó el ranger—. ¡Preside usted el gobierno de Estados Unidos, no el de una república bananera!

Además, con el CTP no hace falta disponer físicamente del efectivo. Son sólo números en el ciberespacio.

—El Programa Comercial Paralelo..., ese pequeño y sucio secreto de la economía occidental —dijo el presidente—. Olvídelo. Funcionaba cuando el sistema financiero mundial tenía una base sólida. En la actualidad, es papel mojado, como el papel higiénico o las servilletas, y no tiene más respaldo que las ilusiones de cada uno.

Curtis comprendió al instante.

—En estas circunstancias, ¿es posible que algún gobierno extranjero...? Quiero decir...

—No hay la menor posibilidad, señor presidente.

—¿Y el oro? —preguntó Curtis—. Sé algo de Lila Dorada.

—El oro ya no es nuestro. Se ha utilizado como garantía subsidiaria de los billones.

—Por el amor de Dios, señor presidente, ¡es una emergencia internacional! Estará de acuerdo conmigo en que estas reglas no son aplicables. Venda el oro. ¡Y utilice las ganancias para salvar al mundo!

—Desgraciadamente, la mayoría de los depósitos de Lila Dorada están ocultos bajo el aeropuerto de Kloten, el almacén de lingotes más grande de Suiza. Ahora olvide que le he dicho esto.

—¿Qué?

—Me estoy despidiendo. Digo que, tal como están las cosas, es inevitable el hundimiento total de nuestro sistema financiero, que nos hallamos en la modalidad de supervivencia, escondiéndonos, con la esperanza de emerger más adelante, una vez que se haya asentado el polvo, para tomar el control de lo poco que quede.

—¿Qué está diciendo? —Era como si el presidente de Estados Unidos lo hubiera abofeteado, en directo y en horario de máxima audiencia.

—En este momento sólo Dios puede salvarnos, algo harto improbable, dada la contradictoria relación de la sociedad con el Creador.

Curtis se levantó y agarró el respaldo de la silla.

—Hasta que encontremos el dinero —continuó el presidente—, ese oro no es nuestro. Y no vamos a poner un anuncio en los periódicos...

—Porque estamos hablando de oro robado durante la Segunda Guerra Mundial.

—Exacto. ¿Se da cuenta del apuro en el que estamos?

—¿Y la gente que hay detrás de Octopus? ¿El Consejo de Directores? —preguntó Curtis.

—Los perpetradores.

—Entonces, ustedes saben lo de Stilton.

—Pues claro. Y también lo de Reed, Harriman, McCloy, Lovett y Taylor.

—¿Harriman? —Curtis se quedó boquiabierto—. ¿El ex secretario del Tesoro David Alexander Harriman III?

—El único e inimitable.

—¿El de la superacaudalada familia del *establishment* del Este? ¿El Harriman temeroso de Dios y asiduo de la iglesia?

—Ir a la iglesia no significa que seas cristiano, igual que ir a un tren de lavado no significa que tengas coche.

—¡Dios santo! Vaya hijo de puta...

—En condiciones normales, le habría recordado que en presencia del presidente de Estados Unidos debe moderar su lenguaje. Pero difícilmente podemos considerar normal esta época, así que coincido con usted. Vaya hijo de puta. Los sociólogos denominan a esta situación «desviación de la élite», algo que se produce cuando los miembros de una élite empiezan a creer que las reglas ya no les son aplicables.

Curtis sintió que volvían la frustración y la ira.

—¿Por qué no ordena su detención, señor?

—¿Y desinfectar toda la operación?

Curtis alzó la vista.

—¡Roma!

—Roma —repitió el presidente—. No una operación, sino dos. Como decía, tenemos motivos para creer que usted y el gobierno de Estados Unidos persiguen a la misma gente.

—¿Por qué ese testigo japonés es...?

—Shimada...

—¿... Tan importante? Era una acreditación Cuatro Cero, un asunto de prevención máxima, del presidente de Estados Unidos a través de Naciones Unidas. Shimada es un criminal de guerra.

—Era un criminal de guerra. Un punto de referencia.

—Y lo sigue siendo. Los crímenes de guerra no prescriben, señor. ¡Por una vez un presidente podría no jugar a ser Dios!

—Para mí, Curtis, Dios llega a ser una figura de cualquier orden que haya en el mundo..., el destino es el destino.

—Usted dicta órdenes. Esto es real.

—El denominado realismo representa normalidad donde sólo hay hechos insólitos, y la normalidad propiamente dicha es un sueño lejano disfrazado de «situación». Mire a su alrededor, por el amor de Dios.

Curtis no podía controlarse. Se inclinó sobre la mesa y gritó:

—¡Usted tenía que saberlo! ¡Mi compañero murió protegiendo a ese hombre! ¡Fuimos utilizados!

—¡Quizá no me ha oído! Busque otra expresión.

—No me confunda —soltó Curtis al instante, sacudiendo la cabeza enérgicamente—. ¿Por qué, señor? ¿Cuál es el coste de la muerte? Es decir, ¿cuánto cuesta en la moneda del alma humana?

El presidente se colocó detrás de la mesa con expresión avergonzada y asintió con gravedad.

—Lamento lo de su compañero. —Hizo una pausa. Curtis hacía gestos de impotencia, buscando con la mirada algo, cualquier cosa—. Por Dios, Curtis, usted debe de saberlo. No es un niño ingenuo. A ver, usted conoce su mundo, el mundo de las eventualidades que nunca entran en juego, de trampas que no se accionan, de asesinatos y caos y tejemanejes. ¡Escoja! ¡Lo convirtió en su vida! ¡Lo sacrificó todo por ello! ¿Está casado? ¿Tiene novia? ¿Hijos? ¿Familia? Yo no lo escogí por usted, igual que no le pedí que me votara.

—No lo hice.

—Bien —dijo el presidente de Estados Unidos, ahora bajando la voz—. Dejé una vida razonablemente relajada por otra en la que me despierto en mitad de la noche bañado en sudor frío. Hace dos meses que no duermo. Y el caso es que, a veces, su mundo y el mío se cruzan porque ambos tenemos un trabajo que hacer: cuidar del mundo normal y corriente de gente normal y corriente que trabaja de nueve a cinco y hace barbacoas y *picnics*, y el domingo lleva a sus hijos a partidos de fútbol y a fiestas de cumpleaños.

»La seguridad del mundo normal depende de garantizar que los tipos malos no se salgan con la suya. En ocasiones, esto significa hacer la vista gorda o cooperar con el enemigo de tu enemigo, o incluso con el mejor amigo de tu enemigo. Son medidas extraordinarias, Curtis, que me hacen poner en duda mi cordura más a menudo de lo que se imagina.

Curtis permaneció inmóvil, asimilando la información en silencio, observando al presidente mientras éste iba de un lado a otro con ritmo pausado pero urgente.

—Bueno —dijo el presidente con aspereza—, lo que voy a decirle va más allá de cualquier autorización con la que esté familiarizado. Se trata de un programa de acceso especial de nivel Omega. Esta información no existe oficialmente. Debe darme su palabra de que jamás la revelará. Si se lo cuenta a alguien fuera de estas paredes, será desahuciado y posteriormente eliminado por orden directa del presidente de Estados Unidos, ¿entendido, soldado? —Sus gestos eran vehementes. Curtis notaba la violencia en sus ojos.

—Sí, señor. Tiene la palabra de un ranger del ejército, Décima Unidad de las Fuerzas Especiales.

—Un sensacional grupo de luchadores. Todos héroes, del primero al último.

—Sí, señor. Gracias, señor.

—Muy bien. ¿Le suena algo llamado T linfocitos citotóxicos?

—No, señor presidente.

—No me pida que le explique los términos médicos en latín, no los conozco. De hecho, la terminología suele enturbiar la imagen. Sólo sé que habría sido el sueño húmedo de Hitler. Es algo selectivo hasta un punto que asusta. Con el material genético adecuado, es posible acabar con segmentos enteros de humanidad. Resulta imparable.

—¡Dios mío! ¿Y eso qué tiene que ver con Shimada?

—Durante la guerra, fue investigador en una unidad secreta, la 731, del Ejército Imperial japonés en el tristemente famoso campo de exterminio de Pingfan. En los anales de la historia, nada se le puede comparar. No sobrevivió ningún prisionero. En comparación, Auschwitz fue un campamento de *boy scouts*. Se llevaron a cabo experimentos indescriptibles con seres humanos.

—¿Puede ser más concreto?

—No, no puedo. Son de esas cosas que la mente borra.

—Pero, ¿por qué él?

—Shimada era investigador. Tomó notas de todos los experimentos, incluidos datos y fórmulas secretas sobre la guerra biológica y la tecnología para la guerra microbiológica que desarrollaron en Pingfan. Por géneros.

—¿Los chinos?

—Al principio sí, los chinos. Después de la guerra, fue liberado y las actividades de la unidad fueron clasificadas como secretas y enterradas bajo chorradas burocráticas. Caso cerrado. Hasta que él decidió contar la historia antes de que fuera demasiado tarde.

—Entonces, ¿Shimada no tuvo nada que ver con Lila Dorada?

El presidente asintió con la cabeza.

—Sí tuvo que ver —dijo el presidente, y Curtis lo miró con atención—. Poco antes de que el campo se cerrara, los capos japoneses tenían claro que la guerra estaba perdida. Su prioridad pasó a ser la protección del oro robado.

—Decía usted que Shimada era investigador. No lo entiendo.

—Se les estaba acabando la mano de obra. Sus ejércitos se veían obligados a retroceder en todo el Pacífico. Nuestros submarinos cortaban sus rutas marítimas. Dedicaron todos los hombres disponibles a la descomunal tarea de enterrar los tesoros. Es el único superviviente.

El presidente posó su mano en el fornido antebrazo de Curtis.

—Quiero que vea el resto —dijo con calma. Se acercó a la consola, pulsó *play*, y una imagen congelada se fundió con algo aterrador y cercano.

—Ley marcial. En las circunstancias actuales, es muy probable que el ejército se vea obligado a redefinir su papel de controlador del pueblo norteamericano, no sólo de protector.

—Sólo que, para intervenir en los asuntos civiles de un país, la FEMA no necesita una alerta máxima, un atentado terrorista o una situación de guerra. Requiere un desencadenante, desde el desplome económico y la agitación social hasta cierres bancarios que se tradujeran en violencia contra instituciones financieras. ¿Larry?

—Señor presidente, los últimos datos recibidos hace menos de media hora pronostican un empeoramiento económico que ocasionará la pérdida de hasta ochenta y un millones de puestos de trabajo a finales de este año.

—¿Dónde?

—En Estados Unidos y Europa occidental.

Curtis observó la imagen del presidente desplomado en la silla.

—La crisis financiera tiene prioridad máxima y conlleva un riesgo mayor que las guerras de Iraq y Afganistán. El alcance de la crisis, tal como estamos viendo, nos resulta incomprensible. El ritmo al que están deteriorándose los escenarios global y nacional es equiparable al ritmo al que los partidos políticos están adoptando posturas insostenibles y moralmente dudosas que acarrean la necesidad de garantizar el fracaso del otro bando. —El presidente frunció el entrecejo y miró al director de la FEMA y a su secretario de Estado—. Al, Brad, también está clarísimo que toda propuesta de abordar los problemas económicos no sólo va a ser algo desesperado y precipitado, sino que va a parecerlo. Esta mierda es contagiosa. Hemos pasado el puerto Caída en Barrena, el puerto Mentiras, el puerto Gilipolleces, y estamos subiendo el puerto Final. Nuestra impotencia para afrontar un conjunto totalmente nuevo de problemas gravísimos corre el riesgo de ser vista como lo que es: una barra de labios para un cadáver.

Curtis aguantó la respiración. En la pantalla, nadie se movía. El presidente se aclaró la garganta y continuó.

—Estamos en el Titanic, *con una premonición clara como el agua sobre lo que está a punto de pasar. No tiene nada que ver con cambiar de sitio las tumbonas o pedir más o pintarlas de otro color, llamarlas con otro nombre o enseñarlas al público. La gente no lo aceptaría. Para superar esto, necesitamos que nuestra nación, nuestra gente, esté unida.*

El presidente guardó silencio. A continuación, movió la imagen hacia delante unos doce minutos —unos guarismos digitales en verde indicaban la hora y el minuto exactos de la grabación.

—¡Cielos! —exclamó Curtis mientras veía que el presidente se tapaba la cara con las manos, inmóvil durante unos segundos. «¿Y ahora, qué?»

Kirsten Rommer se puso en pie.

—¿La primera fase? El fracaso sistémico que paralizará nuestra economía. El país se para en seco con un chirrido. Nada de prestaciones sociales o subsidios de desempleo. Se acabaron la seguridad social, la asistencia sanitaria, el apoyo a la infancia, los vales de alimentos para los pobres o el dinero para pagar a los tres millones y medio de funcionarios. El panorama que preveo es que, en cuestión de días, el pánico disparará los precios de forma considerable. Y como la oferta ya no podrá satisfacer la demanda, el mercado se paralizará a unos precios demasiado elevados para los engranajes del comercio e incluso para la vida cotidiana. Ya no llegarán camiones a los supermercados. El acaparamiento y la incertidumbre provocarán cortes de luz, violencia y caos. La policía y el ejército serán capaces de mantener el orden sólo en la primera fase. El daño derivado de varios días de escasez y cortes de luz pronto causará perjuicios permanentes, que se iniciarán cuando las empresas y los consumidores no paguen sus facturas y dejen de trabajar. Ésta será la segunda fase. Después de que

nuestro país se vea afectado por una depresión casi instantánea, y de que naciones de todo el mundo se vengan abajo, y de que la gente haya hecho intentos desesperados por alimentarse, calentarse y conseguir agua potable, no habrá salvación. Comienza la extinción. Los pobres serán los primeros en sufrir las consecuencias, que en su caso serán máximas. También serán los primeros en morir. Ésta es la fase final. —Se le quebró la voz—. *Es muy duro y doloroso admitir esta realidad. Sin embargo, señor presidente, la madre naturaleza no concede tiempos muertos.*

Curtis se dejó caer en el sillón situado a la izquierda del presidente, un tanto violento por haberse sentado en presencia de su anfitrión sin antes pedirle permiso.

—Señor, creo que en este momento es un imperativo incuestionable identificar sistemas de misión crítica.

—¿Qué está sugiriendo?

—Quizá tengamos que quemar algunos puentes y dejar que se produzcan algunas muertes... para salvar benévolamente al resto del país.

—Santo cielo... ¿Se da cuenta de lo que está diciendo?

—Señor, a veces se consigue la mejor luz de un puente en llamas.

—¡Está proponiendo que sacrifiquemos a millones de personas inocentes!

—El problema, señor, es que no tenemos un plan B, y ahora es demasiado tarde para idear un plan C o un plan D. Nuestra única esperanza es encontrar los billones perdidos.

El vicealmirante Hewitt se aclaró la garganta, rígido en su silla, y dijo:

—Señor presidente, creo que en nombre de la seguridad nacional hemos de iniciar preparativos en tiempo real para la ley marcial.

Curtis se desabotonó la camisa.

—Señor presidente, ha dicho que teníamos la cuenta bancaria capaz de impedir que el mundo implosione. Lo siento mucho, pero no sé de qué está hablando.

—En cuanto el gobierno se enteró de que Scaroni había forzado el sistema y robado el dinero, investigamos hasta tener un diagrama de sus contactos en los últimos seis meses. —El presidente hizo una pausa—. Uno de ellos era Mike O'Donnell.

—¿La mano derecha de Cristian Belucci en el Banco Mundial?

El presidente asintió en silencio.

—Le intervenimos los teléfonos. Una de las llamadas que interceptamos era de Scaroni, que le proponía un trato. Para demostrar su inocencia, le dijo Scaroni, necesitaba recuperar una serie de números pseudoaleatorios de fuerza criptográfica, consistente en una combinación de treinta cifras que le había robado un periodista de investigación.

—¿Danny Casalaro? —exclamó Curtis entre conmocionado y atónito, saltando del sillón.

—Según Scaroni, este número, junto con una rutina de interceptación de errores utilizada simultáneamente con la modalidad de memoria protegida, era la clave para obtener una información que exoneraría a Scaroni de toda culpa y demostraría la implicación del gobierno en la trampa que le fue tendida.

—Esto no es lo que nos contó Scaroni.

—Scaroni es un fullero, Curtis. A cada uno lo que más conviene. —El presidente levantó la mano para no ser interrumpido, con la mirada fija en Curtis—. No me pida los detalles, sólo estoy parafraseando lo que me han dicho los expertos. A cambio, Scaroni pagaría a O'Donnell dos millones de dólares en efectivo al recibo de la mercancía. —El presidente miró a Curtis y cogió su vaso—. Sin embargo, había algo que Scaroni no sabía de O'Donnell. Hizo suposiciones simplistas y le salió el tiro por la culata. O'Donnell tenía un alto nivel de competencia en informática. El banquero sabría que las series de números pseudoaleatorios de fuerza criptográfica se utilizaban para buzones muertos virtuales en actividades ilegales como el sistema de pago interbancario Swift CHIPS, que utiliza la cámara de compensación financiera *online*. —El presidente dejó el vaso vacío en la mesa—. Y ahí es donde Scaroni tenía escondidos los doscientos billones de dólares en fondos para casos de emergencia.

Una locura... De pronto salían a la luz nuevas posibilidades. Entonces habló Curtis.

—Tiene usted toda la razón, O'Donnell debía de saberlo. Trabajaba para el Banco Mundial. —De pronto, Curtis miró al presidente sin pestañear—. ¿Insinúa que el Banco Mundial también está implicado en toda esta basura?

—Esto excede sus competencias, caballero. O'Donnell se volvió curioso o codicioso, o ambas cosas, e hizo algo que no debía. Llamó a Casalaro y le transmitió lo que Scaroni le había dicho.

—¿Cómo lo sabe?

—Porque O'Donnell llamó luego a Scaroni y se encaró con él acerca de Casalaro. Lo tenemos grabado. Como es lógico, esto no estaba previsto. Obviamente, Scaroni no esperaba que O'Donnell se encarase con él. Alguien había menospreciado la determinación del asesor de Belucci por llegar al fondo del asunto. Su plan había fallado.

—Así que lo mataron.

—Lo habrían hecho igualmente, desde luego antes de haber tenido la oportunidad de gastar parte del dinero, en el caso de haber entregado a Scaroni la combinación de treinta números.

—¿Sabía él la combinación? —Curtis contuvo el aliento.

—No, Danny Casalaro se negó a revelarle nada.

—¿Y por eso cree que la tenemos nosotros?

—Bank Schaffhausen, Curtis. No somos exactamente una república bananera..., todavía.

—Señor, revisamos todos los documentos y no encontramos nada que se pareciera remotamente a ese número.

—Miren otra vez —interrumpió el presidente—. Compruébenlo de nuevo. Repasen sus registros, diarios, archivos... No busquen algo que falta. Busquen algo que está ahí. —Dio un puñetazo sobre la mesa—. Entre esos papeles hay una bomba de relojería a punto de explotar. Hay que descubrirla y desactivarla. Tenemos un día, Curtis, hasta esta noche para ser exactos. ¡Maldita sea!

Curtis observó al presidente.

—Señor, creo que el jurado acaba de regresar a la sala. Se ha ganado usted el voto de este norteamericano para las próximas elecciones.

—El problema no soy yo —dijo el presidente—. En todo caso, lleguemos primero a mañana, y luego a pasado mañana, y luego al otro día, y al otro. Si después hay algo, se lo haré saber, no lo dude. —Soltó un suspiro—. Últimamente, los días se funden unos con otros. La semana pasada, anteayer, ayer, hoy, mañana. Es una pesadilla sin fin.

—Sí —dijo Curtis, sin sentir la necesidad de añadir nada.

Se abrió la puerta de golpe.

—Disculpe, señor presidente.

—¿Brad? —El presidente miró a su secretario de Estado con ademán interrogativo.

—Debe ver esto.

Al instante, desaparecieron las imágenes congeladas de la gran pantalla de plasma, que fue ocupada por el conocido rostro televisivo de un entendido.

> *—Creo que casi todo el mundo ha empezado a aceptarlo. Hoy se ha alcanzado el índice 1.800 en los primeros cuarenta y cinco minutos, y puede que sea el mejor día de la semana antes de que Wall Street cierre. AIG y Citi están a escasas horas de quedarse oficialmente sin efectivo y declararse en quiebra. Sus respectivos Consejos de Directores tienen previsto reunirse hacia la medianoche. Los antaño iconos de Wall Street se han convertido en especies en vías de extinción.*
>
> *—¿Qué más tienes para nosotros, Jimbo?*
>
> *—Larry, ha llegado el momento de hacer las cosas sencillas. En primer lugar, una epidemia en los pagos por parte de miles de ciudades, estados y otros emisores de bonos municipales exentos de impuestos en las últimas veinticuatro horas; cierre de mercados de valores en la mayor parte de Asia. Recuerden, en Oriente es primera hora de la mañana. El mercado del crédito está congelado: una paralización virtual de todo el mercado de la deuda a excepción del Tesoro de Estados Unidos, que, según*

se rumorea, tiene suficiente efectivo para aplazar su propio cierre otros dos días. Un alud de ventas (y prácticamente ausencia de compradores) de bonos corporativos, efectos negociables, títulos respaldados por activos, bonos municipales y toda clase de préstamos bancarios; colapso de los bonos del Estado: un descenso del noventa por ciento en el precio de los bonos del Estado a medio y largo plazo, mientras el Tesoro de Estados Unidos pugna agresivamente por los escasos fondos para financiar el creciente déficit del presupuesto.

»¿Sorprendente? Quizás. ¿Evitable? No.

»El viernes pasado George Soros dijo que el sistema financiero se ha desintegrado produciendo una turbulencia más grave que durante la Gran Depresión y con un declive comparable al de la caída de la Unión Soviética, mientras que Paul Volcker decía que no recordaba ninguna época, ni siquiera en la Gran Depresión, en que las cosas empeorasen tan deprisa y de manera tan uniforme en todo el mundo. Por cierto, corre el rumor de que Soros ha perdido más del ochenta y siete por ciento de su patrimonio en los últimos seis meses.

—¿Y ahora qué?

—Estamos asistiendo al final de una reacción en cadena de impagados, una caída libre de los mercados financieros. Ya no valen los «sí, pero», «quizás» o «tal vez». Esto es lo que hay, amigos. Ha empezado la cuenta atrás financiera del desmoronamiento del mundo.

—¿Cuánto tiempo tenemos, Jimbo?

—A juzgar por la velocidad de la desintegración, dos días como máximo, aunque algunos analistas creen que sólo quedan unas horas para el Armagedón financiero.

El presidente pulsó un botón de la consola.

—Ahora se irá usted volando a casa, señor Fitzgerald. Por favor, llámeme esta noche, si es que llegamos.

—Señor, antes de irme quiero pedirle un favor.

—Si tiene que ver con salvar el mundo, concedido.

—Cuando sus hombres me detuvieron, yo estaba buscando a alguien. Tengo motivos para pensar que fue secuestrado.

52

El conductor miró la hora, se reclinó en el asiento, le dio al interruptor y pulsó el botón de transmisión.

—Adelante, Roger Uno.

—Está a punto de llegar el turno siguiente. Los dos hombres que han sustituido a los guardias de la entrada son de los nuestros. Tiene diez minutos para recoger el paquete. Entrar y salir.

—Entendido, señor secretario.

Se volvió y miró al pasajero.

—Empieza la función.

El asesino se ajustó la chapa, abrió la guantera, sacó un instrumento cilíndrico, lo encajó en el corto cañón y examinó las estrías del silenciador. Giró y dio un tirón, pulsó el botón de retenida y comprobó el cargador.

El segundo guardia apoyado contra la pared se frotó los ojos y miró el reloj. «Diez minutos.» Se llamaba Dougie, aunque todos le llamaban Gordon debido a su asombroso parecido con Flash Gordon. Era un veinteañero con el cabello rubio y los ojos azules. El uniforme le quedaba grande. Él y su compañero habían estado en su puesto durante casi seis horas. El hombre cuya protección tenían encomendada era a todas luces alguien importante, pues la política de la empresa era la de un guardia por operación. El tipo que dirigía la empresa en nombre de su familia era un marrullero, pero necesitaban el trabajo, sobre todo en este ciclo a la baja. Un guardia por operación. Mantener los precios y aumentar los beneficios. El hombre de la habitación estaba ahora bajo su responsabilidad: custodia continua, no reveladas las razones subyacentes, lo cual no era lo más acertado, pues la naturaleza humana tiene la costumbre de despertar la curiosidad de las personas. Tras unas deliberaciones un tanto prolongadas, concluyeron que el fornido individuo no era un deportista famoso ni una estrella de cine conocida. Así que su interés en él menguó de forma considerable.

—Diez minutos y nos vamos.

—Qué aburrimiento, tío... —Bostezó. Su compañero hizo lo propio—. ¿Quieres una coca-cola? Te debo una de la semana pasada.

—*Light*. Me muero de sed. —J.J. se dio unas palmaditas en la tripa.

—Muero, muermo, la sed me da muermo. ¿Te gusta?

—Me encanta. Eres un diccionario con patas.

Unas nubes grises, enormes y enojadas, se arremolinaban en el aire enrarecido, transformando la ciudad en una versión macabra de sí misma. Los dos asesinos subieron la escalera de mármol, dejaron atrás la recepción y tomaron el largo y estrecho pasillo de la derecha que conducía a otra puerta situada a unos metros. Llevaban los livianos chalecos antibalas Monocrys ocultos tras sendos trajes grises de raya diplomática hechos a medida. Justo a su izquierda había un guardarropa debidamente atendido. Luego estaban las oficinas de la gerencia y el personal, y a continuación una puerta de vidrio y el patio interior. El más fornido de los dos hombres se detuvo y estudió a la gente de alrededor. Miró a su compañero, en cuya expresión apreció un gesto evaluador. El segundo hombre le devolvió la mirada.

—Vamos.

Rodearon el descansillo de la segunda planta y subieron por la escalera hasta la tercera. ¡Ahí estaba! El hombre más corpulento abrió la puerta con cuidado y miró en ambas direcciones del pasillo. A su derecha, alguien de uniforme sacaba algo de una máquina de bebidas.

—Disculpe.

—¿Sí? —El hombre alzó la vista.

—Usted y yo tenemos que hablar. —Y le apartó con el arma. Hablaba en voz baja, con la mirada más allá del hombro del guardia.

—Sería estúpido ocultar algo —añadió el otro asesino, que sacó el arma y la apretó contra la sien del hombre, sintiendo la excitación del triunfo sobre la vida y la muerte, pues tenía una vida en sus manos.

El guardia respiraba con dificultad y parpadeaba con rapidez. Notó que le bajaba un hilillo por la pierna.

—Responda sí o no, ¿entendido? —dijo el asesino, y al ver que el guardia estaba mudo de terror, insistió—: ¿Entendido?

El hombre emitió una tos metálica, con el miedo reflejado en los ojos. Estaba al borde de la histeria. El asesino levantó a J.J. del suelo, lo empujó al hueco que albergaba la máquina de bebidas, lo agarró del codo y le presionó con el pulgar las terminaciones nerviosas. El insoportable dolor hizo dar al guardia un grito ahogado.

—¿Dónde está Cristian Belucci?

—Por el pasillo, tercera puerta pasado el ascensor, a la izquierda —respondió el guardia, despacio. El asesino pegó el arma a la sien del hombre, dejando que el frío del pesado metal hiciera sentir su presencia.

—¿Cuántos guardias?

—Por favor, yo no sé nada. No se lo diré a nadie. ¡No sé quiénes son ustedes! Quiero vivir, por favor.

—¿Cuántos? —El asesino tiró del guardia hacia arriba, empujándolo al hueco, y le estampó la espalda contra la pared.

—Dos. Yo y el compañero —susurró, aterrado.

—¿Para quién trabajan?

—Para el gobierno.

El asesino sacudió la cabeza.

—La instrucción ya no es lo que era, colega —señaló el asesino, que levantó el arma, ajustó el silenciador y disparó dos tiros a la garganta del hombre.

—A la escalera —dijo el más fornido de los asesinos.

Dougie reprimió un bostezo y se rascó la cabeza cuando de repente oyó que la barrera protectora de la sólida puerta metálica de la salida se abría. Miró a la derecha, justo a tiempo de ver a dos hombres que doblaban la esquina y seguían, sin prisa, pasillo abajo, hacia él.

Dougie se separó de la pared y se situó frente a los dos hombres.

—¿En qué puedo ayudarles, caballeros? —Sonrió.

—Hemos venido a ver al señor Belucci —dijo el más corpulento de los dos asesinos.

—Somos sus colaboradores.

—¿Colaboradores?

—Sí, señor. Él es un hombre muy importante. Qué tragedia... —Ambos cabecearon. El guardia repasó la lista de visitantes.

—Lo siento. Ahora mismo no tengo a ninguno apuntado. Deberán aclararlo con la empresa de seguridad. Tenemos órdenes estrictas.

El hombre más fornido sonrió.

—Lo entendemos. Mire, estamos aquí para asistir a un simposio.

—Sólo por un día —añadió el otro asesino.

—Sólo hoy —dijo el más fornido. Mostró una placa identificativa. Doogie la miró.

—¿El Banco Mundial? —El rostro de la placa correspondía al del hombre que la llevaba—. No sé... —Miró el pasillo—. Nos vamos dentro de unos minutos. Quizá podrían venir cuando esté el otro turno.

—Nos encantaría, pero por desgracia sólo tenemos un par de minutos.

—Vaya...

—Señor, mi compañero estará de vuelta enseguida. Creo... ¡Eh, espere un momento! ¡Tiene un arma!

Para el joven todo sucedió con el impacto de un trueno furioso, como los que le gustaba oír en su granja de Iowa. Dougie alcanzó su pistola. El asesino extendió la mano hacia una Heckler & Koch MP5K surgida de la nada. Hubo un resplandor, un escupitajo, un disparo, luego otro, y Dougie sintió el calor abrasador de la bala que le había perforado el estómago. Se le doblaron las rodillas y cayó al suelo. Locura, otra vez. Empezaba la cacería.

Cristian estaba sentado en la cama cuando lo invadió una abrumadora sensación de miedo. Alcanzaba a oír diversas voces apagadas. Luego, un ruido sordo. Por un momento, su cuerpo se vio sacudido por ondas expansivas mientras intentaba concentrarse, borrando los demás sonidos, dividiendo su mente en fragmentos. Había alguien al otro lado de la puerta, lo sabía; alguien que no debía estar allí. Un sonido de tacones. Le recordaba otro sonido de otra época. «¿Dónde? ¿Cuándo?» Con torpeza, Cristian se inclinó en dirección a la puerta, agarrado a la barra metálica con la mano derecha, escuchando. El cuerpo entero le temblaba de fatiga. Se oyó un chasquido metálico cuando alguien hizo girar el pesado pomo de metal, pero la puerta no cedió. ¡Estaba cerrada! Cristian cogió su teléfono y empezó a marcar. Notó un dolor punzante en el estómago, jadeaba por momentos, respiraba con dificultad, intentando llenar sus pulmones de aire. Otro sonido, y otro. ¿Dónde estaban los guardias?

Una explosión reventó la cerradura. El tiempo se detuvo. Al instante siguiente, Cristian vio explotar el monitor en una nube de cristales, antes incluso de oír el estruendo que la acompañaba. Fue tal el estallido de luz que le dolían los ojos. Irrumpió en la habitación una figura vestida con traje de raya diplomática, con la pistola automática lista para hacer fuego. Detrás, su compañero arrastraba el cuerpo sin vida del guardia jurado.

El más fornido de los dos hombres sonrió. Era una sonrisa tan desprovista de calidez que sólo podía traducirse en amenaza. En sus ojos azules no cabía la duda.

—Usted debe de ser el señor Belucci. —Hizo un leve mohín—. Así que todo se ha desarrollado según el plan previsto.

—¿Qué pretenden? —preguntó Cristian con voz neutra.

—Enmendar un error —contestó el asesino.

Cristian tardó poco en comprender la insinuación.

—Sea cual sea su maniobra, no se saldrán con la suya. —De repente cayó en la cuenta de que aún sostenía un minúsculo objeto plateado en la mano derecha. «Pulsa el botón y se efectuará la llamada.» Se incorporó—. Como pasa en muchas operaciones oscuras... —apretó discretamente el botón verde— lo que no sobrevive es la exposición a la luz.

Algo se movió con reflejos rápidos como el rayo. Cristian sabía que el golpe llegaría: frente a sus ojos giraron círculos de luz blanca y brillante mientras sentía estallar el dolor en la sien, antes incluso de registrar el movimiento de la mano del hombre.

—Súbelo por la cintura —ordenó el primer asesino.

A su derecha se movió algo. Los ojos se le fueron instintivamente hacia el movimiento mientras su mente divagaba. La sombra se desplazó. De pronto oyó dos escupitajos amortiguados y un grito espantoso. Su compañero cayó de bruces. Le salía un hilo de sangre por la comisura de la boca; tenía las balas incrustadas en la espalda. El primer hombre se lanzó contra la cama de Cristian, arma en ristre. Demasiado tarde. Sonaron otras tres detonaciones en el fondo de la habitación. El hombre se desplomó en el suelo con la garganta destrozada.

Cristian soltó un gruñido. Se incorporó sobre el codo y miró a sus agresores.

—¿Por qué demonios has tardado tanto?

—Lo siento, jefe. Problemas imprevistos. Todo resuelto.

—¿Estás listo? —preguntó a su colega.

53

El estruendo de un Hawker 750 iba aumentando a medida que Curtis se acercaba al avión. La puerta del fuselaje del Lear Jet oficial se abrió de golpe y las escaleras electrónicas bajaron suavemente.

—Tengo que hacer una llamada —dijo Curtis alzando la voz por encima del ruido del motor para que le oyera el funcionario del gobierno que lo acompañaba.

Simone tenía la impresión de que era ya noche cerrada, aunque en realidad sólo eran las ocho y media. Una nube enorme, negro azulada, con un agujero en medio como de dónut, se deslizaba con lentitud por el cielo cargado. Aún lloviznaba ligeramente; unas flechas rectas golpeaban la ventana y caían a la calle. Los sonidos ascendían más y más hasta empapar los listones de caoba de la ventana. Simone abrió las grandes puertas de doble hoja que daban al patio cuadrangular de Cristian y caminó despacio hasta un extremo, a una terraza con una de las vistas más espectaculares de la ciudad. Abajo, oía el ruido sordo de ruedas recorriendo la calzada desigual.

El teléfono no sonó, sino que pareció entrar en erupción. Sobresaltada, Simone lo cogió más por instinto que por necesidad. El timbre hacía vibrar su mano; el sonido la turbaba.

—¡Simone!

—¿Curtis? ¡Eh! ¿Dónde estás?
—En Washington.
—¿Qué haces allí?
—Me secuestraron.
—¡Oh, Dios mío! ¿Quién?
—El presidente de Estados Unidos.
—Curtis, cariño, ¿estás mal? —dijo con calma, y luego volvió a gritar al auricular—: ¡Tenía que ocurrir! ¡Últimamente has estado sometido a mucha tensión!
—¿Qué os pasa a los dos?
—¿Nosotros dos? ¿De quién estás hablando?
—Estoy hablando de ti y del donjuán ese.
—No está... Bueno, quiero decir, si estás hablando metafísicamente, entonces...
—¡Ya basta, Simone!
—Tampoco es para ponerse así.
Curtis se colocó el teléfono bajo la barbilla y puso la mano izquierda sobre el auricular.
—Escucha con atención. Busca a Michael. Revisad los papeles de Danny, diarios, documentos, lo que sea. El presidente está convencido de que tenemos los códigos y el número de cuenta bancaria.
—¿Hablas en serio?
—Su consejo es no buscar algo que falta sino algo que está ahí, algo que en principio no hemos visto.
—¿Por qué el presidente de Estados Unidos está interesado en los papeles de Danny?
—Porque tu hermano robó los códigos y el dinero de Scaroni, y muy probablemente lo escondió en la *Divina Comedia* de Dante, como hizo con la combinación clave de letras y números de la caja de seguridad de Schaffhausen.
—¿Qué? Vaya estupidez. Miramos minuciosamente todos los papeles, Curtis. Examinamos todos los documentos de pies a cabeza, todos los certificados de oro, todos los discos y los recortes de periódico. ¡Ahí no hay nada! ¿A qué viene esto?
—Escucha, Simone. En algún sitio de esa caja hay algo que se nos ha pasado por alto, por alguna razón, no sé, algo que nos

conducirá a la cuenta de Scaroni y a los billones de dólares que el gobierno necesita para salvar al mundo de la quiebra. Busca a Michael, encargad unas pizzas y una cafetera, y manos a la obra. Me voy ahora, así que en dos horas os veré en casa de Cristian.

—De acuerdo.

—A propósito, ¿cómo está?

—He llamado al hospital en cuanto he llegado, hace menos de veinte minutos, pero no he podido hablar con él. ¿Quieres que...?

—¡No! Michael y los papeles de Danny, por este orden. Simone, si hemos de creer al presidente —dijo mirando el reloj—, disponemos de unas cuatro horas. —Y se cortó la comunicación.

El vuelo al aeropuerto de La Guardia y el desplazamiento en un vehículo oficial habían sido extrañamente perturbadores. Curtis volvió sobre sus pensamientos, analizando los aspectos más críticos de todo lo que había sucedido en el último mes. Era plenamente consciente de los pocos progresos que habían hecho en ese tiempo. Era como si una parte de su mente se negara a funcionar, con independencia de cómo tratara él de articular sus razonamientos. Las ideas clave estaban bloqueadas por una compulsión insondable. Sí sondeaba Curtis, en cambio, que las constantes vitales del mundo pendían de un hilo.

El sedán negro con matrícula del gobierno paró delante del edificio. Curtis se apeó, dio las gracias al conductor y al escolta, y se dirigió a la puerta. Dejó atrás la amplia escalera de piedra del centro del vestíbulo y subió al viejo y destartalado ascensor. Éste, como siempre, al llegar a la primera planta, dio temblorosas sacudidas al superar la segunda, redujo la marcha en la tercera, traqueteó al pasar la cuarta y aceleró prometedoramente en la quinta antes de pararse a regañadientes en el ático.

—¡Menos mal! —Michael suspiró aliviado y lo agarró de la mano.

—¿Qué ocurre?

—¡Se han llevado a Cristian!

—¡Oh, Dios! ¿Cuándo? ¿Cómo? —Lo invadió un dolor anestésico.

—No lo sé. Dos hombres de traje se cargaron a los dos guardias, entraron en la habitación y lo secuestraron.

Curtis cogió el teléfono que le tendía Michael. Marcó un número privado con mano temblorosa.

—Sí, espero. ¿Alguna novedad en el asunto Schaffhausen? —preguntó Curtis mientras esperaba que la Casa Blanca contestara. Michael negó con la cabeza.

—Nada. Hemos revisado los artículos de periódico y los certificados de oro, y...

—¿Señor presidente? Soy Curtis Fitzgerald... Sí, señor, gracias, señor... Estoy de vuelta y estamos trabajando... Lo sé, señor. Somos conscientes de ello. Señor presidente, ahora mismo para usted esto quizá sea un fastidio, pero Cristian Belucci ha sido secuestrado a punta de pistola en el hospital Mount Sinai. Primero fue el ayudante del señor Belucci, Mike O'Donnell; después, mi amigo Barry Kumnick, y ahora Cristian Belucci. Está todo relacionado. El común denominador es el conocimiento... Gracias, señor, descuide.

—¿Y bien? —preguntó Michael.

—El gobierno dictará una orden de busca y captura. La policía y el FBI peinarán las calles; las agencias federales pondrán a trabajar a sus agentes encubiertos en las alcantarillas. Si aún está vivo, lo encontrarán. —Hizo una pausa y luego se acercó al televisor y pulsó un botón—. En todo caso, cabe esperar que lo encuentren en mejor estado que a O'Donnell. ¡Dios! —La pantalla fue ocupada por el rostro de un hombre rechoncho con un tic nervioso.

—GM está en su lecho de muerte: hace dos años les advertí de que General Motors iba camino de la quiebra. Esta mañana, los propios auditores de GM han avisado de que hay serias dudas de que el fabricante de coches llegue vivo a la próxima semana.

»Bank of America, CitiGroup y AIG están a menos de dos horas de declararse en quiebra. En cuanto el presidente

admita que no hay dinero en la hucha, estas instituciones cancelarán sus operaciones. ¿Caroline?

—¡Michael! ¡Curtis!

El grito fue paralizador, una invitación a una decapitación o algún problema anónimo que amenazaba su misma cordura. Las reverberaciones se extendían en círculos cada vez mayores.

—James, en Los Ángeles, Washington, Chicago, Nueva York y Miami, los bancos y edificios gubernamentales están rodeados por miles de mercenarios, o contratistas, que han levantado barricadas y controles... y delante de ellos centenares de miles de americanos furiosos se mantienen firmes y exigen su bien ganado dinero.

—¡Apagad ese maldito trasto! —chilló Simone, que entró en la habitación y se dirigió a la enorme mesa de centro, con un bloc y un lápiz en una mano y el cuaderno de Danny en la otra.

—Déjalo. Debemos saber qué está pasando —gritó Curtis en respuesta.

—Luego llamas a tu nuevo amigo.

—¿Cuál? —dijo Curtis.

—El maldito presidente que nos metió en este lío.

—¿Qué coño dices?

—Ya me has oído, Curtis. Todos son iguales. Los mismos perros con distintos collares.

—Sin embargo, quizás el signo revelador del inminente Armagedón es un desplome casi seguro de JP Morgan Chase. Recuerden, tiene 91,3 billones de dólares en derivados, cuyo valor teórico es 40,6 veces la totalidad de sus activos. Además, ahí se incluyen 9,2 billones de permutas financieras ligadas a créditos impagados, sin lugar a dudas la forma más arriesgada de derivado. Peor aún, el Contralor de la Moneda de Estados Unidos advierte de que JP Morgan Chase Bank también está expuesto a elevadísimos riesgos bancarios con sus socios comerciales: por cada dólar de capital, el banco tiene un riesgo

bancario de cuatro dólares, casi el doble que la media de Bank of America y Citibank. Balance final: los cuatro bancos más grandes de Norteamérica (JP Morgan Chase, Citibank, Bank of America y Wells Fargo) están a punto de convertirse en carne de cañón.

El reloj de pulsera que colgaba del gancho de la lámpara de mesa marcaba las diez y ocho minutos.

—¡Me parece que lo tengo! —Simone recuperó poco a poco la calma—. ¡Mirad esto! —Mostró el gastado diario de Danny e indicó un texto escrito en el margen de la página diecisiete.

A mitad del camino de la vida
yo me encontraba en una selva oscura
con la senda derecha ya perdida
Yo eché a andar, y tú detrás seguías.

—¿Qué? —dijo Curtis. Se quitó la chaqueta y la dejó caer en el sofá que tenía delante.

—El texto está equivocado.

—¿Qué quieres decir?

—Infierno. Canto I. Debería decir:

A mitad del camino de la vida
yo me encontraba en una selva oscura
con la senda derecha ya perdida

Él echó a andar, y yo detrás seguía.

»Que aparece varias estrofas más adelante.

—¿Por qué añadiría Danny este verso al inicio? —preguntó Michael.

—En la *Divina Comedia*, Dante permite que las palabras de los personajes se apoderen del poema a medida que avanza, dándoles, más que al narrador, la primera o la última palabra de un canto —explicó Simone.

—Sólo que, en este caso, es el propio Danny quien escribe.

—Esta invención improvisada no era sólo un garabato. Estaba pensada para nosotros —añadió ella. Michael asintió.

—Hay que buscar algo que está ahí, algo que en principio no hemos visto —repitió Curtis—. Necesitamos un número de treinta dígitos. La rueda de prensa del presidente está prevista para medianoche.

—¡Nos queda una hora y cincuenta minutos!

—La imagen ampliada es igualmente sombría... Bloomberg acaba de informar de que, en los últimos tres meses del año pasado, los beneficios de la empresa AVERAGE S&P han experimentado una caída en picado del ochenta y ocho por ciento. Ahora, el Servicio de Inversores de Moody ¡predice que los impagados de bonos corporativos superarán los niveles de la Gran Depresión!

»El propio JP Morgan está avisando de que AT&T Inc..., DuPont..., Textron y otras veinte grandes empresas no financieras seguramente recortarán o eliminarán más del setenta por ciento de sus plantillas en un esfuerzo por sobrevivir.

»Entretanto, la Reserva Federal sólo ahora admite que algo va realmente mal. Diez de los doce bancos de distrito de la Reserva han anunciado que se han desangrado y que no tienen esperanza de recuperarse.

—Lo que no sabemos es cómo —dijo Michael.

—Los tres primeros versos son la secuencia inicial del Canto I. Pero el último...

—Que dejó caer ahí...

—Exacto, aparece mucho más adelante. —Señaló el último verso de Danny. «Yo eché a andar, y tú detrás seguías.»

—Muy bien. Estamos buscando una serie de números pseudoaleatorios de fuerza criptográfica consistente en una combinación de treinta cifras —dijo Curtis mirando, nervioso, el reloj.

—¿Estás de acuerdo en que el texto es un método estándar para codificar información confidencial?

—Totalmente —contestó Michael.

—Entonces necesitamos una clave para descodificarlo.

—Pero es que hay literalmente miles de claves... —comentó el historiador de arcanos.

—¿Miles? ¿Cómo puede ser? —exclamó Simone.

—Tenemos un problema —señaló Curtis—. Qué tipo de clave usar.

—¿Cuáles son las opciones? —inquirió Simone.

—Antes de nada, ¿moderna o antigua? —preguntó Curtis.

—Teniendo en cuenta la habilidad de Danny con la Cábala y los eneagramas, yo diría antigua. —Michael los miró a los dos.

—De acuerdo.

—Bien.

—Hay claves de reflexión, como un misterioso símbolo gnóstico conocido como «abraxas», del que se sabe que aparece en sustituciones. No, no servirá —corrigió al instante.

—¿Por qué no?

—Todos los conjuntos de números resultantes de la traducción de nombres a sus equivalentes numéricos se basan en uno de los diez primeros. Los dígitos se agregan, lo que nos da un número, o «el» número, pero no la serie de números pseudoaleatorios de fuerza criptográfica consistente en una combinación de treinta.

—En términos sencillos, el Banco Mundial acaba de anunciar que dentro de pocas horas la economía mundial sufrirá un colapso general. Según el Banco Asiático de Desarrollo, durante los tres últimos meses desaparecieron ciento cincuenta billones de dólares en inversiones. Y, como la espada de Damocles, los cientos de billones en derivados y deudas incobrables aún se ciernen sobre la actividad bancaria mundial.

»Si la reunión de urgencia del Banco Mundial de esta mañana, la sesión de urgencia del Fondo Monetario Internacional de esta tarde, y la reunión de alto nivel del comité presidencial de nuestro gobierno demuestran algo, será que si están ustedes esperando la burocracia para salvarse, estarán espe-

rando hasta el día del Juicio Final. Su única esperanza pasa por asumir el control de su propio destino..., organizar su propio rescate. A ver si entienden lo que les digo: están ustedes solos. Su gobierno les ha abandonado.

Curtis dirigió a la televisión una mirada mustia.

—Fuera. ¡El siguiente! Algo más cerca de casa. ¡Vamos!

—Una vez transcrito, el código bancario de Schaffhausen de Danny era sencillo. Un número de seis dígitos y una palabra. Aquí no servirá. Demasiado voluminoso. Siguiente. Nos queda una hora y treinta y cinco minutos.

—Están las famosas tablillas de Peterborough, en Ontario, Canadá. La escritura ha sido identificada como una forma de runas escandinavas o, para ser exactos, caracteres prerrúnicos denominados *Tifinagh*, utilizados por los tuareg y que se remontan a 800 a.C.

—¿Qué tiene que ver eso con Dante?

—Las tablillas se basaban en la representación de un leopardo, un león y un lobo en diferentes fases de su existencia.

—Los mismos animales que impidieron a Dante escapar cuando se vio perdido en el bosque —añadió Simone.

—Exacto.

—No servirá. Los datos de *input* deben relacionar treinta caracteres hexadecimales codificados mediante cuatro bits de datos binarios utilizando un algoritmo de clave simétrica o asimétrica. Con imágenes no funciona. Michael, necesitamos claves de texto.

El tiempo se acababa, y en la página los garabatos crecían. Estaban sondeando las matemáticas, obligando a sus mentes a funcionar, plenamente conscientes de su precario estado de cautividad en el zoo de los números: el caos estilístico y la presencia de numerales que habían enloquecido, habían asumido una identidad propia y habían sido liberados en el bosque de un reino bucólico y numérico.

—Las palabras se cuentan entre nuestras mejores rutas hasta lo que hay más allá de las palabras, y se sabe que la naturaleza imita al arte. Sólo que en este caso hemos de alejar las palabras de la paradoja y dirigirlas hacia algo parecido a un milagro. Un milagro numérico —susurró Simone, mirando al techo.

—¡Espera!

—¿Qué pasa? —preguntó Curtis con ansiedad.

—Do, la, mi, re, fa, sol, si... la, re, fa, mi, sol, si, do —tararea Simone—. Esto es lo que quería decir Danny con «Él echó a andar y yo detrás seguía».

—¿Qué? —dijo Curtis con la tensión reflejada en el rostro.

—Está invitándome a seguirle al Canto I. Era una especie de competición amistosa entre nosotros para ver quién sabía más de Dante. Los dos destacábamos en los habituales juegos de trivial sobre Dante, así que Danny y yo nos inventábamos juegos y nos retábamos mutuamente. Danny inventó éste para ver quién era capaz de recitar los versos del Canto I en orden alfabético. Para recordar mejor, él cantaba ABC a medida que recorría el texto. Por ejemplo, el primer verso con la primera letra «A» aparece en el verso 9, el de la «B» en el verso 13, y así sucesivamente.

—Hoy, en una histórica Revuelta de los Contribuyentes, millones de norteamericanos de un lado a otro del país han tomado las calles y se han hecho oír. Casi en todas partes donde uno mira, ve rostros de airados contribuyentes exigiendo que Washington deje de llevar a la quiebra a Norteamérica..., deje de regalar nuestro dinero a los ejecutivos que hundieron sus propias empresas. Para decenas de millones la fiesta ha terminado, ha destrozado sus viejos sueños de vivir en la tierra de la libertad. Sus familias se han arruinado. Hoy están tomando las calles. Sus acciones aún pueden suponer, para millones de estadounidenses, un rayo de esperanza de un futuro mejor.

Los tres miraban fijamente la pantalla.

Curtis consultó la hora.

—Faltan cuarenta y cinco minutos para que hable el presidente. Yo llevo la A a la I, y tú la J a la R —añadió mirando a Michael.

—No, en el Canto I no hay ninguna J —señaló Simone.

—Entonces, ¿cómo demonios vamos a componer el alfabeto? —gritó Michael.

—Sólo las letras que hay aquí. Y sólo la primera vez que cada una de ellas aparece en el texto —aclaró Simone.

—¿Qué piensas? —preguntó Michael con calma.

—Los métodos modernos de cifrado pueden dividirse con arreglo a dos criterios: por el tipo de clave utilizada y por el tipo de datos de *input* —explicó Curtis, enderezándose en la silla—. Según la clave usada, el código cifrado se divide en algoritmos de clave simétrica, cuando se utiliza la misma clave para codificar y descodificar, y algoritmos de clave asimétrica, cuando las claves utilizadas son dos. En un algoritmo de clave simétrica, el emisor y el receptor deben tener una clave compartida establecida de antemano; el emisor la usa para codificar y el receptor para descodificar.

»El emisor y el receptor. Danny y Simone.

»Para que un algoritmo de clave simétrica funcione, debe tener treinta caracteres hexadecimales codificados en cuatro bits de datos binarios, que es la longitud real de clave binaria utilizada por la clave precompartida (PSK, *preshared key*) WiFi WPA.

—¡Coge el libro! —gritó Michael.

Sonó el teléfono. La discordante señal provocó una brusca tensión en la garganta de Curtis. Respondió al primer tono; el presidente de Estados Unidos estaba al aparato. Sus primeras palabras fueron las más inquietantes que jamás había oído.

—Tengo malas noticias para usted, Curtis.

—¿Kumnick?

—Eso me temo. —Hubo una pausa larga.

—¿Está vivo?

—Lo siento. Ha muerto.

Se produjo otra pausa, más breve pero igual de intensa.

—¿Cómo lo mataron?

—Con los brazos amarrados a la espalda. Estaba atado con un cable de teléfono desde las piernas flexionadas hasta el cuello. Nuestra gente cree que al final las piernas cedieron, y el cable se tensó como la cuerda de un arco, de modo que se fue apretando el lazo del cuello hasta que murió poco a poco estrangulado.

Curtis miraba fijamente las persianas venecianas. Sus ojos se posaron en la luna.

—¿Curtis?

—Necesitamos más tiempo, señor presidente. —Y colgó el teléfono.

—¿Qué letras? —preguntó Michael.

—Todas excepto J, K, L, P, Q, V, X y Z.

Los tres se pusieron a trabajar. Al cabo de unos momentos tenían el resultado: 913115488422310112324071159868.

Curtis barrió con la mirada la hilera de números. ¿Y si estaban equivocados? ¿Y si Danny sencillamente había cometido un error y los había enviado sin querer a la madriguera? Reflexionó y cerró esta línea de pensamiento. En ese momento, el enemigo era no sólo el tiempo sino también el hecho de pensar tangencialmente.

El teléfono volvió a sonar.

—¿Curtis?

—Creo que casi lo tenemos, señor presidente.

—Mandaré de inmediato un equipo a la casa.

—No queremos distracciones. Le llamaré en los próximos diez minutos.

—Serán los diez minutos más largos de mi vida, Curtis.

—¿Señor?

—Cristian Belucci sigue sin aparecer. Estamos haciendo más de lo humanamente posible para encontrarlo, créame.

—Le creo.

Colgó otra vez el teléfono.

—Malditas sean las fuerzas que aniquilan el orden y la felicidad del mundo. —Simone se acercó sigilosamente y lo abrazó un instante.

—Debe de ser difícil librarse de las viejas pesadillas.

Él sacudió la cabeza.

—Esto deberá esperar, Simone. Sólo hay tiempo para una cosa.

Era asombroso lo deprisa que se les acababa el tiempo..., y el presidente de Estados Unidos iba a comparecer ante el mundo entero en poco más de media hora. Sus palabras cambiarían la historia o destruirían el mundo. Los ojos de Curtis hicieron converger de nuevo la luz.

—¡Veinte minutos, Curtis!

—913115488422310112324071159868.

—¡Cuéntalos! ¿Cuántos hay? —preguntó Michael, conteniendo la respiración.

—¡Treinta! —exclamó Simone.

—¡El número! ¡Una serie de números pseudoaleatorios de fuerza criptográfica consistente en una combinación de treinta!

—Llama al presidente.

Fue como el impacto de una bala llena de mercurio. Una figura vestida de negro irrumpió de golpe a través de las puertas dobles abiertas. Un hombre alto y corpulento y con un saludable bronceado empujó con el hombro derecho a Michael, mandándolo al otro lado de la habitación.

—¡Los tres han hecho un trabajo realmente admirable! —Apuntó al ranger con su arma, una Heckler & Koch P7 provista de silenciador—. No se mueva, yo que usted no lo haría. —El asesino francés extendió la mano, agarró a Simone del antebrazo y la atrajo hacia sí con violencia, pasándole el brazo izquierdo alrededor del cuello con la automática apretada contra la sien—. En los *thrillers* malos de escritorzuelos de tercera fila, ahora el asesino diría que contará hasta cinco al tiempo que la desventurada víctima le entrega dócilmente el arma, todo con la esperanza de aplazar lo inevitable. Sólo que el asesino no sabe que el héroe tiene algunos trucos escondidos en, cómo diríamos, ¿la manga? —Miró al adversario que tenía delante—. Usted debe de ser Curtis. Me han contado cosas fantásticas sobre sus grandes aptitudes. Un verdadero placer conocerlo. —Con el arma apuntando a la sien de Simone, el hombre se desabrochó el abrigo negro con la mano izquierda—. Me llamo Jean-Pierre. Siéntense, por favor.

—No sé quién es usted ni qué quiere —soltó Curtis, recuperándose poco a poco del sobresalto.

—Si pretende robar a Cristian... —empezó a decir Michael.

—¿Robarle? ¡Entonces no lo saben! Es el viejo juego de los bobos y los genios. No hay postura intermedia. Ustedes tres son los bobos, y nosotros, los genios.

—Si no está aquí para robar... entonces, ¿qué quiere? —inquirió Curtis.

—El número, naturalmente —dijo con una sonrisa.

—¿Con el fin de destruir el mundo?

El francés volvió a sonreír.

—Para llegar a una verdad simple, no hay que creerse la historia oficial.

Curtis negó con la cabeza.

—Por desgracia, no lo sabemos. Como un estúpido, pensé que podríamos resolverlo. Lo que tenemos es exacto sólo en parte. El acertijo de Danny es demasiado difícil.

El asesino examinó el rostro del ranger, luego soltó un suspiró y sacudió la cabeza.

—¿En serio? Le he sobrestimado. Me habían dicho que era usted un hombre de muchos recursos, quizás incluso de mi nivel, pero resulta que es uno de estos plumíferos de tercera. —Retiró la mano izquierda del cuello de Simone, a quien soltó y empujó hacia Curtis con fuerza considerable—. «Como un estúpido», hipócrita expresión, es más una autofelicitación que una autoacusación. Cede usted como un estúpido ante lo que, a su juicio, es un riesgo calculado de forma nada estúpida.

Sonó el teléfono, y Curtis se lanzó hacia él en el preciso instante en que una bala pasaba a escasos centímetros de su mano. Se quedó paralizado.

—Dígale al presidente que necesita otro par de minutos. —Sonó el segundo tono, y el tercero—. ¡Dos minutos! ¡Venga! ¡Conteste!

Curtis alcanzó, indeciso, el auricular.

—¿Sí?

—Corre el rumor de que no tenemos el número. Dígame que me equivoco —dijo el presidente con aspereza.

—Necesitamos otro par de minutos, señor presidente.

—Creí que había dicho...

—Otros dos minutos.

—Curtis...

Lo sabía, y tanto que lo sabía...

—No sé si quiero oír esto, señor presidente.

—Hemos encontrado el cadáver de Belucci. Que Dios se apiade de su alma, «lo considere hermano o loco». —Curtis se apartó de la mesa, alejándose del hedor que de repente le llenaba la nariz y los pulmones.

—Yo no rezo —susurró. Luego lo repitió, más tranquilo—. No creo. Dios es lo único seguro que se puede ser. —Cerró los ojos casi involuntariamente, reconfortándose en la oscuridad—. ¿Cuál fue la causa de su muerte?

—Envenenamiento. Toxicidad química de etiología desconocida.

—¿Está usted seguro de que es él?

—En este momento, no. —Fue la respuesta de un hombre que acarreaba el peso del mundo sobre los hombros—. Estamos comparando muestras de ADN del fallecido con datos de Belucci. Ayúdenos a encontrar el número y a poner fin a esta locura.

—Necesitamos otro par de minutos, señor.

Colgó el teléfono.

—¿Cristian? —dijo Simone con voz entrecortada y los recuerdos agitados.

Michael parpadeó; tenía el rostro bañado en lágrimas.

—El número, señor Fitzgerald. Le recuerdo que el arma está en mi mano, no en la suya.

Se oyó un chasquido: el percutor en posición de disparo.

—¿Y si me niego?

Una expresión fugaz cruzó sus ojos.

—Entonces los mataré, a usted y a sus amigos.

—Morirá pobre...

El francés volvió a sonreír y se encogió de hombros.

—Yo nunca he sido pobre.

Curtis se estiró para intentar captar la histeria en dicha afirmación. No había nada. Era cierto que el hombre no necesitaba el dinero. Entonces, ¿por qué quería el número?

—¿Para quién trabaja?

—Para mí. —De pie en el vano de las puertas dobles había alguien con quien los tres estaban íntimamente familiarizados.

Curtis se inclinó hacia delante en la silla, atónito.

—Cristian... —dijo con voz apenas audible.

Por un momento Simone creyó estar soñando.

—¿Y lo del hospital? ¿Y el atentado? —dijo Michael tartamudeando, en su semblante reflejados el sobresalto y la traición.

—Un riesgo necesario, aunque aceptable, cuando el destino y la fortuna del mundo penden de un hilo —contestó Cristian mirando por encima del francés—. Jean-Pierre es un tirador experto. Sabe cómo hacer que parezca grave sin que haya riesgo de muerte. Creedme, por favor, no tenía intención alguna de implicaros a los tres. En este momento somos enemigos, y nadie pretende lo contrario. Pero esto no habría pasado si tu hermano, Simone, no hubiera robado las tarjetas con la serie de números pseudoaleatorios de fuerza criptográfica, consistente en una combinación de treinta cifras. —Tenía una mirada impasible—. La muerte de tu hermano fue una muerte innecesaria. Pero él no revelaba el número. ¿Qué iba a hacer yo?

—¡Usted! ¡Usted... mató a mi hermano! —soltó Simone con voz gutural, temblorosa a causa de la emoción que la embargaba, taladrándolo con la mirada, incapaz de apartar de sí la imagen del hombre al que había admirado profundamente y cuya pérdida había lamentado hacía sólo unos instantes.

—¿Qué te hizo pensar que matando a Danny descubrirías el número? —preguntó Curtis con los ojos fijos en el arma del asesino francés.

—Teníamos tu perfil psicológico, Simone. Eneagrama, tipo de personalidad. Era inevitable —dijo el banquero. Y añadió con sorna—: Pero sabíamos que no atarías todos los cabos tú sola. —Su mirada era dura, la sonrisa desdeñosa—. Sabíamos que llamarías a tu viejo amor, Michael, y que él acudiría enseguida. —Se le borró la sonrisa—. También sabíamos que los dos no erais lo bastante listos para resolver los peligros asociados. —Hizo una pausa.

—Si no me hubiera llevado los documentos de Schaffhausen...

—Por favor, no subestimes el nivel de cálculo y planificación que ha habido en esta operación —interrumpió Cristian Belucci—. Habíamos recuperado los documentos del señor Casalaro mucho antes de que tú aparecieras en escena. —Calló un momento—. Por desgracia para ti, Simone, el acertijo de Danny era demasiado difícil para nosotros. No sabíamos descifrarlo. —Cristian palideció.

—Y entonces me metiste a mí —dijo Curtis sin emoción alguna en la voz.

—¿Yo, meterte? —soltó Cristian, incrédulo—. Me siento honrado, pero me atribuyes más mérito del que merezco. ¿Cómo iba yo a saber que Michael te pediría ayuda? Te metió el azar, Curtis. De vez en cuando hay que admitir que el estúpido azar desempeña un papel importante, por no decir preponderante, en los asuntos humanos.

—¿Y qué hay de Roma? Creíste oportuno proporcionarme mi propio observador.

—Roma no tuvo nada que ver con Danny Casalaro. —El banquero se encogió de hombros—. Yo necesitaba a Shimada vivo, necesitaba el mapa —añadió sin rodeos—. Roma fue un detalle por mi parte. No es que no te creyera capaz... pero hasta que no lo intenta, uno no lo sabe. —Suspiró con añoranza—. Alguien tenía que ser. Has hecho trabajos fabulosos. Tu fama realmente te precede. Era un asunto difícil, lleno de obstáculos y peligros. Pocos habrían sabido desenvolverse ahí.

—Sin embargo, creíste oportuno mandar a Roma a mi propio observador.

El banquero se encogió de hombros.

—Ya te he dicho que fue un detalle por mi parte.

—Aun así, para que el plan funcionara, tuvimos que acudir a... ti... en busca de ayuda —señaló Michael.

—¡Pues claro! —exclamó Belucci—. Cuando llamaste a Curtis desde Nueva York, intervino la providencia con su torpe ineficacia subhumana. En cuanto Curtis se hubo implicado en el caso Casalaro, caí en la cuenta de que podía matar dos pájaros de un tiro.

A Simone le pareció que la temperatura de la habitación había caído en picado.

—¡Es usted un ser repugnante! —gritó.

—Y tú, querida, un ejemplo especialmente encantador de cliché. Tu cantarina edificación es enternecedora en un sentido lacrimógeno, Simone, pero en nuestro caso está totalmente fuera de lugar. Éste es el triunfo de la autoparodia, suficiente casi para alejarnos de la virtud para siempre.

—Siempre puede uno contar con un asesino para una prosa elegante —dijo Michael.

A Cristian se le esfumó la sonrisa de la cara.

—¿Por qué necesita el número, Cristian? —preguntó Michael—. Ya es uno de los hombres más ricos del mundo.

—¡Yo no quiero el dinero, aún no lo entendéis! —exclamó Cristian, irritado—. Necesito...

—Mantenerlo alejado del presidente para precipitar la destrucción del mundo —lo interrumpió Michael, haciendo encajar por fin todas las piezas del rompecabezas.

—Exacto —dijo el banquero.

Simone fulminó a Belucci con la mirada.

—La persona no amada se inventa para sí misma un mundo de poder.

—¿Crees que destruyendo el mundo vas a vencer? ¿Crees que puedes asignar un contador de probabilidades a una catástrofe como ésta? —dijo el ranger.

—Curtis, en el mundo de los bancos y las finanzas de alto riesgo hacemos esto continuamente. Lo importante no es lo que pasa sino lo que podría pasar.

—¡Cómo se atreve! ¡Está embelleciendo sus crímenes!

—Simone... —Cristian sacudió la cabeza—, la melancólica, la inteligente, la caprichosa Simone, con el don de convertir todo sentimiento en algo elegante. —Exhaló un suspiro—. El populacho, que vive en un yermo urbano y sentimental de *glamour* brumoso y tristeza tranquila, extrañamente resignado a su pasado vacío, su presente vano y su futuro corrompido... —Por un momento desapareció su aire de equilibrio—. Hace dos mil quinientos años quizá se dijera que el hombre se conocía a sí mismo igual que conocía cualquier otra parte de su mundo. Hoy él mismo es lo más incomprensible. Ni la evolución biológica ni la cultural son garantía alguna de que estemos avanzando ineludiblemente hacia un mundo mejor.

—¿Nos está ofreciendo un mundo mejor movido por la benevolencia? ¡No puedo creerlo! —chilló Simone—. ¡Una densa maraña de falsas ilusiones y estupideces interaccionando de manera lógica!

—Podemos derrotar a la democracia únicamente mediante un conflicto armado porque los privilegiados conocen el funcionamiento de la mente humana, las interioridades mentales ocultas tras la persona.

—Ha preparado el mundo para la destrucción —dijo Michael.

—¡Y nosotros para la redención!

Curtis se levantó despacio.

—El presidente llamará de un momento a otro. ¿Qué harás cuando el gobierno descubra la verdad sobre tu doble? —Observó con atención a sus dos adversarios. Belucci negó con la cabeza.

—No creo que esto suceda.

—Vaya, pues entonces es que no sabes mucho sobre forenses.

—¿Ah, no?

—Huellas dactilares, registros dentales...

—Los eliminamos: arrancamos los dientes, quemamos las huellas.

—Tu ADN...

—¿Para compararlo con el del sosias que matamos? —terminó la frase el banquero—. Resulta que destruimos todas las muestras externas de ADN, por lo que no habrá nada con qué comparar. La sociedad moderna nos enseña a dudar con remordimiento, pero a veces tenemos que dudar de nuestras dudas. —Se quedó con la mirada perdida, como un niño mirando al vacío y sonriendo al comprender que la pesadilla ha terminado, o que la puerta ha quedado abierta—. Ganaré mediante un doble farol aparentemente perverso.

Sonó el teléfono en el preciso instante en que Curtis daba un paso en dirección al asesino francés.

—No lo hagas, Curtis. —El tono del banquero era aviesamente seco y carente de toda emoción—. Ni siquiera tú tendrías alguna posibilidad contra este hombre. Coge el teléfono. Dile al presidente que el último número es un siete en vez de un ocho. ¡Venga! —El banquero parpadeó—. ¡Coge el teléfono!

—¿Sí? —En el reloj de pie dieron las doce de la noche.

—Tenemos el número, señor presidente.

—¡Gracias a Dios! —El presidente guardó silencio un instante, y luego tomó aire, preparándose para desahogarse antes de que fuera demasiado tarde. En el jardín, un gato salió de debajo de un arbusto, miró con sorpresa la ventana iluminada y se esfumó sin más—. Aún habrá un mañana.

—Buena suerte, señor presidente.

Sin el menor aviso, Simone arremetió contra Belucci, lanzando su pequeño cuerpo hacia el enorme banquero, con sus garras de gata haciendo sangrar la cara del hombre a quien ahora odiaba más que al mismo pecado. Sonaron disparos del arma del asesino, una..., dos balas dieron en el tórax de Simone. Se le doblaron las rodillas, pero ella no cedió. «Danny, mi queridísimo Danny, ya no falta mucho. Espérame.» En el violento forcejeo con el hombre que había planeado la muerte de su hermano, le arañó los ojos, derramando sangre en su rostro. El grito áspero, el sonido de la angustia y de los rápidos pasos de la muerte acercándose, codiciando su próxima víctima, ahogaban el resto de los ruidos.

«¡Ahora!» Curtis desplegó su cuerpo como una pantera negra y zigzagueó en diagonal, cruzando la habitación hacia el francés, por manos dos arietes extendidos buscando su objetivo. Sonó un disparo en el preciso instante en que su inmenso antebrazo derecho tocaba la cabeza del francés, quien se tambaleó. Curtis notó una punzante sacudida de dolor en el omóplato izquierdo al tiempo que el tiro lo echaba atrás, y luego la sangre le empapó la camisa. El francés recobró el equilibrio. «Dios santo... ¿ya está?» Entonces, de la muerte segura surgió una súbita posibilidad de salvación. Curtis oyó el estrépito de algo metálico en el suelo, a su izquierda. El francés miró en la dirección del sonido justo cuando Michael le estrellaba en la cabeza un pesado jarrón. El asesino trastabilló hacia atrás sin soltar el arma. Olvidándose del agudo dolor, Curtis lo embistió, bajó vertiginosamente el brazo, agarró la muñeca del hombre, y estrelló contra él su hombro bueno, dando un nuevo tirón mientras Jean-Pierre se tambaleaba de lado. Le abrió la mano hacia atrás y le rompió la muñeca. Ahora era él quien tenía el arma en sus manos. Disparó una vez. La cabeza del asesino estalló. El hombre estaba muerto. Michael le arrebató el arma a Curtis.

Simone se desplomó en el suelo en el preciso instante en que el disparo de una Heckler & Koch P7 alcanzaba el estómago del banquero.

—¡Michael!

Fue más bien un susurro. La oscuridad se alejó y volvió la esperanza. Simone sentía que invadía su cuerpo una creciente ligereza. Dormir, al fin dormir profundamente. En el crepúsculo, una hermosa luz color mandarina llenaba las esferas de vidrio de un enorme reloj de arena. Apareció una fachada naranja aterciopelada con una pequeña puerta y un letrero blanco; la puerta se abrió, invitándola a entrar. Ella atravesó un pasadizo oscuro, y tras salir hacia una hermosa puesta de sol, vio a su hermano. «¡Danny! Te quiero. Cuánto te he echado de menos, cariño.»

—¡Simone! —Fue un alarido. Michael sintió que su alma se rompía en mil pedazos. Empezó a gritar sonidos inconexos.

Sonó el teléfono.

—¡El número está equivocado! ¿Me oye? ¡Es un número equivocado! ¿Qué ha pasado? —preguntó el presidente de Estados Unidos con voz temblorosa, a punto de explotar.

—Lo sé. Le he dado otro número. Tenía que hacerlo.

En la línea hubo un silencio.

—¿Que usted qué?

—Olvídese del cadáver de Belucci. No es él.

—¿Cómo?

—Belucci estaba aquí. Él y un asesino francés llamado Jean-Pierre. Fue él quien manejó los hilos desde detrás de la cortina.

—¡Cristian Belucci! —El presidente hizo una pausa—. Mando a Delta Force por usted..., pero dígame el número correcto.

—No hace falta, señor presidente. El número está bien. Sólo hay que cambiar el último dígito por el ocho.

Curtis miró a un Michael emocionalmente destrozado que

sostenía el cuerpo herido de su amante, acariciándole la cara, besándole los labios.

—Señor, todo ha terminado para todos.

—¿Qué puede hacer un mundo agradecido por ustedes tres?

—Simone Casalaro está malherida, señor presidente.

—La ambulancia estará ahí en menos de cuatro minutos. El helicóptero del Servicio Médico de Urgencias esperará en un claro a menos de quinientos metros de la casa.

A Curtis se le saltaron las lágrimas de alegría y de tristeza. De pronto vio a Dios como un nombre para el silencio que sobrevive a nuestra propia conciencia.

—No creo que sea el momento de caer en sentimentalismos, Curtis, pero la historia del hombre es la historia del dolor. El mundo nunca podrá pagarles a ustedes tres lo que han hecho.

—Le queda algo por hacer, señor presidente —le interrumpió el ranger—. El mundo entero está esperando su liderazgo. —Curtis hizo una pausa—. Le deseo buena suerte.

El tiempo había cambiado. Las nubes crecían y se apelotonaban en el cielo nocturno de color carmesí. El aire se volvía borroso, pero de vez en cuando, aquí y allá y durante unos segundos mágicos, la luna atravesaba las nubes, maduraba por momentos e iluminaba la orilla izquierda con su brillo mate.

—Bueno, Jimbo, vaya historia. Una historia con un final hollywoodiense.

—Así es, JC, ¿quién decía que los finales felices eran cosa del pasado? Anoche, ante la mayor audiencia de la historia, el presidente de Estados Unidos reclamó su derecho a la inmortalidad al salvar al mundo de caer al precipicio. «Al parecer, costará doscientos billones de dólares», dijo, pero el mundo puede suspirar aliviado.

—Tú lo has dicho, Jimbo. En Boston, Filadelfia, Nueva York, Chicago, Seattle, Houston, San Francisco, Miami y muchísimas más ciudades y poblaciones de este gran país, la gente saltó de alegría cuando el presidente dio a las fuerzas

armadas de Estados Unidos la orden de desacuartelarse. "A pesar de las nubes oscuras que se forman alrededor de nosotros —dijo el presidente—, miro hacia el futuro y veo motivos para la esperanza. La proximidad de una montaña majestuosa es una bendición contradictoria: por un lado nos vemos honrados por la magnanimidad de sus pastos y la munificencia de sus laderas, pero por otro quizá no veamos nunca dónde estamos, sentados bajo la sombra de tal grandeza y aceptando el consuelo de esta seguridad."

»El presidente acabó su discurso diciendo: "Ante esto, ante mis hijos y los vuestros, comprometo mi fortuna, mi honor, mi vida."

—Vaya día, JC. ¿Crees que se presentará a las próximas elecciones presidenciales?

—Si yo fuera el Congreso, lo nombraría presidente de por vida. De hecho, la Reina de Inglaterra lo ha llamado «mi caballero de la brillante armadura».

—Bueno, tiene mi voto.

—Otras noticias. David Harriman III, antiguo secretario del Tesoro, fue detenido anoche por agentes federales acusado de asesinato, intento de asesinato, connivencia y limitación al libre comercio, junto con Henry Stilton, director adjunto de la CIA, James F. Taylor, vicepresidente de Goldman Sachs, y Robert Lovett, alto cargo del Departamento de Estado. Los detalles son muy esquemáticos, pero esto promete convertirse en un circo mediático no visto desde el juicio a OJ Simpson por asesinato.

»Por último, hoy a primera hora ha muerto Akira Shimada (sé que he destrozado su nombre), que en otro tiempo perteneció a una despiadada unidad del Ejército Imperial japonés. Adquirió cierta notoriedad hace sólo unos días, cuando su testimonio frente a un mundo atónito reveló algunos de los abusos de poder y de los secretos mejor guardados de la Segunda Guerra Mundial.

»Y un ultimísimo apunte, Jimbo. Esta señora tiene, desde luego, un impecable sentido de la oportunidad. ¿Sabes de quién estoy hablando? De la Reina de Inglaterra.

»Quizá sea pequeña de estatura, pero sin duda es grande en prestigio. La Lila Dorada *de la señora Lie D'an Luniset ha vendido un millón de ejemplares en su primer día en las librerías. Es como si Shimada y su...*

—Cállate, JC. Con todo, ¿te imaginas? Un millón de libros. ¡Qué exitazo!

»Están viendo el noticiario nocturno en FTNBC-TV. Buenas noches a todos.